聯愁殺
西澤保彦

이 도서의 국립중앙도서관 출판예정도서목록(CIP)은 서지정보유통지원시스템 홈페이지
(http://seoji.nl.go.kr)와 국가자료공동목록시스템(http://www.nl.go.kr/kolisnet)에서
이용하실 수 있습니다. (CIP제어번호 : CIP2019043563)

끝없는 살인

니시자와 야스히코 장편소설

주자덕 옮김

아프로스미디어

“백 가지 의혹도 하나의 증거는 될 수 없다.”

도스토옙스키의 『죄와 벌』 중에서

주요 등장 인물

이치로이 고즈에……의뢰인

나루토모 스미키……담당 형사

오츠카와 헤이타……미스터리 소설가, 연미회 멤버

야츠메 아리사……에세이 작가 겸 미스터리 소설가, 연미회 멤버

요보로베 야스노리……전직 경찰, 사립 탐정 사무실 경영, 연미회 멤버

이즈미다테 유미코……범죄심리학자, 연미회 멤버

슈타라 아츠시……미스터리 소설가, 연미회 멤버

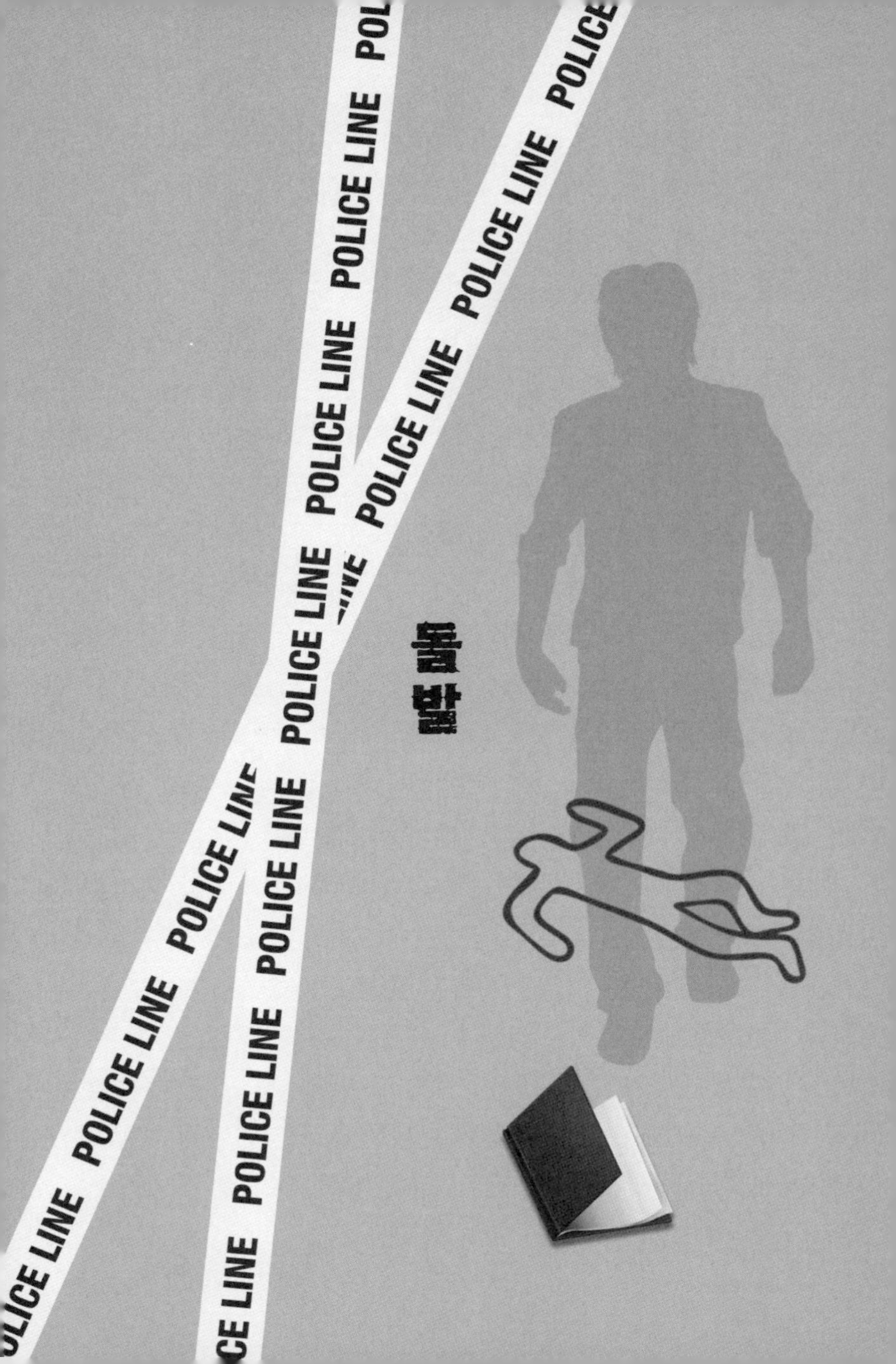
POLICE LINE
POLICE LINE
POLICE LINE
POLICE LINE
POLICE LINE
POLICE LINE
POLICE LINE
POLICE LINE
POLICE LINE
POLICE LINE

動

이치로이 고즈에는 집으로 가는 길이었다. 그녀는 장갑을 낀 두 손을 롱 코트 주머니에 꽂고 느긋하게 걷고 있었다. 어깨에 멘 핸드백이 하이힐 구두의 발소리에 맞춰 흔들거렸다.

오후 여덟 시, 주택가의 밤거리는 불빛도 드문드문하고 인기척도 별로 없이 괴괴했지만 그다지 무섭다는 생각은 들지 않았다. 이 부근은 어느 정도 치안이 좋은 편이라 치한이라든가 수상한 사람이 출몰했다는 얘기는 들은 적이 없었기 때문이었다. 그래서 고즈에는 하얀 입김을 뿜으면서 낮게 콧노래를 흥얼거릴 정도로 무방비한 상태였다. 이제는 이 동네가 익숙해져서인지 가슴 깊이 느끼는 편안함에 스스로도 뿌듯했다. 이번 휴일에는 최근에 친해진 남성을 만나기로 약속했다.

'그래, 조만간 그에게 전화해 보자. 가끔은 여자 쪽에서 적극성을 보이는 것도 나쁘지 않겠지.'

그런 생각을 하자 고즈에는 왠지 찬바람에 굳어 있던 뺨이 자연스럽게 누그러지는 것 같았다. 하지만 잠시 후 그녀의 표정이 문득 흐려졌다. 그녀가 살고 있는 임대 맨션 바로 앞 도로에 있는 전봇대 근처에 쓰레기를 아무렇게나 쑤셔 넣은 비닐봉지가 버려져 있었기 때문이었다. 그것도 상당히 큰 봉지였다. 찢어질 정도로 가득 집어넣은 탄산음료의 빈 캔들이 가로등 불빛을 어렴풋이 반사하고 있는 것을 보니 그런 뻔뻔함이 묘하게 보는 사람의 신경을 거슬리게 하면서 다른 사람을 전혀 의식하지 않는 태도에서 강한 불쾌감이 느껴졌다.

'누가 이런 짓을……. 타지 않는 쓰레기 수거일은 아직 일주일 이상이나 남았고 이곳은 쓰레기를 쌓아 두는 데도 아닌데……. 분명히 혼자 사는 젊은 여자일 거야. 공중도덕도 모르다니 정말 한심하네.'

갑자기 나타난 보기 흉한 쓰레기봉투가 상당히 눈에 거슬린 고즈에는 당장이라도 길을 깨끗한 상태로 되돌리고 싶었지만 그렇다고 해서 자신이 그 쓰레기를 가져가서 다음 수거일까지 보관하고 싶지는 않았다. 결국 못 본 체하기로 결심한 그녀는 허둥지둥 그 길을 지나갔다.

'누군가 치워 주면 좋을 텐데……. 누가 버렸는지 몰라도 제발 좀 치워 놔라. 내일 아침에도 그대로 있기만 해 봐, 그냥 두지 않을 테니.'

맨션 현관을 지난 고즈에는 열쇠를 꺼내며 답답한 마음에 상상의 나래를 펼쳤다.

'이럴 때 초능력이라도 사용할 수 있으면 좋을 텐데. 투시 능력 같은 것으로 저 쓰레기를 버린 인간이 사는 곳을 찾아내서 공간 이동 능력으로 쓰레기와 저 캔 더미를 그 인간의 방에 옮겨 놓는 거야. 그러면 정말 통쾌할 거 같은데……. 아유, 내가 지금 무슨 바보 같은 생각을 하는 거야. 쓸데없는 망상 같은 거 말고 내가 할 수 있는 걸 생각해 보자. 이건 아마 같은 맨션에 사는 사람의 짓이 아닐 거야. 그랬다면 좀 더 먼 곳에 가져다 버렸을 테니까……. 아냐, 딴 동네에서 일부러 차 타고 와서 불법 투기한 것처럼 보이게 해 놓고 사실은 근처에 사는 사람이 버린 걸 수도 있어. 그래, 그럴 수도 있겠다. 주민 회의에서 얘기해 달라고 관리인에게 부탁해 볼까? 이거 혹시 누가 일부러…….'

그때 아무렇게나 버려진 커다란 쓰레기의 불쾌함에 정신이 팔려 있던 고즈에는 어둠 속에서 다가오는 사람의 그림자를 알아차리지 못했다. 그 어둠 속의 인물은 큰 키를 주체하지 못하는 듯 약간 구부정한 자세로 거무스름한 점퍼 같은 상의에 낡은 농구화를 신고 의식적으로 소리를 죽이며 조금씩 고즈에와의 거리를 좁히고 있었다.

'그래, 틀림없어. 이 맨션 부근에 사는 사람이 일부러 한 짓일 거야. 아무래도 이 맨션의 주민 중 누군가가 한 짓처럼 꾸민 거 같아. 이 부근에는 공중도덕을 잘 지키지 않는 젊은 사람들이 많이 살잖아. 그들 중 누군가가 이래서 근처에 맨션이 있는 게 문제야, 라고 여기게 하려고 트집 잡을 구실을 만든 거야.'

고즈에는 피해망상적인 상상에 사로잡혀 있었다. 근처 주민과 맨션 입주민들이 대립하고 있다는 그녀의 생각은 약간 과장된 것이었다. 물론 양측 주민들 사이에 일종의 어색한 분위기가 있는 건 사실이지만 대립이라고 할 수는 없었다.

'젊은이들에게 편견을 가진 노인들도 있을 수 있겠지. 그 노인들로부터 뭔가 좋지 않은 소리를 들었을지도 모르지만 그렇다고 저러는 건 아니지. 그들은 시비를 걸고 싶었던 거야. 참 한심한 사람들 같으니라고. 바라는 대로 되게 놔둘 순 없어. 어떻게든 해야……. 아, 맞다. 맞아. 이거야, 이거. 이런 일이야말로 신문에 투고를 해야 해.'

고즈에의 머릿속에 '질서를 지키자는 구실로 질서를 어지럽히지는 않으십니까?'라는 타이틀이 떠올랐다. 그녀는 당장이라도 노트북 앞에 앉고 싶은 충동이 들었다.

고즈에는 이른바 투고 마니아였다. 잡지 등에서 독자 투고란을 발견하면 거의 보내는 편이지만 그 글이 채택된 적은 거의 없었다. 그럴 수밖에 없는 것이, 그녀는 일단 그럴듯한 문제 제기는 할 수 있었지만 내용에서 논란성이 부족했다. 그다지 좋지도 나쁘지도 않다고 할까, 독도 아니고 약도 아니라고 할까. 솔직히 말해 읽어 봐도 별로 재미가 없는 글이었다. 그리고 고즈에 자신도 그 사실을 자각하고 있었다.

그런 그녀가 작년 9월, 딱 한 번 지역 신문의 독자 투고란에 채택된 적이 있었다. 고즈에는 기쁜 마음에 기념으로 자신의 글이 실린 신문을 두 부 정도 더 샀고, 원고료 대신 받은 조촐한 상품도 소중하게 간직하고 있었다. 그 이후로 투고에 완전히 맛 들린 고즈에는 같은 지역 신문에 집중적으로 보내 봤지만 아쉽게도 전혀 채택될 기미가 보이지 않았다.

'역시 내용이 약했어. 내가 쓴 것이긴 하지만 누구나 생각할 수 있는 평범하고 새로운 맛이 없는 정론뿐이었지. 아니 뭐, 소재야 흔한 것도 괜찮겠지만 그 나름대로 아이디어가 필요했어. 예를 들어, 지금 생각하고 있는 쓰레기 불법 투기에 대해서는 화내는 것만으로는 안 돼. 전혀 재미없거든. 뭔가 플러스알파가 없으면……. 단순한 불법 투기가 아니라 그 배경에 주민들 사이의 대립이 숨어 있다고 하면 꽤 드라마틱해질 테니 잘만 쓰면 채택될 확률이 높을지도 몰라.'

기대가 부풀어 오른 고즈에는 혼자서 만족감에 도취되어 있었다.

'불법 투기된 쓰레기를 발견한 건 그렇다고 해도, 중요한 건 그것이 어째서 주민간의 갈등이 원인이라는 건지 그 근거를 보여 주는 방식이야. 너무 명확하게 쓰지 말고 넌지시 암시를 준다고 할까. 아니면 읽는 사람이 짐작하게 만든다고 할까. 음……. 이건 좀 어렵네. 아니면 차라리 이 동네에서 고발정신이 투철한 고집 센 할머니가 몰래 버리고 가는 것을 목격했다는 것으로 하면 어떨까? 그래, 그 정도 각색은 해야지. 아니면 설득력이 없을 테니까. 음……. 하지만 그렇게 하면 문제가 생길까? 아무래도 지난번과는 달리 내게 직접적인 지장이 생길 것 같기도 하고……. 그렇다고 해서 익명으로 보내는 건 의미가 없을 것 같고……. 어떻게 하면 좋을까?'

이런저런 생각에 정신이 팔려 주위를 전혀 신경 쓰지 않고 걷던 고즈에는 어느새 자신의 집 앞에 도착했다. 그리고 아무 생각 없이 장갑을 벗고 문에 열쇠를 꽂았다. 잠금이 풀렸고 문이 열렸다. 안으로 들어가 등 뒤로 손을 뻗어 문의 손잡이를 당기면서 한 손으로는 스위치를 찾아 실내의 전등을 켰다. 바로 그 순간, 문이 무언가에 걸려 닫히지 않았다.

'왜 그러지?'

뒤돌아보는 고즈에의 등을 갑자기 누군가 난폭하게 떠밀었다. 그 바람에 잡고 있던 손잡이를 놓치면서 신발을 벗으려던 상태 그대로 앞으로 고꾸라질 뻔한 그녀는 가까스로 다리에 힘을 주어 상황을 모면했다. 하지만 그 바람에 들고 있던 핸드백을 바닥에 떨어뜨리고 말았다.

문을 가로막고 있는 커다란 그림자를 눈으로 확인했음에도 불구하고, 고즈에는 정체불명의 괴한이 집 안으로 쳐들어왔다는 긴급 사태를 바로 인식하지 못했다. 게다가 너무나도 갑자기 벌어진 일이라 혼란스러워서 목소리조차 나오지 않았다.

괴한은 젊은 남자였다. 아니, '어린 남자'라고 하는 편이 정확한 표현일지도 모르겠다. 고즈에는 키가 170센티미터 정도 되어 하이힐을 신으면 같은 회사 동료들 대부분을 내려 볼 정도였는데 이 괴한은 거꾸로 그녀가 올려다보아야 할 정도였다. 확실히 180센티미터 이상은 되어 보였다. 덩치는 크고 단단해 보였지만 얼굴이 동안이라 실제로는 어떨지 모르지만 아직 고등학생 정도로밖에 보이지 않았다. 검은색 상의, 물 빠진 청바지, 묘하게 탁한 빛의 눈, 고즈에는 한 번도 본 적이 없는 얼굴이었다.

"누구……."

겨우 정신을 차린 그녀가 말을 꺼내려는 순간, 남자는 한 손을 번쩍 들어 올리더니 그녀의 머리를 향해 내리쳤다. 날벼락 같은 충격과 말로 표현할 수 없는 통증. 고즈에는 남자가 손에 들고 있던 것이 덤벨이라는 사실은 나중에서야 알게 되었다.

누구냐고 물어볼 새도 없이 머리에 무거운 충격을 받은 고즈에는 엉겁결에 지르려던 소리를 삼키고 말았다. 목 안에 공기가 막히면서 순간적으로 구토감이 폭발했고, 시야가 흔들려서 현기증을 느끼며 정신을 차리지 못했다. 그녀는 그런 답답한 상황이 꽤 오랫동안 이어지는 것처럼 느꼈지만 실제로는 한순간에 벌어진 일이었고, 그녀는 그대로 바닥에 쓰러졌다. 그리고 온몸이 고무가 되어 버린 듯 흐물흐물한 느낌에 힘을 전혀 쓸 수 없었다. 사지의 감각조차 완전히 잃어버릴 것 같았다.

"으~~~ 브아~~~~."

어떻게든 하지 않으면……, 이라는 생각에 애가 탔지만 몸이 생각대로 움직여 주지 않았다. 비명을 지르려 해도 목 안에 뭔가 막힌 것처럼 소리를 낼 수 없었다. 점점 늪에 빠져 들어가는 연약한 짐승처럼 두려움이 그녀의 전신을 휘감아 갔다.

필사적인 생존 본능으로 고즈에는 헤엄치듯이 방 안쪽을 향해 팔을 뻗었다. 그러자 그 남자는 농구화를 신은 발로 바닥에 떨어진 그녀의 핸드백을 걷어차며 집 안으로 성큼성큼 들어왔다. 그리고 바닥에 붙어서 기어가고 있는 고즈에를 잡아당기더니 그 위를 덮쳤다. 그 손을 뿌리치려고 고개를 돌린 순간, 고즈에는 남자와 눈이 마주쳤다.

'이 남자, 나를 죽일 생각이야.'

그녀는 본능적으로 그것을 알아차렸다. 처음에는 아무래도 성폭력을 목적으로 침입한 것 같다고 생각했다. 그러나 남자의 눈에서는 전혀 그런 기미가 보이지 않았다. 그 눈 안에 있는 것은 얼음처럼 차가운 적개심과 파괴의 충동뿐, 오로지 고즈에를 향한 살의만 있었던 것이다.

'정말로 나를 죽일 거야. 이대로 있으면 난 죽어, 죽는다고.'

공포가 그녀의 머릿속을 마구 휘저었다. 정신 나갈 정도로 강하게 조여 오는 초조함에도 불구하고 고즈에는 여전히 몸이 마음대로 움직여지지 않았고 아무런 저항조차 할 수 없었다. 게다가 롱 코트를 입은 상태였기 때문에 움직임이 더욱 제한되어 있었다. 하지만 아이러니하게도 그랬기 때문에 결과적으로 그녀는 목숨을 부지할 수 있었다. 만약 이 단계에서 고즈에가 마구 난동을 부렸다면 남자는 그녀가 저항하지 못하게 만들려고 다시 한 번 덤벨을 휘둘렀을 것이기 때문이다.

고즈에의 눈에 이 남자는 냉혈한이라고 생각될 정도로 침착하고 냉정한 것처럼 보였지만, 그 역시 인간이라 나름대로 긴장하고 흥분한 상태였다. 따라서 상대방의 저항이 격렬했다면 욱하는 기분에 들고 있던 덤벨로 몇 번이고 내리쳤을 것이다. 그리고 고즈에는 얼굴이 피범벅이 되어 형태조차 알아볼 수 없는 상태로 처참하게 살해당했을 것이다.

다행히도 남자는 그녀가 더 이상 저항할 수 없을 것이라고 생각했는지 덤벨을 옆에 내려놓았다. 물론 이때의 고즈에는 그런 상황을 파악할 겨를조차 없었다. 오로지 어떻게든 살아야 한다는 생각뿐이었지만 몸을 꼼짝할 수 없다는 절망감 때문에 눈물이 펑펑 쏟아졌다. 게다가 울음소리도 마음껏 크게 못 내는 상태라가냘픈 피리 소리 같은 오열이 입술 끝에서 새어 나올 뿐이었다.

남자는 그런 고즈에의 목에 무언가를 휘감았다. 그것이 포장용 비닐 끈이라는 것 역시 이때의 그녀는 구분하지 못했다. 남자가 가차 없이 힘을 주자 고즈에의 목에서 숨넘어가는 소리가 들렸다.

바로 그때, 생존 본능 때문인지 몽롱하던 의식이 한순간 또렷해지면서 그녀는 다시 몸을 움직여 보려고 했다. 조금 전에 비하면 손가락 끝의 신경이 반응했지만, 안타깝게도 힘이 너무 약했다. 고즈에는 남자를 밀어내기는커녕 물에 빠진 사람처럼 필사적으로 팔딱거리며 허공에서 손을 내저을 뿐이었다. 의식이 다시 뿌옇게 흐려지고 있었다.

'죽어……? 나 이대로 죽는 거야? 그냥 죽는 거야? 아직 스물여덟밖에 안 됐는데? 싫어! 싫다고! 이대로 죽는 건 싫어!'

고즈에는 없는 힘을 끌어모아 정신을 집중하여 손을 뻗어 더듬었다. 정확하게 뭔가를 해야겠다는 의도가 있었던 것은 아니었다. 그냥 무작정 살고 싶어서 한 행동이었는데 문득 그녀의 손이 무언가에 닿았다. 고즈에 본인은 자각하지 못했지만 그것은 남자가 입은 청바지의 뒷주머니였다. 바르르 경련하면서 그녀의 손이 거기에서 무언가를 잡아 빼냈다.

타닥.

그것이 남자의 주머니에서 미끄러져 나오더니 바닥에 떨어지는 소리가 이상하게도 크게 들렸다. 그 순간, 남자의 주의가 그 쪽으로 향하는 바람에 고즈에는 목을 조르던 힘이 아주 조금이었지만 빠진 것이 느껴졌다.

바닥에 떨어진 것은 작은 갈색의 수첩이었다. 물론 그때 고즈에는 그것을 확인할 여유도 없었으며, 나중에 그녀의 운명을 바꾸게 될 그 수첩의 표지에 있는 '에키나가 고등학교'라는 글씨를 볼 수도 없었다.

어디에 그런 힘이 남아 있었는지 자신도 놀랄 정도의 기세로 고즈에는 남자를 들이받았다. 상대에게 데미지를 주기에는 한참 모자랐지만, 그래도 남자의 밑에서 빠져나올 수 있을 정도의 틈이 생겼다. 고즈에가 바닥을 차는 바람에 아직 신고 있던 하이힐이 벗겨져 나갔다.

그녀는 목에 비닐 끈이 묶인 상태로 기어서 도망치려고 움직였다. 그녀의 몸이 무의식적으로 베란다 쪽을 향했다. 고즈에는 나름대로 빠르게 이동하려고 했지만 운동량에 비해 쓸데없는 움직임이 많아서 실제로는 몇 센티미터밖에 가지 못했다. 그러는 사이에 마룻바닥에 긁힌 스타킹이 그녀가 몸을 뒤틀면서 허벅지 근처까지 올이 나가 버렸다.

유리문까지 몇 미터의 거리가 아득히 멀게 느껴졌다. 게다가 베란다로 나가려면 커튼을 열고 유리문의 잠금 장치를 해제해야 했다. 그 모든 것을 하려면 무한의 시간이 필요할 것 같단 생각에 고즈에는 절망적인 기분으로 몸을 움츠렸다.

바로 그때, 남자가 헤드슬라이딩 하듯 그녀를 덮쳤다. 그리고 롱 코트에 가려진 하반신을 끌어안더니 잡아당겼다. 그렇게 다시 끌려가던 고즈에는 순간적으로 손에 닿는 것을 잡았다. 그것은 조금 전에 남자가 그녀의 목을 조르기 위해 옆에 두었던 덤벨이었다.

고즈에는 왜 자신의 방에 이런 게 있을까 하고 순간 혼란스러웠지만 그렇게 당황하고 있을 여유가 없었다. 그녀는 재빨리 고쳐 잡은 덤벨을 상대를 향해 있는 힘을 다해 던졌다. 그런데 딱 그 타이밍에 남자가 앞쪽에서 덮쳐 왔기 때문에 덤벨이 고즈에의 손에서 벗어나기 전에 그의 머리를 직격했다.

"으윽."

기어 들어가는 것 같은 신음 소리가 들렸다. 그것이 고즈에가 처음으로 들은 그 남자의 목소리였다. 순간 조금 전까지도 성대가 막힌 것처럼 아무런 소리도 내지 못했던 그녀의 입에서 거짓말처럼 절규가 솟아 나왔다.

"누가…… 누가 좀 도와줘! 살려 주세요!"

머리를 움켜쥔 채 다가오는 남자의 거구를 필사적으로 발로 차서 밀어낸 고즈에는 다시 바닥을 기었다.

"누…… 누가 좀…… 누가 좀…… 도와줘…… 도와줘요."

그러다 기침이 심하게 나와서 잠시 동안 아무것도 못 했다.

"으허, 으허."

얼굴이 눈물범벅인 상태로 헐떡이며 숨을 가다듬은 그녀는 겨우 전화기가 있는 곳으로 몸을 던졌다. 수화기를 귀에 대려는 순간, 고즈에는 자신의 관자놀이에 뭔가 묻어 있는 것을 깨달았다.

"이…… 이게, 이게 뭐야?"

끈적이는 손가락을 봤더니 붉게 물들어 있었다.

'피…… 피? 혹시 이건…… 내 피? 아까 얻어맞았을 때…….'

흰색 수화기에 미끈미끈하고 검붉게 물들어 있는 피가 유난히도 선명하게 망막에 새겨지자 고즈에는 갑자기 정신이 아득해졌다.

'이대로 죽을지도 몰라…….'

출혈과 함께 머리에 큰 상처를 입었다는 생각이 급격하게 그녀의 체력을 빼앗더니 기력을 위축시켰다. 그때 남자가 일어서려는 기척이 느껴졌다. 그는 조금 전에 고즈에에게 맞은 충격 탓인지 힘없이 비틀거렸다. 그것이 지금의 고즈에에게는 아득하고 희미하게만 느껴졌다.

'이리 오지 마……. 부탁이야.'

고즈에는 그렇게 기도할 수밖에 없었다.

'제발…… 오지 마……. 이쪽으로 오지 말고, 저리 가…….'

의식이 점점 희미해져 갔다. 그렇게 희미해져 가는 것 자체가 그녀를 더욱 공포에 빠뜨렸다.

'안 돼……. 안 돼.'

그때 문득 떠오른 것, 그녀가 집에 두고 온 오래된 일기를 딸을 추억하기 위해 자비 출판하겠다는 어머니의 모습이었다. 그리고 묘하게 사실적인 이미지들이 주마등처럼 뇌리를 스쳐 지나갔다. 고즈에는 당황스러웠다.

'정신을 잃으면…… 끝이야……. 정말 끝이야……. 어서 전화를…… 경찰에 전화를…….'

고즈에는 소리 나지 않는 비명을 질렀다. 그리고 울먹이며 전화 버튼을 눌렀다.

*

괴한이 침입했다는 이치로이 고즈에의 신고를 받은 경찰들이 그녀가 사는 원룸 맨션인 '메종포르테' 106호에 도착한 것은 1997년 11월 6일 목요일 오후 8시 20분이었다.

쇼크 상태인 고즈에는 현재 상황을 제대로 전달하지 못했다.

[어떤 남자가……. 살려 주세요. 메종포르테…… 106호예요. 어서 빨리……. 저를 죽이려고…….]

전화는 단편적인 말만 하다가 문득 끊겼다. 전화는 아직 연결된 상태였지만 신고 접수를 받는 직원이 아무리 불러 봐도 전혀 대답이 없었다. 그 당시 그녀가 수화기를 쥔 채로 기절했었다는 것을 경찰이 알게 된 것은 나중에 고즈에 본인의 증언에 의해서였다.

'메종포르테'의 현관은 101호 쪽에 위치했고, 고즈에의 방은 가장 안쪽에 있었다. 그쪽으로 가고 있던 경찰들은 복도에서 우왕좌왕하는 젊은 남자를 발견하고 주뼛주뼛하는 그의 태도가 수상해서 말을 걸었다.

"실례합니다. 이 맨션에 사시는 분인가요?"

"아! 아아, 경찰관님. 마침 잘됐다. 저…… 사실은 조금 전에 어떤 여자의 비명 소리를 들었거든요."

남자는 무척 당황한 얼굴이었다. 그는 20대로 보이는 젊은 청년이었는데 학생 아니면 프리터라는 것이 경찰이 느낀 첫인상이었다.

"여자의 비명 소리요? 그게 어떤 거였죠?"

"그러니까…… '누가 좀 와 줘요!'라든가 '살려 주세요!'라든가 그런……."

"어디서요?"

"그걸 잘 모르겠어요. 건물 밖은 아닌 것 같은데……. 아마 이곳, 그러니까 1층 어딘가의 방에서 난 소리가 아닌가 해서……."

그 젊은 남자는 이름이 모미야마 케이이치라고 했다. 나이는 본인의 말에 의하면 스물한 살, 메종포르테 102호의 입주민이었다. 직장은 24시간 영업하는 패밀리레스토랑으로 밤에 근무 교대를 하러 나가기 전에 문제의 비명 소리를 들었다고 했다.

"그게 몇 시쯤 일어난 일인가요?"

"바로 조금 전입니다. 한 4, 5분 전이었을까."

경찰 한 명이 그 남자를 상대하고 있는 사이 다른 경찰들은 안쪽에 있는 106호로 향했다. 일단 초인종을 눌러 보았지만 응답이 없었다. 손잡이를 돌리자 잠겨 있지 않아서 문을 열고 안을 들여다보니 주방의 불이 켜져 있었다. 현관 안쪽으로 들어가자 간이 주방 옆에 욕실 문이 보였다. 안쪽으로 이어진 마룻바닥 위에는 남성의 것으로 보이는 신발 자국이 정신없이 여기저기 찍혀 있었고 하이힐과 핸드백이 나뒹굴고 있었다. 경찰은 방 안쪽을 향해 조심스럽게 말을 걸었다.

"실례합니다. 에키나가 경찰서에서 왔습니다. 신고를 받고 왔는데 누구……."

방 안은 불이 켜져 있지 않아서 어두웠지만 안쪽에 누군가 웅크리고 있는 듯한 실루엣이 보였다. 경찰들이 바닥에 나뒹굴고 있는 덤벨과 갈색 수첩 등을 조심스럽게 피하며 걸어 들어가 보니 젊은 여성이 수화기를 움켜쥔 채 쓰러져 있었다. 그녀는 관자놀이에 피가 흐르고 있었고 목에는 비닐 끈이 감겨서 끔찍하게 피부를 파고들어 있었다. 현관에는 이름이 없었기 때문에 그때는 아직 경찰들이 그녀의 이름을 알 수 없었지만, 106호에서 발견된 여성은 이치로이 고즈에였다.

"여보세요? 정신 차리세요? 제 말 들려요? 정신 차려요."

아무리 부르며 깨워 봐도 고즈에는 좀처럼 눈을 뜨지 않았다. 맥을 짚어 보려고 손목을 잡자 겨우 눈을 뜬 고즈에가 경찰을 보고 비명을 질렀다. 그리고 상대가 불을 켜고 신분을 밝히자 갑자기 울음을 터뜨렸다. 그 뒤에는 어떤 질문을 해도 고개를 저으며 가끔씩 기침만 하면서 흐느끼는 그녀를 위해 경찰은 일단 구급차를 불렀고, 바로 실내를 둘러보았다.

전형적인 젊은 독신 여성의 집답게 잘 정돈된 분위기였지만 그와 어울리지 않게 바닥 여기저기에 난 거친 발자국들이 애처로운 느낌을 주었다. 발자국은 농구화로 보였으며 발 크기로 봐서 그녀를 습격한 사람은 상당히 큰 체격일 것으로 추정되었다. 발자국은 방 안을 헤매다가 베란다로 통하는 유리문 근처까지 이어져 있었다.

그 유리문은 반쯤 열려 있었고, 레이스가 달린 커튼이 밤바람에 흔들리고 있었다. 경찰은 어쩌면 범인이 이곳으로 도망쳤을지도 모르겠다고 생각했다. 커튼을 젖히고 밖을 봤더니 옆집에 불이 켜져 있었다. 잘하면 근처 주민들로부터 유력한 목격 증언을 들을 수 있을 것 같았다. 경찰은 조금 전에 복도에서 만났던 젊은 남자 외에도 피해자의 비명을 들은 주민이 더 있으리라는 기대를 했다.

다른 경찰들은 바닥에 뒹굴고 있는 덤벨과 수첩을 살펴보았다. 덤벨엔 약간의 피가 묻어 있었다. 현관을 지나 간이 주방의 바닥에 흩뿌려진 혈흔이 있는 것으로 봐서 피해자는 그곳에서 공격을 당한 것 같았다. 바닥에 있는 덤벨로 구타당한 것이다.

작은 갈색 수첩의 표지에는 '에키나가 고등학교'라는 학교 이름이 찍혀 있었다. 연도는 1년 전인 1996년으로 되어 있었다. 피해자의 나이로 봐서 이 수첩이 그녀의 것 같지는 않았고, 방의 크기로 비추어 봐서 피해자인 여성 이외의 동거인이 있을 것 같지는 않았기 때문에 수첩은 범인이 떨어뜨리고 간 것으로 추정되었다. 그것이 원래부터 범인의 소유물인지는 차치하더라도…….

이윽고 구급차가 도착했다. 이치로이 고즈에는 흥분 상태가 많이 진정된 듯했지만 말을 할 기력은 없어 보였다. 그녀는 그렇게 축 늘어진 상태로 병원으로 이송되었다. 그러는 동안 감식반의 현장 검증이 진행되고 있었다. 사복형사들이 '출입 금지'라고 찍힌 테이프를 넘어서 차례차례로 '메종포르테' 1층으로 몰려들었다.

"어떤 상황이지?"

"피해자가 아직 사정 청취에 응할 수 있는 상황이 아니라 구체적인 것은 밝혀지지 않았습니다."

중년의 사복형사가 비닐 봉투에 들어 있는 갈색 수첩을 나이가 지긋해 보이는 형사에게 건네주었다.

"그녀는 코트를 입은 채였고, 핸드백도 현관 근처에 떨어져 있었습니다. 폭행이 목적인지 강도가 목적인지는 모르겠지만, 숨어 있다가 귀가한 그녀가 현관문을 열자마자 습격해서 안으로 밀고 들어왔다. 뭐, 그렇게 된 것이 아닐까 합니다."

"흐음……. 그래서 이것이…… 도주한 범인이 떨어뜨린 건가?"

나이 지긋한 형사는 다른 사복형사들에게도 보여 주려는 생각이었는지 문제의 수첩을 자신의 눈 높이까지 들어올렸다.

"아무래도 그런 것 같습니다."

"하지만 이거 '에키나가 고등학교'라고 되어 있는데, 학생 수첩 아니야? 그렇다면……."

나이 지긋한 형사가 흰 장갑을 낀 손으로 비닐 봉투에서 수첩을 꺼내 뒷장을 펼쳤다. 펼친 면의 오른쪽 페이지는 뭔가 붙어 있던 것을 뗀 자국과 함께 학교의 간인이 반밖에 남아 있지 않았다. 아무래도 수첩의 주인인 학생의 얼굴 사진이 붙어 있었는데 그것을 억지로 뜯어내다 생긴 흔적 같았다. 그리고 왼쪽 페이지는 전부 찢겨져서 없었다. 그곳은 학생의 연락처 등이 기재되어 있는 곳으로 추측되었다.

"자신의 정체를 알리고 싶지 않아서 이랬겠지?"

"하지만 간인이 남아 있어서 학교 기록 대장과 대조해 보면 소유자의 신원을 알아낼 수 있을 것 같습니다. 그 말은, 이 수첩의 소유자인 학생이 이번 사건의……."

"아, 잠깐. 속단은 금물이야. 단순한 분실물을 피해자가 맡고 있었을 가능성도 있잖아. 다른 건 뭔가 적혀 있는 게 없을까?"

나이 지긋한 형사는 다시 수첩의 앞부분부터 살펴보았다.

"응? 이건 뭐지?"

수첩은 맨 앞쪽은 몇 장을 찢어 낸 흔적이 있었고 그다음부터는 볼펜으로 거칠고 서툰 필적으로 쓴 사람들의 이름과 신상 명세가 펼친 면의 오른쪽 페이지에서부터 차례로 하나씩 적혀 있었다.

하사타니 코지로 42살

에키나가 의과대학 부속 병원 근무

전화번호 ×××-×××-○○○○

주소 ○쵸X번지 하임아사기 808호

야토쿠라 미사토 12살

에키나가 초등학교 5학년

전화번호 △△△-△△△-××××

주소 ×××쵸△△쵸메오츠

가마츠카 요시부미 77살

무직

전화번호 ○○○-○○○-□□□□

(집주인의 연락처임)

주소 ○쵸코우 히메 코토부키소우 2호

“주소록일까?”

“교우 관계는 아닐 것 같고…… 평범한 고등학생의 인맥치고는 꽤 다양한 사람들 같네요.”

“그러게 말이야. 직업이나 연령 등에도 아무런 공통점이 없어 보이는…….”

나이 지긋한 형사가 문득 말을 멈추고 고개를 갸우뚱했다.

“잠깐, 이 이름들 전부 어디선가…….”

“어? 이건? 이거, 아까 병원에 후송된 피해자가 아닌가요?”

옆에서 같이 수첩을 들여다보고 있던 다른 사복형사가 손가락으로 가리키며 말했다.

“응?”

가마츠카 요시부미라는 사람에 대한 정보가 적혀 있는 페이지의 다음 장 왼쪽에 같은 필적으로 이렇게 적혀 있었다.

이치로이 고즈에 28살

다리마흥업 근무

전화번호 ○××-△××-○○○

주소 △쵸오츠 메종포르테 106호

"'메종포르테' 106호……."

"그래, 맞아요. 여기잖아요."

게다가 고즈에의 이름이 적혀 있는 펼친 면의 바로 오른쪽 페이지에는 더 충격적인 내용이 적혀 있었다.

살해 방법 꼭 통일한다.

머리를 갈겨서 정신을 못 차리게 한 다음 목을 조른다.

꼭 흉기를 지참한다.

증거품은 매스컴이나 경찰에 보낸다.

손가락으로 할까? 귓불로 할까?

신체 일부는 번거롭지 않을까?

그럼 머리카락은 어떨까?

임팩트는 약하지만 그런대로 괜찮을 것 같다.

하지만 [redacted] 아저씨가 대머리면 어떻게 하지?

체모로 할까?

형사들은 경악한 표정으로 서로를 마주 보았다. 이윽고 그들 중 한 명이 조심스럽게 말했다.

"이건…… 그걸 말하는 거죠?"

"그래, 그거야. 이제 알겠어. 여기에 적혀 있는 이름들은 전부 그……."

잠시 무거운 침묵이 흘렀다. 그것을 깬 사람은 나이 지긋한 형사였다.

"……말도 안 되는 일이 벌어지고 말았어."

*

다음 날인 11월 7일 금요일.

병원에서 정밀 검사를 마치고 뇌에 이상이 없다는 진단을 받은 고즈에는 머리와 목에 붕대를 감은 채 경찰 조사를 받았다. 그녀의 증언을 근거로 하여 범인으로 추정되는 젊은 남자의 몽타주가 작성되었다. 경찰은 범인이 떨어뜨린 것으로 추정되는 학생 수첩의 존재는 숨긴 상태에서 그녀로부터 증언을 들었는데, 그러고 나서 찾아간 '에키나가 고등학교'에서 완성된 몽타주를 꼭 닮은 남학생이 재학했었다는 것을 확인할 수 있었다.

이윽고 한 명의 미성년자를 총 네 명의 남녀를 대상으로 한 살인 혹은 살인 미수 사건의 용의자로 지정해 전국에 수배가 내려졌다. 그리고 이와 관련해, 그때까지 약 3개월 동안 현경과 관할 경찰의 합동 수사본부를 계속해서 괴롭혀 온 연속 살인 사건의 조사가 단번에 진전되는 듯 보였다.

그러나…… 사건은 결국 범인의 행방을 찾지 못한 채 다시 미궁에 빠지게 되면서 미제 사건으로 남게 되었다. 적어도 공식적으로는.

POLICE LINE
정체

愁

2001년 12월 31일 월요일 오후 4시 30분.

이치로이 고즈에는 택시가 목적지에 도착하자 택시비를 계산하고 내렸다. 장소는 교외에 있는 주택지의 넓은 부지에 세워진 2층 건물 앞이었다. 일본식과 서양식을 절충한 저택이 그녀의 시야에 들어왔다. 입구에 있는 문패에는 '오츠카와'라고 새겨져 있었다. 일단 걸음을 멈춘 고즈에는 어깨를 치켜 올리며 심호흡을 했다.

'여기가 틀림없어. 오늘 밤에야말로 내 소원이 이루어질까? 오랫동안 나를 계속 힘들고 괴롭게 했던 여러 가지 의문들, 그것들이 오늘 밤 드디어 밝혀질 수 있을까?'

세월이란 정말 속절없이 빠르게 지나간다고 생각하며 고즈에는 긴 한숨을 쉬었다. 그녀가 정체불명의 남자에게 습격당한 지 벌써 4년이 지났다. 사건 당시 20대였던 고즈에는 이렇게 덧없이 30대를 맞이하게 되었다. 하지만 그녀는 아직까지 자신을 죽이려 했던 남자가 누구인지도, 왜 자신을 죽이려고 했는지도 모르고 있었다.

지난 4년간 고즈에가 절실하게 그리고 아프게 느꼈던 것은 차가운 세상과 자신 사이의 온도차였다. 그녀의 부모를 포함한 주위 사람들에게 사건은 점점 잊혀 갔다. 아니, 이미 잊어버렸다고 하는 편이 맞을 것이다. 그러나 고즈에에게는 완전히 그 반대였다. 잊기는커녕 석연치 않은 불쾌함이 더욱 깊고 진해졌다.

후유증이라고 해야 할지 모르겠지만, 사건의 충격은 일종의 대인공포증, 정확하게 말하면 남성 공포증이라는 트라우마를 야기했다. 갑자기 전혀 모르는 남자에게 살해당할 뻔한 경험은 이성적으로 생각할 수 없는, 훨씬 뿌리 깊은 공포를 사람의 마음에 심어 주었다.

그 탓에 고즈에는 아직까지도 결혼을 못 하고 있었다. 물론 그녀는 지금까지 몇 번 연애를 경험하긴 했었다. 사건 후에 알게 된 사람으로, 그녀의 상태를 알고도 이해하려고 해 준 남성도 있었다. 그는 이 사람이라면 행복하게 살 수 있을지도 모른다고 생각했을 만큼 그녀의 마음을 흔들리게 했던 인품의 소유자였다.

그럼에도 불구하고 그녀는 끝내 결단을 내릴 수 없었다. 지금은 자상한 이 남자조차 어떤 계기로 광기에 휩싸인 살인마로 변할지 모른다는 망상을 도저히 불식시키지 못했던 것이다. 그것이 정말 말도 안 되는 바보 같은 생각이라는 것을 그녀도 충분히 알면서도 말이다.

고즈에는 이유도 모른 채 낯선 남자에게 살해당할 뻔했다. 겨우 살아남긴 했지만 자칫했으면 그의 손에 죽었을 것이라는 생각, 그녀가 겪은 불합리한 극한 상황 속의 공포, 그 모든 것들을 '부조리'라는 말로만 표현할 순 없었다. 아마도 그것은 그녀에게 평생 지워지지 않는 트라우마일 것이다. 모든 의문이 풀리지 않는 한…….

아니다. 의문이 풀렸다고 해서 이 고통에서 해방된다는 보장도 없거니와, 또 다른 십자가를 짊어지게 될지도 몰랐다. 그 남자가 고즈에에게 느꼈던 살의, 그 정체가 그녀에게 있어서 견딜 수 없을 정도로 무거운 것이라면 어떻게 될까? 그녀가 그것을 견뎌 낼 수 있을까? 사건의 진상이 결국 그녀의 정신적 파멸을 불러일으키지 않는다고 누구도 단정할 수 없다. 그냥 의문은 의문인 채로 영원히 봉인해 버리는 편이 낫지 않을까? 이러한 망설임 역시 지난 4년간 고즈에가 끊임없이 고뇌해 왔던 문제 중 하나였다.

'그래도 역시 알고 싶어. 알아낼 수 있다면 꼭 알고 싶어. 어차

피 고통을 받는 것이라면 무엇이든 알게 된 상태에서 고통 받고 싶어.'

고즈에는 그렇게 다짐했다.

'오늘 밤 드디어…… 오늘 밤이야말로 그 많은 의문들이 밝혀질 수 있을까? 이렇게 오랫동안 기다려 왔는데 결국 눈에 띄는 성과는 하나도 없는 것으로 결론이 나지는 않겠지? 그렇다면…….'

고즈에는 이런저런 생각으로 인터폰을 향해 뻗은 손가락에서 힘이 빠질 지경이었지만 겨우 정신을 가다듬고 스위치를 눌렀다.

[네?]

부드러운 저음의 귀에 익은 남성의 목소리가 들렸다. 그는 이번 모임의 주선자인 나루토모 스미키였다. 급한 마음에 그녀도 약속 시간보다 30분 정도 빨리 도착했지만 그가 더 먼저 와 있었다.

"안녕하세요. 이치로이입니다."

"아, 오셨군요. 지금 나가겠습니다."

잠시 후 현관문이 열리더니 장신에 정장을 입은 남성이 나왔다. 역시 나루토모였다. 나이는 고즈에보다 다섯 살 정도 아래인 스물일곱. 4년 전 사건이 발생했을 때는 경찰학교를 막 졸업하고 에키나가 경찰서에 배속된 지 얼마 안 된 시기로, 머리와 팔에 붕대를 감고 병원 침대에 누워 있는 고즈에에게 사정 청취를 했던 형사들 사이에 섞여 있던 신참이었다.

"시간 내서 이렇게 와 주셔서 감사합니다."

"아닙니다. 저야말로 불러 주셔서 감사하죠."

고즈에는 나루토모의 편안하고 부드러운 목소리에 조금 전까지 느꼈던 여러 가지 근심을 잠시나마 잊을 수 있었다.

"이제 와서 이렇게 말씀드리는 건 그렇지만, 번거로운 일을 부탁드려서 죄송합니다."

"저야 어떻게든 도움이 된다면 좋겠습니다만……. 아, 그 코트는 저한테 주세요. 다들 모여 있습니다."

눈치 빠르게 고즈에의 코트를 받아서 현관문 쪽에 있는 옷장에 걸어 놓은 나루토모는 그녀를 넓은 서양식 응접실로 안내했다.

"자, 이쪽으로 오세요."

응접실에는 난로를 본뜬 대형 난방 기구가 자리 잡고 있었고, 그것을 중심으로 다섯 명의 남녀가 생각에 잠긴 모습으로 소파나 안락의자에 몸을 묻고 있었다. 실내가 따뜻해서 모두 가벼운 차림으로 편하게 쉬고 있는 듯했다. 그들은 각자 커피나 홍차 등이 담긴 잔을 들고 있었다.

안으로 들어서자 일제히 시선이 집중되면서 고즈에는 약간 위축되는 기분이 들었다. 그도 그럴 것이, 그녀는 자신을 위해 이렇게 사람들이 모여 있을 줄은 예상을 못 했었다.

"여러분, 소개하겠습니다. 이치로이 고즈에 씨입니다."

나루토모가 어색하게 묵례하는 그녀의 등을 떠밀 듯이 소개한 후 5인의 남녀를 한 사람씩 인사시켜 주었다.

맨 처음 인사한 사람은 기모노 차림의 백발노인이었다. 그렇지 않아도 몸집이 작은데 가장 큰 의자에 앉아 있어서 더 작아 보였다. 그는 작은 눈과는 대조적으로 큰 프레임의 안경을 쓰고 있었고, 폭신한 슬리퍼를 신은 발도 바닥에서 약간 떠 있는 것이, 어딘가 인형 같은 느낌의 유머러스한 인상이었다.

"오늘 밤 우리들을 위해 장소를 제공해 주신 작가 오츠카와 헤이타 선생님이십니다."

나루토모의 소개를 들은 고즈에는 깜짝 놀랐다. 현관의 문패를 봤을 때는 바로 떠오르지 않았지만, 그녀도 오츠카와 헤이타라는 이름은 잘 알고 있었다. 아니, 그냥 아는 정도가 아니라 사실은 그의 저서도 몇 권 가지고 있었다.

그는 상복은 없었지만 일찍이 수많은 미스터리 베스트셀러 소설을 집필한 대가이다. 나이는 여든 살 가까이 되었으며, 현재는 각종 신인상의 심사위원을 하는 것 외에 신작 발표는 별로 하지 않고 있었다. 그래서인지 거의 은퇴한 상태라는 소문이 있었다. 설마 이렇게 유명한 사람을 만나게 될 줄은 생각도 못 했던 고즈에는 한동안 넋을 잃고 있었다.

다음으로 소개받은 중년 여성의 얼굴도 고즈에는 알고 있었다. 갈색으로 물들인 긴 머리카락, 종잡을 수 없는 권태로운 눈빛의 이국적인 미모의 소유자.

"미스터리 작가 겸 에세이 작가이신 야츠메 아리사 선생님이십니다."

설마 했는데 역시였다. 고즈에는 더욱 흥분할 수밖에 없었다. 야츠메 아리사 역시 미스터리 관계의 저서도 몇 개 있지만, 실제 미혼모인 자신의 입장에서 육아와 교육론에 관한 에세이를 다수 발표했기 때문에 일반적으로는 그쪽으로 더 유명했다. 고즈에도 그녀의 에세이 열성팬으로 야츠메 아리사가 쓴 책은 전부 소장하고 있으며, 사실은 일주일 전에도 그녀의 신간을 구입했었다.

'우와~ 이럴 줄 알았으면 그 책 가져와서 사인을 받는 건데.'

그렇게 아쉬워하고 있는 자신을 발견한 고즈에는 쓴웃음을 지었다.

'오늘 모임은 그렇게 속 편한 짓이나 하는 모임이 아니지.'

고즈에는 속으로 자신을 책망했지만 한편으로는 이렇게 속된 마음이 아직 제 마음속에 남아 있는 것이 오히려 기뻐해야 할 일인지도 모른다는 생각이 들었다.

'하긴 뭐, 이런 게 다 살아 있다는 것, 인생에 집착이 남아 있다는 증거일 수도 있겠네.'

야츠메 아리사는 미디어에 나이와 생일을 공개하지 않았지만, 전부터 팬이었던 고즈에는 그녀가 올해 쉰 살이 된 것을 알고 있었다. 큰아들이 벌써 대학생이라는데 이렇게 본인을 실제로 보고 있으니 도저히 그 나이로는 보이지 않았다. 베이지색 원피스 속에서 은근히 강조되는 바디라인 역시 훌륭했으며, 그 나이에도 여전히 색기가 도는 자태와 마치 세상 물정을 모르는 천진난만한 소녀 같은 순진한 분위기가 섞여서 독특한 아우라가 넘쳐흐르고 있었다.

다음으로 나루토모가 소개해 준 초로의 남성은, 작가는 아니었지만 역시 TV나 잡지 등 여러 매체에서 본 적이 있는, 고즈에에게도 낯익은 얼굴이었다. 숱이 적은 흰 머리카락을 올백으로 넘긴 그는 하관이 넓고 까다로워 보이는 얼굴이었지만 난색계의 재킷이나 하이넥 스웨터 등으로 젊게 보이도록 멋을 부린 차림새는 대조적인 인상을 주었다.

“전직 현경 출신으로, 지금은 현지에서 규모 있는 사립 탐정 회사를 경영하고 계신 요보로베 야스노리 씨입니다.”

현지 TV 뉴스에서 가출한 사람 찾기나 민간 도청 문제 등의 특집이 있으면 빠지지 않고 출연하는 인물이었다. 그는 위기관리나 호신술에 관한 저서도 쓴 적이 있는데, 고즈에가 그 책들을 읽어 본 적은 없었다. 그녀는 이런 유명인까지 일부러 자신을 위해 초청했다는 것에 감탄했지만, 요보로베 야스노리를 만난 것 자체는 먼저 소개받은 유명 작가들과는 달리 그다지 흥분되지 않았다. 그래서인지 고즈에는 약간 냉정함을 되찾은 상태였다.

그 옆에, 두 사람 정도가 앉는 소파에 혼자서 다리를 꼬고 앉아 있는 사람은 고즈에와 그다지 나이 차이가 안 나 보이는 여성이었다. 쇼트 보브 헤어나 날씬한 체형을 감싼 검은색 바지 정장은 언뜻 보기에 수수한 차림이었지만 그녀가 발산하는 광채는 주체할 수 없었다.

“이쪽은 에키나가 단기 대학 강사이자 범죄 심리학이 전문인 이즈미다테 유미코 선생님이십니다.”

야츠메 아리사도 상당한 미인이지만 젊은 이즈미다테 유미코의 미모는 보통 수준이 아니었다. 그도 그럴 것이 그녀는 미스 일본 출신이라는 이색적인 경력이 있어서 예전에 중앙 방송에서 탤런트로 활동한 적이 있었다. 아주 짧은 기간이었지만 그런 화려한 이력 덕택에 대학으로 돌아와 현재의 일을 하게 되면서부터 지역 TV나 신문에서 출연과 글 집필 의뢰가 끊이지 않고 있었다.

매체 노출도만 보자면 조금 전에 인사했던 요보로베가 높지만 인기 면에서 보자면 유미코가 단연 위라는 것이 고즈에의 솔직한 인식이었다. 그러다 보니 침착함을 되찾고 있던 어린아이 같은 팬심이 다시 자극되기 시작했다.

하지만 맨 끝으로 소개받은 남성만은 고즈에가 처음 보는 얼굴이었다. 치렁치렁한 긴 머리카락에 청바지 차림, 캐주얼이라기보다는 아무렇게나 하고 나온 분위기라 아직 학생처럼 보이기도 했다. 나중에야 알게 된 거지만, 실제 나이가 30대 중반이라는 사실은 고즈에에게 적잖은 놀라움을 주기도 했다.

"그리고 이쪽은 작가이신 슈타라 아츠시 선생님이십니다. 본격 미스터리 전문이십니다."

그렇게 소개를 받긴 했지만 고즈에는 그의 책을 읽어 본 적이 없었다. 그 분야에서는 나름 유명한 듯하지만 적어도 그녀는 슈타라라는 이름을 지금까지 한 번도 들어 본 적이 없었다. 그러니 고즈에에게 있어 이곳에서 그 혼자만 두드러진 느낌을 지울 수 없었다. 발언자가 바뀔 때마다 사근사근한 미소를 띠며 성실하게 그쪽으로 얼굴을 돌리는 모습은 붙임성이 좋다기보다는 자신의 포지션을 정하지 못하고 우왕좌왕하는 것처럼 보였다.

그런데 의외의 사실은, 원래 오늘 밤 모임의 기반이 된 회합인 '연미회(恋謎会)'——명칭의 발음이 '연맹회(連盟会)'와 같은 것은 일종의 언어유희(일본어로 둘 다 '렌메이카이'로 발음)이다.——는 슈타라 아츠시가 앞장서서 발족한 것이라는 거였다. 모임의 취지는 주로 미스터리 관계의 창작에 종사하는 사람들의 교류 겸 스터디를 위한 것으로, 정기 회합에는 요보로베 야스노리나 이즈미다테 유미코 등을 포함해서 범죄 전반에 관한 각계의 권위자를 강사로 초대하여 가끔씩 특정 사건에 관한 의견을 교환하곤 했다.

단골 멤버, 단골 강사가 참석하는 평소 모임의 인원수는 훨씬 많아서, 한 번이라도 참가했던 사람들을 포함하면 약 서른 명에 달한다고 했다. 참고로 나루토모가 연미회의 존재를 알게 된 것은 전직 경찰인 요보로베 야스노리를 통해서라고 한다.

"자, 이것으로 오늘 밤 참석하시기로 예정된 분들 전원이 모였습니다."

고즈에를 의자로 안내한 나루토모는 사회자 역할을 할 생각인지 혼자 선 채로 참석자 모두를 둘러보았다.

"오늘은 아무쪼록 잘 부탁드리겠습니다. 다시 설명할 필요는 없다고 생각합니다만, 이번 모임의 취지는 4년 전에 일어난 연쇄 살인 사건의 수수께끼를 이곳에 모이신 여러분의 지혜를 빌려 어떻게든 풀어 보자는 것에 있습니다."

"사건을 담당했던 분이 직접 지명하셔서 의뢰를 받게 될 줄은 몰랐네요. 물론 저희 입장에선 영광스럽기 그지없습니다."

슈타라가 미소 짓는 얼굴로 모두를 둘러보며 그렇게 한마디 했는데, 겉보기와는 다르게 감기라도 걸린 사람처럼 갈라지고 가라앉은 목소리였다.

"저야말로 여러분을 뵙게 돼서 영광입니다. 하지만 전에 말씀드렸듯이 이것은 경찰관으로서 드리는 부탁이 아닙니다. 어디까지나 저의 개인적 흥미와 여러분의 지적 호기심의 이해가 일치한 것뿐이라……."

나루토모가 조심스레 말하며 말끝을 흐렸지만 그것은 사실과 달랐다. 사실 오늘 밤 모임은 고즈에가 그에게 간청했기 때문에 주선된 것이었다.

*

그건 작년 봄의 일이었다. 고즈에가 피해자 중 한 사람이었던 그 연쇄 살인 사건은 이미 매체나 세상으로부터 관심을 잃고 미제 사건으로 방치된 상태였다. 그녀는 사람들이 그렇게 쉽게 잊어버리는 것이 개탄스러웠지만 어찌할 도리가 없었으며, 도대체 왜 그 사건은 시간이 아무리 지나도 해결되지 않는 것인지 정말 이해할 수 없었다. 그도 그럴 것이, 용의자의 신원은 이미 오래 전에 밝혀진 상태였던 것이다. 그것도 다름 아닌 고즈에 자신의 증언을 기초로 한 범인 몽타주에 의해서.

4년 전, 그러니까 1997년 11월. 사건 직후 고즈에의 협조로 그녀를 습격했던 젊은 남성의 몽타주가 작성되었다. 그리고 얼마 안 있어서 나루토모를 포함한 수사관들이 한 장의 컬러 사진을 들고 그녀에게 찾아왔다. 그 사진을 봤을 때의 충격을 고즈에는 평생 잊을 수 없었다. 거기엔 바로 그날 집에서 고즈에를 죽이려고 했던 젊은 남자의 얼굴이 있었기 때문이었다.

고즈에가 그 남자의 얼굴을 본 것은 그날 밤뿐이었다. 아무리 잊으려고 해도 잊을 수 없는 얼굴이라고는 하지만, 과연 자신이 용모의 특징을 제대로 전달했는지 스스로도 심히 염려되었기에 솔직히 몽타주가 도움이 될지는 반신반의하고 있었다. 그런 그녀에게 형사들이 가지고 온 사진은 마치 마법처럼 느껴졌다.

'아무리 몽타주가 그럭저럭 비슷했다고 해도 이렇게 빨리 찾아낼 줄이야.'

역시 일본 경찰은 우수하다는 생각이 들면서 고즈에는 형사들에 대한 존경심마저 느꼈다. 이 정도라면 모든 수수께끼가 밝혀지는 것은 시간문제일 거라고, 그때의 그녀는 마음속 깊이 그렇게 믿고 또 기대했다. 하지만…….

나루토모가 쓴웃음을 짓더니 이야기를 했다.

"이렇게 말씀드리면 어쩐지 변명처럼 들릴지도 모르겠습니다만, 여러분께서도 아시다시피 4년 전에 발생한 수수께끼의 연쇄 살인 사건은 아직도 해결되지 못했습니다. 당시 담당 형사로 사건 현장에 있었던 사람으로서 참으로 부끄럽기 그지없습니다. 무엇보다도 가장 한스러운 것은 여기 계시는 이치로이 씨의 협조로 용의자의 신원이 파악되었음에도 불구하고 그 행방을 지금까지도 전혀 찾을 수 없다는 것입니다."

고즈에는 행방을 알 수 없다면 적어도 그 남자의 이름이라도 가르쳐 줬으면 좋겠다고 생각했다. 그래서 지금까지 몇 번이나 나루토모에게 부탁했었다. 그러나 아무리 애원해도 알려 주지 않았다. 그 이유는 그 남자의 스냅 사진을 봤을 때부터 알고 있긴 했지만.

"다시 설명드립니다만, 이치로이 씨는 범인에게 있어서 네 번째 타깃이었습니다. 다행히도 가까스로 목숨을 건지긴 했습니다만, 범인의 생사조차 불분명한 현재, 그가 또다시 그녀를 노리지 않는다는 보장은 없습니다. 물론 경호 태세는 확실하게 하고 있지만, 날마다 불안에 시달리는 이치로이 씨의 모습은 쉽게 상상할 수 있으실 겁니다. 무엇보다도 왜 자신을 죽이려고 했는지 그 이유를 짐작할 수 없다는 것이 이치로이 씨에게 가장 큰 고뇌를 안겨 주고 있습니다."

그래서 작년 봄 고즈에는 나루토모 앞에서 울음을 터뜨리며 하소연을 했다. 용의자의 신원을 알려 주는 것이 어렵다면 어째서 그 남자가 자신을 노렸는지 그 동기만이라도 좋으니 가르쳐 달라고. 물론 그녀는 경찰이 그것을 파악하고 있을 것이라고 기대하지도 않았고, 실제로 용의자가 구속도 되지 않은 상황에서는 오리무중일 거라고 생각했다.

나루토모는 즉답을 피했다. 그것은 고즈에에게 있어서 예측할 수 있는 전개였으며, 그렇게 하소연한 것도 특별한 결과를 기대해서가 아니었다. 그냥 어쩔 수 없는 충동에 사로잡힌 행동이었을 뿐이었다. 그런데 그런 그녀에게 나루토모는 의외의 말을 해주었다. "조금만 시간을 주세요."라고.

"경찰로서 부끄러운 얘기지만, 아직까지 범행 동기를 전혀 밝히지 못하고 있습니다. 솔직히 말씀드려서 이대로 용의자의 신병을 확보하지 못한 채 미궁에 빠져 버릴 가능성도 있습니다. 사건 해결은 물론 이치로이 씨의 불안이 해소되기를 바라는 마음 역시 간절하지만, 안타깝게도 저희는 다른 사건들도 산적해 있는 상황이라……. 아, 그렇다고 결코 변명을 할 생각은 없습니다. 이 사건은 아직도 전담반이 최선을 다해 용의자의 행방을 찾고 있습니다. 다만, 저는 현재 그 전담반에 배속돼 있지 않은 상황입니다."

고즈에는 바로 그것이 경찰에 대한 최대의 불만이었다. 다른 경찰관들은 오랫동안 진전이 없기 때문인지 해결 가능성에 대해 부정적이고 소홀한 태도를 보였다. 실제로는 어떤 노력들을 하고 있는지 모르지만 적어도 고즈에는 그런 인상을 받았다. 어떨 때는 경호가 붙어 있으니 더 이상 걱정할 필요도 없고, 걱정해 봤자 소용없다는 식으로 노골적인 태도를 보인 적도 있었다.

그나마 유일한 예외가 나루토모 스미키였다. 혹시 주위에 여성이 많은 환경에서 자라기라도 한 것일까. 아직 젊은데도 불구하고 여성의 심리를 잘 이해하는 것 같아서, 어느새 그는 고즈에에게 유일하게 마음을 터놓을 수 있는 경찰관이 되어 있었다. 하지만 경찰은 그런 그녀의 심정을 헤아리지 못하고 나루토모를 전담반에서 제외시켜 버렸다.

그럼에도 불구하고 그는 근무 시간 외에 틈틈이 시간을 내서 고즈에를 만나 주었고, 계속해서 그녀의 하소연을 들어 주었다.

그녀는 그것이 그나마 유일한 위안이라 여기며 감사하고 있었다. 그런데 설마 이 정도까지 편의를 봐주리라고는 생각도 못 했었다.

“그래서 사건을 해결하지 못한 것에 대한 책임감이라고까지 말하기는 그렇습니다만, 아무튼 저는 작년 봄에 개인적으로 고즈에 씨와 약속했습니다. 그래서 저는 이 이상 힘이 될 수 없지만 경찰과는 또 다른 시각에서 사건을 고찰해 주실 분들에게 부탁을 드려 보자고 생각했으며, 그것이 바로 오늘 밤 모임의 취지가 되겠습니다. 저는 요보로베 씨를 통해 여러분들에게 경찰이 현재까지 얻어낸 정보를 전부 제공해 드렸습니다. 또한 사전에 독자적으로 조사하고 싶다고 신청해 주신 멤버분들에게도 제가 할 수 있는 범위에서 최대한 지원해 드렸습니다. 물론 모두 은밀히 진행된 것입니다.”

‘최대한의 지원’이라고 하지만 나루토모는 일개 말단 경찰관에 지나지 않았다. 어쨌든 모든 것을 비밀리에 진행하는 이상, 아무리 힘 있는 전직 경찰의 협조를 받는다고 해도 당연히 진행이 번잡스러워지면서 시간이 걸릴 수밖에 없었다. 결과적으로 고즈에와의 약속 후 이렇게 사건에 대한 ‘고찰’을 명목으로 한 모임을 갖게 되기까지 무려 1년 이상의 기간이 걸리고 말았다.

“이치로이 씨에게 약속드렸을 때는 세기가 바뀌기 전에 어떻게든 해야겠다고 생각했습니다만, 유감스럽게도 이렇게 세기가 바뀌고 말았습니다. 저의 부족함에 부끄러움을 금할 수 없지만, 적어도 2001년은 넘기지 말아야겠다는 생각에 이렇게 바쁘신 연말임에도 불구하고 여러분들께 무리한 부탁을 드려 일부러 모이시게 한 것입니다."

나루토모는 가능한 더 많은 멤버를 초대하고 싶었지만 아무래도 공사다망한 연말이라 일정을 겨우 맞출 수 있었던 인원이 이 다섯 명뿐이었다고 솔직히 밝혔다. 하지만 고즈에의 입장에선 다섯 명뿐이라는 말은 당치도 않았다. 그녀는 솔직히 다섯 명이나 모일 수 있었다는 것 자체가 대단한 일이라고 생각했다. 특별히 다른 스케줄이 없어서인지 아니면 사건에 관심이 많아서 무리하게 스케줄을 맞춘 것인지는 각각의 사정에 따라 다를 것이다. 하지만 어쨌든 간에 오늘 밤 모임의 실현이 나루토모의 공적인 것만큼은 틀림없는 사실이었다.

'그러고 보니 이 집 꽤 으리으리해 보이는데, 오츠카와 씨는 여기에서 혼자 사는 것일까?'

고즈에는 살며시 응접실을 둘러보았다. 아까부터 작가들 중에 가장 젊어 보이는 슈타라 아츠시가 마치 자기 집인 양 왔다 갔다 하면서 고즈에에게도 커피를 가져다주곤 했지만 오츠카와의 가족으로 보이는 사람은 없었다. 그렇다고 다른 식구들이 자리를 피해 별실에서 쉬고 있는 것 같지도 않았다.

오츠카와 헤이타의 가족 구성에 관해 고즈에는 전혀 아는 바가 없지만, 새해를 맞이하는 섣달그믐날 밤에 이렇게 집을 개방할 수 있는 것을 보면 그는 혼자 살고 있다고 생각할 수밖에 없었다. 그렇지 않으면 시기가 시기인 만큼 가장인 오츠카와 이외의 가족들은 전부 해외여행을 가서 그곳에서 새해를 맞이할 계획인지도 몰랐다. 오츠카와도 원래는 그들과 동행할 생각이었지만 이 모임이 그에게 워낙 매력적인 것이라 그 혼자만 이렇게 남기로 했을 가능성도 있었다. 아까 그가 한 말 중에 신경 쓰이는 부분이 있었던 고즈에가 질문을 던졌다.

"저…… 죄송합니다만 나루토모 씨, 조금 전에 현재까지 경찰이 입수한 정보를 여러분들에게 전부 제공했다고 하시지 않으셨나요?"

"네, 맞습니다."

"그렇다면 그…… 이상하게 들리실지 모르겠지만, 정말로 전부인가요?"

"네, 적어도 제가 의도적으로 숨기거나 한 것은 전혀 없다고 생각해 주시면 되겠습니다."

"그 말씀은…… 용의자인 소년의 이름이나 신상 정보 등도 포함되었다는 거죠?"

나루토모는 천천히 그리고 무겁게 고개를 끄덕였다. 그것은 지금까지 고즈에가 그렇게 알고 싶다고 했는데도 절대로 가르쳐 주지 않았던 정보였다. 그녀는 갑자기 아찔한 기분이 들었다. 자신은 그렇게 알고 싶어도 알 수 없었던 것을 아무런 문제없이 제공받은 눈앞의 남녀 다섯 명에 대해 순간적으로 질투 섞인 감정마저 느꼈다.

고즈에는 새삼스럽게 나루토모가 원망스러워졌지만 자기를 위해 노력해 준 그를 탓할 순 없었다. 게다가 4년 전에 고즈에가 본 사진 속의 그 젊은 남자가 입은 회색 블레이저는 그녀도 잘 아는 에키나가 고등학교의 남학생 교복이라는 사실은 이미 알고 있었다. 고즈에의 속마음을 알아차렸는지 나루토모가 송구스러운 듯 말했다.

"어떻게 생각하실지 모르겠지만, 이 모임의 핵심은 범인의 동기를 밝혀내는 것이기 때문에 용의자에 대한 정보도 없이 여러분들의 지혜를 짜낼 수는 없다고 판단했습니다. 그러니 고즈에 씨……."

나루토모의 말투에서 준엄한 긴장감을 느낀 고즈에가 얼굴을 들었다. 그러자 그와 눈이 마주쳤다.

"다시 한번 부탁 말씀을 드립니다만, 오늘 밤 이곳에서 주고받은 대화의 내용은 모두 외부 유출을 삼가 주시기 바랍니다. 물론 여러분들이 입이 무거우신 분들이라는 것은 잘 알고 있으며, 현재 이 저택 안에는 몰래 설치된 도청 장치가 없다는 것도 전문가에 의해 확인이 끝난 상태입니다."

요보로베 야스노리가 고개를 끄덕이는 것을 보니 그것을 확인한 사람은 그인 듯했다.

"여러분들이 오늘 밤 이곳에서 들은 내용은 그것이 아무리 사소한 것이라고 해도 단 한마디도 제삼자에게 절대로 유출하지 않을 것을 약속해 주시기 바랍니다. 괜찮으시겠죠?"

나루토모는 모두를 한 번 둘러보더니 말을 이었다.

"좋습니다. 그럼 동의해 주신 것으로 알고, 여러분들 각각의 생각을 들어 보기 전에 잠깐 사건에 대한 복습을 해 보겠습니다."

나루토모는 한 장의 스냅 사진을 꺼냈다. 그것을 본 고즈에는 숨이 멎는 느낌이었다. 그것은 4년 전에도 보았던 바로 그 젊은 남자의 사진이었다.

"이치로이 씨, 힘드실 텐데 죄송합니다만, 다시 한번 확인 부탁드립니다. 4년 전 11월 6일 밤, '메종포르테' 106호에서 당신을 습격했던 범인은 이 남자가 맞죠?"

"네……."

고즈에는 자기도 모르게 떨리는 목소리로 말했다. 4년 전에 병실에서 누워 있는 상태로 확인했을 때보다 훨씬 더 긴장되었고, 그때의 공포가 선명하게 되살아났다. 그녀에겐 평생 잊지 못할 얼굴이었다. 에키나가 고등학교의 교복을 입은 사진 속의 젊은 남자, 아니 소년이라고 하는 것이 맞을까. 그 얼굴이 시야 가득 다가와서 자신의 목을 조르는 이미지가 시간의 경과와 함께 숙성되고 발효되었다.

고즈에는 아직도 가끔 꿈속에서 그 얼굴을 보곤 했다. 달아나려고 진창 속에서 필사적으로 허우적거리는 악몽을 꾸기도 했다. 그 꿈은 냄새를 수반하고 있었다. 실제로 공격당했을 당시에는 그다지 의식하지 못했지만, 이 역시 시간의 경과와 함께 강렬한 기억으로 박혀 버린 것이었다. 마치 기름과 피가 섞인 듯한 냄새인 그 소년의 체취.

왠지 스냅 사진에서 그 냄새가 피어오르는 듯한 착각에 휩싸이면서 메스꺼움을 참고 있는 고즈에에게 나루토모가 낮고 신중한 목소리로 말을 건넸다.

"그의 이름은 구츠와 기미히코라고 합니다."

*

"구츠와……."

"혹시 들어 본 기억은?"

"없습니다."

지금 처음 듣는 이름이었다. 나루토모에게 그런 의도가 전혀 없음은 알고 있었지만 왠지 자신이 모른다는 것을 비난하는 것 같은 기분이 든 고즈에는 초조함인지 분노인지 알 수 없는 뒤얽힌 감정이 가슴에 맺혔다.

'어차피 알려 줄 거였다면 4년 전에 얘기해 줬으면 좋았을 텐데.'

새삼스럽게 그런 원망을 느꼈다. 물론 4년 전에 이 소년의 이름을 알려 주면서 짐작 가는 것이 있냐고 물어봤더라도 같은 대답밖에 할 수 없는 것에는 변함이 없지만 말이다.

"사건 당시 그는 에키나가 고등학교 1학년 학생으로 열여섯 살이었습니다. 아, 아니다. 정확하게 말씀드리면 연쇄 살인 사건 발생 당시는 2학년이었을 겁니다. 물론 그가 제대로 학교에 다녔다고 가정하면 말이죠."

나루토모는 그렇게 미묘하게 돌려서 말했다.

"이제 와서 드리는 말씀입니다만, 지금까지 저희들이 이 구츠와 기미히코라는 이름을 공표할 수 없었던 것은 그가 미성년자였기 때문입니다."

"현재는 성인이 되어 있겠군요."

슈타라가 손가락으로 세는 시늉을 하더니 뭔가 의미심장하게 "물론 아직까지 살아 있다면 말입니다만."이라고 덧붙였다.

'설마 그가 죽었다고 말하고 싶은 거야?'

슈타라의 말에 충격을 받았는지 침착성을 잃은 고즈에의 모습을 곁눈질로 본 나루토모가 고개를 끄덕였다.

"그렇습니다. 만약 그가 지금도 어딘가에 살아 있다면 말이죠. 그럼 사건의 경위를 대충 복습해 보겠습니다. 여러분들은 물론, 이치로이 씨에게는 지금 처음 알게 되는 것도 많이 있으리라 생각합니다. 용의자가 당시 열여섯 살——정확히 말하면 열일곱 살——의 고등학생 소년이었다는 사실도 포함해서 말입니다."

'당시 고등학생…….'

고즈에는 반쯤 망연자실한 모습으로 나루토모의 목소리를 듣고 있었다. 4년 전에 스냅 사진을 보여 줬을 때부터 어렴풋이 알고 있었던 것이긴 했지만 확실하게 말로 듣고 보니 역시 다른 종류의 충격을 느끼지 않을 수 없었다.

'열여섯 살, 열여섯 살이라고? 당시 열여섯 살 소년? 그런 애가 도대체 왜 나를…….'

"먼저, 4년 전 1997년 2월 17일, 그날 벌어진 일부터 말씀드리려고 합니다."

"네? 2월? 어째서 2월인가요?"

고즈에가 당황하며 물었다. 그리고 어째서 2월 17일이란 말인가, 하는 그녀의 의문은 나루토모의 설명에 의해 풀렸다.

"그날, 구츠와 기미히코는 학교를 무단결석했습니다. 그리고 그 이후 그의 행방이 묘연해진 것입니다. 현재까지 말이죠."

"그렇다면 그때가 소년이 행방불명된 날이라는 말씀이시군요."

"엄밀하게 말씀드리면 구츠와 기미히코의 모습이 맨 마지막으로 확인된 것은 그보다 이틀 전인 2월 15일이었습니다."

맨 마지막으로 구츠와 기미히코의 모습을 본 사람은 중학교에 다니는 그의 바로 밑 남동생이라고 한다. 이름은 가네토. 참고로, 구츠와의 가족 구성은 할머니와 부모님 그리고 기미히코가 장남인 남자 3형제를 포함해서 여섯 명이다.

"그날 학교에서 돌아온 기미히코는 줄곧 자기 방에 틀어박혀 있었다고 합니다. 동생인 가네토가 기미히코의 방에 영어 사전을 빌리러 갔었던 시각이 오후 네 시 전후. 가네토의 증언에 따르면 '나중에 생각해 보니 이때 형은 뭔가를 골똘히 생각하고 있는 것 같았다.'고 하네요. 사전을 빌려야 하는 이유를 얘기해도 기미히코는 듣는 둥 마는 둥해서 전날인 금요일이 밸런타인데이였는데 혹시 학교에서 뭔가 안 좋은 일이라도 있었나 생각했다고 하지만, 동생의 증언만으로는 기미히코의 심정을 정확하게 파악하기는 어렵겠죠."

오후 일곱 시경, 가네토는 형이 자신의 방에서 사라진 것을 알아차렸지만 그 당시에는 친구하고 어디 놀러 갔겠구나 생각해서 그다지 심각하게 여기지 않았다고 한다. 기미히코가 저녁을 먹으러 내려오지 않는 것을 이상하게 생각하는 어머니에게 가네토는 몰래 외출해 버린 형을 감싸 주려는 마음에, 몸이 안 좋아서 쉬고 있는 것 같다고 얼버무렸다고 한다. 참고로 당시 아버지는 일 때문에 집에 없었다고 한다.

그다음 날인 16일 일요일. 기미히코가 전날 밤에 집에 돌아온 것 같지는 않았지만, 가네토는 아마 친구네 집에서 잤겠지 생각하고 아침 식사 자리에도 얼굴을 내밀지 않는 형을 위해 전날부터 계속해서 그 상태인 것 같다고 적당히 변명을 해 주었다.

그리고 그다음 날 17일 월요일. 기미히코가 친구 집에서 외박을 하고 있다고 생각한 가네토는 형이 집에 안 오고 바로 학교에 갔을 것이라 단정하고 부모님에게는 특별히 아무런 말도 안 하고 등교했다. 그러나 실제로 기미히코는 학교에 나타나지 않았고, 병결이라는 연락도 없는 것을 이상하게 생각한 담임 선생님이 가족에게 연락을 했다. 학교에서도 집에서도 지극히 성실한 학생으로 알고 있던 장남이 무단결석을 하리라고는 생각도 하지 못했던 어머니는 당황했지만, 아들이 갈 만한 장소도 짐작이 가지 않았고 아무런 단서도 없었다.

그리고 그날, 학교에서 돌아온 가네토가 사태가 심상치 않음을 깨닫고 사실을 털어놓자 결국 토요일 저녁때부터 기미히코의 행방을 알 수 없었다는 것이 밝혀진 것이다.

"구츠와 기미히코의 부모님은 그날 밤 지역 경찰서에 실종 신고를 했습니다만, 그의 행방은 전혀 알 수 없었습니다. 확인을 해 보니 짐도 따로 들고 나간 것 같지 않았고 가진 돈도 별로 없었던 것 같습니다. 게다가 일반적으로 가출할 때 남기는 메모 한 장 눈에 띄지 않았다고 합니다. 그의 가족들은 지푸라기라도 잡는 심정으로 짐작 가는 모든 지인의 집을 전부 확인해 보았지만 그 어디에서도 그의 자취는 찾을 수 없었습니다. 그래서 결국 구츠와 기미히코는 어떠한 사고나 사건에 휘말려들었을지도 모른다는 생각을 하게 되었습니다."

기미히코가 실종된 후 시간은 흘러 봄이 오고 신학기가 되었다. 6월 태생인 기미히코가 열일곱 살이 되면서 2학년이 되는 해였다. 여전히 그의 생사는 불명인 상태였지만 에키나가 고등학교에서는 기미히코가 생존해 있다는 것을 전제로 그의 학적을 남겨 두기로 했다. 그러나 일부 관계자들 사이에서는 이미 그는 이 세상 사람이 아닐 것이라는 추측이 난무했다.

한창 그러던 때, 드디어 문제의 연쇄 살인 사건의 막이 올랐다. 최초의 사건이 발생한 것은 그 해 여름, 8월 7일에서 8일 사이.

"에키나가 의과 대학 부속 병원 제1외과에 근무하던 43세 하사타니 코지로 씨의 시신이 발견된 것은 1997년 8월 9일 토요일이었습니다. 부검 결과 사망 시각은 이틀 전인 7일 오후 아홉 시부터 다음 날인 8일 새벽 세 시 사이로 추정됩니다."

하사타니 코지로 씨의 사인은 포장용 비닐 끈으로 목을 졸린 것에 의한 질식사였다. 머리에는 둔기로 맞은 흔적이 있는 것으로 봐서, 범인은 먼저 머리를 공격하여 저항력을 빼앗은 다음 교살한 것으로 추정되었다.

"하사타니 씨는 기혼이었지만 1997년 당시 두 살 아래의 전직 간호사였던 부인과 자식 두 명을 두고 집을 나와 살고 있었습니다. 그러니까 이른바 '별거 상태'였으며 이혼은 초읽기 단계였다고 합니다. 참고로 별거의 원인은 하사타니 씨의 여자 문제 때문이었다는 것이 하사타니 씨 부인의 주장입니다."

하사타니 코지로의 시체가 발견된 곳은 그가 혼자서 살고 있던 임대 아파트 '하임아사기' 808호. 집 안 현관에 드러누운 자세로 쓰러져 있는 것을 전날 그가 무단결근한 것을 심상치 않게 여기고 찾아왔던 동료가 발견했다고 한다. 시체는 신발을 신은 채였고, 808호의 문도 잠겨 있지 않은 상태였다. 이 때문에 범인은 하사타니 씨가 8월 7일 밤에 귀가하는 것을 노리고 있다가 공격한 것으로 추정되었다.

808호 내부를 뒤진 흔적은 특별히 없었다. 하지만 머리를 맞고 쓰러진 피해자의 목을 졸랐을 때 범인이 남긴 신발 자국이 발견되었다. 그리고 그것은 농구화 자국이라는 분석 결과가 나왔다.

"범인으로부터 '범행 성명'으로 보이는 편지가 최초로 언론에 보내진 것은 8월 11일 월요일이었습니다. 신문사나 방송사에 도착한 봉투 안에는 사람의 머리카락이 여러 개 담긴 작은 비닐봉지가 들어 있었고 동봉된 편지에는 워드프로세서로 작성한 글이 이렇게 적혀 있었습니다. '하사타니 코지로, 우선 첫 번째'라고."

신문사와 각 방송국에 온 모발의 절단면을 분석한 결과, 전부 피해자인 하사타니 코지로의 것으로 판명되었다.

"그렇게 문제의 연쇄 살인 사건의 막이 오르게 된 것입니다. 물론 범행 성명에서 '우선 첫 번째'라고 적혀 있긴 했지만, 정말로 사건이 연속해서 발생할지 저희로서는 쉽게 판단하기 어려웠습니다. 그래도 만일을 위해 피해자의 모발에 관해서는 철저하게 함구령을 내리기로 방침을 정했습니다."

부디 단발적인 사건이었기를 바라는 소망을 외면한 채 새로운 피해자가 나온 것은 그다음 달인 9월 4일이었다.

"두 번째 피해자는 당시에 에키나가 초등학교 6학년이었던 열두 살의 야토쿠라 미사토였습니다. 그 아이의 시체는 집 근처 골목길에서 부근에 사는 주민에 의해 발견되었습니다. 시각은 오후 여섯 시경으로 보고되어 있습니다."

야토쿠라 미사토는 하사타니 코지로와 마찬가지로 머리를 둔기로 구타당한 상태에서 포장용 비닐 끈으로 목이 졸려 있었다. 사인도 역시 질식사. 란도셀을 멘 상태의 모습이었으며 옷은 특별히 흐트러지지 않았고 성폭행의 흔적도 전무했다.

"부검 결과, 그 아이는 사망 직후에 발견된 것으로 판명되었습니다. 네 시 반을 지나 초등학교 교문 근처에서 동급생들이 미사토를 목격했다는 것으로 봐서 하교 도중에 범인에게 습격당한 것으로 보입니다. 범행 시각은 다섯 시 전후였을 것으로 여겨지고 있습니다."

그리고 또다시 신문사나 방송국에 범인의 '범행 성명'이 보내졌다. 때는 9월 8일 월요일이었다. 작은 비닐 봉투 안에 긴 머리카락이 여러 개 들어 있었고, 절단면을 조회한 결과 역시 전부 야토쿠라 미사토의 것으로 판명되었다. 같이 동봉된 편지에는 똑같이 워드프로세서로 작성한 글이 있었다. '야토쿠라 미사토,

그다음 두 번째'라고.

"조금 전에 말씀드렸다시피, 경찰은 범인 파악을 위해, 또 모방범의 출현을 막기 위해 처음부터 이 머리카락과 범행 성명에 관해서는 기밀 사항으로 철저하게 함구령을 내렸습니다. 따라서 일련의 사건이 같은 범인에 의한 것임은 거의 틀림없습니다."

세 번째 사건이 발생한 것은 그로부터 또 한 달 후인 10월 2일이었다. 피해자는 '히메고토부키소우'라는 오래된 목조 아파트 2호에서 혼자 살고 있던 가마츠카 요시부미, 당시 일흔여덟 살의 노인이었다.

"가마츠카 씨의 시체가 발견된 곳은 그 아파트의 1층에 있는 그의 방이었습니다. 10월 3일 아침에 청소하러 왔다가 방문이 반쯤 열려 있는 것을 이상하게 여긴 관리인에 의해 발견되었습니다."

부검 결과, 가마츠카 요시부미의 사인은 이전 사건들과 마찬가지로 질식사. 비닐 끈으로 목을 조른 살해 방법이나 그전에 둔기로 머리를 구타하여 저항력을 빼앗은 수법 역시 똑같았다. 또한 시체가 문 근처에 쓰러져 있어서 피해자가 문을 열 때를 노려서 공격하는 지금까지의 패턴도 그대로라고 판단되었다. 사망 추정 시각은 2일 밤 일곱 시에서 자정 사이.

그리고 아파트 복도나 2호 바닥에는 역시 범인이 신발을 신은 채 침입한 것으로 여겨지는 흔적이 있었다. 첫 번째 사건 현장에서 발견된 것과 같은 농구화의 발자국으로, 이것 역시 일련의 사건이 동일 인물에 의한 것임을 뒷받침해 주었다.

"가마츠카 씨는 생활 보호 대상자였으며, 친척이라고 할 만한 사람도 없었습니다. 특별히 비뚤어진 성격도 아니었던 것 같습니다만, 그렇다고 친하게 지내는 지인도 없이 항상 혼자서 산책을 하거나 공원에서 독서를 하며 지냈던 것 같습니다."

'어째서 구츠와 기미히코라는 소년은 일부러 그런 독거노인 같은 사람을 노린 것일까? 가마츠카 요시부미라는 노인뿐만이 아니야. 하사타니 코지로라는 의사도 그렇고, 야토쿠라 미사토라는 초등학생도 그렇고, 게다가 나도 그렇고. 도대체 무슨 이유로…….'

4년 동안 도대체 몇 번이나 되새겼는지 알 수 없는 의문에 고즈에는 또다시 애가 탔다. 그녀는 살며시 응접실에 모여 있는 사람들의 얼굴을 한 명씩 들여다보았다.

'이 사람들이 정말 그 대답을 해 줄 수 있을까?'

"10월 6일 월요일, 그전까지와 같은 수순으로 신문사나 방송국에 피해자의 머리카락이 담긴 봉투가 왔습니다. 동봉된 편지에는 '가마츠카 요시부미, 이어서 세 번째'라고 되어 있었습니다."

"그리고 그다음 달 11월 6일에……."

슈타라는 '그것은 바로'라는 느낌으로 검지를 공중에서 빙빙 돌리는 시늉을 하다가 고즈에를 가리키며 말했다.

"여기 계신 이치로이 씨를 습격했던 거군요."

"그렇습니다. 사건 현장은 이치로이 씨가 그 당시 살고 있던 '메종포르테' 106호. 그곳에서 발견된 덤벨에는 여러 개의 혈흔이 남아 있었습니다. 각각 하사타니 코지로, 야토쿠라 미사토, 가마츠카 요시부미 그리고 이치로이 고즈에 씨의 혈액형과 일치했습니다. 게다가 DNA 감정 결과 네 명의 혈흔이라는 것이 확인되었습니다만, 딱 하나 피해자들의 것이 아닌 혈흔이 발견되었습니다. 아마도 범인인 구츠와 기미히코의 것이겠죠. 이치로이 씨가 저항하며 덤벨로 반격했을 때 남겨진 것으로 보입니다."

"그러니까 범인은 피해자들을 기절시키기 위해 항상 같은 흉기를 사용했다는 거죠?"

사건에 관한 정보를 전부 제공받아서 이미 잘 알고 있었겠지만 다시 확인하고 싶었는지 슈타라가 열심히 고개를 끄덕이며 질문을 던졌다.

"범인은 교살하기 위해 사용했던 비닐 끈 역시 매번 피해자들의 목에 감아 둔 상태로 사건 현장에 남겨 두었죠? 그것도 전부 같은 종류였죠?"

"네, 말씀대로입니다."

"그리고 사건 현장에 남겨진 수첩에서도 지문이 검출되었죠?"

"그렇습니다. 자택에서 채취한 구츠와 기미히코의 지문과 일치했습니다. 저항을 하며 엎치락뒤치락하던 중에 무의식적으로 그의 주머니에서 잡아 꺼낸 이치로이 씨의 지문도 같이 있었습니다. 그렇게 두 사람 이외의 지문은 검출되지 않았습니다. 참고로, 그것은 에키나가 고등학교의 학생 수첩이었습니다."

"경찰이 구츠와 기미히코라는 소년의 존재를 알아낸 건 역시 그 학생 수첩의 도움이 컸던 건가요? 수사 과정을 살펴본 바로는 생각보다 그를 꽤 빨리 찾아냈다는 인상을 주는데요?"

"그렇다고 할 수 있겠네요. 이치로이 씨의 증언에 근거하여 작성한 몽타주 그리고 에키나가 고등학교의 학생 수첩, 이 둘을 주축으로 해서 조사를 하자 곧바로 실종 신고 되어 있는 한 남학생의 존재를 알게 되었습니다."

'그게 뭐야.'

고즈에는 약간 실망했다. 이제 와서 다시 들으니 지극히 당연한 경과지만, 4년 전에는 마치 마법이라도 본 것처럼 경찰의 솜씨에 감탄했던 자신이 웃기고 부끄러웠다.

"그리고 이 사진을 입수해서 이치로이 씨에게 확인했더니 역시 그가 맞았다는 거죠?"

"네, 그렇습니다."

"바꾸어 말하면 연속 살인 사건의 범인은 구츠와 기미히코라는 결론에 관해서 경찰의 견해에는 흔들림이 없다, 라고 생각하면 되는 건가요?"

마치 '범인은 따로 있다'고 말하고 싶은 듯한 슈타라의 말투에 고즈에는 조금 놀란 표정을 지었다. 그런 그녀를 힐끗 본 나루토모는 여유로운 태도로 고개를 끄덕이며 말했다.

"그렇습니다. 저희로서는 그 견해만은 흔들림이 없습니다."

THE ROSE & CROWN
神田駅前ビル

동기

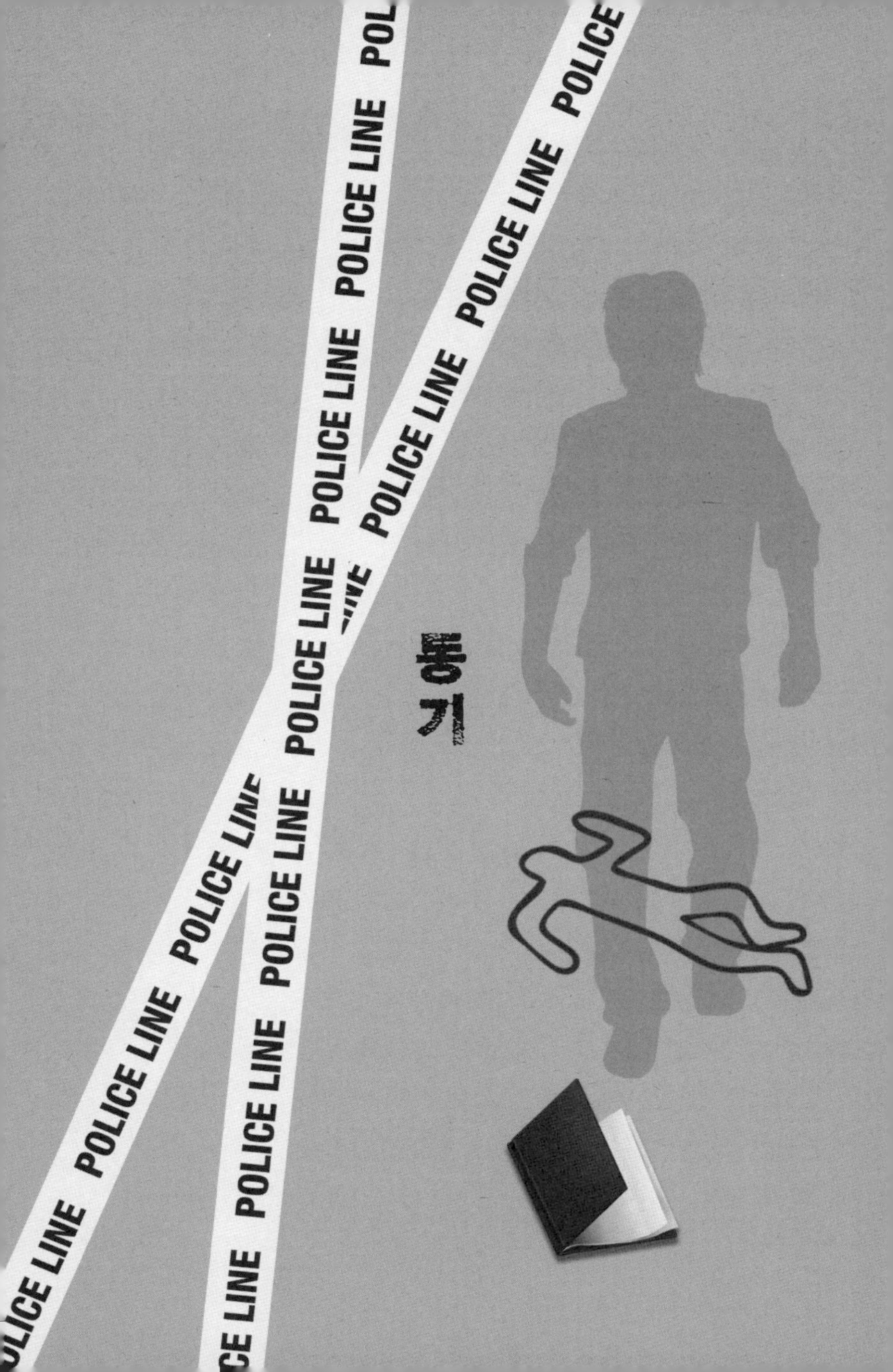

想

"죄송합니다만, 저는 오늘 밤 듣는 역할만 하겠습니다."

드디어 시작된 각자의 의견을 개진하는 단계에서 그렇게 말을 꺼낸 사람은 전직 현경 소속 경찰로 현재는 사립 탐정 사무실을 경영하고 있는 요보로베 야스노리였다.

"저는 원래 직접 조사하는 것이 전문이기 때문이라고 말씀드릴 수도 있겠지만, 이것저것 상상을 부풀리거나 가설을 짜내는 것은 잘 안 맞는 체질이라서 말이죠."

아무래도 그는 직접 발품 팔아 돌아다니면서 일일이 조사하는 일만 하던 사람이라 무책임한 추리 게임을 즐기는 사람들과 똑같이 취급하지 말아 달라고 하고 싶은 모양이었다. 본인도 자신이 그렇게 보일 것이라고 짐작했는지 급히 수습하는 말투로 전환했다.

"물론 나루토모 씨로부터 부탁받은 이후로 계속해서 이것저것 생각했습니다. 하지만 솔직히 말씀드려서 아무것도 떠오르지 않았습니다. 특히 범인의 동기에 관해서는 속수무책이라고 할까……. 그런 이유로 부끄럽지만 오늘 밤은 여러분들의 의견을 듣는 쪽으로 하고 싶습니다. 그 대신이라고 하면 이상할지 모르겠지만, 사건에 관계된 데이터만은 최대한 준비했으니 뭔가 확인하시고 싶은 것이 있으시면 언제든지 말씀해 주시면 감사하겠습니다."

"그러시군요. 그러니까 옵서버 역할에 충실해 주시겠다는 말씀이시군요."

나루토모가 눈치 빠르게 미소를 지으며 말했다. 하지만 고즈에는 요보로베의 미소에 뭔가 다른 속셈이 있다는 느낌이 들었다. 아니면 원래부터 그런 느낌의 얼굴을 하고 있는 사람인지도 모르겠지만, 혹시 자신의 가설은 비장의 카드로써 마지막까지 숨겨 두려고 아끼는 것은 아닐까, 하는 생각마저 들었다. 그녀가 그렇게 요보로베의 속셈을 의심하고 있는데, 아니나 다를까 곧바로 의미심장한 말을 덧붙였다.

"음……. 아, 그래도 여러분들의 말씀을 듣다가 혹시 뭔가 떠오르면 적당한 시기에 말씀드리고 싶습니다만, 괜찮겠죠?"

"물론 대환영입니다. 그럼 어느 분부터……."

꼬고 있던 다리를 바꾸며 손을 번쩍 든 범죄 심리학자 이즈미다테 유미코가 조심스럽게 말을 꺼냈다.

"실은 저도 사건의 전체적인 윤곽에 대해서 아직 이렇다 할 가설이 정리되지 않은 단계입니다. 물론 생각하고 있는 것은 여러 가지 있습니다만……."

그녀는 모인 사람들을 둘러보더니 말을 이었다.

"막연히 이러쿵저러쿵 횡설수설하는 잡담처럼 돼 버릴지도 모르겠네요. 듣는 쪽도 시원치 않은 얘기라 불만스러울 수밖에 없을 텐데……. 그래도 일단 제가 첫 번째로 발언해도 될까요?"

"물론입니다. 말씀 부탁드립니다."

유미코는 담배 케이스에서 담배를 한 개비 꺼내 입에 물려다가 문득 손을 멈추고 미소 지으며 말했다.

"그렇다면…… 피워도 괜찮을까요?"

"네, 피우세요."

고즈에는 미소 지으며 그렇게 대답했지만 솔직히 말하면 담배 연기를 별로 좋아하지 않았다. 흡연자와 동석을 한 다음에 집에 오면 담배 냄새가 속옷까지 스며들어서 항상 불쾌한 기분이었다. 하지만 모처럼 자신을 위해 시간을 내 준 상대에게 매정하게 대할 수도 없었다.

유미코가 라이터에 불을 붙인 것을 계기로 야츠메 아리사도 가늘고 긴 담배를 한 대 입에 물었다. 한편 남성들 중에는 흡연자가 없는지 이 여성 둘만 담배를 피우게 되었다. 유미코가 쇼트 보브의 머리카락을 쓸어 올리고는 느긋하게 담배 연기를 내뿜으며 말했다.

"이 사건에 관해서 제가 가장 흥미를 느꼈던 것은 범인인 구츠와 기미히코가 얼굴을 가리지 않고 범행을 저질렀다는 사실입니다."

그녀는 자신이 한 말을 사람들이 되새기기를 기다리는지 잠시 뜸을 들인 다음 말을 이었다.

"이것은 살인, 특히 연쇄 살인을 저질러 온 범인의 심리로는 상당히 이해가 안 되는 행동이라고 하지 않을 수 없습니다."

그 말을 들은 고즈에는 허를 찔리는 느낌이었다. 그때 고즈에의 머릿속에 느닷없이 나타나서 말 한마디 없이 자신을 죽이려고 했던 소년의 얼굴이 떠올랐다. 그는 마스크 같은 것도 쓰지 않았음은 물론, 손으로 자신의 얼굴을 가리려고조차 하지 않았다. 지금까지는 생각 못 했던 건데 이렇게 듣고 보니 갑자기 궁금해졌다.

'그러고 보니…… 얼굴을 봐도 상관없다고 생각한 건가? 그러다 붙잡혀도 상관없다는 건가? 솔직히 그 정도로 자포자기의 느낌은 아니었는데…….'

그동안 무표정한 얼굴로 듣고 있던 노작가 오츠카와 헤이타가 어색한 미소를 지으며 말했다.

"그것이 그 정도로 이해가 안 되는 것일까요? 물론 일반적으로 범죄자들이 마스크나 선글라스로 얼굴을 가리려고 한다는 것은 알고 있습니다. 하지만 그런 상태로 주택가나 민가에 출몰하면 근처 사람들에게 의심을 받게 되지 않을까요? 습격하기 위해 기다리던 그로서는 어쩔 수 없었다고 생각됩니다만."

"듣고 보니 그럴 수도 있겠네요."

유미코는 억지웃음을 보였지만, 이윽고 오츠카와의 능글맞은 태도에 기분이 상했는지 씁쓸한 표정으로 담배를 재떨이에 비벼 끈 다음 꼬고 있던 다리를 바꾸며 말했다.

"연예인이 여행지 등에서 선글라스를 쓰고 다니는 것과 마찬가지로, 얼굴을 감추려고 하면 오히려 더 눈에 띄게 되겠죠. 상식적으로는 그렇게 생각하는 것이 맞습니다. 하지만 범인의 심리는 어땠을까요? 노리던 상대를 백퍼센트 확실하게 죽일 수 있다는 보장이 없는 한, 자신의 얼굴을 드러낸다는 리스크는 가능하면 피하고 싶은 것이 당연한 게 아닐까요?"

'그래, 나라도 도저히 얼굴을 드러내지는 못했을 거야.'

고즈에는 이 점에 관해서만은 유미코의 말에 동감했다.

"실제로 구츠와 기미히코는 마지막 타깃이었던, 아니 실제로 마지막인지 확인은 할 수 없는 상황입니다만, 이치로이 씨 살해에 실패하고 말았습니다. 그 결과 금방 신원이 드러나 버리지 않았습니까? 얘기가 좀 옆길로 샌 것일 수도 있겠습니다만, 사건 발생부터 현재까지 무려 4년 동안 구츠와 기미히코의 행방이 묘연해진 것으로 봐서 저는 그가 이미 죽었을 거라고 생각합니다."

"그건 왜죠?"

오츠카와의 갑작스러운 질문에 유미코는 바로 대답할 수 없었다. 서로의 의중을 살피는 침묵의 시간이 잠시 흘렀다. 그때 슈타라가 갑자기 침묵을 깨고 상황을 수습하는 듯한 말투로 끼어들었다.

"그러니까…… 이미 그는 어딘가에서 스스로 목숨을 끊은 것이 아닐까. 이즈미다테 선생님께서 말씀하고 싶은 것은 그런 거죠? 이치로이 씨에게 얼굴을 들켜 버려서 신원이 밝혀지고 수사망이 자신에게 좁혀 오는 것은 어차피 시간문제라고 생각했겠죠. 그래서 더 이상 도망칠 수 없다는 생각에 삶을 포기했다?"

"그랬지 않을까 합니다. 구츠와 기미히코는 결국 궁지에 몰려 자살했다고 말입니다. 그렇지 않다면 인간이 이렇게 오랫동안 몸을 숨기고 살 순 없을 것 같습니다. 아무튼 다시 앞의 얘기로 돌아가서, 그렇다면 어째서 그는 처음부터 마스크 등으로 얼굴을 감추고 범행을 저지르지 않았던 것일까요?"

"그러니까 그건 마스크 같은 거 쓰고 주택가를 어슬렁거리면 의심받기 때문이라니까요. 그것을 피하고 싶었던 겁니다. 저는 그뿐이었을 거라고 생각합니다만. 그게 아니라면 처음부터 그럴 생각이 없었을지도 모르고……."

"그럴 생각이 없었다는 건 무슨 의미인가요?"

슈타라가 앉은 자리에서 벌떡 일어서더니 티포트를 들고 오츠카와의 컵에 홍차를 리필해 주며 물었다.

"그는 자신의 얼굴을 숨길 생각이 전혀 없었다는 얘기입니다. 누군가에게 목격될지도 모른다거나, 범행에 실패할지도 모른다거나 그런 걱정은 전혀 없었던 게 아닐까요? 즉, 당당히 맨얼굴을 드러내며 연쇄 살인을 저지르는 행위에 따른 위험성과 불안은 전혀 염두에 두지 않았다는 겁니다. 구츠와 기미히코라는 소년이 상식적으로 도저히 이해 안 되는 광기에 심취해서 일련의 범행을 저질렀다면 충분히 그럴 수 있다고 생각합니다. 어때요?"

'하지만 만약 그가 그런 유형의 살인자라면 자살 같은 건 안 할 것 같은데…….'

고즈에는 유미코가 오츠카와에게 그렇게 반론을 할 거라고 예상했지만 결국 빗나갔다. 적어도 이때는.

"뭐, 그럴 수도."

일단은 오츠카와의 말을 무시할 생각인지, 유미코는 어중간한 말로 대응했다.

"그럴 수도 있겠습니다. 물론 그럴 수는 있겠지만, 저는 그렇지 않다고 생각합니다. 제가 이치로이 씨의 증언 등을 듣고 느낀 것은 살인이라고 하는 행위에 대한 구츠와 기미히코의 강렬한 집착이었습니다. 이는 곧 증오 같은 감정에 의한 것이 아닌가,

하는 생각이 듭니다."

"증오?"

마치 미리 약속이라도 한 듯 그 자리에 있는 전원이 복창한 그 단어가 전하는 울림에 고즈에는 서늘함을 느꼈다. 그것은 그녀가 가장 생각하고 싶지 않은 가설이었던 것이다. 살해당할 뻔할 정도로 남의 미움을 샀다니, 그것도 자신은 전혀 짐작도 할 수 없는 이유로……. 그 가능성을 생각할 때마다 과도한 스트레스로 괴로워했었던 고즈에는 사건 발생 후 10킬로그램 가까이 체중이 줄고 말았다.

"그건 피해자들에 대한 증오일까요?"

슈타라가 약간 조심스럽게, 하지만 분명히 이해하기 어렵다는 듯 고개를 갸우뚱하며 질문했다.

"단적으로 말씀드리면 그렇죠. 구츠와 기미히코는 피해자에 대한 격한 감정 때문에, 과감하게 얼굴을 드러내고 범행을 저질렀다고 생각해 볼 수도 있습니다. 좀 더 자세히 설명드리면 복면을 써서 피해자가 자신이 누구에게 살해당했는지도 모르고 이유도 모른 채 죽기를 바라지 않았던 겁니다. 그러니까 자신에 의해, 즉 구츠와 기미히코라는 인물에 의해 살해당했다는 그 사실을 되새기며 죽기를 원했다는 말이죠. 그런 감정을 증오로 해석하는 것이 적당한지는 둘째 치더라도, 저는 범인의 그런 강한 집착을 느꼈습니다."

'하지만…… 하지만 나는 구츠와 기미히코라는 이름조차 오늘 밤 처음 들었는데, 그런 애한테 미움을 사거나 극도의 감정을 품게 할 이유 같은 건 전혀 없단 말이야.'

그렇게 불만스러워하는 고즈에는 아랑곳하지 않고, 유미코는 얘기를 계속했다.

"그런데 말입니다. 이렇게 생각하다 보면 어떤 결정적인 모순에 부딪치게 됩니다. 여러분들도 기억하고 계시겠지만, 구츠와 기미히코의 수첩에선 극히 중요한 어떤 기술을 발견할 수 있습니다. 그건 다름 아닌 세 번째 피해자인 가마츠카 요시부미 씨에 관한 것입니다."

"아, '아저씨가 대머리면 어떻게 하지?' 어쩌고 부분 말씀이죠?"

자신도 그렇게 생각하고 있었다는 듯 활짝 미소를 지은 아리사가 손가락 사이에 끼운 담배 끝으로 허공에서 원을 그렸다.

"그런데 그 문장에는 뭔가 잘못 쓴 건지 세 글자가 까맣게 칠해진 부분이 있었죠."

"확실히 그는 일련의 사건이 자신의 범행임을 분명히 하고 싶었던 것 같습니다. 그 수단으로써 당초에는 피해자의 손가락이나 귀를 잘라서 증거품으로 사용한다는 극단적인 방법을 검토했던 것 같습니다만, 결국 머리카락을 언론에 보내기로 한 것입니다. 그로서는 네 건의 범행에 통일성을 부여해야 했으니까, 이런 사항들은 최초의 사건이 발생되기 전에 결정했겠죠. 그래서 세 번째로 노릴 예정이었던 가마츠카 씨가 만약 대머리라면 어쩌지, 라는 식으로 걱정을 했던 것입니다."

"그건 마치 구츠와 기미히코가 피해자에 대해서 전혀 모르고 있는 듯한 기술이네요. 한 번도 만난 적도 본 적도 없는 것처럼 말이죠."

"물론 이전에는 대머리가 아니었지만 세월이 흐르고 나이가 들어서 머리가 벗겨졌을까 봐 걱정했을 가능성도 있습니다만."

오츠카와가 그렇게 말하자 이번에는 노골적으로 그의 발언을 무시하며 유미코가 말을 이었다.

"이 경우 구츠와 키미히코는 그전까지 가마츠카 요시부미 씨라는 인물을 만난 적도 본 적도 없다고, 적어도 저는 그런 생각이 강하게 듭니다. 하지만 그렇다면 과연 이처럼 용모도 제대로 모르는 상대에게 방금 말씀드렸던 '강한 살의'를 품을 수 있을지, 적지 않은 의문이 생길 수밖에 없습니다."

"그러니까 이즈미다테 선생님께서는 이렇게 말씀하시고 싶은 거죠? 아무래도 구츠와 기미히코가 가마츠카 요시부미 씨를 죽인 것은 진짜 목표를 감추기 위한 위장술 같다고 말입니다. 그런 거죠?"

쓴웃음을 지으며 간신히 고개를 끄덕이기는 했지만, 일일이 끼어드는 듯한 오츠카와의 태도를 유미코가 짜증스러워한다는 것을 고즈에조차도 눈치챌 수 있었다. 정말 불편한 광경이었다.

자세히 보니 오츠카와의 시선은 계속 유미코에게 고정된 채 다른 곳으로는 전혀 돌리지 않고 있었다. 상대가 상당한 미인이기도 하고, 젊은 여성에게 관심을 받고 싶어 하는 나이 든 남자의 심리를 이해 못 하는 것은 아니지만, 고즈에도 유미코의 입장에서 생각해 보니 역시 그녀와 마찬가지로 진저리를 칠 것 같았다. 결국 관찰하는 제삼자의 입장에서 불쾌하다기보다는 오츠카와의 어프로치가 계속 헛도는 모습이 묘하게도 안타깝게 느껴졌다.

"경찰의 철저한 조사에도 불구하고 피해자들 사이에는 아무런 접점도 발견되지 않았습니다. 당연히 생전에 서로 아는 사이도 아니었고요. 이치로이 씨, 그렇죠?"

정신을 다시 가다듬었는지 유미코가 담배를 새롭게 한 대 물면서 말했다.

"네? 아…… 네."

고즈에는 갑작스러운 질문에 순간 당황했지만 바로 고개를 끄덕이며 대답했다. 하사타니 코지로도, 야토쿠라 미사토도 그리고 가마츠카 요시부미도 고즈에는 그 사건이 발생하기 전에 만난 적은 물론 이름을 들어 본 기억조차 없었다. 그녀는 이렇게 골치 아픈 사건에 피해자로서 같이 엮이지 않았다면 평생 만날 일이 없을 사람들이라는 것을 확신했다.

"저의 입장에서 말씀드리자면 다른 피해자분들과의 접점 같은 건 전혀, 아무것도 없습니다."

슈타라가 사이폰 추출기로 내린 커피를 자신의 컵에 따르며 말했다.

"하지만 분명히 동일범에 의한 소행인 이상 피해자인 네 사람에게는 뭔가 눈에 보이지 않는 공통점이 있는 게 아닌가 생각됩니다. 미스터리에서 말하는 이른바 '미싱링크'네요."

"미싱링크?"

"'잃어버린 연결 고리'란 의미입니다만."

들어 보지 못한 말이라 궁금해하는 고즈에에게 슈타라는 벼르고 있었다는 듯이 말했다.

"간단하게 설명드리면, 이번 사건처럼 동일범에 의한 연쇄 살인 사건임은 분명한데 피해자들의 상호 관계를 알 수 없다는 수수께끼에 포인트를 둔 작품군을 말합니다."

고즈에는 그제야 겨우 그 뜻을 이해할 수 있었다. 또한 피해자들의 접점이 그대로 범행 동기로 연결될 수 있겠다는 생각이 들었다. 물론 그녀로서는 확신이라기보다는 그럴 것 같은 느낌에 지나지 않았지만 이번 사건을 형용하는 단어로는 딱 어울린다는 생각이 들었다.

"미싱링크를 테마로 한 미스터리 고전은 존 로드(John Rhode)의 『프래드 거리의 살인(The Murders in Praed Street)』이 유명합니다. 다른 유명 작가의 작품 중에서 더 예를 들자면 엘러리 퀸(Ellery Queen)의 『꼬리 많은 고양이(Cat of

Many Tails)』나 요코미조 세이시의 『악마의 공놀이 노래』 등이 있겠네요."

본격 미스터리 전문가로서 자신의 분야에 대한 얘기를 하는 슈타라의 표정은 생기가 넘쳤다.

"이런 미스터리 작품의 경향을 기준으로 해서 대략적으로 생각해 보면, 일단 조금 전에 말씀드렸듯이 피해자 전원에게 뭔가 숨겨진 공통점이 있는 경우가 있고, 희생자들 속에 진짜 타깃을 숨기려고 살인을 저지르는 경우가 있습니다. 그런데 지금까지의 이야기로 비춰 봐서 이즈미다테 선생님의 의견은 후자 쪽인 것 같습니다. 즉, 구츠와 기미히코는 꼭 네 명 전원에게 살의가 있었던 것은 아니다, 그렇게 생각하시는 거죠?"

"그렇습니다. 적어도 가마츠카 요시부미 씨에 관해서는 범인이 그 용모조차 몰랐던 것을 보면 분명한 살의를 가진 대상으로 생각하기는 어려울 것 같습니다. 그래서 사실은 진짜 목적을 은폐하기 위한 범행으로 여겨집니다만."

"그렇군요. 잘 알겠습니다. 구츠와 기미히코의 진짜 목표가 사실은 이치로이 씨였다고 하고 싶으신 거군요."

오츠카와가 들뜬 듯 고조된 목소리로 말했다.

"네, 단적으로 말씀드리면 그랬던 것이 아닌가 생각됩니다."

이번엔 오츠카와를 무시할 수 없었던 것이 분했는지, 유미코는 순간적으로 입술을 비틀었지만 바로 표정을 누그러뜨렸다.

"그 이유는 자세하게 설명하지 않아도 모두들 알고 계실 것 같습니다만, 현재 구츠와 기미히코가 얼굴을 드러내고 범행을 저질렀다는 것이 확인된 건 고즈에 씨뿐이기 때문입니다."

"이즈미다테 선생님의 의견에 따르면 얼굴을 드러내고 범행을 저지른 것이야말로 살의를 증명하는 것으로 봐야 할 것 같군요. 바꾸어 말하면 이치로이 씨 이외의 피해자들, 그러니까 맨 처음 사건부터 세 번째 사건까지는 구츠와 기미히코가 마스크 등을 사용했을 가능성도 있다, 그런 말씀이시죠?"

"네, 세 명의 피해자들이 진정한 증오의 대상이 아니었다면요."

오츠카와를 대할 때와는 달리 유미코는 슈타라에게 극히 부드러운 말투였다. 고즈에가 보기에, 여러 가지 의미로 어린애 같고 믿음직스럽지 못한 인상의 슈타라에게 유미코가 남성적인 매력을 느끼고 있다고는 도저히 생각되지 않았기 때문에, 오츠카와에 대한 반발심을 표출하기 위해 일부러 그런 것 같았다.

"그것이 사실이라면 구츠와 기미히코의 진짜 타깃은 마지막 희생자라는 얘기군요."

"당연한 얘기지만, 그렇기 때문에 세 번째까지의 범행은 절대 실패하면 안 되죠. 진짜 목적을 달성할 때까지 문제가 생기면 안 되니까 필요 이상의 리스크는 피하고 싶었을 것이고, 얼굴을 드러내면서 범행을 저지르는 행동은 절대로 하면 안 되겠죠. 이왕에 얘기가 나왔으니 드리는 말씀인데요. 그가 광기에 휩싸여서 범행을 저질렀는지 여부는 둘째 치고, 자신의 정체를 숨기는 것에 소홀했다고 보기는 어렵습니다. 그건……."

유미코는 잠깐 말문이 막혔다. 이 논지라면 앞서 고즈에가 예상했던 자살에 관한 반론을 스스로 해 버리는, 즉 본의 아니게 자기모순에 빠지는 격이 된다는 것을 깨달았기 때문이었다. 그러나 도중에 물러설 수도 없다고 생각했는지 담담하게 말을 계속했다.

"구츠와 기미히코가 이미 자살했을 확률은 매우 높다고 생각합니다. 그건 이치로이 씨에게 얼굴을 들켜서 자신은 이제 끝이라고 체념했기 때문이겠죠. 그것을 전제로 연역해 보면 그가 범행에 실패해서 체포될 가능성에 대해 무관심했다고는 생각할 수 없습니다. 따라서 이치로이 씨 이외의 피해자들을 공격했을 때는 얼굴을 가렸을 것이라고 생각합니다."

"하지만 아무리 자신의 진짜 목적을 숨기고 싶은 이유가 있었다고 해도 그것 때문에 관계없는 사람을 희생시킬 수 있을까요? 무엇보다도 구츠와 기미히코는 당시 아직 열여섯 살…… 아, 아니, 정확하게 말하면 열일곱 살 먹은 고교생이었는걸요."

오츠카와는 이런 지적을 할 수 있다는 게 너무 기뻐서 어쩔 줄 모르겠다는 태도를 보였다.

"나이 같은 건 상관없습니다. 초등학생도 사람을 죽이는 경우가 있습니다."

진부한 말꼬리 잡기는 상대할 수 없다는 듯 유미코가 전혀 대응하려는 기색을 보이지 않자 슈타라가 그렇게 대신 반론했다.

"하지만 세 명이나 되는데? 세 명이나 관계없는 사람을 죽이다니."

'확실히 무리는 있죠. 하지만…….'

아마 사건 전의 고즈에라면 오츠카와의 지적에 전적으로 동의했을 것이다. 그러나 이미 비정상적인 경험을 해 버린 그녀에게 그런 말은 의미 없는 소리로밖에 들리지 않았다. 그래서 그녀는 생각했다. 인원수 같은 건 관계없다고, 셋이건 다섯이건 아무리 만나 본 적도 없는 상대라도 필요하다면 죽여 버릴 수 있는 것이라고, 그것이 인간이라고. 생각만 해도 무서운 얘기지만 그것이 현실이라고 말이다.

그때 슈타라가 고즈에의 기분을 대변해 주는 발언을 했다.

"그건 알 수 없는 것입니다. 이야기만 듣고 그런 말도 안 되는 게 어디 있냐고 일축하는 것이 상식적인 반응이겠지만, 세상은 항상 상식만이 통용되는 것은 아니지 않습니까? 때로는 어떤 잔혹한 일이라도 저지르는 것이 인간이니까요."

"맞는 말이야. 나도 그런 건 잘 알고 있네."

어린 후배로부터 따지듯 나무라는 얘기를 들어도 오츠카와는 기분 나쁜 기색이 없었다. 오히려 변함없이 이것저것 지적할 수 있는 것이 기뻐서 견딜 수 없다는 얼굴로 말을 이었다.

"하지만 이 경우 정말로 문제가 되는 것은 그런 게 아닙니다. 잘 생각해 보세요. 구츠와 기미히코에게는 자신의 진짜 목적이 이치로이 고즈에라는 여성을 살해하는 것이라고 세상 사람들에게 알려지면 안 되는 이유라도 있는 걸까요? 어떻게 생각하세요?"

*

갑자기 모두가 당황한 표정을 지었다. 유미코는 아무 말 못 하고 눈만 계속 깜박이고 있었다.

"만약 살해당한 사람이 이치로이 씨 한 사람뿐이고 유력한 목격자나 물적 증거도 발견되지 않았다고 해 봅시다. 그런 상황에서 구츠와 기미히코라는 고등학생이 용의자로 의심받게 될 만한 배경이 있을까요? 어떻게 생각하세요?"

"나루토모?"

요보로베가 그 질문에 유일하게 대답해 줄 수 있는 사람이라고 생각했는지 후배 형사의 이름을 불렀다.

"그 점에 관해서는 어때? 어디까지나 가정이라고는 하지만 그런 배경 같은 것이 있었나?"

나루토모는 주저하지 않고 바로 대답했다.

"아뇨, 전혀 없습니다. 이치로이 씨 한 사람만 살해당했다면 그것만으로 구츠와 기미히코가 용의 선상에 오를 가능성은 없었었을 겁니다."

그 말을 들은 고즈에는 생각했다.

'당연히 그렇겠지. 나와 그 소년 사이에는 정말로 아무런 관계가 없으니까……. 아냐, 그렇지만…… 그렇지만 그건 경솔한 생각일지도 몰라.'

고즈에는 다시 생각해 보았다. 어쩌면 그녀만 몰랐을 뿐, 구츠와 기미히코가 고즈에의 존재를 잘 알고 있을 가능성은 있는 것이다. 사람들의 얘기를 듣고 있던 사이 고즈에는 문득 그날의 정경이 뇌리에 선명하게 떠올랐다.

그녀를 죽이려 했던 구츠와 기미히코의 두 눈, 그것은 분명히 증오로 가득 찬 것이었다. 적어도 사람들 얘기처럼 위장하기 위해 공격했다거나 진짜 목표를 숨기기 위해 살인을 저지르는 사람의 표정은 아닌 것 같았다. 물론 확증이 있는 건 아니지만 그의 표정에서는 살의가 극에 다다른 아주 강한 충동이 느껴졌다. 하지만 그 이유를 생각해 보면 전혀 짐작이 가지 않았다. 성폭력이 그의 목적이었다면 이렇게 고민할 필요도 없었다. 그러나 그런 느낌의 거동은 전혀 없었다. 그는 다짜고짜 고즈에를 죽이려고만 했고 조금도 주저하지 않았다.

한편으로, 다른 세 명의 희생자가 위장인지 아닌지는 모르겠지만, 그녀가 진정한 살해 목표라는 얘기는 실제로 죽을 뻔한 고즈에에겐 무서울 정도로 상당히 설득력 있게 들렸다. 어쩌면 정말 그런 것일지도 모른다는 생각이 들었다. 하지만 고즈에가 정말 알고 싶은 것은 그게 아니었다.

유미코가 정신을 가다듬으며 말을 이었다.

"구츠와 기미히코의 시각에서 본다면 자신이 강한 살의를 품고 있기 때문에 이치로이 씨가 살해당하면 누군가 자신에게 의혹의 시선을 보내지 않을까 하는, 일종의 자의식 과잉에서 비롯된 착각을 했을지도 모릅니다."

"하지만 일단 고즈에 씨는 그 정도로 원한을 살 만한 기억은 없지 않나요?"

오츠카와가 노골적으로 즐거운 표정을 지으며 고즈에 쪽으로 몸을 내밀며 물었다. 다소 건설적인 의견을 개진해 주려는 유미코의 말을 거침없이 부정하는 오츠카와의 행동이 불쾌했지만 고즈에는 고개를 가로저을 수밖에 없었다. 분했지만 어쩔 수 없었다. 유미코 역시 다른 피해자들이 진짜 목표를 숨기기 위한 위장이었다는 가설을 주장하는 것까지는 그럭저럭 자신이 있었지만 구츠와 기미히코의 궁극적인 살해 동기까지는 아직 생각해 내지 못한 듯했다.

"생각해 보세요, 아무리 그래도 한 사람의 피해자를 숨기기 위해 관계없는 사람을 세 명이나 죽인다는 건 너무 극단적인 거 아닌가요?"

천진한 표정으로 자신이 이겼다는 듯 말하는 오츠카와에게 고즈에는 더욱더 화가 치밀었다.

'이게 너무 극단적이다, 라는 말로 단정해 버릴 수 있는 문제야? 그런 일방적인 사고로 무슨 대화를 하자는 거야. 어차피 이 사건 자체가 너무 극단적인 거 아니야? 실제로 내가 죽을 뻔했고 세 사람이 살해당했다고. 이 늙은이는 그런 사실을 제대로 알기나 하고 말하는 걸까?'

고즈에는 이렇게 일반적인 사고방식만으로 판단할 거라면 이런 특별한 모임 같은 건 할 필요가 없을 것 같다는 생각이 들었다. 고즈에의 그런 반발심을 대변이라도 하듯 말을 꺼낸 사람은 이번에도 젊은 슈타라였다.

"과연 그런 것일까요? 아, 물론 오츠카와 선생님의 말씀도 일리가 있다고 생각합니다. 일반적인 사고방식으로는 그렇지만, 솔직히 이 사건 자체가 극단적인 것 아닌가요? 아무런 관계도 없어 보이는 남녀가 네 명이나 살해되었습니다. 이는 움직일 수 없는 사실이고, 뭔가 극단적인 의도나 사상이 배후에 숨겨져 있다고 해도 이상하지 않다고 봅니다. 그렇죠?"

"그건 물론 그렇지만……. 그렇다면 슈타라 군은 어떤가? 자네도 '위장설' 쪽인가?"

둔한 건지 어떤 건지, 오츠카와는 자신이 반론할 때나 반론당할 때나 똑같이 기뻐 보였다.

"뭐, 그렇다고 봐도 상관없겠네요. 단, 이치로이 씨가 구츠와 기미히코의 진짜 타깃이었다고는 생각되지 않습니다."

"호오~ 그렇군. 그럼 슈타라 군은 그가 진짜 죽이고 싶었던 사람이 누구 같은가?"

"제 생각에 특정한 누구를 죽이고 싶었던 것은 아닐 것 같습니다."

"엥? 그게 무슨 소리지?"

그동안 태연자약했던 오츠카와조차 이번에는 당황한 듯했다. 물론 다른 사람들도 모두 놀란 표정을 감추지 못했다.

"죽일 상대는 누구라도 상관없었고, 네 명의 피해자도 순전히 무작위로 선택된 것이라고 생각합니다. 제가 이렇게 생각하게 된 이유는 이 연쇄 살인 사건 자체가 구츠와 기미히코에게는 커다란 위장에 불과했기 때문입니다."

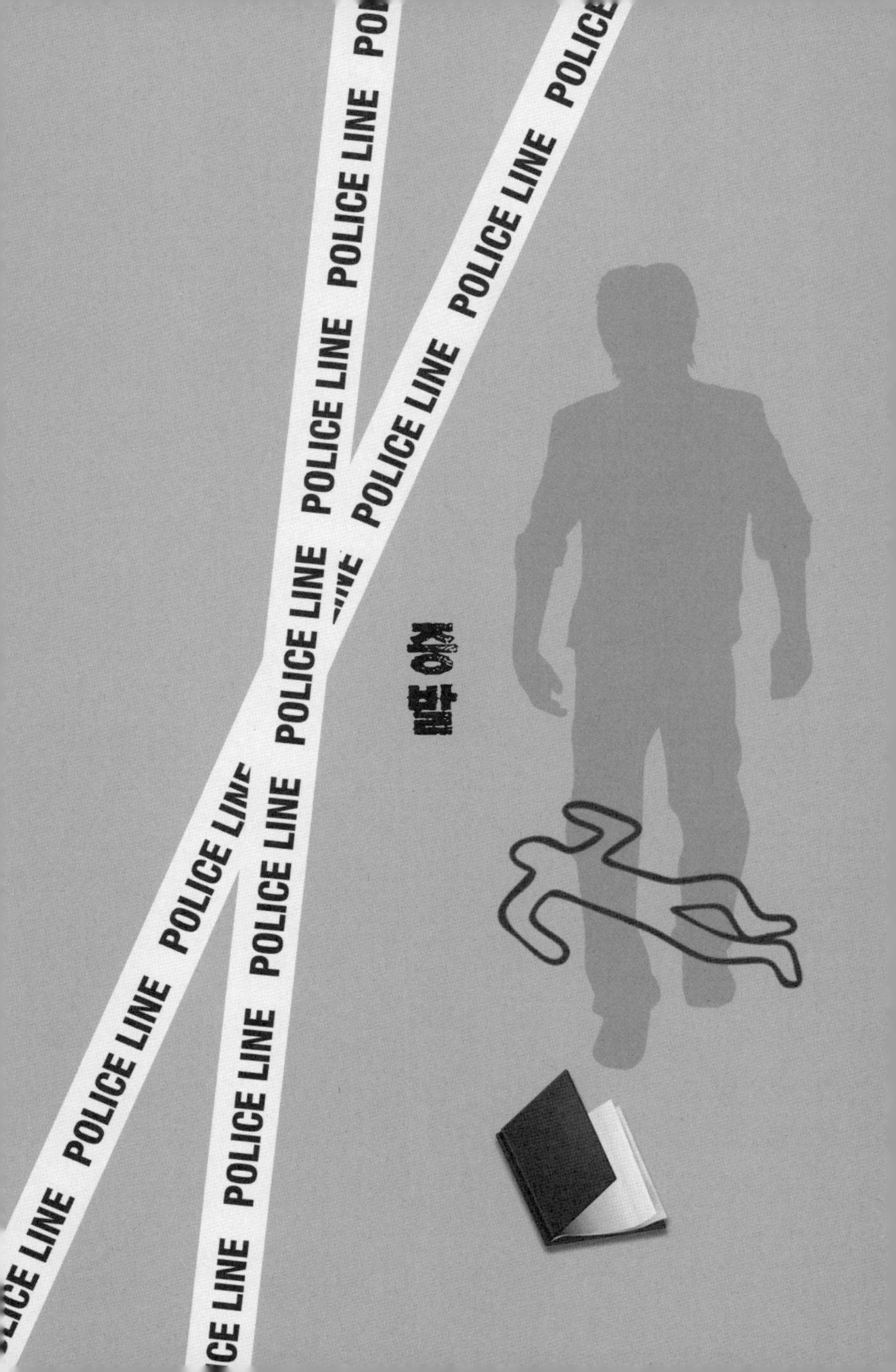
POLICE LINE

消

슈타라는 이번에도 의자에서 벌떡 일어서더니 마치 연극 무대 위의 배우처럼 과장되게 팔을 펼치는 동작을 하며 응접실을 누비기 시작했다.

"너무 추상적인 말씀을 드려서 죄송합니다만, 구츠와 기미히코의 목적은 자신의 '전지전능함'을 자기 자신에게 증명하는 것에 있다. 저는 그렇게 생각합니다. 바꾸어 말하면 일종의 '영웅'이 되려는 심리가 강하다고 할 수 있습니다. 물론 객관적으로 보면 '영웅'이라기보다는 '괴물'입니다만. 그렇습니다, 그는 '괴물'이 되자는 생각을 했던 것입니다. 국가가 정한 법도 인간의 도덕성도 초월한 존재가 되어 보이겠다고 말입니다. 그러니까 자신은 그만한 가치가 있는 특별한 인간이라는 비뚤어진 우월 의식이 모든 것의 출발점이었던 겁니다."

고즈에는 슈타라의 낭랑한 연설에 압도당하기도 했지만 어리둥절한 느낌도 있었다. 스스로 추상적인 얘기라고 양해를 구하면서도 자신 있게 의견을 펼치는 그의 모습에 묘한 감동마저 느꼈다.

"그것을 실현하기 위해서 그는 시나리오를 썼습니다. 모든 것을 자신의 계획대로 진행하고, 경찰을 따돌리고, 감쪽같이 성공을 거두겠다는 야심에 휩싸여서 말이죠. 그리고 자신의 계획을 실행에 옮긴 것입니다."

"잠깐만."

씁쓸한 미소를 지으며 그의 연설을 가로막은 사람은 야츠메 아리사였다.

"그렇군. 세상을 시끄럽게 함으로써 혹은 무의미하게 타인의 생명을 빼앗음으로써 자신의 절대적인 위대함을 재확인하고 싶었다? 그런 생각 자체는 꽤 그럴듯하네. 어린애의 생각 같은 단순함마저 느껴져, 어찌 보면 매우 리얼한 느낌도 있어."

"그렇지? 약간 의미가 다를 수도 있지만 현대판 '라스코리니코프'라고 할까? '비대해진 에고'의 폭주, 그것이 이 사건의 진상이 아닐까 해."

'라스코리니코프'는 러시아의 대문호 도스토옙스키의 『죄와 벌』에 등장하는 주인공의 이름이다. 고즈에에게도 그 정도의 지식은 있지만, 그런 이름을 이런 자리에서 들으니 솔직히 위화감이 앞섰다. 그도 그럴 것이, 고즈에가 알기로 라스코리니코프는 단순히 물욕 때문에 고리대금업자 노파를 죽인 인물에 지나지 않아서 순수한 살의의 화신처럼 보였던 구츠와 기미히코의 이미지와 겹치는 부분은 한 군데도 없어 보였다. 하지만 솔직히 그녀는 『죄와 벌』을 제대로 읽어 본 것은 아니고 개요만 알고 있기 때문에 그 작품의 깊은 이해를 전제로 슈타라가 라스코리니코프라는 이름을 꺼냈다면 그의 가설을 이해하는 데 꽤 어려운 작업이 필요할 것 같았다.

"그러니까 구츠와 기미히코는 자신이 괴물임을, 아니 그의 생각대로라면 영웅이라고 해야 하겠지만, 아무튼 그것을 증명하고 싶었다. 그리고 결국 그 무서운 충동을 참지 못하고 실행에 옮긴 것이다. 슈타라 씨가 말하고 싶은 것은 그런 거지?"

"바로 그거야."

"하지만 굳이 살인이라는 극단적인 방법을 선택한 이유는 뭐지?"

"그건 본인에게 물어봐야겠지. 아니 이건 농담이고, 살인이야말로 자신의 두뇌와 힘을 증명하는 수단이라는 결론에 이르는 사고 과정은 타인이 이해할 수 있는 것이 아니겠지. 그래도 한 가지 말할 수 있는 건, 타인의 생명을 자신이 마음대로 할 수 있다는 것이야말로 인간에게 있어서 우월감을 자극하는 감미로운 마약이라는 사실이야. 일반적으로 생각해도 그래. 통상적으로는 벌을 받아야 하는 행위도 자신은 타인보다 우월한 존재라 특별히 용서받을 수 있다는 미친 논리에 빠진 인간이 살인을 저지르는 것은 그리 어렵지 않을 수 있어. 그것은 이미 나치즘 같은 역사가 증명하고 있지."

고즈에는 슈타라가 말하는 내용보다 그가 야츠메 아리사를 대하는 태도가 신경 쓰였다. 연령으로나 커리어로나 슈타라는 그녀에게도 오츠카와를 대할 때처럼 조심스러운 경어를 써야 하는 것이 맞다. 그런데 야츠메 아리사에게는 마치 자신의 여동생을 상대하고 있는 것처럼 가벼운 말투였다. 그럼에도 불구하고 아리사는 그런 그를 오히려 적극적으로 받아들이고 있어서 둘이 상당히 친한 사이라는 느낌을 주었다. 아무래도 두 사람 사이에는 '남녀 관계'라도 있는 것이 아닐까 의심이 될 정도였다.

고즈에는 슈타라가 기혼인지 아닌지는 모르지만 아리사 쪽은 확실히 이혼 후 다른 남성과 결혼한 것으로 알고 있었다. 그런 그녀가 슈타라와 그런 의미로 '친밀'하다면 이것은 불륜 관계가 된다. 하지만 그것이 도저히 믿기지 않는 고즈에는 살짝 어깨를 움츠리며 이 두 사람은 아무리 봐도 어울리지 않는다고 생각했다. 물론 지적이고 견실한 여성일수록 사회 부적응자 같은 못난 남자에게 끌리는 경우가 자주 있다. 하지만 만약 둘이 정말 그런 사이라면 오히려 사람들 앞에서는 좀 더 서먹서먹하게 행동했을 것 같았다.

'아니, 잠깐. 혹시 주위 사람들이 그렇게 생각할 것을 미리 알고 역수를 둔 건가?'

어쨌든 두 사람 다 미스터리 소설을 쓰는 사람이다. 실생활에서도 사람들의 예상을 뛰어넘는 방식으로 남몰래 일종의 '악취미'를 즐기고 있다고 해도 전혀 이상하지 않을 것 같은 느낌이었다. 아리사가 슈타라에게 의미심장한 눈빛을 반짝였다.

"그래서 구츠와 기미히코는 '비대해진 에고'의 폭주로 인해 선을 넘어 버렸다는 얘기군. 그럼 그가 하사타니 코지로, 야토쿠라 미사토, 가마츠카 요시부미 그리고 여기 계신 이치로이 고즈에 씨라는 특정된 네 사람을 희생자로 선택한 이유는 뭐지? 도대체 무슨 기준으로 그렇게 된 거야?"

"그건 무작위였다고 생각해. 아까도 말했듯이 이들이 피해자로 선택된 건 순전한 우연이었어. 그 증거로 아무런 공통점이 발견되지 않았잖아. 중년의 남자 의사, 초등학생 여자아이, 무직의 독거노인 그리고 극히 평범한 회사원, 정말 제각각이 아닐 수 없어. 일부러 이렇게 고른 것 같아. 연령이나 성별에 관계없이 차별하지 않고 선택했다는 얘기지. 핵심을 찔러 보자면 이 또한 구츠와 기미히코가 비정상적인 논리로 자신의 초월성에 집착했던 방증의 하나라고 볼 수 있어. 즉, 상대의 입장이나 환경에 관계없이 모든 인간의 생살여탈권은 자신이 쥐고 있다고 생각했던 것 같아. 그렇게 자기도취에 빠져 있었던 거야. 그 결과가 이렇게 한눈에 봐도 터무니없는 선택의 결과로 나타난 거지."

"흐음, 그렇다면 피해자 네 명이 어떤 기준으로 선택되었는지에 대해서는 특별한 생각이 없었다, 라는 뜻이라고 봐야겠네. 잘 알았어. 후후, 말을 끊어서 미안해. 자, 계속해 봐."

아리사는 이번에도 의미심장한 눈빛으로 요염한 미소를 지었다. 조금 전까지만 해도 와이드 쇼를 지켜보는 호기심 많은 관객 같았던 고즈에는 갑자기 마음이 불편해졌다. 아리사가 도대체 무슨 생각을 하고 있는지 궁금해진 것이다.

그녀의 말투로 미루어 보면 구츠와 기미히코가 피해자들을 선택한 기준에 관해서 무엇인가 구체적인 가설을 가지고 있는 듯했다. 더 나아가 그것은 범행 동기에 관한 해명과 직접 이어지는 견해라고 판단해도 크게 틀리지 않을 것이다. 고즈에는 한시라도 빨리 아리사의 의견을 듣고 싶어서 마음이 급해졌지만 슈타라의 설명은 이제부터인 것 같아서 일단 참기로 했다.

"그래? 그럼 계속해도 되는 거지? 자, 그런 연유로 구츠와 기미히코는 자신과는 전혀 관계도 없고 일면식조차 없는 타인인 네 사람의 남녀를 무작위로 선택한 다음, 오로지 자신의 비대해진 에고를 만족시키기 위해 희생시킨 겁니다. 따라서 이치로이 씨가 구츠와 기미히코라는 소년에게 죽이고 싶을 정도로 깊은 원한을 갖게 한 기억이 없는 것도 지극히 당연한 것입니다."

무슨 말인지 알겠냐는 듯 슈타라는 고즈에의 앞에 멈춰 서서 그녀의 얼굴을 들여다보았다. 그녀는 슈타라의 말을 완전히 납득하진 못했지만 할 수 없이 고개를 끄덕였다.

"이것은 결코 제가 마음대로 갑자기 생각한 것이 아닙니다. 구츠와 기미히코는 학교 성적이 아주 뛰어나지는 않았지만 꽤 똑똑한 소년이었다고 합니다. 일찍이 초등학생 때부터 신문을 읽는 습관이 있었고, 중학생 때부터는 문고본 책과 친숙해지면서 어려운 문학 작품 등을 소재로 주위의 어른들과 토론을 할 정도였다고 합니다. 그것도 자진해서 적극적으로 말입니다. 다소 무리한 느낌은 있지만 어지간히 조숙했나 봅니다. 그는 나름대로 철학 사상가를 자처했었던 것 같습니다. 예를 들어 이런."

슈타라가 테이블 위에 올려놓은 커다란 봉투에서 종이 다발을 꺼냈다. 그리고 모두에게 한 장씩 나누어 주었다. 그것은 손으로 쓴 작문의 복사본이었다. 괘선이 같이 복사되어 있는 것을 보니 아무래도 대학 노트 같은 데다 쓴 것 같았다.

그것을 본 고즈에는 숨이 멎는 느낌이었다. 눈에 익숙한 필적이기 때문이었다. 그랬다. 그것은 문제의 학생 수첩의 것과 같은 필적이었다. 그 소년, 구츠와 기미히코가 쓴 글이었다. 거기에는 '타인에 대해 우월 의식을 가질 수 있는 가장 효과적인 것은 무엇일까? 그것은 바로 불행이다.'라는 제목 같은 것이 적혀 있었고, 두서없는 문장이 이어져 있었다.

인간으로서 타인에 대해 우월감을 느낄 수 있는 가장 효과적인 무기는 무엇일까? 그것은 바로 불행이다. 왜냐하면 불행을 짊어지고 있는 인간들만큼 이득을 보는 경우가 없기 때문이다. 그들은 '무적의 불행'을 자랑할 수 있으며, 가만히 있어도 남들이 동정을 해 준다.

부모가 이혼했다거나, 가족 중 누군가가 아프다거나 혹은 자살한 친구가 있다거나, 뭐든 상관없다. 불행을 하나라도 안고 있으면 특별 대우를 받으며 인생이 편해진다.

그 증거로, 특별히 불행다운 불행을 갖지 못하는 환경에 놓인 사람이 얼마나 타인에게 업신여김을 당하는지를 보면 알 수 있다. 철부지라는 둥, 고생 모르는 응석받이라는 둥, 마치 뭔가 나쁜 짓이라도 한 죄인인 양 한 단계 낮은 인간 취급을 당하며 살아야 한다.

그에 비해 불행이라는 무기를 가진 인간들은 가만히 앉아서 이득을 보고 있다. 불행하다는 것만으로 왠지 남보다 나은 듯 잘난 척을 할 수 있다. 그 자체도 눈꼴사나운데 더욱 울화가 치미는 건 그 인간들이 결국 그 불행을 이용해 이득을 보고 있다는 것을 지적할 수 없다는 사실이다. 누구나 다 아는 일인데도 아무도 그것을 지적하지 못한다.

그럴 수밖에 없는 것이, 그 인간들이 불행으로 이득을 보고 있다고 말하는 사람은 나쁜 놈이라고 비난받기 때문이다. 짐승만도 못한 인간 취급을 하고, 피도 눈물도 없는 인간이라며 혐오한다. 다들 그것이 두려운 것이다. 세상 사람들로부터 이기적이고 동정심이 없는 인간이라고 낙인찍히는 것이 무엇보다도 두려운 것이다.

하지만 나는 두렵지 않다. 전혀 두렵지 않다. 사실은 사실이라고 분명하게, 할 말은 언제라도 몇 번이고 할 수 있다. '불행이란 무기를 가진 너, 너는 그것을 이용해 이득을 보고 있는 거야.'라고 말이다.

절대로, 그렇지 않다고 말 못 하게 할 것이다. 그리고 이렇게 말할 것이다. '바꾸어 말하면, 그 불행이 없으면 너는 아무런 가치도 없는 인간이야. 그거 알고 있어? 너는 텅 빈 껍데기란 말이야.'라고.

다 읽고 난 고즈에는 글 속에서 느껴지는 구츠와 기미히코의 '일그러진 분노' 때문에 오싹한 기분이 들었다. 그 글은 분명히 고등학생의 수준을 뛰어넘는 필력을 보여 줬지만, 오히려 그 때문에 뭐라 말할 수 없는 섬뜩함이 더 크게 느껴졌다. 결코 과장이 아니라 그 글에는 비뚤어진 집념이 노골적으로 드러나 있었다. 고즈에처럼 실제로 구츠와 기미히코의 손에 죽을 뻔한 경험이 없는 다른 사람들조차 그것을 느낄 수 있었는지 참석자들 모두가 그 종이를 바라보며 눈살을 찌푸리고 있었다.

모두가 다 읽은 것 같자 슈타라는 설명을 재개했다.

"이건 구츠와 기미히코의 자택에서 발견된 노트에 적혀 있던 글입니다. 이렇게 일기 혹은 에세이 식으로 쓰인 문장은 이 밖에도 많이 있습니다. 글을 쓰는 것을 생업으로 하는 사람의 입장에서 말씀드리면, 나이에 비해 상당한 수준의 문장력이라 고등학생이 쓴 글이라고는 믿지 못할 정도입니다. 물론 이것이 구츠와 기미히코 본인이 쓴 것인지는 필적 확인 결과가 나와야 알 수 있지만 말입니다."

"역시…… 그랬던 건가? 그래서……."

이제야 잘 알겠다는 듯, 아리사는 그렇게 말하며 혼자 고개를 끄덕였다. 그러다가 사람들의 시선이 자신에게 집중된 것을 알아차리곤 황급히 손을 흔들면서 사과했다.

"아, 방해해서 미안. 계속해 줘."

"의견이 있으면 서슴지 말고 말해도 돼."

"아니야, 나중에 할게."

아리사는 슈타라에게 장난스러운 표정으로 윙크했다.

"그래? 무슨 말을 하고 싶은지 궁금하네. 그럼 좋아. 아무튼, 이 밖에도 흥미로운 문장이 많이 발견되었습니다만, 구츠와 기미히코의 인간성을 여실히 보여 준다는 의미에서 이 '불행의 무기'라는 내용은 아주 적당한 예라고 생각합니다. 그리고 하나 더 보여 드리고 싶은 것이 있는데, 이것입니다."

슈타라는 또 다른 복사지를 모두에게 나누어 주었다. 그곳에는 역시 조금 전과 같은 필적으로 이런 내용의 글이 적혀 있었다.

정직하면 바보 취급당한다더니, 정말 그렇다. 정말이다, 정말. 그러니 학교생활에서도 우등생은 바보 취급만 당하는 것이다.

우등생이 돼 봤자 바보 취급만 당하고 좋은 거 하나도 없다. 한 번도 지각하지 않고 성실하게 교칙을 지켜 봤자 좋게 생각해 줄 인간은 어디에도 없다. 그러기는커녕 오히려 뒤에서 욕이나 하고 선생한테 잘 보이려고 저런다는 소리만 듣는다.

그렇다면 선생들은 우등생이라고 마음에 들어 할까? 그렇지 않다. 그 이유는 간단하다. 우등생을 좋아하는 선생은 없기 때문이다. 다들 좋아할 것이라고 잘못 생각하고 있지만 말이다.

학교 선생이 우등생을 인간적으로 좋아해 줄 일은 절대 없다. 그냥 교칙을 잘 지키고 말썽을 부리지 않아서 일일이 신경 쓸 필요가 없기 때문에 편해서 좋은 존재, 그 정도로밖에 생각하지 않는다. 일종의 투명인간 같은 존재이다.

그 증거로, 어쩌다가 그 투명인간이 실수로 문제를 일으키면 엄청나게 혼난다. 똑같이 교칙을 어겨도 평소에 말썽이 많은 학생들은 절대 그 정도로 혼내지 않으면서. 그러니까 평소에 말 잘 듣는 학생일수록 특히 심하게 대하는 것이다.

성실한 학생 같은 건 못 해 먹을 짓이다. 선생한테 그런 취급이나 당하면서 평소에 하고 싶은 것도 못 하고 얌전하게 질서를 지키려고 노력하는 학생만큼 부질없는 존재는 없다.

'불량 학생'이란 말, 이제는 잘 안 쓰는 단어인 것 같지만 선생들은 사실 불량 학생을 좋아한다. 아무리 봐도 불량 학생들을 편애하고 있는 것 같다. 물론 그들에게도 주의를 주거나 혼내기도 한다. 하지만 이른바 우등생에 대한 냉랭한 태도에 비하면 훨씬 인간적인 대접을 하고 있다. 생각해 보면 반에서 제일 불량한 애들을 자기편에 두는 것이 선생으로서도 위엄을 나타내기 좋겠지. 반 전체를 다루기도 편할 것이고.

선생에게 있어서 우등생이란 건 가만히 있어도 얌전히 있어 주니까 내버려 두고 신경 쓰지 않아도 되는 존재다. 그래서 불량 학생들에게 주는 애정의 최소한 몇 분의 일도 쏟아 주지 않는다. 뭐야, 그게 뭐냐고.

부질없다. 정말 부질없다. 우등생은 어째서 자신을 그렇게 헛된 존재로 만드는 것일까? 불쾌한 대접을 참아 봤자 아무도 존경해 주거나 고마워하지 않는다. 게다가 무시당하는 것도 모자라서 심할 경우 멸시까지 당한다.

'나는 너처럼 성실하게는 못 살거든.'이라며 빈정거리는 놈들의 태도를 보면 알 수 있듯 '성실함'이란 놈들에게 있어서 '무능함'과 같은 뜻이다. 즉, '나는 너처럼 바보도 아니고 무능한 존재도 아니야.'라고 말하고 싶은 것이다.

웃기지 마. 이 세상에 그런 성실한 인간이 한 사람도 없다고 생각해 봐. 이 사회가 제대로 돌아갈 것 같아? 너희들이 실컷 평범한 생활을 할 수 있는 것은 너희들이 그렇게 무능하다고 경멸하는 인간 덕분이라는 거 생각해 본 적이나 있냐?

얼마 전에 잡지를 읽다가 예술가인 척하는 인간이 나오는 '문화인 인터뷰'라는 것을 봤는데, 겉으로는 '샐러리맨 실격'이라며 자신을 비하하는 척했지만 사실은 '다른 인간들보다 내가 더 섬세하고 우수하다.'고 말하는 것이 너무 역겨웠다.

뭐? '나는 매일같이 회사와 집을 왔다 갔다 하는 규칙적인 삶은 절대 못 하는 쓸모없는 인간이에요.'라고? 그래? 그렇다면 그렇게 쓸모없으니 내가 죽여 줄까? 나는 그렇게 말해 주고 싶었다, 진심으로.

그러니까 '무능한 것들은 열심히 샐러리맨이나 해라. 나는 재능이 있어서 자유업으로 살 수 있으니.'라고 말하고 싶은 거지? 너는 일반적인 샐러리맨을 '회사에 예속되는 것에 만족하며 살고 있는 주체성이 없는 인간들'이라며 경멸하고 싶은 모양인데, 그 샐러리맨이 이 세상에서 한 사람도 남김없이 없어진다고 생각해 봐라. 도대체 세상이 어떻게 될 거 같아? 지금처럼 평화로운 생활을 제일 먼저 할 수 없게 되는 건 아마 네가 될 걸. 너처럼 똥 같은 음악이나 하면서 실컷 살고 싶은 대로 살다가 허영덩어리의 바보 같은 여자나 만나서…….

거기서 갑자기 끊어져 문장이 완성되지 않았다. 구츠와 기미히코의 필적이 수많은 벌레들이 이리저리 뛰어다니는 것처럼 흐트러질 대로 흐트러져 있는 것으로 봐서 격한 감정 상태에서 마구 갈겨쓴 것임을 알 수 있었다. 그가 '죽여 줄까?'라고 한 문화인이 누구인지는 적혀 있지 않았지만, 아마도 가수나 뮤지션으로 추측되었다. 이 글 역시 훌륭한 문장에 어른 못지않은 날카로운 비판을 담고 있다고 할 수 있지만 그 바닥엔 무언가 비뚤어진 것이 고여 있었다.

슈타라는 모두의 반응을 하나씩 확인하면서 천천히 곱씹듯이 말했다.

"즉, 구츠와 기미히코는 자신은 다른 사람보다 훨씬 뛰어난 사람이라고, 아니 뛰어난 사람이어야만 한다는 일종의 강박 관념의 소유자였던 것 같습니다. 물론 그것은 말할 필요도 없이 콤플렉스의 반어법적 표현입니다. 뻔뻔스럽게 자신을 '성실한 우등생'이라고 생각하거나, 하고 싶은 일을 참고 있는 것은 어디까지나 자신만이라고 단정 짓고 있는 것이 그 증거겠죠. 그가 이런 식으로 자신의 생각을 문장화하는 습관을 가지고 있었던 건, 생각을 정리할 때의 습관이라기보다 여러 가지 잡념들을 언어화할 수 있는 능력이 있는 자신을 재확인함으로써 자신의 우수성에 도취되고 싶은 욕망이 작용했기 때문이 아닐까요? 하지만 그렇게 자신을 다른 평범한 고등학생들과는 수준이 다른 존재라고 믿으려 했음에도 불구하고, 어떤 계기에 의해 결코 그렇지 않다는 현실을 알게 돼 버린 것 같습니다. 하지만 이미 비대해진 이기심은 허구와 현실의 차이를 견디지 못했으며, 마침내 자신의 우월성을 결정적으로 증명하기 위해 살인이라는 극단적 방법을 택할 수밖에 없는 지경에 이르게 된 것입니다."

가만있으려고 했지만 더 이상 참을 수 없다는 듯 유미코가 끼어들었다.

"만약 그렇다고 한다면 어째서 구츠와 기미히코는 얼굴을 노출한 채 범행을 저질렀을까요? 슈타라 씨의 말씀에 따르면 네 명의 피해자 각각에 대한 그의 인식엔 별 차이가 없는 것으로 보입니다만. 그렇다면 혹시 구츠와 기미히코는 이치로이 씨 때만이 아니라 다른 범행에서도 얼굴을 노출하고 있었다고 생각하시는 것입니까?"

'잘 지적해 주셨습니다.'라고 말하고 싶은 듯, 슈타라는 두 손을 비비며 유미코를 향해 걸어갔다.

"그렇습니다, 선생님. 바로 그것입니다. 구츠와 기미히코는 얼굴을 노출한 채 범행을 저질렀다고 생각됩니다. 물론 모든 범행에서 말입니다. 그러나 그것은 피해자들을 향한 증오 때문이 아닌 자기만족을 위해서였습니다. 그는 죽어 가는 피해자들의 뇌리에 초월적인 자신의 얼굴을 새겨 줌으로써 뒤틀린 우월감에 젖은 자신을 만족시키고 있었던 것입니다."

"자네는 마치 당시 사건 현장에 있었던 것처럼 말하는군."

*

오츠카와의 비꼬는 말투에도 슈타라는 전혀 동요하지 않았다.

"직접 보지는 못했지만 그렇게 생각하게 된 근거는 분명히 있습니다. 여러분들도 모두 아시죠? 이치로이 씨의 신고로 경찰들이 들이닥쳤을 때, 사건 현장인 '메종포르테'의 1층 복도에서 어떤 남자가 서성대고 있었다는 걸."

"모미야마 케이이치?"

"맞아."

슈타라는 연극 같은 동작으로 아리사를 손가락으로 가리켰다.

"그는 이치로이 씨의 비명을 듣고 바로 자기 방인 102호에서 튀어나왔다고 했습니다. 자, 여기서 본인에게 확인하고 싶은데요. 이치로이 씨, 당신이 비명을 질렀을 때 구츠와 기미히코는 아직 사건 현장인 106호 안에 있었던 거죠?"

"네, 그렇습니다. 그랬지만 금방 달아난 것 같았어요. 저는 정신을 잃어서 그가 달아나는 것을 제대로 보지 못했지만요."

왜 여기서 모미야마 케이이치의 이름이 나오는 건지 고즈에는 아직 잘 몰랐다.

"만약 구츠와 기미히코가 106호 현관문으로 달아났다면 분명히 복도에서 모미야마 케이이치와 마주쳤겠죠. '메종포르테' 건물 현관은 101호 쪽에 있고 106호 쪽은 이웃 주택의 벽으로 막혀 있었으니까요. 이웃 주택과의 사이엔 사람이 통과할 수 있을 정도의 틈이 없었습니다. 따라서 그쪽으로는 탈출할 수 없었습니다."

'아!'

고즈에는 겨우 슈타라가 무슨 말을 하고 싶은 건지 알 수 있었다.

"그러나 모미야마 케이이치는 경찰들이 도착하기 전까지 구츠와 기미히코는 물론 다른 누구와도 마주치지 않았다고 증언했습니다. 나루토모 씨, 그게 맞죠?"

나루토모도 슈타라의 논지를 깨달았는지 심각한 표정을 지었다.

"네, 맞습니다. 그는 당초 비명 소리가 바로 옆에 있는 103호에서 난 줄 알았다고 했습니다. 그래서 먼저 103호의 초인종을 눌렀었죠. 몇 번이고 눌러도 대답이 없어서 창문을 통해 실내를 들여다봤는데 인기척이 느껴지지 않아서 아무래도 집을 비운 것 같다고 판단했습니다. 참고로 모미야마 케이이치는 몰랐던 것 같지만, 103호는 당시 입주자가 이사를 가서 공실 상태였습니다. 그래서 그는 어쩌면 자신이 비명 소리가 들린 방향을 착각했을지 모른다는 생각에 이번엔 101호로 가서 초인종을 눌러 봤지만 역시 대답이 없었습니다. 참고로 101호의 입주자는 시게스미라는 사람인데 그 시간대에 집을 비웠던 것이 확인되었습니다."

"모미야마 케이이치가 104호 쪽으로 가지 않았던 건 그곳이 공실인 것을 알고 있었기 때문이었죠?"

"그렇습니다. 그는 비명 소리가 난 곳이 103호가 아니라면 104호일지도 모르겠다고 순간 생각했다고 합니다. 그러나 104호는 비어 있었죠. 103호의 입주자가 이사 간 건 몰랐던 그였지만 104호가 빈방이라는 건 알고 있었습니다. 결국 105호 너머에서 난 소리라고는 생각하지 못했기 때문에 방향이 틀린 것 같아서 101호를 살펴보았던 거죠. 하지만 결국 101호도 아니라 어떻게 하면 좋을지 판단이 서지 않아 서성거리고 있는데 때마침 경찰들이 와 줘서 안심했다. 모미야마 케이이치의 증언은 대충 그런 것이었습니다."

"그 증언이 사실이라고 치면 구츠와 기미히코는 106호에서 도주할 때 현관문으로는 나가지 않았다는 것이 됩니다. 그렇죠? 그렇다면 당연한 얘기지만 남아 있는 도주 경로는 베란다 쪽에 있는 유리문밖에 없습니다."

"그렇습니다. 실제로 경찰들이 도착했을 때 유리문이 열려 있었고 구츠와 기미히코는 그곳으로 도주했다고 판단하게 되었습니다."

"하지만 그 결론을 뒤집을 수밖에 없는 증언이 다른 곳에서 튀어나온 거죠?"

나루토모는 고개를 끄덕였다. 그가 조금 심각한 표정이 된 것은 혹시라도 슈타라가 경찰의 수사 실수를 지적할지도 모른다는 생각을 했기 때문일지도 모르겠다.

'메종포르테'의 베란다 쪽에는 담과 작은 뜰을 사이에 두고 주택이 인접해 있는데 당시 그곳에 소라치라는 이름의 노부인이 혼자 살고 있었다. 소라치 씨는 평소에도 지인들에게 4층짜리 건물인 임대 맨션 '메종포르테'에 대해 불만을 토로했다고 한다.

그녀는 자기 집 바로 옆에 저런 맨션이 생겨서 채광이 나빠졌다는 둥, 젊은 입주민들이 많아서인지 쓰레기 버리는 곳의 공공매너가 눈에 띄게 나빠졌다는 둥 험담을 했고, 원래 입지가 그렇게 좋지 않아서 아직도 모든 층에 공실이 많을 정도로 인기 없는 맨션인데 일부러 저렇게 4층 건물로 지을 필요가 있었을까 하며 비판의 말도 했다고 한다.

그런 여러 가지 불만과 적개심이 배경에 있었기 때문에 그녀는 감시라고 하면 과장이지만 평소에 '메종포르테'를 엿보는 버릇이 생겼다고 한다. 문제의 1997년 11월 6일, 소라치 씨는 '메종포르테' 쪽으로 난 방에서 밤 일곱 시경부터 아홉 시경까지 책을 읽고 있었다. 그녀의 방 창문에서는 고즈에의 방인 106호와 그 옆방인 105호의 유리문이 뜰과 벽 너머로 보인다고 했다.

"소라치 씨는 귀가 어두워서 이치로이 씨의 비명은 알아차리지 못했다고 합니다. 그러나 자신이 책을 읽고 있는 동안 106호 유리문을 통해 나온 사람은 아무도 없었다고 증언했습니다. 만약 누군가 유리문으로 나왔다면 분명히 알아차렸을 거라고 하더군요."

"소라치 씨의 증언이 사실이라면 참으로 불가사의한 일이 아닐 수 없습니다. 구츠와 기미히코는 결국 106호 복도로도 베란다 쪽 유리문으로도 달아나지 않았다는 결론에 이르기 때문입니다. 물론 그는 실내에 숨어 있었던 것도 아닙니다. 106호에 이치로이 씨밖에 없었다는 것은 들이닥쳤던 경찰들이 제대로 확인했습니다. 이게 도대체 어떻게 된 일일까요? 구츠와 기미히코가 마치 사건 현장에서 연기처럼 사라진 것 같지 않습니까?"

그 불가사의한 전개가 어지간히도 흥미로운지 슈타라는 약간 불성실해 보일 정도로 들떠 있었다.

"그야말로 '밀실 살인'이네."

슈타라를 야유하는 의미인지 아니면 추종하는 의미인지 묘하게 판단이 서지 않는 웃음소리를 낸 아리사가 문득 고즈에 쪽을 향해 고쳐 앉으며 정정하듯 말했다.

"엄밀하게 말해서 '밀실 살인 미수 사건'인 셈이지만."

고즈에 역시 '밀실 살인'이라는 말은 알고 있었지만 설마 자신이 직접 관련된 사건에 그렇게 거창한 용어가 쓰이게 될 줄은 생각 못 했었다. 앞에서 거론되었던 '미싱링크'도 그렇고, 아무래도 슈타라는 그런 미스터리 소설의 세계에 모든 것을 끌어들이고 싶은 모양이라는 생각이 들었다. 오츠카와처럼 너무 현실주의적

시점으로 단정 짓는 것도 그렇지만, 슈타라처럼 생각해 보면 뭐든지 가능하다는 자세도 곤란할 것 같다는 생각에 고즈에는 남몰래 한숨을 쉬었다.

"저희는 결국 소라치 씨가 구츠와 기미히코를 못 보고 놓쳤을 거라고 판단했습니다."

슈타라나 아리사와는 대조적으로 나루토모는 어디까지나 담백하고 사무적인 말투로 말했다.

"그녀의 집과 '메종포르테' 사이에는 그리 높지 않기는 하지만 담이 있습니다. 몸을 숙이고 106호의 유리문으로 몰래 빠져나와서 소라치 씨의 눈에 띄지 않게 담을 따라 달아나는 것은 결코 불가능하지 않기 때문입니다."

슈타라는 또다시 연극배우처럼 팔짱을 끼곤 검지를 꼿꼿이 세우며 말했다.

"그런데 말입니다, 나루토모 씨. 그렇다고 한다면 마치 구츠와 기미히코가 사건 현장의 이웃집 사람들 시선을 피하려 했다는 것처럼 들리네요. 하지만 이치로이 씨로부터 예상 못 한 반격을 당해 당황했을 그에게 그런 여유가 있었을까요? 오죽했으면 중요한 학생 수첩조차 그대로 놓고 가 버렸는데 말이죠."

"수첩을 떨어뜨린 걸 알아차리지 못했을 수도 있지 않나요?"

슈타라는 질문을 한 유미코를 향해 어린아이처럼 고개를 마구 저어 보였다.

"아뇨아뇨, 그럴 리가요. 그럴 수가 없다니까요. 이치로이 씨의 증언에 따르면 이치로이 씨는 구츠와 기미히코가 목을 조르자 정신없이 저항하다가 그의 몸을 더듬었고, 우연히도 주머니에서 수첩을 잡아 빼내게 되었습니다. 그리고 구츠와 기미히코의 주의가 그쪽으로 쏠린 순간 틈을 타서 겨우 반격할 수 있었습니다. 그렇죠?"

고즈에는 구츠와 기미히코가 목을 졸랐을 때를 하나하나 떠올리면서 조심스럽게 대답했다.

"네, 분명히 그랬던 것 같습니다."

그녀의 대답을 들은 슈타라는 자신감 있는 표정으로 사람들을 둘러봤다.

"구츠와 기미히코는 자신의 수첩이 주머니에서 떨어진 것을 잘 알고 있었습니다. 그럼에도 불구하고 달아나기 전에 그걸 집을 여유조차 없었던 겁니다. 그 수첩은 다른 것도 아니고 자신의 연쇄 살인 계획이 적힌 수첩 아닙니까? 게다가 자신의 이름은 적혀 있지 않다고 해도 당시에 다니던 에키나가 고등학교 학생 수첩입니다. 이처럼 치명적인 상황으로 이어질 수 있는 중요한 증거품조차 놓고 갈 수밖에 없었던 것은 이치로이 씨의 반격으로 그만큼의 데미지를 입었기 때문이라고 생각합니다. 그런 그가 사건 현장에서 달아날 때 이웃집 사람들의 시선을 신경 쓸 여유가 있었다고는 도저히 생각할 수 없습니다."

유미코가 불을 붙이지 않은 담배 끝을 슈타라 쪽으로 향하며 입을 열었다.

"저……, 잠깐 제가 말 좀 해도 될까요? 말을 끊은 것 같아서 죄송하지만, 덧붙여 강조한다면 그가 수첩을 가져가는 것을 포기했다는 사실도 역시 구츠와 기미히코가 이미 자살했을 거라는 추론을 보강해 주는 것이라고, 그렇게 생각해도 되겠죠?"

슈타라는 얘기해 줘서 고맙다는 표정으로 그녀를 향해 부드럽게 고개를 끄덕였다.

"음……. 역시 그렇겠네요. 그는 이치로이 씨가 경찰에 신고할 것을 예상했을 테니까요. 체포되는 것을 부끄럽게 생각했던 구츠와 기미히코는 일단 사건 현장에서 도주하는 것을 택했습니다. 이치로이 씨에게 얼굴을 보인 것도 모자라서 수첩을 가져가는 것을 포기한 순간부터 자살이라는 것은 그에게 있어서 피할 수 없는 선택이었겠죠. 아직도 그의 시신이 발견되지 않는 것도 사람들이 찾을 수 없는 장소에서 죽고 싶다는 그의 '초월자 사상'에 의한 집착의 편린이 엿보이는 상당히 흥미로운 사실이라고 할 수 있습니다만……. 아, 그러니까…… 참, 제가 무슨 얘기 중이었죠?"

"밀실 살인이었잖아, 당신이 그렇게 좋아하는."

아리사가 소리 없이 웃으며 말했다.

"아, 맞다. 그래. 도대체 구츠와 기미히코는 어떻게 사건 현장에서 도주했을까요? 베란다 쪽으로 나갔다고는 도저히 생각할 수 없습니다."

팔짱을 끼고 생각에 잠겨 있던 나루토모가 말을 꺼냈다.

"그러니까 슈타라 선생님은…… 만약 구츠와 기미히코가 '메종포르테' 106호의 베란다 쪽으로 도주했다면 소라치 씨가 그것을 몰랐을 리 없다, 그런 말씀을 하고 싶으신 거죠?"

"아무래도 그런 것 같습니다."

"하지만 유리문 주변에는 그의 신발 자국이 적지 않게 남아 있었는데요."

"그렇다고 해서 꼭 그가 거기로 도망갔다고는 할 수 없습니다. 사건 현장이 신발 자국으로 뒤범벅되어 있었던 건 단지 그가 이치로이 씨로부터 반격을 당한 후 당황해서 실내를 우왕좌왕한 결과였겠죠."

"그렇다면 구츠와 기미히코는 도대체 어디로 도주했다고 생각하십니까?"

오츠카와가 고개를 갸우뚱거리며 물었다.

"슈타라 군, 설마 모미야마 케이이치의 증언을 의심하는 건가?"

"아닙니다. 제 생각에, 모미야마 케이이치는 허위 증언을 하지 않았습니다. 조금 전에도 잠깐 말씀드렸습니다만, 이것은 본격 미스터리에서 말하는 '밀실'입니다. 다만 여러 소설 작품 속에서처럼 범인이 의도적으로 만든 밀실이 아닙니다. 우연히 그렇게 되어 버린 것입니다."

"그렇다면 그 퍼즐을 슈타라 씨가 한번 풀어 봐. 구츠와 기미히코는 대체 어떻게 해서 연기처럼 사건 현장에서 사라진 거지?"

여전히 놀리는 말투의 아리사는 그의 이야기가 꽤 흥미진진한 모양이었다.

"역시 106호의 현관문으로 나갔다고 봐야 할 것 같아."

"뭐야, 그럼 역시 모미야마 씨가 허위 증언을 했다는 거야? 사실은 구츠와 기미히코와 마주쳤는데 못 봤다고 주장했다는 얘기야? 아니면 사실은 그때 복도에 나와 있지 않았다는 얘기?"

"아니, 그런 게 아니야. 모미야마 케이이치는 확실히 '메종포르테' 1층 복도에 있었고 허위 증언을 한 것도 아니야. 하지만 그럼에도 불구하고 그는 구츠와 기미히코의 모습을 보지 못했어."

"그런 일이 어떻게 가능하지? 구츠와 기미히코는 키가 180센티미터 이상이나 되잖아. 무심코 못 보고 놓치기엔 너무 크지 않아? 그렇지 않으면 뭐야? 어딘가 그가 숨을 수 있는 장소라도 있는 거야?"

"바로 그거야."

"어?"

"있었어, 그가 숨을 수 있는 곳이."

*

고즈에는 깜짝 놀랐다. 아니, 그녀뿐 아니라 모두들 놀란 표정이었다. 그런 마법 같은 가능성이 있으리라고는 꿈에도 생각하지 못했던 고즈에는 그제야 슈타라의 의견을 진지하게 받아들여야겠다는 생각이 들었다.

"잘 들어 봐. 이치로이 씨의 비명을 들은 모미야마 케이이치는 즉시 자기 방인 102호에서 나왔어. 처음에는 옆방인 103호에서 난 소린 줄 알았지만 그게 아니었지. 그럼 101호인가 해서 그쪽으로 가 봤다고 했어. 그런 경위가 맞지? 즉, 101호로 향할 때 모미야마는 106호를 등지고 있었던 거야. 그 틈에 구츠와 기미히코는 106호 문을 열고 나온 거야."

"잠깐만, 모미야마 씨는 등지고 있었기 때문에 복도로 나온 구츠와 기미히코의 모습을 볼 수 없었다고 말하고 싶은 거야? 하지만 아무리 사각지대에 있었다고 해도 곧바로 알아차리지 않겠어?"

"답은 간단해. 구츠와 기미히코는 모미야마 케이이치가 알아차리기 전에 잽싸게 숨어 버린 거야."

"그래서 어디로 숨었다는 거야?"

"사건 현장의 바로 옆방인…… 105호도 당시 빈방이었다고 하셨죠?"

슈타라는 질문한 아리사를 향해 대답하지 않고 나루토모에게 물었다.

"네……."

무슨 생각을 하는지 나루토모는 당황한 표정으로 잠시 입을 다물고 있다가 곧바로 정신을 차리며 말했다.

"실례했습니다. 잠깐 기억을 더듬어 보느라……. 조금 전에 옆 건물에 사는 소라치 씨의 얘기가 나왔을 때도 말씀드렸습니다만, 입지 관계로 당시 '메종포르테'는 별로 인기 있는 맨션이 아니었습니다. 가끔 신규 입주자가 와도 오래 머무르지 않았죠. 그렇게 자주 입주자들이 바뀌어서 모미야마 케이이치가 104호의 입주자가 이사 간 것은 알고 있었지만 바로 옆의 103호 역시 어느새 공실이 된 건 모르고 있었던 것 같습니다. 사건 당시 1층의 103호, 104호 그리고 105호의 세 방은 모두 비어 있는 상태였습니다."

"역시 그렇군요. 그렇다면 구츠와 기미히코가 숨어들어 간 곳은 그 세 개 방 중 하나라고 해도 이상할 게 없겠네요. 다만 위치상 가장 가능성이 높은 곳은 사건 현장의 바로 옆에 있던 105호였겠죠. 그는 그곳에 숨었던 것입니다."

고즈에는 슈타라가 무슨 말을 하는 건지 바로 이해하지 못한 채 멍한 표정으로 듣고 있다가, 이윽고 그 내용이 이해되자 또다시 아연실색할 수밖에 없었다. 그녀뿐만 아니라 아리사를 포함한 거의 모두가 비슷한 반응을 보였다.

"그러니까 그…… 모미야마 씨가 등을 돌리고 있는 사이에 구츠와 기미히코는 재빨리 106호에서 나와 빈방이었던 옆의 105호에 숨어 버렸다 그런 말이지?"

아리사가 노골적으로 비꼬는 투로 말해도 슈타라는 전혀 동요하지 않았다. 그는 오히려 자신 있게 고개를 끄덕였다.

'뭐야, 그게.'

고즈에는 기가 막혀서 말이 안 나왔다. 괜히 진지하게 귀를 기울였다가 손해 본 기분이었다.

"다시 한번 말씀드립니다만, 이렇게 '밀실' 수수께끼가 되어 버린 것은 결코 구츠와 기미히코가 의도한 결과는 아닙니다. 조금 전에 말씀드린 것처럼 이때 그의 머릿속에는 일단은 도망치자는 생각밖에 없었습니다. 무엇보다 문제의 학생 수첩조차 놓고 가 버렸으니까요. 주변의 눈길을 신경 쓸 만한 여유도 없었던 것입니다. 구츠와 기미히코는 그저 정신없이 106호의 현관을 통해 나갔다가 되는 대로 105호에 뛰어 들어가 몸을 숨겼습니다. 그것이 우연히 모미야마 케이이치가 등을 돌리고 있는 타이밍과 겹쳐서 마치 그가 사건 현장에서 연기처럼 사라져 버린 것 같은 상황을 만들어 낸 것입니다. 즉, 모든 것이 단순한 우연이었다고 할 수 있습니다."

아리사는 이제 야유할 기력도 없다는 표정이었다.

"이봐요, 슈타라 씨. 만약 그런 미묘한 타이밍이 우연에 의해 성립되었다고 해도 말이야. 모미야마 씨가 그것을 전혀 알아차리지 못했다는 건 어떻게 생각해야 하는 걸까? 각각의 방문을 빠르게 열었다가 닫았다가 했다면 아마 큰 소리가 났을 텐데 말이야."

"복도에 튀어나온 구츠와 기미히코는 모미야마 케이이치의 존재를 알아차리고 문을 여닫는 소리가 크게 나지 않도록 한 거라고 봐야지. 핸들레버를 밀어 내린 채 살며시 들어갔을 거야."

무조건 자기 편한 대로 해석해 버리는 그의 태도에 고즈에는 화가 났다. 구츠와 기미히코가 도주할 때 주변의 눈길을 신경 쓸 만한 여유가 없었을 거라고 자신 있게 말한 사람이 다름 아닌 슈타라 자신이 아닌가.

"105호의 문 잠금이 풀리는 소리까지 없앨 수 있었을까?"

그 부분에 관해서 이치를 따지는 것조차 바보 같은 일이라고 생각했는지, 아리사는 그의 대답을 기다리지도 않고 바로 다른 의문점을 제시했다.

"그나저나 구츠와 기미히코는 도대체 어떻게 105호의 문을 열 수 있었던 거지? 아무리 빈방이라도 문은 잠가 놓지 않나? 우연히 관리인이 잠가 놓는 것을 잊었다고 하면 한 대 맞을 줄 알아."

"물론 그건 아니지. 그는 제대로 열쇠를 사용해서 문을 열었어."

"뭐? 어떻게 구츠와 기미히코가 105호의 열쇠를 가지고 있을 수 있지?"

"그야 미리 준비해 둔 거지."

고즈에는 머리가 아프기 시작했다. 저렇게 말하면 이렇게 말하고, 이렇게 말하면 저렇게 말하고, 정말로 뭐든지 있을 수 있다는 식이었다. 혹시 슈타라는 그냥 말장난하고 있는 게 아닐까 하는 생각마저 들었다. 진지하게 사건을 재검토하고 있는 지금…….

나루토모를 슬쩍 쳐다본 고즈에는 무심코 원망의 눈빛을 비쳤다. 경찰 이외의 전문가로부터 지혜를 빌리자는 아이디어 자체는 좋다고 해도, 아무래도 사람을 잘못 고른 게 아닌가 하는 생각이 든 것이다. 하지만 슈타라는 결코 말장난을 하고 있는 것이 아니었다. 그는 그 나름대로 성실하게 논리를 세우려 하고 있다는 것을 고즈에가 깨달은 건 몇 분이 지나서였다.

"아니, 정확하게는 그게 아니지. 정확하게는 구츠와 기미히코는 미리, 즉 이치로이 씨를 습격하기 전에 105호 문을 열어 놨었던 거야. 만약의 경우를 생각해서 말이야. 따라서 모미야마 케이이치가 문을 여닫는 것을 알아차리지 못한 게 당연해. 그때 이미 도어 록은 열려 있었으니까. 소리가 났을 리가 없는 거지."

"뭐 때문에? 구츠와 기미히코는 도대체 뭐 때문에 사전에 사건 현장 옆방 문을 열어 놓은 거지? 외부인이 복사한 키를 손에 넣는 것은 말처럼 간단한 게 아니잖아. 그런 수고까지 하면서 도대체 그는 무슨 준비를 한 거야? 그 만약의 경우란 게 도대체 뭐냐고?"

"여기서 내가 맨 처음 제시했던 논의로 되돌아온 거야. 즉, 구츠와 기미히코의 동기 말이야. 그는 자신이 국가적 법률도 사회적 윤리도 모두 초월한 특별한 인간이라는 것을 증명하기 위해 그동안 한 번도 만난 적도 없고 전혀 관계도 없는 타인 네 명을 무작위로 골라서 살해할 계획을 세웠어. 그의 비대해진 이기심을 만족시키기 위해서는 피해자들에게 자신의 얼굴을 분명하게 보여야 한다는 그 얘기인데, 기억하지?"

"뭐, 대충은."

"그런데 말이야, 이것 역시 조금 전에 나온 얘기지만, 얼굴을 드러내고 살인을 결행하는 것은 그 나름대로의 리스크를 각오해야 하는 거잖아. 그래서 그는 혹시 예측하지 못했던 사태에 대비해서 평소에 어떤 형태로든 도망갈 구멍을 미리 준비해 두고 나서 범행을 저질렀다고 생각해. 첫 번째에서 세 번째 사건까지는 다행히도 문제없이 계획을 완수할 수 있어서 일종의 '보험' 같은 수단을 사용할 필요가 없었지. 그래서 당연히 우리들도 당시 그가 따로 준비했던 방법들이 어떤 것인지 알 수 없었던 거지. 그러다 결국 구츠와 기미히코가 준비해 둔 '보험'이 처음으로 쓸모가 있었는데 바로 이치로이 씨를 덮쳤다가 예상외의 반격을 당했을 때였어. 그래서 옆방인 105호 문의 잠금 장치를 미리 풀어 둔 덕분에 그는 간신히 체포당하는 것을 피할 수 있었던 거야."

"하지만 그가 어떻게 해서 105호의 열쇠를 손에 넣을 수 있었지? 그런 재주가 있었다면 처음부터 이치로이 씨 방의 열쇠를 복사해서 준비해 둘 수도 있잖아. 그러면 일부러 그녀의 귀가 시간을 노리지 않아도 될 것 같은데 말이야."

"일률적으로 모든 방의 열쇠를 손에 넣는 것이 가능하다고 할 수는 없어. 입주자가 있는 방과 그렇지 않은 방은 역시 사정이 다를 테고 말이야."

뭔가 반론하려는 아리사를 손을 들어 막으며 슈타라가 말했다.

"게다가 구츠와 기미히코가 연쇄 살인을 계획할 때 사전에 꼼꼼하게 준비했을 거라는 방증도 분명히 있어."

"그게 뭔데?"

"공백 기간이야."

"공백 기간?"

"구츠와 기미히코가 실종된 건 4년 전 1997년 2월 15일이야. 그런데 최초의 희생자인 하사타니 코지로 씨가 살해된 것이 그해 8월 7일, 그사이에 약 반년 정도 공백 기간이 있잖아. 이 사실은 도대체 무엇을 의미하는 걸까?"

슈타라의 지적은 조금 전까지와는 분명히 다른 분위기를 만들었다. 그 자리에 있는 사람들의 표정에 흐르는 긴장감에 고즈에마저 동요될 정도였다.

"그건 바로 그의 범행이 결코 충동적인 것이 아닌, 치밀하게 준비한 계획이었다는 것을 나타내는 거야."

배
후
POLICE LINE

化

슈타라의 단독 연설은 계속 이어졌다.

"그건 그렇고, 여기서 잠깐 최초의 피해자인 하사타니 코지로 씨 얘기를 하고 싶습니다. 하사타니 씨가 살해당한 곳은 부인과 별거 후 혼자 살고 있던 임대 맨션 '하임아사기'의 808호였습니다. 그런데 말이죠, 그가 임대한 방이 그곳 말고 다른 곳에 또 하나 있었습니다."

보도에는 공개되지 않은 사항이지만, '연미회'의 멤버들은 나루토모가 제공한 자료를 읽어서 알고 있었다. 물론 고즈에도 잘 알고 있는 사실이었다. 모두들 '지금 와서 그게 뭐?' 하는 무딘 반응을 보였다. 그때 나루토모가 거들 듯이 보충 설명을 했다.

"'우게나플래츠'란 곳 말씀이시죠? 하사타니 씨는 그곳 5층에 있는 505호, 2LDK(방 두 개에 거실과 주방이 있는 구조)인 방을 임대하고 있었습니다. 그런데 본인이 그곳에 살았던 건 아닌 것 같습니다."

"아무래도 '우게나플래츠'는 하사타니 씨의 밀회 장소였던 것으로 추정됩니다. 하사타니 씨는 거기서 몰래 다른 여자를 만났던 것 같습니다. 그 맨션에 사는 다른 입주민들 및 관리인의 증언에 의하면 이 505호에는 당초 젊은 여성이 혼자서 살고 있었다고 합니다. 그곳을 하사타니 씨가 뻔질나게 드나들었겠죠. 그런데……."

슈타라는 갑자기 목이 말랐는지 자신의 컵에 담긴 다 식은 커피를 단숨에 들이켰다.

"왜 제가 일부러 이런 화제를 꺼냈는지 여러분도 대충 아시겠죠? 그건 다름 아니라 사건 발생 후 '우게나플래츠' 505호에서 구츠와 기미히코의 청바지와 농구화가 발견되었기 때문입니다."

병원에서 고즈에의 사정 청취를 끝낸 경찰은 다시 다른 피해자들의 주변을 철저하게 조사했다. 그 결과, 하사타니 코지로의 이른바 '밀회 장소'의 존재가 밝혀진 것이다. '우게나플래츠'의 관리인은 경찰의 사정 청취를 받기 전에 세입자 중 한 사람이 살해되었다는 사실을 전혀 알지 못하고 있었다. 그도 그럴 것이, 사실은 505호가 다른 사람의 명의로 임대 계약이 되어 있고 하사타니 코지로는 보증인으로 되어 있었기 때문이었다.

"'우게나플래츠' 505호의 입주자는 계약서상 토네리 히로미라는 이름의 여성이었습니다. 게다가 집세도 1년분을 미리 지불했다고 합니다. 관리인의 이야기에 따르면 맨 처음 몇 개월 동안은 젊은 여성이 혼자 살고 있는 듯했고, 가끔씩 중년 남성이 찾아와서 자고 가는 것 같았다고 합니다. 그 남자가 내연녀를 몰래 숨겨 놓고 만나러 오는 느낌이었다고 하네요."

"그 가끔 찾아왔다는 중년 남자가 살해당한 하사타니 코지로였다?"

확인하듯 질문한 오츠카와가 몸을 앞으로 내밀며 다른 질문을 했다.

"그 '우게나플래츠'라는 곳은 오래된 맨션이었나?"

"아닙니다. 꽤 멋진 외관의 신축 건물이었습니다."

"그럼 집세도 그만큼 비쌌을 거 같은데 그걸 1년분이나 선불로 내다니, 그 하사타니라는 사람은 상당한 재력이 있는 사람이었군."

"그야 직업이 의사였으니까요. 적어도 저 같은 사람보다는 훨씬 수입이 좋았겠죠. 게다가 하사타니 씨는 무척 세심한 성격이었는지 임대업자를 만나는 등 계약도 전부 그가 진행했다고 합니다. 임대 계약을 하고 나서 몇 개월이 지나자 입주민 젊은 여성은 505호를 비우고 거의 잘 안 오는 것 같았다고 관리인이 증언했습니다. 그나마 가끔 들렀을 때도 꼭 그 중년 남성과 함께였었는데, 언제부터인가 가끔씩 '우게나플래츠'에 모습을 나타낸 것은 그 젊은 여성 혼자뿐이었다고 합니다."

"처음에는 여자한테 푹 빠져 있었지만 점점 질렸다는 얘기네."

"아니아니, 선생님 그게 아닙니다."

슈타라가 쓴웃음을 지으며 오츠카와를 향해 고개를 저어 보였다.

"사실은 그즈음 하사타니 씨는 오려고 해도 오지 못하는 상태가 되었습니다. 이미 살해당한 것입니다. '우게나플래츠'의 관리인이 앞서 말한 중년 남성을 보지 못하게 된 것과 하사타니 씨가 살해당한 시기가 일치하고 있습니다. 관리인은 하사타니 코지로라는 이름의 의사가 살해당한 사건 그 자체는 알고 있었지만 그것이 505호에 찾아왔던 중년 남성이라는 것까지는 알아차리지 못했습니다. 그리고 결국 505호에 아무도 살지 않게 된 것을 알았지만 관리인은 그대로 방치해 두었습니다. 어차피 불륜으로 보이는 남녀가 밀회용으로 빌린 거라고 생각했기에 집에 아무도 없는 기간이 계속되어도 그리 신경 쓰지 않은 모양입니다. 어차피 집세도 1년분이나 미리 지불되어 있었으니 말입니다."

또다시 나루토모가 보충 발언을 했다.

"엄밀하게 말씀드리면…… 하사타니 씨가 살해당한 1997년 8월 7일 이후는 그의 은행 계좌가 동결되었기 때문에 공과금의 자동 이체가 불가능하게 되어 '우게나플래츠' 505호의 수도나 전기 그리고 가스 등의 공급이 정지되었습니다. 일상적인 생활이 불가능한 상태가 되었기 때문에 앞서 언급된 젊은 여성도 그곳에 더 이상 머물 수 없게 되었겠죠."

슈타라가 바통을 이어 받아 말했다.

"당연히 관리인도 그렇게 된 것을 알아차렸지만, 어차피 밀회를 위해서만 사용되었던 방이라 전기나 가스가 정지되어도 별 어려움이 없었을 것이며 필요했다면 본인들이 알아서 했을 것이라 생각하고 그냥 방치했던 것 같습니다."

듣고 있는 동안 고즈에는 조바심이 났다. 하사타니 코지로의 여자관계 따위는 전혀 관심이 없었다. 그녀는 구츠와 기미히코의 범행 동기가 알고 싶은 것이다.

'그것 때문에 오늘 밤 여기 온 건데 도대체 언제나 돼야 정말 중요한 화제로 돌아가 줄까?'

그런 그녀의 가슴속 불만을 듣기라도 했는지 슈타라가 활짝 웃으며 다시 얘기를 시작했다.

"그런데 말입니다. 아까도 말씀드렸듯이 이 505호에서 구츠와 기미히코의 물건이 발견되었습니다. 추측컨대 그는 하사타니 씨를 살해한 후 어떻게 알았는지 모르지만 '우게나플래츠'의 존재를 알고 피해자로부터 그곳 열쇠를 훔쳐서 자신의 아지트로 사용하고 있었던 것으로 생각됩니다. 물론 이 정도 상황이라면 경찰도 이미 짐작을 하고 있었을 테니 일부러 제가 다시 지적할 필요도 없겠지만요."

'이 남자는 뭘 믿고 이렇게 잘난 척하며 자신 있게 얘기를 하는 거지? 경찰이 못 보고 놓친 점을 자신은 알아차렸다고 말하고 싶은 것은 알았으니까 어서 핵심으로 들어가 줘. 혹시 얘기할 핵심 같은 건 없는 거 아냐?'

고즈에는 점점 지루해졌다. 속으로 그렇게 냉소적으로 생각하던 그녀는 슈타라의 다음 발언에 놀라지 않을 수 없었다.

"잘 들어 보세요. 어째서 경찰이 눈치채지 못했는지 이해가 안 가지만, 하사타니 코지로가 토네리 히로미라는 명의로 '우게나플래츠' 505호를 임대한 것은 1997년 3월 1일부터입니다. 이 사실이 뭔가에 부합된다고 느끼지 않으세요?"

'아!'

고즈에는 무심코 그렇게 소리를 지를 뻔했다. 슈타라가 무엇을 말하려고 하는지 알 것 같아서 그녀는 머뭇머뭇하면서 그의 말에 끼어들었다.

"혹시…… 그건 구츠와 기미히코가 실종된 직후라고 말씀을 하고 싶으신 건가요?"

*

고즈에의 발언이 반가운 듯 슈타라는 싱글벙글하며 덩실거리는 것에 가까운 몸짓을 했다.

"바로 바로 그겁니다. 말씀대로입니다. 이치로이 씨, 잘도 알아차리셨군요. 여러분, 잘 들으세요. 아까도 말씀드렸던 것처럼 구츠와 기미히코는 연쇄 무차별 살인을 실행하기에 앞서 꼼꼼한 준비가 필요했습니다. 그가 가출을 한 것은 그것 때문입니다."

"하지만 일부러 가출까지 할 필요가 있었을까?"

아리사는 담배를 새로 입에 물고 불을 붙인 다음 말을 이었다.

"그냥 가족들과 생활하면서도 대강의 준비는 할 수 있을 것 같은데."

"그의 그런 선택이 너무 충동적이라고 볼 수도 있겠지. 그러나 결국 그건 어른들의 입장에서 보는 시각이야. 잊으면 안 돼. 무엇보다도 구츠와 기미히코는 당시 아직 열여섯 살의 소년이었다는 것을 말이야. 학교 수업이나 가족들이 보는 눈에 속박당해 있으면 마음대로 시간을 쓸 수 없어. 그런 상황에서는 자신의 계획을 실행에 옮기지 못할 것 같아서 결단한 거야. 청소년기의 조급함이라고 할까."

"그럴 수도 있겠네. 이 작문만 봐도……."

아리사는 그렇게 말하며 조금 전에 슈타라가 따라 준 커피 잔을 들었다. 이 작문이란 우등생은 바보 취급만 당한다 어쩐다 하던 구츠와 기미히코의 노트 글을 가리키는 것이었다.

"그가 너무나 즐거운 학교생활을 하고 있었다고는 생각할 수 없겠지. 뭔가 계기가 있으면 즉시 가족도 학교도 버리고 사라지자, 평소에 그렇게 결심하고 있었을지도 모르고. 그 심정 자체는 잘 알겠어. 그런데 말이야, 말하는 건 쉬워도 행동으로 옮기는 건 어렵잖아. 그가 당시 아직 열여섯 살의 아이였다는 것을 잊으면 안 된다는 얘기는 사실 내가 하고 싶었던 말이야. 가출해서 최초의 범행을 저지를 때까지 반년 사이 구츠와 기미히코는 도대체 어디에 있었다는 거지? 어떻게 의식주를 해결했다는 거야?"

"그걸 모르겠어?"

슈타라는 의미심장한 미소를 지으며 허리에 양손을 대고 멈춰섰다.

"설마……."

손가락 사이에 끼워진 담배가 반 정도 타서 재가 되는 동안 입을 다물고 있던 아리사가 힘없이 말을 이었다.

"그는 하사타니 코지로 씨를 살해한 8월 이후가 아니라 처음부터, 그러니까 가출한 직후부터 '우게나플래츠' 505호에 잠복하고 있었다, 그런 말을 하고 싶은 거야? 사실은 그곳에서 범행을 준비하고 있었다고?"

"바로 그거야."

"하지만 그건 말도 안 돼. 그 집에는 하사타니 씨의 내연녀인 젊은 여성이 살고 있었잖아. 적어도 구츠와 기미히코가 가출한 직후에는 말이야. 그게 아니면 설마 그 여자, 웬 남학생이 자기 집에 들어와서 사는 것을 그냥 모른 척했다는 건 아니겠지? 그거야말로 절대로 있을 수 없는 일이지. 만약 그 여자가 신경 안 쓴다고 해도 내연 관계인 하사타니 씨가 허락했을 가능성은 제로에 가깝다고 봐야 해."

"과연 어땠을까? 의외로 하사타니 씨 쪽에서 용인해 주었을지도 모르지. 구츠와 기미히코가 '우게나플래츠'에 살도록 말이야."

"잠깐만요, 그럼 두 사람이 아는 사이였다는 건가요? 슈타라 선생님, 아무리 그래도 그건……. 변명하려는 건 아니지만, 저희들은 필사적으로 수사를 했습니다. 모든 가능성을 철저하게 조사했다고 단언할 수 있습니다. 하지만 두 사람 사이에선 그 어떤 연결 고리도 발견하지 못했습니다."

나루토모는 기가 막힌다는 표정이었다.

"그건 경찰 측에서 하사타니 코지로 씨와 구츠와 기미히코의 관계라는 전제로 조사를 했으니까 그렇죠."

"네?"

"발상의 전환입니다. 나루토모 씨, 하사타니 씨와 토네리 히로미 사이에는 의심할 여지 없는 관계가 있었겠죠? 그렇죠?"

"그, 그야 당연히 그렇죠."

"그럼 만약 그 토네리 히로미와 구츠와 기미히코가 동일 인물이었다고 한다면 어떨까요?"

"설마……."

나루토모를 포함한 다른 사람들은 어리둥절한 모습이었지만 고즈에 한 사람만은 감탄한 표정이었다. '호오, 꽤 날카로운 지적이잖아.'라는 느낌으로 슈타라를 조금은 다르게 보는 듯했다.

"그 설마가 아닐까 생각하는데요. 앞에 말씀드렸듯이 임대 계약은 실제 임차인이자 보증인인 하사타니 씨가 했고, 토네리 히로미의 이름으로 '우게나플래츠' 505호에 살고 있던 인물이 계약서에 기재한 본적지나 연락처 등은 전부 엉터리였다는 게 밝혀졌잖아요. 그렇죠? 보증인의 신분이 확실한 데다 1년치 선불이라 임대인의 구비 서류가 누락되어도 신경 쓰지 않았나 봅니다. 그렇다면 그 성별 역시 위조되었을 가능성도 당연히 있다고 봅니다. 토네리 히로미는 사실 여자가 아니라 남자였던 겁니다. 구츠와 기미히코였던 거죠."

어느 정도 진정이 되었는지 나루토모가 목소리를 낮추어 말했다.

"그건 말도 안 되는 얘기입니다. 이 자리에 여성분들도 계셔서 자세한 언급은 피하겠습니다만, 임대 계약을 하고 난 3월 이후 505호 부근에 사는 입주민들이 성관계로 추정되는 남녀의 신음 소리를 빈번히 들었다고 합니다."

"알고 있습니다. 어떨 때는 가학적인 성행위라도 했는지, 처음에는 혹시 폭행을 당하는 게 아닌가 걱정될 정도로 격한 소리가 나서 경찰에 신고해야 할지 고민한 주민도 있었다고 들었다죠?"

'도대체 무슨 소리를 하고 싶은 거야. 될 대로 되라는 식으로

얘기했다가, 결과적으로 틀린 거면 잘못 생각했다며 웃고 끝내면 그만이라 이건가?'

고즈에는 슈타라의 경박한 말투에 대한 짜증까지 맞물려 분노가 극에 달했다. 그러다 '폭행'이란 단어에 그녀는 문득 구츠와 기미히코에게 습격당했을 때가 떠올랐다.

'그때 좀 일찍……. 그래, 갑자기 떠밀려 방으로 들어가기 전에 비명을 질렀어야 했어.'

그녀는 그런 후회를 하지 않을 수 없었다. 그렇게 했다면 사태는 좀 더 다른 양상을 보였을지도 모르는데, 너무 위축돼서 소리도 못 내고 그의 침입을 용납하고 말았던 것이다. 물론 현관 앞에서 있는 힘껏 비명을 질렀다고 누군가 와 줄 거란 보장은 없었지만.

"하지만 그 신음 소리가 남녀의 것이라고 육안으로 확인한 사람은 없지 않나요? 그럼 그건 남자들 사이의 것일지도 모릅니다."

"그건 좀…… 상상이 안 되네요. 물론 단정할 수는 없지만 하사타니 코지로 씨에게 동성애적 취향은 없었을 겁니다. 적어도 저희들이 조사한 바로는 그런 경향이 엿보이는 얘기는 전무했습니다. 오히려 들은 바에 따르면 완전히 정반대의……."

소금 덩어리라도 삼킨 듯한 표정으로 요보로베가 끼어들었다.

"네, 맞습니다. 하사타니 씨는 병적이라고 생각될 정도로 여자를 좋아했다죠. 그것이 원인이 되어 부인과 이혼하기 직전이었으니까요. 특히 체격이 좋은 여성을 선호했다고 들었습니다. 자신은 150센티미터 대의 왜소한 체격이라 반대 조건의 상대를 좋아했는지 키가 적어도 160센티미터 이상은 되는 글래머 스타일의 여자가 아니면 관심을 갖지 않았다고 하죠. 그런 취향이라……. 아아, 딱 이치로이 씨 같은…….”

슈타라는 무심코 그렇게 말하다가 아무래도 말실수를 했다고 생각했는지 표현을 바꾸었다.

“아니, 멋진 모델 같은 날씬한 장신의 여성을 선호했던 것 같습니다.”

서둘러 자신의 말을 정정하며 어색한 미소를 짓고 있는 슈타라의 정강이를 아리사가 의자에 앉은 상태에서 말도 없이 걷어차 버리자 고즈에는 깜짝 놀랐다. 약간 몸을 숙인 채 겨우 소리가 튀어나오는 것을 참았지만, 아리사의 슬리퍼 끝으로 정강이를 직격당한 슈타라는 상당히 고통스런 표정이었다. 그것을 지켜본 고즈에는 묘한 쾌감과 함께 그때까지 속으로 화를 내고 있었다는 것도 완전히 잊은 채 다시 처음처럼 와이드 쇼를 보는 감상에 사로잡혔다.

‘역시 이 두 사람 뭔가 있어.’

일단 속이 후련해진 고즈에는 자신이 화가 나지 않았다는 것을 다른 사람들에게 보여 주기 위해 의식적으로 밝은 표정을 지으며 반대 의견을 냈다.

"역시 그 생각은 너무 지나친 억측 같습니다. 슈타라 선생님, 그 정도로 뚜렷하게 선호하는 여성 취향이 있으신 분이 설마 남자에게 성적인 관심을 가질 리 없잖아요."

이제는 고즈에보다 아리사 쪽이 더 불쾌한 듯 보였다.

"그러게 말이에요. 정말이지 이 사람, 듣자듣자 하니까 1인 2역이라든가, 성별 오인 트릭이라든가, 그런 특수한 세계를 너무 좋아한단 말이야. 그런 말도 안 되는 일이 실제 사건에서 일어날 리 없잖아."

"그래도 모르는 거야."

"바보 같은 소리 적당히 해."

"아니, 농담 아니라니까. 정말로 알 수 없는 거야. 진짜 취향이라는 건 본인밖에, 아니 본인조차 모를 수도 있어. 그런 취향은 아닐 거라고 생각했던 남자가 어느 날 어떤 계기로 같은 남자와 섹스를 했는데 의외로 저항감이 없어서 놀랐다는 얘기는 심심치 않게 들을 수 있잖아."

"흐음~ 혹시…… 당신도 그런 경험 있는 거 아니야?"

고즈에가 봐도 두근거릴 정도로 요염하게, 그리고 무서운 눈초리로 아리사가 힐끗 슈타라를 노려봤다.

"뭐? 그, 그런 말도 안 되는……. 그런 얘기가 아니라. 아, 그……."

계속해서 삼천포로 빠지려는 화제를 나루토모가 냉정하게 제

자리로 돌려놓았다.

“구츠와 기미히코와 토네리 히로미 동일 인물설 말인데요. 만약 슈타라 선생님 생각이 맞는다고 해도 하사타니 씨가 구츠와 기미히코와 알게 된 계기를 알 수 없습니다. 벌써 몇 번이나 강조했던 거지만, 생전의 하사타니 씨와 구츠와 기미히코 사이에는 아무런 접점도 없었습니다. 하사타니 씨의 직업이 의사라 혹시 구츠와 기미히코가 대학 병원에서 진료를 받은 적이 있을지도 모른다는 생각에 치밀하게 조사도 했습니다. 그러나 구츠와 기미히코는 대학 부속 병원 통원 기록은커녕 지인의 병문안을 간 적도 없었습니다.”

“하지만 나루토모 씨, 꼭 병원 안이 아니면 만날 수 없다는 법은 없잖아요. 그런 성적 취향이 같은 사람들이 파트너를 찾는 장소가 이 세상에는 있지 않습니까? 그들은 그곳에서 만나게 된 것입니다.”

슈타라가 슬금슬금 아리사의 눈치를 보며 말했다.

“게이들이 서로 교류하는 장소에서 말입니까? 하지만 무엇을 위해 그들은 그런 곳에 간 건가요? 같은 동성과의 섹스를 경험해 보기 위해서?”

“하사타니 씨 쪽은 그럴 생각이었겠죠. 그러나 구츠와 기미히코의 경우는 조금 사정이 달랐을 겁니다. 그는 자신이 머물 수 있는 장소를 제공해 줄 사람을 찾을 생각으로 그런 곳에 출입했을 것입니다. 그리고 그곳에서 만난 사람이 하사타니 씨였던 거죠. 구츠와 기미히코가 가출을 한 것은 1997년 2월 15일, 그리고 하사타니 씨가 '우게나플래츠' 505호를 임대하고 정식으로 방을 쓰기 시작한 것이 같은 해 3월 1일. 운이 좋았다고 해도 불과 2주가 안 되어 그런 사람을 찾아냈으니까요. 상당한 수완이죠."

"하지만 슈타라 선생님, 그건……."

"물론 이렇게 생각하는 데에는 분명한 근거가 있습니다. 잘 생각해 보세요. 일단 하사타니 씨가 토네리 히로미라는 여성과 내연 관계가 되어 밀회를 반복했다고 합시다. 그렇다면 어째서 그들은 '우게나플래츠' 같은 임대 맨션을 일부러 준비해야만 했을까요? 그럴 필요는 없지 않을까요? 하사타니 씨는 아내분과 별거 중이라 혼자 살고 있었습니다. 여자랑 밀회를 즐기는 것뿐이라면 그 여자를 자택인 '하임아사기'로 데려오면 그만 아닌가요?"

'그건 일리 있는 소리네.'

슈타라의 추리는 그럴듯하게 들렸다. 고즈에는 다시 한번 그의 착안점에 감탄했다. 개인적으로는 도무지 호감이 안 가는 타입이긴 하지만 상당히 날카로운 지적을 하는 것은 인정할 수밖에 없었다.

"합의 이혼의 조정 중에 새로운 여자관계가 발각되면 자신의 입장이 불리해질지 모른다는 생각에서 그런 게 아닐까 하고 생각해 볼 수도 있지만, 원래부터 별거하게 된 원인이 하사타니 씨의 여자 문제 때문이었다는 것을 생각하면 새삼스럽다는 생각이 들지 않나요? 그러니까 여자와 밀회를 하고 싶다면 당당하게 자기 집으로 데려가는 편이 나았을 거라고 생각합니다."

"하지만 그렇게 쉽게 말할 수 있는 걸까?"

그렇게 말하고 오츠카와는 자신의 컵 안을 들여다보았다. 아무래도 차를 다 마셔서 빈 것 같았다.

"내 생각엔 '우게나플래츠'의 방을 애초부터 밀회를 위한 목적으로 임대한 건 아닌 것 같은데. 그곳은 원래부터 토네리 히로미라는 여성의 주거지가 아니었을까? 그녀는 경제적으로 곤궁해 있어서 자기 힘으로는 방을 빌릴 수 없었는데 그때 남자가 육체관계를 조건으로 구원의 손길을 뻗쳤다고 생각해 보면 하사타니 씨가 자택 외에 별도로 맨션을 임대한 것이 수긍이 가는데 말이야."

이 역시 그럴듯한 생각이었다. 고즈에는 오츠카와의 지적에 작게 신음 소리를 냈다. 그러나 슈타라는 이 정도 반론은 예상했다는 듯 여전히 자신만만한 태도를 보였다.

"선생님, 안타깝게도 그 추리는 성립되지 않습니다."

그는 그렇게 말하며 포트를 들고 오츠카와의 자리로 이동해 컵에 홍차를 따랐다.

"만약 505호가 순전히 토네리 히로미라는 여성을 위해 제공된 주거 공간이라면 하사타니 씨가 살해당했던 8월 이후 그녀의 모습이 '우게나플래츠'에서 목격되었을 리가 없습니다. 조금 전이야기에도 나왔듯이 하사타니 씨의 사망으로 공과금이 이체되는 은행 계좌가 동결되어 가스도 전기도 끊겼습니다. 그런 방에서 살 수는 없었을 겁니다. 만약 토네리 히로미라는 여성이 정말로 경제적으로 어려워서 떠돌이 생활을 했다면 계속해서 그 505호에서 꾸물거렸을 리가 없어요. 얼른 다른 물주를 찾아서 다른 곳으로 이사 갔을 겁니다. 그렇죠? 어떠세요?"

"이사를 한다고 해도 그렇게 빨리 할 수 있을까? 새로운 물주를 찾는 것도 그렇고. 그리고 그곳에는 조금씩 자신의 짐을 정리하러 왔었는지도 모르잖아. 8월 이후에 그녀의 모습이 목격된 것은 그런 사정 때문이 아닐까?"

"그렇다고 하더라도 이치로이 씨가 습격당했던 10월경까지 토네리 히로미가 '우게나플래츠'에 출입했다는 것은 아무리 생각해도 수상합니다. 그것은 505호가 그녀에게 있어서 숙박을 하는 주거 공간이라기보다는 단순히 '아지트' 같은 활동 거점에 지나지 않는다는 것을 나타내는 거죠. 아니, 정확하게 말하면 '그에게 있어서'네요."

어린 후배에게 완전무결하게 논파 당했지만 오츠카와는 기분 나쁜 기색 없이 순순히 수긍했다.

"흐음, 듣고 보니 그렇군. 505호에서 구츠와 기미히코의 물건이 발견되기도 했으니까."

"그렇습니다. 바로 그겁니다, 오츠카와 선생님. 하사타니 코지로 씨는 내연녀와 밀회하기 위해 일부러 집을 따로 마련할 필요가 없었을 겁니다."

슈타라가 의미심장한 말투로 목소리를 낮추었다.

"그 상대가 정말 여성이었다면 얘기가 다를 수도 있었겠죠."

"하사타니 씨가 일부러 별도의 맨션을 임대 계약한 것은 상대가 남자였기 때문이라는 말씀이신가요? 그러니까 세상 사람들의 시선을 꺼려해서 그랬다는 건가요?"

유미코는 아무래도 슈타라의 말을 납득하기 어려운 모양이었다.

"혹시라도 이웃이나 동료 등이 알게 될까 봐 두려웠겠죠. 아니, 어쩌면 구츠와 기미히코가 그런 식으로 하사타니 씨를 구슬려서 '우게나플래츠'의 방을 임대하도록 했는지도 모릅니다. 자신의 존재를 세상으로부터 완전하게 감추기 위해서. 그래, 그렇게 생각하는 게 맞을 것 같네요. 그렇게 해서 구츠와 기미히코는 감쪽같이 자신을 숨길 수 있는 비밀 아지트를 확보하게 된 것입니다."

'역시 미스터리 작가군. 꽤나 그럴듯한 스토리를 잘도 만들어내네.'

고츠에는 솔직히 감탄했다. 하지만 역시 뭔가 부족한 '탁상공론'적이란 인상을 지울 수 없었다. 왜냐하면 구츠와 기미히코와 토네리 히로미가 동일 인물이라는 설을 뒷받침할 물적 증거가 아무것도 없기 때문이었다. 그렇게 생각하고 있는데 슈타라가 뜻밖의 카드를 꺼냈다.

“그리고 하나 더, 이건 여러분들이 분명히 놀라실 거라고 생각합니다.”

아까 아리사에게 얻어맞은 정강이의 통증이 사라졌는지, 슈타라는 원래의 컨디션으로 돌아가서 다시 과장된 발걸음으로 응접실을 누볐다.

“사실은 토네리 히로미의 정체가 구츠와 기미히코였다는 것을 나타내는 결정적 증거가 있습니다.”

“네?”

“이 가명이 적당히 만들어 낸 것이 아니라는 분명한 출처가 있습니다.”

*

모두의 반응이 기대하던 대로라 기분이 좋았는지 슈타라는 껑충 뛸 듯한 기세로 또다시 그 자리에 있는 사람들에게 다른 복사본을 나누어 주었다. 그것은 남녀의 이름이 한 40명 정도 기재되어 있는 무슨 명부 같았다.

“마커로 표시해 둔 곳을 확인해 주시기 바랍니다.”

고즈에는 형광색으로 마킹된 곳을 상단부터 보았다. 그 명부의 상단엔 ‘에키나가 고등학교 1학년 C반’이라고 적혀 있었고,

그 아래에 마킹된 곳으로 시선을 옮겼더니 '구츠와 기미히코'라는 이름이 있었다. 아무래도 이건 구츠와 기미히코가 다녔던 반의 학생 명부 복사본 같았다. 그리고 맨 끝에 마킹된 곳을 본 고즈에는 놀랐다. 그곳에 토네리 히로미라는 이름이 적혀 있었던 것이다.

"……이건."

아리사도 놀라움을 숨기지 못했다.

"정말로 있었네. 토네리 히로미라는 이름의 여자애가……. 게다가 구츠와 기미히코와 같은 반에."

"아냐. 아냐. 아냐. 그게 아니야."

슈타라는 싱글벙글하며 더할 나위 없이 기쁜 표정을 지었다.

"어? 무슨 소리야? 여기 이렇게……."

"토네리 히로미라는 아이는 여학생이 아니야. 남학생이라고."

"아~ 그렇구나."

"흐음~."

고즈에는 자기도 모르게 갑자기 이상한 신음 소리를 냈다. 설마 토네리 히로미가 남자라고는 생각조차 못했기 때문이었다. 그녀는 줄곧 여자 이름이라고만 생각했던 것이다.

"그렇습니다. 남학생입니다. 에키나가 고등학교는 학생 명부가 남자와 여자로 나누어져 있습니다. 그리고 토네리 히로미의 이름은 당연히 남학생 쪽 란에 기입되어 있었습니다. 그래서 경찰도 보지 못하고 놓친 것인지도 모르지만요."

"네, 말씀대로입니다. 저희들 역시 슈타라 선생님께서 오늘 밤 모임을 위해 조사해 달라고 부탁하기 전까진 전혀 이 사실을 알아차리지 못했습니다."

나루토모는 솔직하게 인정했다. 그때 약간 조심스러운 말투로 유미코가 끼어들었다.

"저…… 이것은 분명히 중요한 발견 같습니다. 구츠와 기미히코가 토네리 히로미였다는 것은 거의 틀림없는 것이겠죠. 하지만 또 하나 알고 싶은 것이 있습니다. 그가 여자 행세를 하면서 왜 남학생 이름을 썼는지 그 심리 상태입니다. 만약 같은 반 아이의 이름을 가명으로 고른다면 역시 여학생들 쪽을 생각하는 것이 자연스러울 것 같은데요."

"정말 그러네요. 혹시 단순하게 토네리 히로미라는 이름이 주는 느낌이 마음에 들어서가 아닐까요?"

고즈에는 금방 생각난 것을 말했다.

"그 역시 틀렸습니다. 사실은 말이죠, 거기에도 확실한 이유가 있었습니다."

슈타라는 차례차례로 숨겨 두었던 카드를 꺼내 보였다.

"저 역시 이즈미다테 선생님이 말씀하신 내용이 신경 쓰였습니다. 그래서 약간 조사를 부탁드렸더니 아주 흥미로운 사실을 알게 되었습니다. 실은 구츠와 기미히코와 토네리 히로미라는 남학생의 사이가 상당히 안 좋았다고 합니다."

고즈에는 머릿속에서 뭔가 톱니바퀴 같은 것이 크게 빙글 도는 느낌이었다. 자신이 무엇보다 알고 싶었던 것, 그 수수께끼를 해명해 줄 열쇠가 그곳에 있다는 감촉 같은 것을 느끼긴 했지만 머리가 혼란스러워 거기서부터는 사고를 제대로 확장시키지 못했다. 그래서 슈타라에게 뭔가 질문을 하고 싶었지만 적당한 말을 찾아 헤매다가 기회를 놓치고 말았다.

"호오! 둘 사이가 좋지 않았다면……."

오츠카와가 안경을 추켜올리며 말했다.

"그렇다고 서로 싸움을 한 건 아니고, 구츠와 기미히코가 일방적으로 토네리 히로미라는 남학생을 몹시 싫어했던 것 같습니다."

"일방적이라면, 그렇다면 토네리 히로미 쪽은 어땠습니까?"

"구츠와 기미히코의 존재 같은 건 별로 신경 쓰지……, 아니 그냥 상대하지 않았던 것 같습니다. 그러는 게 더 분했는지, 구츠와 기미히코의 토네리 히로미를 향한 적의가 가중되었던 것 같습니다. 그런 상대의 이름을 여성으로 위장하기 위한 이름으로 사용한 심리란 상당히 의미심장한 것이라고 생각되지 않으십니까?"

이즈미다테 유미코는 고개를 끄덕였다.

"그렇군요. 그가 한 남자와 내연 관계인 젊은 여자라는 가공의 인물——엄밀하게 말하면 구츠와 기미히코 본인이지만——에 토네리 히로미라는 이름을 붙였고, 그것이 진짜 토네리 히로미에 대한 악감정의 표명임은 의심할 여지가 없군요.”

“맞습니다. 자신이 위장하고 있던 사람의 입장을 생각했겠죠. 이미 수사를 통해 밝혀졌듯이 ‘우게나플래츠’에 거주하던 토네리 히로미가 어떤 남자의 내연녀 같다는 소문이 도는 것도 노림수였겠죠. 이처럼 토네리 히로미에게 안 좋은 평판이 도는 것은 필연적인 결과라, 구츠와 기미히코는 처음부터 자신이 싫어하는 사람의 이름을 쓸 생각을 했을 것입니다.”

슈타라의 얘기가 끝나기도 전에 오츠카와가 벼르고 있었다는 듯이 말했다.

“하지만 이것이 그 정도만으로 끝낼 수 있는 얘기일까? 구츠와 기미히코가 그만큼 분명하게 적의를 품고 있던 상대가 존재했는데도 말이야.”

슈타라가 잠깐 생각에 잠긴 듯하더니 고개를 가로저었다.

“음…… 아아, 무슨 말씀을 하시려는 건지 알겠습니다. 하지만 선생님, 토네리 히로미 본인은 이 연쇄 살인 사건과는 아무런 관련이 없습니다. 그에 관해서는 의심할 여지가 없습니다. 그럴 수밖에 없는 것이, 이미 그는 이 세상 사람이 아니거든요.”

“뭐? 토네리 히로미가 이미 죽었단 말인가?”

“네. 하지만 죽었다고 해도 살해당했다거나 그런 건 아닙니다. 토네리 히로미는 병으로 죽었습니다. 사건 자체가 발생하기 전, 그러니까 1997년 봄 정도에. 맞나요?”

슈타라는 나루토모에게 확인한 다음 얘기를 계속했다.

“전년도 겨울부터 입원 생활을 하다가 2학년으로 올라가기 직전, 신학기가 되기도 전에 그는 세상을 떠났습니다. 병명은 뇌종양인가 그런 것으로 압니다.”

“아직 젊은 나이에 참 안되었군. 음…… 아, 잠깐만, 혹시 그것이 원인이었던 건 아닐까?”

오츠카와가 손뼉을 치며 물었다.

“네? 그게 무슨 말씀이신가요?”

“그러니까 구츠와 기미히코는 그 토네리 히로미라는 남학생을 무조건 싫어했었다고 했잖아. 그건 그가 병에 걸렸기 때문이 아닐까? 토네리 히로미가 뇌종양이라는 것이 주위에 어느 정도 알려졌는지 모르지만, 그 정도로 중병이라면 그가 투병 생활을 하고 있는 것을 담임 선생님이나 같은 반 학생들이 알고 있다고 해도 이상할 게 없겠지. 당연한 얘기지만, 모두 그에게 상당한 동정심을 갖고 있었을 것이고.”

“아하, 구츠와 기미히코는 그것을 참을 수 없었다는 얘기군요.”

아까 슈타라가 나눠 준 구츠와 기미히코의 작문을 복사한 종이를 손에 든 유미코가 눈을 크게 뜨며 놀란 표정을 지었다. 그녀는 어지간히도 감탄했는지 오츠카와를 향한 표정이 호의적인 것으로 바뀌어 있었다.

“아, 그렇게 되네요. 역시 오츠카와 선생님이십니다.”

슈타라는 겉치레로 하는 말이라기보다 자신이 그것을 알아차리지 못한 것이 아쉬운 듯했다.

"네, 맞는 말씀이십니다. 구츠와 기미히코는 병에 걸린 것만으로 모두에게 호의나 동정을 한 몸에 받는 토네리 히로미가 얄미웠겠죠. '나보다 못한 주제에 불행을 빌미로 이득을 보다니.' 하고 말입니다."

'그래, 그런 거야.'

고즈에는 아까 자신이 제대로 언어화하지 못했던 것들을 겨우 정리할 수 있게 된 것을 깨달았다. 그러나 아직 전체를 파악하기에는 많이 부족했다. 아니, 진실의 바로 근처까지 다가서긴 했지만 그 아주 조금 남은 거리를 채우기 위한 발상의 도약을 좀처럼 할 수 없는 것이 답답해서 견딜 수 없었다.

"그 정도로 얄미운 상대의 이름을 여자인 척하기 위한 이름으로 사용했다는 것으로 봐서, 역시 상당한 악의를 품고 있었다는 것을 알 수 있습니다."

"그랬군요."

유미코의 반응에 자신감이 생긴 슈타라는 조심스럽게 상황을 정리했다.

"어쨌든 구츠와 기미히코와 같은 반에 토네리 히로미라는 남학생이 있었다는 건 그냥 넘길 수 없는 사실입니다. 우연히 같은 이름이 있었다고는 절대 생각할 수 없겠죠."

"흠……. 그렇군요."

처음에는 미심쩍은 표정을 숨기지 않았던 요보로베였지만 이야기를 들으며 서서히 무언가 납득이 된 듯 팔짱을 낀 채 고개를 몇 번이고 끄덕였다.

"처음에는 무슨 말도 안 되는 소리를 하나 했습니다만. 이거 참, 슈타라 선생님에게 감탄했습니다. 구츠와 기미히코가 하사타니 코지로의 환심을 사서 아지트를 확보한 건 틀림없는 것이겠군요. 그도 그럴 것이, 지금 생각났습니다만 '우게나플래츠'의 입주민이 목격했던 토네리 히로미라는 인물은 상당히 키가 컸다고 했습니다. 키가 170에서 180센티미터 정도로 보였다는데. 그러고 보니 처음에는 남자인 줄 알았다고 말한 사람도 있었던 것 같군요. 그게 사실은 여장을 한 구츠와 기미히코였을 가능성이 높네요."

'그 소년이 여장……이라. 가장 걸리는 게 역시 큰 키인데…… 그 정도로 덩치가 큰 여자가 없는 것도 아니고, 뭐 그렇게 생각할 수도 있겠네.'

고즈에는 머릿속으로 화장을 하고 가발을 쓴 구츠와 기미히코의 모습을 상상해 봤다. 워낙 굴곡이 없는 얼굴이라 나름 그럴듯했을지도 모르지만 아무래도 위화감을 떨쳐 버릴 수 없었다.

"분명히 그랬을 것입니다. 자, 제가 상당히 길게 돌려 얘기를 하고 말았습니다만, 이제 겨우 원래의 결론으로 돌아왔습니다."

*

슈타라는 테이블로 가서 자신의 컵을 들어 확인했지만 비어 있었다. 사이폰으로 내린 커피도 이미 바닥이 나 있었다. 목을 축이는 것은 포기하고 그는 바로 얘기를 계속했다.

"이렇게 감쪽같이 아지트를 확보한 구츠와 기미히코는 자신이 세운 연속 무차별 살인 계획을 실행에 옮기기 위해 면밀한 준비를 했습니다. 구체적으로는 피해자들을 선정하고 그들을 조사하는 것 등을 말이죠. 아까도 말씀드렸듯이 그는 변장해서 자신의 얼굴을 숨길 생각은 조금도 없었습니다. 오히려 피해자들의 눈에 자신의 모습을 각인시키면서 살해했습니다. 가해자와 피해자, 어느 쪽이 속세를 초월한 특별한 인간인지를 확실히 하기 위해서 말입니다. 그렇게 해서 비뚤어진 이기심을 만족시키며 네 번이나 살인을 저지르기 위해서는 만약의 경우를 대비한 안전 대책이 필요했습니다. 그는 자신의 모든 범행에 만일의 경우를 대비한 탈출구 같은, 어떤 형태로든 '보험'을 준비해 두었을 겁니다. 하지만 첫 번째에서 세 번째 범행은 전부 문제없이 진행되어 그것을 써먹을 기회가 없었던 것입니다. 그런 말씀을 드리고 싶었습니다."

"이치로이 씨에게 생각지 못한 반격을 당해 실패하고 만 그가 처음으로 그 '보험'을 써먹게 되었다, 그런 말씀입니까?"

질문을 한 나루토모는 벌떡 일어나서 테이블 위의 홍차 포트를 들어 봤지만 그 역시 이미 텅 빈 듯했다.

"바로 그렇습니다. 구츠와 기미히코는 사전에 이치로이 씨의 방 옆에 있는 105호의 잠금 장치를 풀어 놓았습니다. 복사 키는 어떻게 손에 넣었는지 모르지만 주인이 가지고 있던 복사 키의 여분을 슬쩍 훔쳤다거나 여러 가지 방법이 있었겠죠. 아무튼 반년이나 준비 기간이 있었으니까요. 그렇게 만일의 상황에는 옆방으로 도망가 숨을 수 있도록 해 둔 겁니다. 물론 그런 '보험'은 쓰지 않고 싶었겠지만, 결국 이치로이 씨에게 충격적인 역공을 당한 이상 그는 주도면밀하게 준비해 둔 탈출구를 쓸 수밖에 없었습니다. 그것이 결과적으로 구츠와 기미히코가 마치 연기처럼 밀실 상황에서 사라져 버린 것 같은 현상을 만들어 낸 것이며, 이것은 아까 말씀드렸듯이 완전한 우연의 산물입니다. 의도해서 만들어진 것이 아니었습니다."

커피나 홍차를 더 만들어 오려고 했는지 응접실에서 나가려던 나루토모가 자신의 의자로 돌아와서 말했다.

"하지만 말입니다, 슈타라 선생님. 만약 그렇다면 구츠와 기미히코는 저희들이 현장 검증을 할 때 줄곧 옆방에 숨어 있었다는 얘기가 됩니다만…… 그런 일이 있을 수 있을까요?"

"이 세상에 생각지도 못한 일은 얼마든지 있을 수 있습니다. 등잔 밑이 어둡다는 얘기도 있잖아요."

"그럼 그는 언제 그곳을 떠났을까요? 사건 직후 '메종포르테'는 봉쇄되어 있었습니다. 물론 지키는 경관도 있었습니다."

"그렇다고 영원히 봉쇄된 건 아니겠죠. 일단 현장 검증이 끝난 후에는 지키는 경관도 철수하죠? 게다가 살인 사건도 아니고 살인 미수였으니까요. 그렇게 장기간 동안 엄중 경계 태세를 유지했을 거라 생각되지는 않습니다만. 실제로는 어땠나요?"

"그건…… 뭐 그럴지도 모르겠습니다만."

나루토모는 마지못해 그것을 인정했다.

"게다가 다소 방심했을 수도 있었을 것 같습니다. 솔직히 말해서 누가 설마 현장의 바로 옆방에 범인이 숨어 있을 거라고 생각할까요? 꿈에도 몰랐을 겁니다."

"그렇다면 구츠와 기미히코는 잡힐 걱정이 없어질 때까지 기다렸다가 몰래 105호를 빠져나와 도망쳤다, 그런 말씀이신가요?"

나루토모는 팔짱을 끼면서 뭔가를 경계하는 듯한 말투로 덧붙였다.

"엄밀하게 말하면 꼭 105호가 아닐 수도 있겠네요? 당시 상황으로 봐서 빈집이었던 '메종포르테'의 103호, 104호 아니면 105호 중에 하나일 수도 있겠어요."

"네, 상식적으로 생각하면 현장의 바로 옆인 105호가 가장 가능성이 높지만요. 아무튼 그렇게 해서 '메종포르테'로부터 도망친 구츠와 기미히코는 자신의 아지트인 '우게나플래츠'에 일단 돌아왔을 겁니다. 그리고 상황이 진정되길 기다렸다가 또다시 이치로이 씨를 노릴 생각을 했는지도 모르겠습니다만, 결국에는 단념한 것 같습니다."

"어째서 그렇게 생각하신 거죠?"

"그의 범행 동기 때문입니다. 애당초 구츠와 기미히코는 자신이 국가의 법도 사회의 도덕도 초월하는 특별한 존재임을 증명하기 위해 연속 무차별 살인을 계획했습니다. 아까 라스콜리니코프라는 이름도 언급했습니다만, 그도 역시 그런 내향적 경향이 심해지면서 도착적인 관념을 갖게 되었을 겁니다. 그 결과 이른바 '히키코모리'라든가 '등교 거부'까지는 이르지 않았지만, 자신을 정당하게 평가해 주지 않는 주위에 대한 원한을 문장화하면서 그의 비뚤어진 이기심이 비대해져 갔습니다. 그렇게 사회 속에서 그의 실상과 품고 있던 그의 이미지 사이에 어긋남이 커져 갔고, 결국 어떤 노력으로도 채울 수 없을 정도로 그 괴리가 커져 버렸습니다. 그래서 마침내 '자신은 더 이상 정공법으로는 타인보다 뛰어난 존재가 될 수 없다.'고, 적어도 본인은 그렇게 생각하게 된 것입니다. 자신의 우월 의식을 만족시키기 위해서는 기존의 법이나 도덕을 무시할 수밖에 없었다고, 아니 파괴할 수밖에 없다는 결론에 이른 거죠. 그런 경위로 연속 무차별 살인을 하게 된 구츠와 기미히코에게는 비록 대비는 해 두었지만 실패는 처음부터 받아들일 수 없는 것이었습니다. 그러나 실제로 실패하고 말았을 때 그는 분명히 깨달았을 겁니다. 더 이상 자신에겐 아무런 '구제'도 남아 있지 않으며, 모든 것의 '종식'을 의미한다고 말입니다."

장황하게 설명은 했지만, 슈타라의 얘기는 여전히 너무 추상적이라 이해하기 어려웠다. 요컨대 구츠와 기미히코는 자신의 계획을 끝까지 완수할 수 없었기 때문에 궁지에 몰려서 스스로 죽음을 택했다고 말하고 싶은 것 같은데, 고즈에로서는 그 의견에 순수하게 동의할 수 없었다.

'과연 그가 그 정도로 깔끔한 인간일까?'

물론 그녀는 공격당했을 때 얼굴을 본 것뿐, 구츠와 기미히코와는 말을 해 본 적도 없었다. 그러니까 그 내면까지 짐작할 순 없을 것이라고 따진다면 할 말은 없다. 하지만 아무래도 그건 아닌 것 같다는 생각이 들었다. 고즈에에게 있어서 그 소년은 좀 더 미련스럽다고 할까, 비겁한 성격이라는 인상이 강했다.

다 떠나서 그가 어떤 종류의 인간이든 실패를 자신의 책임으로 받아들일 만한 도량은 없어 보였다. 그러기는커녕 오히려 뒷수습 같은 건 주위 사람에게 떠넘기고 까맣게 잊어버릴 사람 같았다. 자신이 불행한 것은 전부 사회 탓이라는 논조의 자기애적인 작문에서도 알 수 있듯이, 그런 저급한 인간이라는 이미지를 고즈에에게 심어 주었던 것이다.

유미코가 꼬고 있던 다리를 풀면서 몸을 앞으로 내밀었다.

"그러니까 역시 구츠와 기미히코는 이미 이 세상 사람이 아니겠죠? 분명히 어딘가에서 자살했을 거예요. 아마도 4년 전 이치로이 씨 피살에 실패한 직후에 죽었을 것 같아요."

고즈에는 이상한 기분이 들었다. 유미코의 말투는 마치 '그가 죽지 않았다면 곤란해.'라고 말하는 것처럼 들렸기 때문이었다. 만약 구츠와 기미히코가 현재도 살아 있다고 해도 유미코가 곤란할 것은 전혀 없을 텐데 말이다.

그게 아니면 연속 무차별 살인을 계획한 남자가 아직도 체포되지 않고 어딘가에 살아 있다고 생각하면 무서워서 견딜 수 없으니까 그렇게 말한 것일까? 아무튼, 유미코가 '구츠와 기미히코는 자살했다.'라는 결론을 마치 자신의 '공적'이라도 되는 것처럼 느끼며 소중하게 지키려는 태도를 보인 건 분명했다.

문득 그런 생각이 들자 고즈에는 갑자기 흥이 깨지는 느낌이었다. 가령 앞으로 구츠와 기미히코의 시신이 어디선가 발견되었다고 하자. 그리고 그가 자살한 것으로 판명되었다고 하자. 그럴 경우 아무리 '연미회' 내부에서의 일이라곤 해도 그것이 이즈미다테 유미코가 '예측'한 공적으로 인정받는 것이다. 말하자면 그렇게 될 경우를 위한 '보험'인 것이다.

고즈에는 유미코가 지금까지 사건에 관해서 그다지 많은 견해를 보여 주지 않았다는 생각이 들었다. 슈타라처럼 이것저것 많은 얘기를 하는 것이 대수는 아니지만, 오늘 밤 모임에 한해서

공평한 시각으로 보자면 그녀의 존재감은 많이 부족했다. 본인 역시 그것을 자각하고 있으며, 직업적인 프라이드에 위기감을 느끼고 있을지도 몰랐다.

물론 고즈에가 필요 이상으로 깊게 생각한 것일 수도 있었다. 그러나 이때부터 이즈미다테 유미코라는 여성에 대한 그녀의 평가가 바뀐 것은 사실이었다. 좋게 말하면 이전보다 가깝게 느껴지게 되었고, 나쁘게 말하면 인격 수준이 낮아 보이기 시작했다.

슈타라가 여전히 기분이 고조된 상태로 유미코 쪽을 바라보며 말했다.

"당연히 그렇다고 생각합니다. 스스로 부과한 임무를 완수하지 못한 벌로 구츠와 기미히코는 자신을 처형했을 겁니다. 사체가 아직까지 발견되지 않은 것은 그가 일부러 다른 사람의 눈에 띄지 않는 방법이나 장소에서 죽음을 택했기 때문이겠죠. 구체적인 것은 알 수 없습니다만, 예를 들어 후지산의 자살 명소인 '쥬카이(樹海)'에 들어갔을 수도 있고요. 사체를 노출시키는 건 곧 자기 지성의 패배를 세상에 인정하는 것을 의미하니까 극한까지 비대해져 버린 그의 이기심은 그것을 절대로 용납할 수 없었을 겁니다."

슈타라가 펼치는 분방한 스토리에 현혹되었던 고즈에는 문득 정신이 들었다.

'가만있어 봐, 그렇다면 이 미스터리 작가는 구츠와 기미히코가 나를 죽이려고 했던 건 이렇다 할 이유가 있었던 게 아니라고 말하고 싶은 거네. 연속 무차별 살인을 계획할 때 그 나름대로의 동기는 있었지만 적어도 이치로이 고즈에라는 개인에 대해 특별한 원한이 있었던 건 아니고 단순히 무작위 타깃으로 선택된 거였다고 말이야. 하지만 그렇게 생각해도 괜찮은 걸까?'

고즈에는 갑자기 불안해졌다. 확실히 지금까지 그녀는 일면식 없는 타인에게 살해당할 뻔할 정도로 원한을 샀다는 것이 가장 무섭다고 생각했다. 그런 가능성이 범행 동기가 아니길 4년 동안 계속해서 빌어 왔던 것도 사실이었다.

그러나 특별히 원한을 샀던 것도 아닌데 무차별 살인의 희생자가 될 뻔했던, 즉 단순하게 운이 나빴던 것뿐이라는 것이 진실이라면 거기에는 또 다른 종류의 암흑이 생긴다. 그것이 공포인지 아니면 다른 무엇인지는 잘 모르겠지만 불쾌한 것만은 분명했다. 그녀는 그냥 불쾌했다. 하염없이 불쾌하기만 했다. 고즈에는 또다시 기억 속에서 구츠와 기미히코의 표정을 끌어내 보았다.

'너는 누구라도 상관없었던 거야? 그냥 적당히 나를 선택한 거야?'

그렇게 물어봤지만 당연히 아무런 대답도 들을 수 없었다. 그의 표정은 살의에 가득 차 있었다. 하지만 그건 실제로 사람을 죽이려고 했으니까 당연한 것이었다. 문제는 거기에 이치로이 고즈에라는 개인에 대한 특별한 생각이 있었냐는 것이다.

'역시 무차별 살인이었는지 몰라.'

고즈에는 그런 체념 속으로 점점 침식되어 갔다. 아무리 필사적으로 생각해 봐도 사건 이전에 구츠와 기미히코라는 소년과 접촉한 기억이 없다는 사실이 슈타라의 가설에 절대적인 설득력을 부여했다.

'누구라도 상관없었던 거야…… 누구라도……. 나는 단순히 운이 나빴어…… 그것뿐……. 하지만…… 하지만 과연 내가 그것을 사실로 받아들일 수 있을까?'

고즈에는 자신이 전혀 없었다. 지난 4년간 계속해서 괴로워해 왔던 것과는 전혀 다른 종류의 정신적 고통을 안게 될 것 같은 예감이 들었다.

'악몽에 시달리며 무서워서 잠들지 못하는 밤이 앞으로도 계속되는 건가?'

그렇게 생각하니 그녀는 울고 싶어졌다. 이럴 줄 알았으면 나루토모에게 이런 부탁을 하는 게 아니었다고 후회했지만 이미 늦은 일이었다. 그때 나루토모가 주저하며 말을 시작하자 고즈에는 다시 정신을 차렸다.

*

"슈타라 선생님, 조심스럽습니다만 꼭 드려야 할 말씀이 있습니다.”

“네, 말씀하세요.”

“선생님의 대체적인 추리에 관해서는 일단 그렇다고 쳐도, 딱 한 가지 명확하게 사실과 다른 점이 있습니다.”

“네? 그게 어떤 점인가요?”

“이치로이 씨 살해에 실패한 구츠와 기미히코가 ‘메종포르테’에서 도주할 때 106호 현관으로 나갔다는 점입니다.”

“네? 그게 어째서 사실과 다른 거죠? 그 가정이 성립하지 않는다고 한다면 거꾸로 소년이 베란다 쪽 유리문으로 도망갔다는 것을 입증해야만 합니다. 하지만 그런 것을 뒷받침할 증거도 증언도 나오지 않았기 때문에…….”

“확실히 그것을 실제로 증명하기 위한 물적 증거는 없습니다만, 상황적으로 판단해서 구츠와 기미히코가 베란다 쪽으로 도망친 것은 틀림없습니다. 왜냐하면…….”

그때 뭔가 말하려는 슈타라를 나루토모가 얘기를 계속 들어보라는 듯 손을 눈높이까지 올리면서 저지했다.

“만약 소년이 106호의 현관문으로 나갔다면 확실하게 모미야마 케이이치 씨와 마주쳤을 것이기 때문입니다. 그런데 두 사람이 조우하지 않았던 것은 구츠와 기미히코가 빈방들 중 한 곳에 숨어서가 아닙니다. 소년에게 그런 행위는 불가능합니다.”

“어떻게 그렇게 단언할 수 있는 건가요? 물론 복사 키 문제는 난점일 수 있겠습니다. 하지만 그런대로 시간을 들이면 해결할 수……."

"열쇠 문제가 아닙니다. 슈타라 선생님, 사실은 말입니다. 사건 발생 후 저희들은 1층의 빈방 세 곳을 전부 조사했습니다. 구석구석 빠짐없이요."

슈타라는 당황했다.

"네? 조사했다니. 그, 그게 정말로 사건 발생 직후였나요? 그러니까 당일이었나요?"

"맨션의 이웃에 사는 소라치 씨의 증언에 의해 소년이 베란다 쪽으로 도망치지 않았을 가능성이 제기된 다음이라 엄밀하게는 사건 발생 당일에 한 것은 아닙니다."

슈타라는 바로 그거야라는 듯 열을 내며 말했다.

"그렇다면…… 경찰이 빈방을 조사했을 때는 이미 그는 달아난 후였던 겁니다."

"유감스럽지만 그 역시 있을 수 없습니다. 슈타라 선생님의 추리가 맞는다면 구츠와 기미히코는 105호 혹은 다른 빈방 안에서 적어도 하루 이상 숨어 있었다는 것이 되지 않나요?"

"그건 경찰이 그…… 얼마 동안 맨션을 봉쇄하고 있었는지에 따라 다르겠습니다만."

슈타라의 말하는 태도가 점점 불안해졌다.

"근처의 현장 검증 등도 포함해서 적어도 이틀 후 점심때까지는 확실하게 경관들이 지키고 있었습니다. 게다가 그렇게 장시간 소년이 빈방에 숨어 있었다면 화장실 문제를 포함해서 어떤 흔적도 남기지 않고 있다가 사라지는 것은 불가능합니다. 하지만 저희들이 세 방을 조사한 결과 먼지가 쌓여 있는 상황 등으로 봐서, 최근에 사람이 들어왔던 흔적은 전혀 찾아볼 수 없었습니다. 모든 빈방에서 욕실이나 수도 등의 설비가 사용된 흔적도 전무했구요."

슈타라는 충격을 받았는지 아무 말도 하지 못했다. 어지간히 자신의 추리에 자신이 있었나 보다. 그는 경련을 동반한 울먹임이 섞인 웃는 표정을 하고 있었다. 그러다가 "아, 그렇군요. 그것 참 재밌군." 하며 오츠카와가 가볍게 박수를 치자 겨우 눈에 초점이 돌아왔다.

"빈방 운운하는 문제는 별도로 하더라도 꽤 훌륭한 추리였네. 무엇보다 구츠와 기미히코와 하사타니 코지로 씨의 숨겨진 관계라는 착안점이 훌륭했어. 역시 뛰어난 추리력의 소유자라는 것을 인정하네."

"하하하, 감사합니다. 선생님께 칭찬을 받다니, 몸 둘 바를 모르겠습니다."

회복이 빠른 성격인지 방금 전까지 기죽어 있던 슈타라는 언제 그랬냐는 듯한 표정이었다. 나루토모에게 날카롭게 논파당하긴 했지만 자신의 추리는 아직 전면적으로 부정당하지는 않았다는 긍정적인 생각으로 바뀐 듯했다.

"뭐 제 추리는 불완전한 것일 수 있겠죠. 아무래도 오늘 밤 모임의 고찰 중 첫 무대라고 할 수 있으니까요. 하하하."

"아니야, 정말 대단했어. 아울러 나도 자네의 가설에 약간 편승해도 괜찮을까?"

오츠카와에게도 뭔가 생각이 있는 듯했다. 슈타라의 열변을 듣고 자극을 받았는지 의욕이 넘쳐 보였다.

"하하. 네, 물론이죠. 어서 말씀해 보세요."

"실은 편승이라고 하지만 나의 추리는 자네의 것에서 가장 중요한 점이 어긋나 있어."

"가장 중요한 점이라면?"

"범인이야."

"네?"

오츠카와가 시선을 모두에게 돌리며 말했다.

"여러분, 아무래도 오늘 밤은 처음부터 범인이 구츠와 기미히코라는 전제로 얘기를 진행하고 있는 것 같습니다. 하지만 과연 그것이 사실이라고 간주해 버려도 괜찮은 걸까요?"

고즈에는 깜짝 놀랐다. 그녀는 범인과 동기에 관해서 싫어도 슈타라의 가설을 받아들일 수밖에 없다고 생각했다. 그래서 이미 오늘 밤의 모임은 끝났다고 착각하면서 침울한 기분이었는데 갑자기 새로운 국면을 맞이하게 된 것이다.

물론 놀란 건 그녀만이 아니었다. 슈타라도, 아리사도, 유미코도 그리고 요보로베도 놀라서 눈을 크게 뜨거나 눈썹을 찡그리고 있었다. 그러나 단 한 사람은 냉정함을 유지하고 있었다. 적어도 고즈에의 눈에는 나루토모만은 뭔가 부자연스러울 정도로 침착해 보였다.

그런 모두를 차분히 둘러본 오츠카와가 무거운 말투로 선언했다.

"진범은 구츠와 기미히코라는 소년이 아니라 완전히 다른 사람이 아닐까요? 사실 저는 그렇게 생각하고 있습니다."

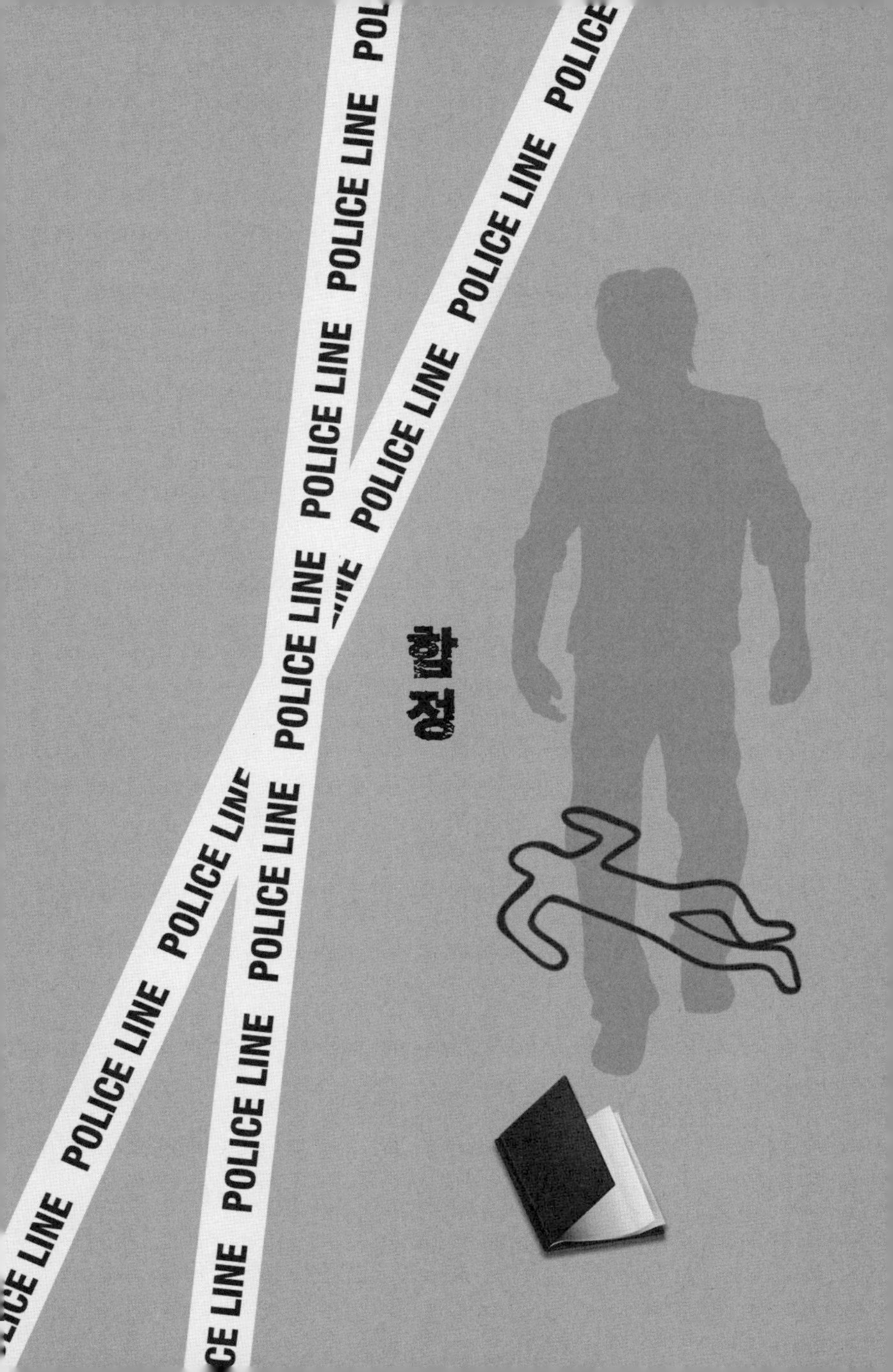
현장
POLICE LINE

替

“그렇다고 해도 이치로이 씨의 증언이 의심스럽다는 뜻은 아니니 오해는 하지 마시길 바랍니다.”

고즈에의 표정이 좋지 않다고 느꼈는지 오츠카와는 당황한 얼굴로 변명하듯 손을 마구 흔들며 말했다.

“미리 말씀드리지만, 이치로이 씨를 습격한 사람이 구츠와 기미히코라는 그 사실까지 부정할 생각은 없습니다. 네, 그 부분은 분명히 해 두고 싶군요.”

‘당연한 거 아냐?’

고즈에는 난감했다. 처음부터 그녀는 구츠와 기미히코가 자신을 죽이려 했던 이유를 알고 싶었을 뿐이었다. 그런데 사건 자체를 의심한다면 일부러 이곳에 온 의미가 없지 않은가. 아까부터 고즈에는 정신 건강상 별로 좋지 않은 발언들만 난무해서 아무래도 결과적으로 적지 않은 정신적 데미지만 생기는 것 같았고 그만큼 피로감을 느끼게 되었다. 그녀는 이제 그만 자리에서 일어나 가 버릴까 하는 생각을 진지하게 하게 되었다.

"하지만 말입니다."

오츠카와는 일단 한마디를 내뱉곤 기다리다 지칠 정도로 천천히 그 자리에 있는 사람들을 둘러보았다.

"하사타니 코지로, 야토쿠라 미사토, 가마츠카 요시부미, 과연 이 세 명을 살해한 사람도 구츠와 기미히코라고 단정해 버려도 괜찮은 걸까요?"

긴 연설을 끝내고 마침내 자신의 자리로 돌아가 앉아 있던 슈타라가 오츠카와의 질문에 대답하듯 말을 꺼냈다.

"괜찮고 안 괜찮고 간에 선생님, 이치로이 씨를 살해하려고 했던 것이 구츠와 기미히코라면 당연히 나머지 세 명을 살해한 것도 그였겠죠. 네 건의 범행이 동일 인물의 손에 의한 것이라는 사실은 앞서 말한 학생 수첩에 기술된 것에서 확인되기도 했지 않습니까."

"하지만 거꾸로 말하면 그 학생 수첩의 기술밖에 없다고도 할 수 있지 않나요? 전부 구츠와 기미히코의 범행이라는 근거가 말이죠."

금방 자리에 앉았던 슈타라가 다시 벌떡 일어서며 말했다.

"그건……. 아, 맞다. 말씀을 하시는데 끊어서 죄송합니다만, 선생님의 본격적인 추리를 펼치시기 전에 잠깐 배를 채워 두시지 않겠습니까? 시간도 그렇고 슬슬……. 어떠세요?"

슈타라가 가리키는 동작에 맞춰 오츠카와가 벽시계를 올려다보자 거의 전원이 각자의 손목시계를 보았다. 벌써 오후 여덟 시가 다 되어 간다는 것을 깨달은 고즈에는 깜짝 놀랐다. 시계를 몇 번이고 다시 확인해 봐도 마찬가지였다.

'오츠카와 씨의 저택을 방문한 것이 어느새 세 시간 넘게 지나다니. 이런저런 생각이 너무 많아서 머릿속이 산만해진 탓일까.'

"아, 벌써 이렇게 되었군. 아직 야츠메 씨의 추리도 남아 있어서 오늘 밤은 좀 길어지겠네. 여기서 한숨 돌리고 갈까? 슈타라 군, 그럼 좀 부탁해."

"알겠습니다. 그럼……."

슈타라는 서둘러 응접실을 나갔다. 고즈에는 아마 배달 음식이라도 시키기 위해 전화를 걸러 갔나 보다고 생각했다.

'그런데 사람들에게 주문하고 싶은 것을 묻지 않는 건가? 나야 뭘 먹고 싶은 생각이 없으니 상관없지만.'

그렇게 생각하던 그녀는 문득 응접실 구석에 있는 테이블 위에 전화기가 놓여 있다는 것을 깨달았다. 그리고 그와 거의 동시에 슈타라가 응접실로 들어왔다. 요리가 놓인 캐스터가 달린 왜

건을 밀면서.

"자, 여러분, 어서 드세요. 입식 파티 형식이기 때문에 죄송하지만 식사는 전부 셀프 서비스로 하시길 바랍니다."

슈타라가 하나씩 테이블에 옮긴 큰 접시엔 각각 로스트비프와 파스타 등이 가득 담겨 있었다. 각자 좋아하는 것을 작은 접시에 덜어 먹는 뷔페 스타일의 저녁 식사가 시작되었다. 처음에는 아무것도 먹지 않을 생각이었던 고즈에도 분위기에 휩쓸려 샌드위치를 집었다. 여전히 배는 그리 고프지 않았지만 놓여 있는 요리들을 보는 것만으로도 즐거웠다.

역시 샌드위치를 하나 집어서 기분 좋게 먹던 아리사가 슈타라에게 엄지를 번쩍 들어 보였다.

"음, 맛있어. 이 치킨 샌드위치 너무 맛있다."

"아냐, 그건 칠면조 샌드위치야. 요즘 같은 시즌에 딱 어울리지 않아?"

"무슨 소리야. 크리스마스는 이미 지났잖아. 얼빠진 소리 그만해. 그나저나 여전히 솜씨는 알아줘야겠는데?"

"혹시…… 이 요리를 다?"

두 사람이 얘기하는 사이에 오리고기 로스트를 접시에 옮겨 담던 고즈에가 손을 멈추고 묻자 슈타라가 여전히 천진스러운 표정으로 득의양양하게 답했다.

"네, 맞습니다. 제가 전부 만든 겁니다."

고즈에는 놀랐다기보다는 거의 감동에 가까운 기분이었다. 틀림없이 케이터링 서비스 같은 곳에서 주문한 것일 거라고 생각했는데, 맛은 물론 보기에도 훌륭한 프로 요리사 수준의 솜씨였기 때문이다. 그런데도 불구하고 고즈에 외의 다른 사람들은 특별히 감명 받진 않은 듯 지극히 당연하다는 얼굴로 요리를 차례차례 먹어치우고 있었다. 아무래도 '연미회'란 이 모임에서 슈타라가 요리 솜씨를 발휘한 게 처음이 아닌 모양이었다. 된장국도 제대로 끓이지 못하는 고즈에로서는 두 손 들고 항복해야 할 것 같은 기분이었다.

"정말 맛있습니다. 항상 요리를 직접 만드시나요?"

"뭐 대체적으로 그렇습니다. 요리가 취미거든요."

"슈타라 선생님 부인께서는 행복하시겠네요."

"하하하, 그렇습니까? 기회 되면 이치로이 씨께서 직접 집사람에게 꼭 그렇게 말씀 좀 해 주세요."

말하는 것으로 봐서 슈타라는 기혼인 것 같았다. 고즈에는 좀 더 자세히 물어보고 싶었지만 그가 "마실 건 뭘로 하시겠습니까? 일단 와인이 있습니다만." 하고 권하는 바람에 기회를 놓치고 말았다.

"아닙니다. 저는……."

고즈에는 황급히 거절했다. 아무래도 오늘 밤은 취하며 즐길 기분이 아니었다.

"나도 사양할래."

아리사 역시 그렇게 말하며 자신의 잔을 손바닥으로 덮었다.

"아, 아직 추리를 펼칠 순서가 남아 있었지. 그래, 너무 취하면 조리 있게 말하지 못할 테니."

아리사는 식사 중에도 틈틈이 앉아 있는 오츠카와에게 먹고 싶은 것을 물어보곤 바지런히 요리를 가져다주었다. 아무래도 오츠카와는 걷지 못할 정도는 아닌 듯했지만 다리가 불편한 것 같았다. 나이 든 대가에 대한 당연한 배려라고 할 수도 있겠지만, 모르는 사람이 보면 부녀 관계라고 착각할 수도 있을 것 같았다. 그만큼 아리사의 동작은 예의를 벗어나지 않을 정도로 거리낌 없고 자연스러웠다.

그런 광경을 보고 있는 동안 고즈에는 맨 처음 이곳에 왔을 때와 지금 자신이 품고 있는 '연미회'에 대한 이미지가 완전히 바뀌었다는 것을 인정하지 않을 수 없었다.

"그래? 그럼 나는 일단 준비한 얘기는 다 했으니까 한잔해볼까?"

싱글벙글하며 자신의 잔에 와인을 따른 슈타라는 여전히 경박한 태도로 이즈미다테 유미코가 있는 곳으로 가서 건배를 했다. '연미회'는 애주가의 비율이 별로 높지 않은지 지금 술을 마시고 있는 사람은 슈타라와 유미코 둘뿐이었다.

"슈타라 씨는 아무래도 직업 선택을 잘못하신 것 같네요. 다른 뜻이 있는 건 아니고, 이 정도로 훌륭한 솜씨가 아까워서 말이죠."

요보로베도 요리가 만족스러웠는지 아까와는 달리 활짝 웃는 얼굴로 솔직히 말했다. 그러자 유미코도 거들었다.

"정말 그렇죠? 셰프가 되었으면 좋았을 텐데."

"그런가요? 그럼 이제부터라도 새로운 인생을 생각해 볼까. 이야~ 내가 생각해도 무섭네, 재능이 너무 많아서."

웃음소리가 여기저기에서 터져 나왔다. 남이 들으면 전혀 재미없을 실없는 얘기들이었지만 자리를 같이하고 있는 고즈에조차 미소 짓게 하는 분위기가 있었다. 그러다 그녀는 갑자기 쓸쓸한 기분이 들었다. 벌써 몇 년 동안이나 이런 화기애애하고 가족적인 분위기를 느끼지 못하고 살아왔다는 것을 새삼스럽게 깨달았기 때문이었다.

4년 전 11월 이후 경찰의 허가를 얻어 '메종포르테'를 나올 수 있게 된 고즈에는 한동안 부모님이 살고 있는 본가로 돌아가서 지내긴 했지만 사실 그녀가 원했던 건 아니었다. 더 이상 '메종포르테'에 살고 싶지 않았던 것은 사실이라 가능하면 바로 다른 아파트나 맨션을 찾아서 이사 가려고 했지만 부모님이 그것을 허락하지 않았다. 그건 뭐 당연한 반응이었으리라. 그녀가 집에서 괴한에게 습격당해 살해될 뻔했다는 것을 알게 된 이상, 딸을 또 혼자 살게 두는 부모는 없을 테니까.

고즈에도 일단 부모 곁으로 피난해 있는 것이 상식적인 행동이라고 판단했기 때문에 그 말을 따랐지만 바로 후회했다. 부모님과 같이 사는 것 자체가 너무나도 숨 막히는 것이었다. 아버지도 어머니도 고즈에를 대하는 태도가 마치 상처 난 곳이라도 만지는 것처럼 조심스러웠고, 근처에 쇼핑을 가는 정도의 외출까지도 엄하게 금지하며 속박했다.

부모님이 그녀에게 너무 극단적인 태도를 보였지만, 그것 역시 이해 못 하는 건 아니었다. 갑자기 가족 중에 한 명이 살해당할 뻔한 극히 비일상적이고 특수한 입장에 처했는데, 그것이 자신들이 낳고 키운 딸이었으니 말이다. 그 결과, 딸의 정신 상태가 불안정하다는 것은 파악할 수 있었지만 부모님은 그녀를 어떻게 대하는 것이 좋을지 감을 잡지 못했다. 고즈에의 친구들 역시 그랬는지 어느새 그녀의 교우 관계 대부분이 자연스럽게 소멸해 버렸다.

이렇게 그 사건을 경계로 고즈에를 둘러싼 세계가 격변했다. 전부 변해 버린 것이다. 아니, 그것은 오히려 그 반대일 수도 있었다. 변한 것은 주위 사람들이 아니라 고즈에 자신일지도 몰랐다. 그녀는 더 이상 이전의 이치로이 고즈에가 아닌 다른 사람이라고 해도 과언이 아닌 존재가 되었다.

아무튼, 타인과 접촉하는 것이 너무 불편한 것은 사실이었다. 사건에 대해 직접 언급하지 않아도 호기심이 가득한 노골적인 눈으로 관찰하며 그녀의 심경을 살피는 듯해서 고즈에는 마음이 놓이지 않았다. 결과적으로 친구들과의 만남이 줄어 버린 것은 그녀에겐 오히려 반가운 일이었다.

작년 여름, 충분히 안정을 되찾았다고 판단한 그녀는 드디어 본가를 나왔다. 부모님은 달가워하지 않았지만 억지를 부려 이사를 했고, 다시 혼자 살기 시작했다. 그렇게 새로 이사한 곳은 10층짜리 건물의 임대 맨션으로 최상층의 방이었고, 그곳에서 혼자 조용히 바깥 경치를 바라보는 것이 지금의 그녀에겐 유일한 마음의 안식이었다.

솔직히 높은 곳에서 눈 아래의 지면을 응시하다 보면 종종 그 아래로 끌려 당겨지는 감각과 함께 닥쳐 오는 자살 충동에 몸을 맡기려는 자신을 깨닫고 무섭기도 했지만, 아무튼 일할 때 이외의 시간에 혼자 있을 수 있다는 것에 감사했다.

고즈에는 그렇게 부모님과도 친구들과도 더 이상 원래의 평범했던 관계를 가질 수 없게 되었다. 결국 그녀는 전처럼 평화롭고 안온한 일상생활을 보낼 자격을 상실하고 만 것이다. 그 사건을 경계로 해서…… 그 소년 때문에.

새삼스럽게 구츠와 기미히코에 대한 증오심이 고즈에의 가슴 속에서 소용돌이쳤다. 하지만 그것은 언제까지나 공허한 감정의 공회전일 뿐이었다. 돌이켜 보면 그녀는 지난 4년 동안 구츠와 기미히코의 동기를 밝히는 것에만 매달리고 있었다. 그녀는 문득 생각했다.

'결국 나는 무엇을 얻고자 했던 것일까? 그리고 도대체 왜 이렇게 멀리 오게 돼 버렸을까?'

그녀에게 원래 있었던 평화로운 세상은 먼 지평선 저편으로 사라져 버렸다. 그녀는 이제 돌아갈 수 없었다. 원래의 인생으로 돌아가는 것이 불가능해진 것이다. 영원히. 무심코 눈물이 글썽해진 고즈에는 서둘러 슈타라에게 말을 걸었다.

"저…… 그…… 한잔 마셔도 괜찮을까요?"

그 사건 이후 이제까지 알코올에 의지하려 한 적이 전혀 없었던 건 아니지만, 오늘 밤 고즈에는 처음으로 자신의 연약함을 자각했다. 머리의 상처를 치료하기 위해 며칠 동안 입원했던 것 외에는 휴직도 하지 않고 일도 계속해 왔다. 뭐든지 자신의 기력과 체력을 믿고 완수해 왔다. 그런 자부심으로 지난 4년간 마음을 지탱해 왔던 그녀도 '연미회'의 가족적인 분위기 앞에서 완전히 나약해져 버렸다. 맨정신인 채로 평정심을 유지하는 것에 자신감을 가질 수 없었다.

"아, 물론이죠. 레드 와인 괜찮으세요? 화이트 와인도 있습니다만."

슈타라가 기쁜 표정으로 물었다.

"아, 네…… 죄송합니다만, 저는 가능하면 와인 말고 다른 걸 마시고 싶은데요."

사실 그녀가 와인을 싫어하는 건 아니었다. 오히려 좋아하는 편이었지만, 입맛이 당긴다고 과음을 하면 항상 뒤끝이 안 좋았기 때문에 피하고 싶었다. 같은 이유로 일본 술이나 소주도 안 되었다. 맥주도 반 컵 정도는 괜찮지만 금방 배가 불러서 별로였다. 물론 평소의 고즈에라면 별로 신경 쓰지 않고 뭐든 마시겠지만, 오늘 밤 이 사람들 앞에서 추태를 부리고 싶진 않았다. 그냥 기분 전환으로 홀짝홀짝 마실 수 있는 것이 좋을 것 같았다.

고즈에의 까다로운 주문에 슈타라는 곤란한 듯 머리를 긁적였다.

"아, 네. 그럼…… 위스키라도 하실래요? 미즈와리 아니면 언더 록으로?"

"위스키까지 준비해 놓은 거야?"

"아! 아뿔싸! 위스키는 없구나."

"혹시 브랜디라도 괜찮으시다면 드릴게요."

아리사의 지적에 한 방 먹고 낭패하여 어쩔 줄 몰라 하는 슈타라를 본 오츠카와가 한마디 했다.

"편집자가 선물로 보내 준 술이 서재에 있거든요."

"엥? 새로 바뀐 편집자인가요? 그 사람, 선생님께서 술을 잘 안 드신다는 것을 모르는군요."

"직장 다닐 때 술자리에서 실수했던 에피소드를 이전에 에세이로 재밌게 쓴 적이 있거든. 아무래도 그것을 읽고 술을 잘 마실 거라고 오해한 모양이야."

그래서 고즈에는 생각지도 못한 고급 브랜디를 마시게 되었는데, 오츠카와 저택에는 브랜디 잔이 없어서 와인 잔에 따라서 마시기로 했다. 잔은 상관없었지만, 마셔 보니 품위 있는 꽃잎이 개화한 듯한 향기도 좋고 부드러운 혀끝의 감촉 역시 좋아서 이러다 과음할지도 모르겠다는 불안감을 느끼게 하는 술이었다. 자기 혼자만 마시는 것이 꺼림칙했던 고즈에는 나루토모에게 말을 걸었다.

"저…… 한잔하시는 거 어떠세요? 이 술, 향과 맛이 정말 훌륭하네요."

"아, 저는 오늘 밤은……."

"오늘 밤 안 마시면 언제 마시지? 오늘 비번 아닌가?"

사양하려고 했던 나루토모에게 요보로베가 놀리듯 한마디 하자 그가 웃으며 대답했다.

"그럼, 아주 조금만 마시겠습니다."

그렇게 대충 식사를 끝마친 일행은 슈타라의 뒷정리가 끝나는 것을 기다려야 했기 때문에 모임이 재개된 시각은 오후 열 시 반이 다 돼서였다. 고즈에는 설거지를 거들려고 했지만 아리사가 막았다.

"안 돼요. 그는 다른 사람이 도와주면 더 늦어져 버리거든요."

"그건 왜죠?"

"그릇이 제대로 세척됐는지 신경 쓰여서 다른 사람이 이미 한 것까지 자기가 다시 하니까요."

나루토모도 처음으로 듣는 얘기인지 눈을 깜박이며 말했다.

"네? 의외네요. 아, 아니다. 이런 말은 실례가 될 것 같군요."

"아닙니다. 괜찮아요. 실례될 건 없어요. 저래 보여도 어지간히 신경질적인 사람이라서요."

고즈에의 눈에도 슈타라는 털털하고 호탕한 사람처럼 보여서 그렇게 세세한 것을 신경 쓸 것 같지는 않았다. 고즈에는 역시 사람은 겉모습으로 판단할 수 없다는 것을 새삼스럽게 느꼈다.

슈타라를 기다리는 동안 화장실을 이용하기로 한 고즈에는 오츠카와 저택의 세면실이나 욕실을 살짝 들여다보았다. 깨끗하게 청소되어 있어서 청결한 상태였지만, 역시 다른 가족이 있는 흔적은 찾을 수 없었다. 특히 여성의 냄새가 전혀 나지 않았다. 나이 든 대가는 이렇게 넓은 저택에 혼자서 살고 있는 듯했다. 다리가 불편해서 가사 일을 도와줄 사람을 고용해 쓰면서.

*

슈타라가 응접실로 돌아오는 것을 기다렸던 오츠카와가 다시 이야기를 시작했다.

"자, 그럼 우선 여기서 하나 확실히 해 두고 싶습니다만, 이치로이 씨의 건은 별도로 한 일련의 사건, 즉 하사타니 코지로, 야토쿠라 미사토, 가마츠카 요시부미가 각각 살해당했던 그 현장에 범인의 신원을 확정할 수 있는 물적 증거는 남아 있지 않습니다. 그렇죠? 예를 들어 구츠와 기미히코의 지문이라도 검출되었나요?"

"첫 번째에서 세 번째의 사건에선 현장 주변에서 범인의 것으로 보이는 지문 등은 검출되지 않았습니다."

이 자리에서 유일하게 현직 형사라는 스스로의 입장을 새삼 의식했는지, 나루토모는 다시 사무적이고 조심스러운 말투로 돌아갔다.

"피해자들의 목에 감겨 있던 비닐 끈 이외에 별다른 증거물은 없었습니다. 다만, 하사타니 씨와 가마츠카 씨의 사건에서는 현장에 신발 자국이 남아 있었습니다. 구츠와 기미히코의 농구화 신발 자국이었습니다. 이것은 범인을 특정할 수 있는 증거라고 생각합니다만."

"그것이 더욱 수상합니다. 역시 그 농구화 자체는 구츠와 기미히코의 것이었겠죠. 그의 가족이 확인해 줬을 것이고. 그러나 신발 같은 건 누가 신어도 똑같은 발자국이 찍히게 되어 있습니다. 게다가 그런 확실한 증거를 일부러 아지트인 '우게나플래츠'에 남겨 놓고 가다니, 뭔가 이상하다고 생각되지 않습니까? 이건 지나칠 정도로 뻔한 느낌입니다."

'그렇군. 발자국 같은 건 위장 공작이 아닐까 의심하는 사람도 당연히 나올 거라고 예상했어야 했어. 어쨌든 이곳에는 미스터

리 전문 작가가 세 명이나 있으니 말이야.'

고즈에는 무심코 쓴웃음을 지었다.

"슈타라 씨와 이즈미다테 선생님, 구츠와 기미히코는 이미 죽었을 것이라는 의견이셨죠? 저도 역시 동감입니다. 그러나 그는 자살한 것이 아니라 누구한테 살해당했을지도 모른다고 생각합니다만, 어떠신가요?"

"누구한테라니, 도대체 누구한테 말입니까?"

유미코는 자신의 주장이 부정당했다는 것에 반발심이 생기기보단 어리둥절한 기분이었다.

"물론 일련의 사건의 진범에게 말입니다."

"구츠와 기미히코가 아니라면 도대체 누가 진범이라는 말씀이십니까?"

유미코가 자신의 와인 잔에 조금 전에 고즈에가 맛보았던 브랜디를 따르며 물었다.

"진범이 누구인지 모르겠다고, 오늘 밤 모임이 시작되기 전까지는 그렇게 대답할 수밖에 없다고 생각했습니다. 그런데 아까 슈타라 씨의 추리를 듣고 나서 문득 어떤 가능성이 떠올랐습니다. 물론 그건 진범의 정체에 관한 가능성입니다. 하지만 그 얘기는 조금 이따가 하겠습니다."

이렇게 말하고 나서 오츠카와는 디저트 케이크를 보고 입맛을 다셨다. 참고로 이 케이크 역시 슈타라가 자기 집에서 구워서 가져온 것이라고 했다. 고즈에는 정말 재주가 많은 남자라는 생각이 들었다.

"먼저 문제의 학생 수첩에 대해서 좀 얘기해 보겠습니다. 구츠와 기미히코는 왜 그런 식으로 무차별 살인 계획의 개요를 자세하게 기록해 두었을까요? 열쇠로 잠가 둘 수 있는 일기장도 아니고 무심코 다른 사람이 내용을 읽게 되면 어쩌려고. 너무 위험하지 않을까요? 게다가 그런 물건을 하필이면 범행 시까지 가지고 다니다니, 저는 너무 맞지 않는 행동이라고 생각합니다."

"아까 슈타라 씨가 나눠 준 복사본을 보면 알 수 있듯이, 구츠와 기미히코는 대학 노트 등에 여러 가지 글을 써서 자신의 생각을 정리하는 습관이 있었다는 가족이나 지인들의 증언도 있었습니다."

나루토모 역시 그런 습관이 있는지 자신의 무릎 위에 복사본을 뒤집어서 올려놓고 볼펜으로 뭔가를 적으며 얘기했다.

"특히 학생 수첩은 사이즈가 작고 편리해서 소중하게 여겼던 것 같습니다. 항상 지니고 다녔기 때문에 범행 시에도 평소의 습관대로 가지고 있었던 건 아닐까요?"

"그렇군요. 그가 그런 습관을 가진 사람이란 건 사실이겠죠. 하지만 그렇게 학생 수첩을 항상 가지고 다니는 습관 때문에 그가 진범에게 이용당한 것이 아닐까, 저는 그렇게 생각합니다."

"이용이라면?"

"결론부터 말씀드리면, 구츠와 기미히코는 일련의 무차별 연쇄 살인 사건의 범인에게 조종당한 것 같습니다. 진범이 쳐 놓은 교묘한 함정에 의해서 말이죠."

슈타라가 오츠카와와 나루토모를 번갈아 보며 말했다.

"선생님, 하지만 그 수첩에 쓰여 있던 필적은 분명히 구츠와 기미히코 본인의 것이라는 감정 결과가 나왔습니다."

"물론 수첩의 글씨는 구츠와 기미히코 본인이 쓴 거겠지. 거기까지 부정할 생각은 없네. 하지만 그렇다고 해서 그가 꼭 범인이라고 할 수는 없지. 내 말 잘 들어 봐. 그 학생 수첩에는 극히 부자연스러운 부분이 있어."

"혹시 본인의 이름과 연락처의 페이지가 찢어져 있는 것 때문인가요?"

"아니아니, 그건 오히려 자연스러운 부분이야. 범죄에 발을 들여놓은 자의 심리로는 자신의 정체를 숨기려 하는 것이 당연하지. 그럴 수밖에 없는 것이, 조금 전에 말했듯이 항상 가지고 다니는 수첩이니까 언제 어느 때 다른 사람에게 내용을 들키게 될지 모르잖아."

그럼 역시 구츠와 기미히코가 범인이라고 말하고 싶은 것이구나, 하고 고즈에는 잠깐 생각했지만 '범죄에 발을 들여놓다'라는 말은 아무래도 자신이 공격당한 사실만을 가리키는 것 같았다. 고즈에는 다른 세 사람을 살해한 범인은 따로 있다고 주장하고 싶은 모양이라고 생각했다.

"그럼 어디가 부자연스럽다는 말씀이십니까?"

"슈타라 군, 모르겠나? 그건 순서야."

"순서요?"

오츠카와는 모두를 향하며 말했다.

"구츠와 기미히코는 하사타니 코지로 씨부터 시작해서 피해자들의 이름과 주소를 한 페이지씩 적었습니다. 펼쳐서 오른쪽 페이지에요. 단, 왼쪽 페이지는 공백으로 되어 있어서 엄밀하게 말하면 두 페이지에 하나의 정보가 기재되어 있는 것입니다. 여기까지는 아시겠죠?"

"아, 듣고 보니 그러네요. 그러고 보니 가장 마지막에 이치로이 씨의 이름만 다르게 되어 있네요."

담배에 불을 붙이려던 유미코가 손을 멈추고 뭔가 생각났다는 듯이 말했다. 오츠카와는 유미코가 제대로 알아차린 것이 기뻤는지 활짝 웃었다.

"바로 그것입니다. 다른 세 사람들과 달리, 이치로이 씨의 이름만 수첩의 펼친 면 왼쪽 페이지에 적혀 있었습니다. 그리고 오른쪽 페이지에는 살해 방법이나 매스컴에 보낸 범행 성명 내용 등이 있었습니다. 어째서 이치로이 씨에 관한 데이터만 이렇게 거북한 필기 방식으로 써 놨을까요? 상당히 부자연스럽지 않습니까?"

과연 그의 말대로야, 라고 고즈에도 인정할 수밖에 없었다. 그도 그렇지만 '거북한 필기 방식'이라니, 꽤 훌륭한 표현 같았다.

"글을 정리하는 방법에는 각자의 습관이라는 것이 있는데 그건 무의식적으로 만들어지는 것이기 때문에 본인이 자유 의지로 쓴 이상, 이런 식으로 리듬이 무너져 버리는 것은 일단 있을 수 없는 것입니다. 그렇지 않나요? 만약 그 내용을 전부 구츠와 기미히코가 썼다면 이치로이 씨의 이름과 주소는 원래 다른 피해자들처럼 살해 방법에 관한 내용이 적혀 있는 쪽의 페이지에 적혀 있어야만 합니다. 그리고 살해 방법에 관한 내용은 펼친 면의 오른쪽 페이지에 적혀 있어야 하겠죠."

듣고 있던 고즈에는 감탄했다. 이 나이 든 대가도――처음 봤을 때와 비교하면 상당히 이미지가 바뀌었다고는 해도――개인적으로 별로 좋아할 만한 타입은 아니지만, 역시 보는 눈이 날카롭다는 것을 실감했다. 너무 편견에 사로잡혀 있으면 중요한 것을 놓칠 수도 있겠다는 생각에 그녀는 마음을 다잡고 앉은 자세도 바르게 고쳤다.

"그러니까 이치로이 씨의 데이터만 나중에 다른 사람이 구츠와 기미히코의 필적을 흉내 내서 추가했다. 그렇게 생각되지 않으십니까?"

"아, 선생님. 그건 무리입니다. 제대로 감정 결과가……."

"그건 그렇지만 수첩에 적혀 있는 필적은 전반적으로 구츠와 기미히코의 것이라는 감정 결과가 나와 있죠. 하지만 만약 극히 일부분만 모사가 섞여 있다고 하면 그것을 간파하는 것은 상당히 어려울 것입니다."

이번엔 요보로베가 슈타라의 말을 가로막았다. 요보로베가 아부를 한다고 하면 과장일 수 있겠지만, 아무래도 다른 사람에 비해서 오츠카와의 의견을 치켜세워 주려는 경향이 있는 것 같았다. 기분 탓일지도 모르지만 고즈에는 그렇게 느꼈다. 오츠카와는 만족스럽게 고개를 끄덕이며 말했다.

"그러니까 이치로이 씨에 관한 데이터만 다른 사람이 썼다는 가설은 충분히 있을 수 있는 얘기란 말입니다. 실제로 수첩 내용의 복사본도 봤지만 아무래도 문제의 페이지 필적만 다른 곳과 달리 어딘가 모르게 어색하다는 인상을 받았거든요."

고즈에는 '그건 단지 그렇게 생각하고 보기 때문이 아닌가요?' 하고 누군가 지적을 해 주길 기다렸지만 다들 오츠카와에게는 조심스러운지 아무런 말도 없었다. 그래서 그녀도 일단 잠자코 있기로 했다.

"여러 가지 사실을 종합해서 생각해 보면 저로서는 이치로이 씨의 부분만은 구츠와 기미히코가 아닌 다른 사람이 써 넣은 것이라고 판단할 수밖에 없습니다."

"그 다른 사람이 그전에 발생한 세 건의 살인 사건을 저지른 진범이라는 말씀이십니까?"

슈타라의 질문에 오츠카와는 주저 없이 대답했다.

"그렇지."

"그게 도대체 누굽니까? 제 얘기를 듣고 그렇게 생각하게 되셨다고 말씀하셨는데, 그렇다면 저도 모르게 그 진범의 이름을 말했다는 건가요?"

"자자, 그건 천천히 설명하기로 하고……."

오츠카와는 궁금해서 견딜 수 없다는 듯 엉거주춤한 자세로 자리에서 엉덩이를 떼고 있는 슈타라를 가볍게 타일렀다. 처음에는 젠체하는 그의 태도에 반감만 느끼며 짜증을 냈던 고즈에는 언제부터인가 태도가 바뀌어 조마조마해하며 귀를 기울이고 있는 자신을 발견하고 무심코 쓴웃음을 짓고 말았다. 오츠카와는 역시 대가답게 결코 얕볼 수 없는 화술의 소유자라는 생각이 들었다.

"그 전에 진범의 수순을 구체적으로 정리해 봅시다. 그 남자는 먼저……."

"'그 남자'라면 진범이 남자인가요?"

"어이쿠, 이거 말실수를 해 버렸네. 괜찮겠지 뭐, 어차피 알게 될 테니. 그렇습니다. 그 남자는 생각을 정리한 메모가 있는 학생수첩을 항상 가지고 다니는 구츠와 기미히코의 습관을 이용해서 자신이 저지른 연쇄 살인의 범인으로 만들 생각을 한 것입니다. 음…… 아참, 그 남자라고 하면 헛갈릴 수 있으니 앞으로 진범은

X라고 부르기로 하겠습니다. X는 교묘하게 구츠와 기미히코가 자발적으로 학생 수첩에 그런 기술을 적도록 한 것입니다."

본격 미스터리 작가의 피가 끓어올랐는지 슈타라가 들뜬 목소리로 물었다.

"그러니까 메모를 쓴 것은 구츠와 기미히코가 맞지만, X에게 조종당해서 쓴 것이라는 말씀이신가요?"

"그렇지. 그리고 여기가 중요한 부분인데, 소년이 X의 말에 넘어가서 문제의 수첩에 메모를 작성한 것은 아마도 1997년 10월 2일 이후였을 거라고 생각해."

"그렇다면 그 시기가 세 번째 피해자인 가마츠카 요시부미가 살해당한 다음부터란 말씀이신가요?"

슈타라의 질문에 이어서 나루토모가 당황한 듯 볼펜을 잡고 있는 손을 멈추며 물었다.

"그건 또 어째서인가요?"

"소년에게 메모를 쓰게 만들 구실을 그럴 듯하게 만들기 위해서였겠죠. 좀 더 구체적으로 말씀드리면, X는 이런 식으로 구츠와 기미히코에게 얘기를 하지 않았을까 합니다. 하사타니 코지로, 야토쿠라 미사토 그리고 가마츠카 요시부미라는 무고한 시민 세 사람이 살해당했다. 그러니 이 연쇄 살인 사건의 진상을 같이 추리해 보지 않겠냐고 말입니다."

"그렇다면 당연히 X가 일련의 연쇄 살인 사건의 진범이라는 것을 전제로 해야겠네요?"

유미코는 담배를 들고 있는 손을 가볍게 자신의 이마에 대고 있었다.

"그렇다고 해야겠죠. X는 같이 추리해 보자는 교묘한 말로 구츠와 기미히코에게 피해자들의 이름이나 주소 등의 자세한 데이터를 그의 학생 수첩에 적어 넣게 만든 것입니다."

"하지만 선생님, 제가 잘 기억이 안 나서 그러는데 세 건의 살인 사건이 동일 인물에 의한 범행이라는 견해를 경찰이 발표한 적이 있었나요? 저는 아무래도 그런 보도를 본 기억이 없는 거 같은데요."

유미코가 요보로베와 나루토모를 번갈아 보았다. 나루토모가 대답했다.

"당시에 공식적으로 발표되지는 않았습니다. 특히 피해자들의 모발과 함께 매스컴에 보낸 범인이 쓴 '범행 성명서'에 관해서는 기밀 항목으로써 철저하게 함구령이 내려져 있었습니다. 그러나 일련의 사건이 동일한 구역 내에서 발생했다거나 수법들이 무척 흡사하다는 것을 유추할 수 있을 테니 범인이 동일 인물일 가능성이 있다는 소문이 일반 시민들 사이에서도 돌았던 모양입니다."

"그렇군요. 그럼 X가 세 건의 살인 사건이 동일범에 의한 것이라는 전제로 구츠와 기미히코에게 같이 추리할 것을 제안했다는 것은 충분히 가능성이 있겠네요."

"그렇습니다."

오츠카와는 커다란 안경 안쪽의 가느다란 눈을 더욱 가늘게 뜨고 유미코를 보며 말했다.

"그렇게 해서 X는 소년에게 피해자들의 데이터를 그의 학생 수첩에 적게 한 것입니다. 그리고 그것만으로는 부족하다고 생각했는지, 살해 방법과 매스컴에 보낸 범행 성명서에 관한 내용까지 쓰게 한 것입니다."

이제는 오츠카와를 무시하는 태도를 바꾸기로 했는지 아니면 그의 얘기가 흥미로워서인지 유미코 쪽에서 적극적으로 질문을 계속했다.

"도대체 어떻게 해서 소년이 그렇게 쓰도록 만들었다는 건가요?"

"그건 상상에 맡길 수밖에 없겠습니다만, 예를 들어 X는 이런 식으로 구츠와 기미히코에게 말하지 않았을까 합니다. 자신이 생각하기엔 연쇄 살인 사건의 범인은 경찰이나 매스컴에 범행 성명문 같은 것을 보냈을 수도 있겠다고 말입니다. 그런 가설을 넌지시 던져서 소년의 흥미를 자극했던 건 아닐까요?"

'슈타라도 그렇고 오츠카와도 그렇고, 어떻게 이런 기발한 아이디어가 계속해서 나오는 걸까.'

비꼬는 것이 아니라, 이런 방법은 절대로 실현 불가능하다고 잘라 말할 수 없는 것이기 때문에 고즈에는 솔직히 감탄했다.

"피해자들의 머리카락이 매스컴 각사에 보내졌다는 사실은 공표되지 않았지만, X는 알고 있었습니다. 자기가 보낸 것이니 당연하겠죠. 하지만 전혀 모르는 척하며 구츠와 기미히코에게 이런저런 말로 유도했을 겁니다. 범행 성명문을 보냈다면 분명 진범만이 가지고 있을 증거라도 제시하지 않으면 설득력이 없었을 거라고 말입니다. 예를 들어 피해자의 신체 일부를 매스컴에 보냈을 수도 있겠지만 경찰이 그것은 세상에 공표하지 않았을 거라고 했겠죠. 여러 가지로 X의 그럴듯한 얘기를 듣는 사이에 흥미가 생긴 구츠와 기미히코는 그런 데이터를 항상 가지고 다니던 학생 수첩에 적어 두었던 것입니다."

"그런 식으로 해서 소년의 학생 수첩은 마치 진범이 살인 방법, 범행 성명문에 관한 내용을 직접 정리해 놓은 것처럼 보이게 된 건가요? X가 원했던 대로?"

유미코도 나름 흥미는 느꼈지만 기본적으로는 고즈에처럼 오츠카와의 가설에서 현실감을 잘 못 느끼는 듯했다. 하지만 오츠카와는 그런 건 전혀 신경 쓰지 않고 얘기를 계속했다.

"그렇습니다. 이렇게 생각하면 수첩에 적혀 있던 '아저씨가 대머리면 어떻게 하지?'라는 대목의 의미도 알 수 있습니다. 구츠와 기미히코가 가마츠카 씨에 대해서 몰랐던 것 같다는 얘기도 나왔지만, 그 역시 당연하다고 할 수 있습니다. 소년은 피해자들에 대해서 전혀 몰랐던 것입니다. 그는 수첩에 메모하면서 분명히 이런 식으로 생각했을 겁니다. '역시 귀나 손가락을 잘라내는 것보다는 머리카락을 잘라 보내는 방법이 그럴 듯해 보이긴 하지만 만약 피해자 중에 대머리가 있다면 범인은 어떻게 할 생각이었을까?'라고 말입니다. 그런 자신의 의문을 그대로 적은 것뿐이었죠."

"그러고 보니…… 문제의 학생 수첩 말입니다만, 앞부분의 여러 페이지를 찢은 듯한 흔적이 있었죠? 혹시 그것도……."

역시 이번에도 요보로베는 오츠카와의 가설을 지지하는 것 같았다.

"맞습니다. 그것 역시 X의 짓일 겁니다. 아마 구츠와 기미히코는 나중에 적은 내용과 맞지 않는 내용을 학생 수첩의 앞부분에 썼을 겁니다. 그것은 물론 X에게 불리한 것이라 이치로이 씨의 이름을 덧붙인 김에 그 부분을 몰래 찢어 버린 게 틀림없습니다."

"그렇게 해서 X는 마치 진범이 스스로 쓴 것 같은 수첩을 구츠와 기미히코에게 만들게 하는 데 성공했다는 말씀이십니까?"

유미코는 이번에는 회의적인 어조를 숨기지 않았다.

"하지만 그렇다면 이해가 안 되는 부분이 있습니다. 수첩 소유자의 이름과 연락처를 기재한 페이지까지 찢어 버린 건 도대체 왜일까요? 오츠카와 선생님의 생각이 맞는다면 구츠와 기미히코는 단지 사건을 추리하던 제삼자에 지나지 않은데 그런 짓을 할 필요가 있었을까요?"

"추리를 하는 것만으로 끝났다면 그렇겠죠. 하지만 그렇지 않았습니다. 오히려 X에게 있어서는 거기부터가 본격적인 대목이었을 테니까요."

요보로베가 마치 자신의 생각이었던 것처럼 자신 있게 고개를 끄덕이며 말했다.

"구츠와 기미히코를 무차별 연쇄 살인 사건의 범인으로 만드는 것 말씀이시죠?"

"그렇습니다. X는 은근 슬쩍 소년에게 이런 생각을 불어넣었을 겁니다. '여기서 누군가 다른 사람이 같은 수법으로 살인 사건을 저지른다면 그 용의도 전부 그 진범이 뒤집어쓰게 될 것이다.' 라고 말입니다. 그런 내용의 말을 구츠와 기미히코의 귀에 속삭였을 겁니다. 그야말로 악마의 속삭임이죠."

"그렇다면 소년은 그 감언이설에 속아서?"

유미코는 처음으로 오츠카와의 말에 현실감을 느꼈는지 자신 없는 표정으로 말했다.

"그렇습니다. 그렇게 해서 이치로이 씨를 죽이려는 생각을 하게 된 것입니다. 그것이야말로 사건의 진상이 아닌가, 저는 그렇게 생각합니다. 결국 범행은 실패하고 말았지만요."

오츠카와는 슬쩍 고즈에 쪽을 보았다. 자신이 뭔가 실언을 한 것은 아닐까 하고 몰래 그녀를 확인하는 것 같은 표정이었다.

"그 결말을 X가 예상했는지는 모르겠지만, 어쨌든 구츠와 기미히코를 범인으로 만들 생각이었던 겁니다. 그래서 그를 살려 둘 수 없었겠죠. 게다가 X에게 유리하게도 소년은 학생 수첩을 현장에 떨어뜨리고 왔으니 이대로 실종돼 버린다면 구츠와 기미히코가 범인이라는 결론으로 일련의 사건이 정리될 테니까요. 그렇게 자신은 계획대로 안전권으로 도망갈 수 있으리라 판단한 X는 구츠와 기미히코를 살해한 다음 시체를 어딘가에 숨겼습니다. 저는 그렇게 생각합니다."

싸잡아서 오츠카와의 가설을 부정할 수는 없었지만 어딘가 석연치 않은 것이 느껴지는 복잡한 분위기였다. 그것을 감지했는지 오츠카와가 여유 있는 말투로 덧붙였다.

"아아, 그리고 또 하나. 진범이 구츠와 기미히코가 아니라는 방증을 제시해 볼까요?"

오츠카와는 아까 슈타라가 나눠 준 복사본을 한 손에 들더니 다른 손으로 손가락을 튕기며 그 종이를 가리켰다.

"바로 이겁니다."

"네? 이것에요? 어디에 말씀인가요?"

슈타라가 황급히 자신이 가지고 있던 복사본을 살펴보았다.

"자자, 잘 생각해 보세요. 구츠와 기미히코가 범인이라는 것을 나타내는 커다란 근거인 그의 학생 수첩, 그리고 아까 슈타라 군이 나눠 준 소년의 작문, 전부 손 글씨였잖아요?"

"그런데요. 그게 왜요?"

"모르시겠어요? 수첩은 손 글씨로 쓰는 건 당연하니까 그렇다

치고, 개인적으로 쓴 작문까지 전부 손 글씨라는 사실, 이건 도대체 무엇을 의미할까요?"

"그거야 뭐, 구츠와 기미히코는 워드프로세서나 컴퓨터를 사용하지 않았다는……."

슈타라는 말하다가 갑자기 "앗!" 하고 소리를 질렀다.

"아, 그렇구나. 그러고 보니 매스컴에 보냈던 '범행 성명서'는……."

"그래요, 워드프로세서로 작성해서 프린트한 것이었어요. 이게 도대체 어떻게 된 것일까요?"

아리사가 냉정한 말투로 지적했다.

"하지만 선생님, 그것은 그다지 이상한 게 아닌 것 같은데요? 수첩이나 대학 노트 같은 건 다른 사람에게 읽히는 것을 전제로 쓴 것이 아니잖아요. 그래서 손 글씨로 써도 이상할 게 없죠. 하지만 범행 성명서는 증거로 남아 버리는 거니까요. 자신의 필적을 남기지 않도록 워드프로세서로 작성하는 건 오히려 당연한 거 아닌가요?"

"아뇨아뇨, 그런 문제가 아닙니다. 저는 이 점에 관해서 확인해 보았습니다."

오츠카와는 나루토모 쪽을 턱으로 가리켰다.

"구츠와 기미히코는 문장을 쓸 때는 수기로만 해 왔고 워드프로세서나 컴퓨터 등의 키보드하고는 친하지 않았습니다. 물론 갖고 있던 장비도 없었습니다. 그렇죠?"

나루토모가 고개를 끄덕이며 설명했다.

"네. 그의 집에는 기미히코의 바로 아래 동생이 쓰던 컴퓨터가 있었지만 기미히코 본인은 그런 기계를 가지고 있지 않았던 모양입니다. 적어도 자기 집에는 없었습니다."

"그것 보세요. 키보드와 친하지 않았을 구츠와 기미히코가 어떻게 워드프로세서로 범행 성명서를 만들었을까요? 아무리 생각해도 이상하지 않습니까? 결국 일련의 사건은 구츠와 기미히코의 범행이 아니라 진범이 따로 있다고 생각하는 것이 맞지 않을까요?"

'그랬구나.'

구츠와 기미히코가 키보드를 잘 다루지 못했다는 사실을 지금 처음 알게 된 고즈에는 또 한 번 놀랐다. 그러나 이런 착안점이 나쁘지 않은 것이라고 해도 아리사의 지적도 간과할 수 없는 것이었다. 학생 수첩이나 대학 노트는 물론이고 범행 성명서까지 수기로 쓴다는 것은 그야말로 '위장 공작' 같은 냄새가 강해서 별로 진범 같지 않은 느낌이었다. 이때 고즈에의 생각을 대변해 준 것은 슈타라였다.

"그런데요 선생님, 범행 성명을 매스컴에 보낼 즈음, 구츠와 기미히코는 이미 가출해서 행방을 알 수 없었습니다. 그렇다면 그의 집에 쓸 수 있는 워드프로세서나 컴퓨터가 없었다고 해도 그다지 큰 문제가 아니지 않습니까? 조금 전에 아리사 선생님이 얘기한 것처럼."

슈타라는 아리사 쪽을 향해 고개를 끄덕여 보였다.

"그는 자신의 필적을 남기고 싶지 않았을 테니 실종 중에 어딘가에서 워드프로세서나 컴퓨터를 사용했다고 봐야 하지 않을까요? 하사타니 코지로로부터 빌려서 썼을 수도 있구요."

"과연 그렇게 생각할 수도 있겠군. 그럼 수기와 워드프로세서의 건에 관해서는 우선 이 이상 논하지 맙시다. 아무튼 구츠와 기미히코는 범인이 아니라는 것이 제 생각입니다."

오츠카와는 순순히 인정하는 태도를 보였지만 결코 자신의 가설을 포기한 건 아닌 듯했다.

"그럼 일단 그렇다고 생각해 보겠습니다. 소년은 단지 이용당한 것뿐이고 진범은 X라는 인물이라고 말입니다."

갑자기 논쟁에 열의가 생겼는지 슈타라가 다시 벌떡 일어나더니 어슬렁어슬렁 주변을 또 누비기 시작했다.

"그럼 X가 하사타니 코지로, 야토쿠라 미사토 그리고 가마츠카 요시부미 세 사람을 무차별 살해한 동기는 도대체 무엇이었을까요?"

"자, 이제 그 부분이군."

오츠카와는 이 의문에 관해서도 생각이 있는 듯했지만 또다시 젠체하는 것인지 좀처럼 설명을 해 주려는 기색을 보이지 않았다. 슈타라가 안달이 난 듯 다른 의문을 언급했다.

"게다가 선생님의 생각대로라면 구츠와 기미히코는 구츠와 기미히코로서 이치로이 씨를 살해할 동기가 있었다는 얘기가 됩니다만……."

갑자기 오츠카와의 목소리가 톤다운 되었다.

"아, 음…… 아마 있었겠지. 그래, 있었다고 생각해. 그러나 유감스럽게도 소년이 왜 이치로이 씨를 죽이려고 했는지에 관해서는 나도 잘 모르겠네."

그 말을 들은 고즈에는 낙담했다. 아니, 화가 났다고 하는 편이 맞을 것이다. 그렇다면 지금까지 도대체 무엇을 위해 이 나이 든 대가의 연설을 계속해서 듣고 있었나 싶으면서 완전히 시간 낭비였다는 생각이 들었다. 그녀는 의자를 걷어차고 나가 버릴까, 하고 진심으로 생각했다. 그나마 겨우 그런 생각을 멈출 수 있었던 건, 아직 아리사의 추리가 남아 있기도 했지만 이렇게 될 바엔 아까 마셨던 고급 브랜디를 가능한 많이 마시고 가자는 좀스러운 생각이 들었기 때문이었다.

"다만 한 가지 말씀드릴 수 있는 건, 어쨌든 사춘기의 소년이라는 사실입니다. 어른들은 상상도 할 수 없는 깊은 고민을 하던 끝에 충동적인 행동으로 폭주하게 되는 것은 조금도 이상한 것이 아닙니다. 예를 들어, 어딘가에서 이치로이 씨를 처음 본 구츠와 기미히코는 그 이후 매일같이 커지는 그녀에 대한 생각과 이치로이 씨하고는 절대로 이루어질 수 없다는 절망의 딜레마에 빠져 차라리 그녀와 같이 죽자고 생각했다든가, 그런 비뚤어진 로맨티시즘을 갖게 된 건 아닐까요? 이치로이 씨는 보시는 바와 같이 이렇게 아름다운 분이십니다. 육체와 정신의 균형이 불안정한 시기의 남자애가 그…… 이런 표현이 적절한지는 모르겠습니다만, 선을 넘어 버릴 가능성은 충분히 있다고 봐야 하지 않을까요?"

'사춘기 소년의 비뚤어진 로맨티시즘? 지금 농담하는 거야?'

브랜디를 새로 따라 잔을 채우는 것으로 겨우 분노를 가라앉혔던 고즈에는 또다시 화가 났다. 물론 그녀는 전혀 모르고 있었지만 구츠와 기미히코가 일방적으로 고즈에를 지켜보고 있었다는 건 충분히 있을 수 있는 일이었다. 하지만 그렇다고 해서 그런 판에 박히고 진부한 스토리로 얼버무리는 건 싫었다. 불만을 참을 수 없어서 그만 대량의 브랜디를 한입 가득 물어 버린 그녀는 숨이 약간 막혔다.

생각해 보면 먼저 가설을 펼쳤던 슈타라도 그렇고 오츠카와도 상당히 날카로운 지적은 했다. 하지만 고즈에가 정말 알고 싶었던 중요한 부분은 제대로 파헤치지 못하고 여전히 겉돌기만 하고 있는 것이 아닌가. 이렇게 된 이상 이제 하나 남은 아리사의 가설을 기대할 수밖에 없었다. 고즈에는 빨리 그것을 듣고 싶었지만 오츠카와의 얘기는 아직 끝난 것이 아니었다.

“자, 제가 오늘 밤 여러분께서 다 모이시기 전에 생각하던 것은 대충 그 정도로, 구체적으로 X가 누구인가까지는 유추해 내지 못했습니다. 혹시 모미야마 케이이치가 아닐까 등 막연한 생각은 했지만…….”

“네? 모미야마 케이이치요? 그러니까 ‘메종포르테’의 주민으로 경찰들이 들이닥쳤을 때 복도에 있었다는 그 모미야마 케이이치 말씀입니까? 어째서 그렇게 생각하신 거죠, 선생님?”

갑자기 그 이름이 왜 나온 걸까, 슈타라는 의아한 표정을 지었다.

“학생 수첩의 문제가 있었으니까. 무슨 문제냐 하면, X는 구츠와 기미히코를 범인으로 만들기 위해 아까 설명했던 대로 그런 내용을 그에게 쓰게 했지. 거기까지는 그랬다 치자고, 하지만 솔직히 수첩이 증거품으로 꼭 경찰 손에 넘겨질 거란 보장은 없잖아. 그렇지?”

‘그야 당연하지.’

고즈에는 생각했다. 구츠와 기미히코가 그녀를 습격했을 때 무슨 생각으로 일부러 그 학생 수첩을 가지고 다녔는지는 그녀도 알 수 없었다. 아마도 평소의 습관이었다고밖에 설명할 수 없을 것이다. 다만, 고즈에가 그의 주머니에서 수첩을 꺼낸 것은 의심할 것도 없이 단순한 우연이었다. 그건 누구보다도 그녀가 가장 잘 알고 있었다.

“그래서 그 수첩이 중요한 증거품으로서 경찰의 눈에 띌 수 있게 하기 위해 X에게는 추가적인 공작이 필요했던 거야. 현장 근처에 있던 모미야마 케이이치라면 구츠와 기미히코의 범행 직후 이치로이 씨의 방에 몰래 들어가서 수첩을 놓고 나온다든가 하는 것이 가능하지 않았을까 생각했지. 하지만 이치로이 씨의 증언에 의하면 아무래도 그건 아닌 것 같더군."

"학생 수첩은 그녀가 저항하면서 소년의 주머니에서 잡아 빼낸 것이니까요."

"아니면 이치로이 씨가 꺼낸 수첩과 경찰이 발견한 학생 수첩은 그들이 도착하기 전에 뒤바뀌었을 수도 있겠지. 일단은 그런 식으로도 생각해 봤지. 이치로이 씨는 경찰에 신고한 다음 기절했으니 만약 모미야마 케이이치나 다른 사람이 현장에 몰래 들어왔다고 해도 알아차리지 못했겠지. 하지만 이 또한 가능성이 희박해 보이는군."

슈타라는 살짝 취했는지 아까부터 자신의 주머니에서 뭔가를 꺼내려는 행동을 반복하고 있었다.

"역시 그렇죠? 모미야마 케이이치든 다른 누구든 106호에서 이치로이 씨가 분명히 기절할 거라고 예측할 순 없었을 테니까 말입니다. 만약 구츠와 기미히코를 함정에 빠뜨릴 목적으로 현장 가까이에서 감시하고 있었다고 해도 현장 안으로 들어가는 건 X에게 있어서 위험 부담이 너무 큽니다."

"그래, 자네 말이 맞아."

오츠카와의 반응에 슈타라는 더욱 열의를 띠며 설명했다.

"그 수첩이 경찰의 손에 넘어간 것은 순전히 우연입니다. 만약 오츠카와 선생님의 가설이 맞는 것이라고 한다면 한마디로 구츠와 기미히코를 함정에 빠뜨리려고 했던 X에게 있어선 기대 이상의 성과였다고 할 수 있겠죠."

"음…… 내가 생각하기에 X는 구츠와 기미히코를 범인으로 만들기 위한 조작된 증거를 학생 수첩 외에도 여러 가지 준비했을 것 같아. 당초에는 상황에 따라 그것을 조금씩 내놓으려고 했겠지. 그런데 이치로이 씨 살해에 실패한 구츠와 기미히코의 입을 통해 그가 학생 수첩을 현장에 떨어뜨리고 온 것을 알게 된 거야. X에게 있어선 운이 좋았다고밖에 할 수 없겠지. 게다가 소년은 그녀에게 얼굴까지 들켜 버렸다고 하니 말이야. 기대했던 것 이상의 성과를 얻었다고 판단한 X는 그 자리에서 구츠와 기미히코를 죽였겠지. 그런 다음에 범행 시 사용했던 그의 농구화를 '우게나플래츠' 505호에 방치해 두고 소년의 시체는 어딘가에서 처리했을 것 같아."

"그러니까 하사타니 코지로, 야토쿠라 미사토 그리고 가마츠카 요시부미 세 사람을 죽인 건 구츠와 기미히코가 아닌 그 X라는 남자라고 한다면."

말을 멈춘 슈타라는 한쪽 무릎을 들고 신발을 신는 동작을 했다.

"구츠와 기미히코의 농구화를 신고 범행을 저질렀을 거라는 말씀이시죠?"

"그렇지. X는 처음부터 구츠와 기미히코를 범인으로 만들 생각으로 모든 계획을 세웠던 것 같아. 그 때문에 X는 동성애 취향의 사람들이 모이는 장소에 가서 구츠와 기미히코를 점찍은 거야."

응접실을 왔다갔다 돌아다니던 슈타라가 문득 멈췄다.

"네? 자, 잠깐만요. 그렇다면 설마 선생님께서 생각하시는 진범인 X란?"

"그래, 다름 아닌 하사타니 코지로가 아닐까. 나는 그렇게 추측하고 있어."

*

구츠와 기미히코가 아니라면 도대체 누가 진범이라고 할 생각인가 궁금했던 고즈에는 그 말을 듣고 의자에서 굴러떨어질 뻔했다. 물론 놀라고 기가 막혔던 건 그녀뿐이 아니었다. 모두가 오츠카와의 정신 상태를 의심하는 표정을 지었다.

"하, 하지만 선생님, 그는 이미 죽었습니다. 하사타니 코지로는 가장 맨 처음 살해당했어요. 그런 그가 도대체 어떻게 해서 그 후의 범행을……."

점점 취기가 도는지 슈타라는 자신의 긴 머리카락을 쥐어뜯고 있었다.

"4년 전 8월 9일, '하임아사기' 808호에서 발견된 하사타니 코지로의 사체는 전혀 다른 사람이 아닐까 생각하네."

'잠깐잠깐, 이게 도대체 무슨 소리야?'

고즈에는 놀라거나 어이없는 것을 넘어 차라리 크게 웃고 싶어졌다. 연속 살인 사건의 진범이 사실은 피해자 중 한 사람이라는 발상은 미스터리 소설의 마지막에 자주 나오는 의외의 반전이다. 그러나 이건 현실에서 벌어진 사건인데 아무리 그래도 그건 좀…….

"선생님, 아무리 그래도. 지문 조회로 본인이 틀림없다는 결과도 나왔고, 유족들도 사체 확인을 했습니다."

이번만큼은 요보로베조차 인정할 수 없는 듯했다.

"그건 하사타니 코지로와 아주 닮은, 예를 들어 행방불명이 되어도 아무도 신경 안 쓰는 노숙인이 아닐까? 하사타니 코지로는 그 남자를 자신이라고 생각할 수 있도록 철저하게 준비해 둔 건 아닐까? 그런 생각이 듭니다. 좀 더 시시콜콜한 부분까지 얘기하자면 그가 사건이 발생하기 전부터 부인과 별거하고 있었던 것 역시 그것 때문인지도 모릅니다."

"자신을 죽은 사람으로 위장하는 계획을 준비하기 위해서였다, 그런 말씀이신가요?"

검토의 여지가 있다고 생각을 바꾼 건지 갑자기 요보로베의 말투가 바뀌었다.

"그렇습니다. 하사타니는 미리 자신의 대역을 두 명 찾아서 준비해 둔 것입니다. 한 사람은 '하사타니 코지로' 대신 죽어 준 남자, 또 한 사람은 모든 죄를 뒤집어써 줄 남자. 즉, 구츠와 기미히코를 말입니다. 이 점에 관해서는 슈타라 군과 저의 생각이 완전히 반대라고 할 수 있습니다."

"그건 어떤 점을 말씀하시는 건가요?"

"슈타라 군은 구츠와 기미히코가 일련의 연속 살인 사건 계획의 일환으로 잠복 장소를 제공해 줄 사람을 찾기 위해 게이가 모이는 장소로 갔다가 하사타니 코지로의 눈에 띄게 되었다고 생각했죠. 하지만 저는 그게 아니라고 생각합니다. 구츠와 기미히코는 단지 충동적으로 가출한 것뿐입니다. 마지막 목격자인 그의 동생이 느꼈다고 한 것처럼, 뭔가 학교에서 안 좋은 일이 있어서 더 이상 가망이 없는 일상으로부터 도망치고 싶어진 겁니다. 다만 생활의 거점을 확보하기 위해 동성애 취향을 가진 물주를 찾아보자는 발상은 어디서 나온 것인지는 알 수 없지만…… 혹시 그에게 원래부터 그런 취향이 있었기 때문인지도 모르겠네요."

"하지만 그가 그런 취향을 가지고 있다는 증거는 어디에서도 나오지 않았습니다만. 적어도 지금까지는 말입니다."

나루토모는 오츠카와의 의견을 어떻게 평가해야 할지 망설이는 듯했다.

"그건 오히려 당연한 거 아닌가요? 구츠와 기미히코는 당시 아직 열여섯 살이었습니다. 자신의 성적 정체성에 혼란스러워하는 것도 이상하지 않은 데다, 주위에서 그의 성적 취향을 정확하게 파악하고 있다면 그것이 오히려 말이 안 되는 것입니다. 가출을 통해, 가족이나 친구의 속박이 없는 상태가 되고 나서 드디어 구츠와 기미히코는 자신의 성적 취향에 눈을 떴다는 것도 충분히 있을 수 있는 이야기입니다. 그리고 경제력이 있는 남성의 비호도 필요하기 때문에 그런 만남이 가능한 장소를 출입하던 중 하사타니 코지로의 눈에 띈 것입니다. 서로의 이해관계가 일치되었다고 할 수도 있겠습니다만, 결국 구츠와 기미히코에게 있어선 불행한 만남이었다고 해야겠죠."

손에 든 새로운 담배에 불을 붙이지 않고 만지작거리며 유미코가 끼어들었다.

"그럼 선생님의 생각에 따른다면 구츠와 기미히코는 끝까지 물주의 진짜 이름이 하사타니 코지로라는 것을 몰랐다? 그런 말씀이신 거네요?"

"물론 그렇습니다. 하사타니는 처음부터 자신의 계획에 이용할 사람을 찾기 위해 그런 곳에 출입했으니까요. 그렇지 않아도 의사라는 사회적 위치가 있는 몸이기도 하구요. 때문에 하사타니가 게이들의 교류 장소에서 가짜 이름을 사용하는 건 당연한 거겠죠."

그때 나루토모가 끼고 있던 팔짱을 풀면서 몸을 앞으로 내밀었다.

"아, 잠깐만요. 오츠카와 선생님께서도 먼저 슈타라 선생님이 제기했던, 이른바 '구츠와 기미히코와 토네리 히로미 동일 인물설'에 근거하여 그런 가설을 전개하셨던 거 아닌가요? 하지만 하사타니 씨는 토네리 히로미 명의로 '우게나플래츠'에 임대 계약을 할 때 본명으로 보증인이 되었던 사실이 있습니다."

"그건 그렇죠. '우게나플래츠'의 전기세와 가스비 등은 하사타니 씨의 은행 계좌에서 인출되게 되어 있으니까요. 그런 것에 가짜 이름을 쓸 수는 없었겠지만, 둘이서 일일이 동행하지는 않았을 테니 임대 계약 시 본명을 썼다는 것을 구츠와 기미히코가 몰랐겠죠. 소년의 입장에서는 생활할 장소만 제공된다면 상관없으니까 임대 계약서 따위는 보려고도 하지 않았을 겁니다. 결과적으로 하사타니는 구츠와 기미히코 모르게 그 방을 계약하는 데 아무런 지장이 없었을 것입니다."

완전히 납득한 것은 아니겠지만 나루토모는 "그렇군요."라고 작게 말했다.

"그렇게 해서 자신의 대역 두 명을 확보한 하사타니는 드디어 계획을 실행에 옮겼습니다. 우선 자신과 많이 닮은 남성을 '하사타니 코지로'로 위장시켜 죽인 다음 야토쿠라 미사토, 가마츠카 요시부미를 차례차례 살해했습니다. 그리고 태연하게 구츠와 기미히코에게 지금 세상을 시끄럽게 하는 무차별 연쇄 살인 사건을 추리해 보자며 앞서 말씀드린 대로 학생 수첩이라는 결정적 증거를 날조한 것입니다. 그리고 마무리로 그를 꼬드겨서 이치로이 씨를 습격하게 하여 모든 죄를 소년에게 뒤집어씌운 거죠."

"하지만 왜 야토쿠라 미사토, 가마츠카 요시부미라는 관계없는 두 사람까지 살해한 걸까요?"

"그는 '하사타니 코지로'라는 인간이 죽었다는 상황을 완벽하게 위장해야만 했습니다. 그것이 모든 것의 범행 동기였다고 생각합니다. 그는 자기 혼자만 죽었다는 상황을 보여 주는 것만으로는 뭔가 작위적이라고 의심받을 만한 배경이 있지 않았을까요? 예를 들어 거액의 빚 독촉에 시달리고 있었다거나 그런."

"그런 사실은 발견되지 않았습니다. 물론 하사타니는 여자관계가 복잡했고, 그 때문인지는 확인되지 않았습니다만 빚이 없지는 않았습니다. 하지만 자신이 죽은 척하지 않으면 안 될 정도로 압박을 받고 있었다는 정황은 없었습니다."

나루토모가 담담한 말투로 지적했다.

"그러니까 예를 들어서라고 말씀드린 것입니다. 뭔가 세상에서 자신의 존재가 없어진 것으로 보여야만 하는 사정이 분명히 있었을 겁니다. 저는 그렇게 생각합니다. 아까 말했던 것처럼 부인과 별거한 것도 그를 위한 공작 중 하나였습니다. 또한 여자관계가 복잡한 것처럼 보인 것도 그 계획을 위한 준비였을 가능성도 있습니다. 아무튼 '하사타니 코지로'는 무차별 연쇄 살인 사건의 피해자 중 한 사람으로 죽었다는 상황을 원한 것이었습니다. 그래서 그것이 모든 것의 동기가 됩니다. '하사타니 코지로'만 죽은 것으로 보이면 의심받을지 모르지만, 수수께끼 살인마의 희생자 중 한 사람으로 목숨을 잃었다고 한다면 세상은 그가 불운한 죽음을 맞이했다는 것을 믿어 의심치 않을 테니까요."

"잠깐 물어보고 싶은 것이 있습니다."

뭔가 말하려던 나루토모를 아리사가 가로막았다.

"선생님께서는 하사타니 코지로가 세 사람의 피해자를 선택한 기준은 뭐였다고 생각하십니까?"

"기준? 그런 건 없습니다. 아니, 있다고 한다면 그것은 맨 처음 '하사타니 코지로'로 살해당한 남자뿐이겠죠. 말할 필요도 없이, 대역이 되어 줄 정도로 자신과 많이 닮은 남자가 아니면 안 되었을 테니까요."

아리사가 장난스러운 표정이 섞인 미소를 지으며 물었다.

"그렇다면 야토쿠라 미사토, 가마츠카 요시부미가 왜 피해자로 선택되었는지에 관해서는 선생님께서도 슈타라 씨처럼 아무런 생각이 없으신 거군요?"

"슈타라 군도 같은 말을 했지만, 피해자들의 성별과 나이를 각각 다르게 선택했죠. 그럴 수도 있다고 생각합니다. 그러는 편이 말 그대로 무차별 살인이라는 인상을 강조할 수 있다고 봅니다. 하사타니 코지로의 동기가 저의 가설대로라면, 그에게 피해자를 고르는 기준이라는 것이 있다고 한다면, 그 정도가 아닐까 생각합니다. 그게 아니면…….”

오츠카와는 의자 안에서 몸을 비틀면서 아주 흥미롭다는 듯 상반신을 앞으로 내밀었다.

“야츠메 씨는 뭔가 다른 생각이라도 있으신가요?”

“네, 물론이죠.”

아리사가 자신만만한 목소리로 그렇게 선언하며 벌떡 일어섰다.

“네 사람의 피해자들에게는 틀림없이 어떤 공통점이 있습니다.”

“호오, 그건 어떤 거죠? 아니, 잠깐만요. 네 사람이라면?”

“죄송합니다만…….”

아리사는 아직도 우왕좌왕하고 있는 슈타라에게 자리에 앉으라고 재촉하더니 그 대신 무대 위에 오른 배우처럼 주위를 걷기 시작했다. 아무래도 자신의 가설을 피로할 생각인가 보다.

“저는 오츠카와 선생님의 ‘하사타니 코지로 범인설’에 동의할 수 없습니다. 때문에 무차별 연쇄 살인 사건의 범인은 역시 구츠와 기미히코라고 생각합니다.”

아리사는 일단 말을 끊더니 오츠카와로부터 고즈에 쪽으로 천천히 시선을 옮겼다.

“구츠와 기미히코는 어떤 명확한 기준에 따라 하사타니 코지로, 야토쿠라 미사토, 가마츠카 요시부미 그리고 이치로이 고즈에 씨를 피해자로 선택했습니다.”

POLICE LINE
증거

聯

아리사는 앞서 발표했던 슈타라의 흉내라도 내는 건지 오페라 여배우같이 유연한 걸음으로 응접실을 누비며 말했다.

"먼저 여러분께서는 네 명의 피해자들의 이름을 보고 뭔가 눈치채지 못하셨습니까?"

"이름? 글쎄……."라는 중얼거림이 들렸다. 아무도 무슨 얘기인지 모르겠다는 듯 고개를 갸우뚱거리며 서로의 얼굴을 바라보기만 했다. 고즈에 역시 짐작 가는 것이 아무것도 없었다.

'이름? 내 이름이 도대체 뭐가 어쨌다는 거지? 아리사가 방금 한 발언은 피해자들이 특정 기준에 따라 선택되었다는 얘기 같은데……. 네 사람의 이름에 뭔가 공통점이 있다는 건가?'

"이름이라……. 네 사람의 이름에 뭔가 특정한 기준이 숨겨져 있다는 얘긴가요?"

오츠카와는 허공에 뭔가 글자를 쓰고 있는 듯 손가락을 움직이면서 고개를 갸웃거렸다.

"그렇습니다, 선생님."

"그게 도대체 뭐죠?"

"정말 모르시겠어요?"

"네, 저는 두 손 들었습니다. 그게 뭔지 좀 알려 주세요."

아리사는 허리에 손을 얹더니 천천히 일동을 둘러보며 말했다.

"알겠습니다. 네 사람 모두의 이름에는 말이죠, 각각 숫자를 나타내는 글자가 들어 있습니다."

"네?"

"숫자요?"

"도대체 어디에……."

당황한 사람들이 웅성거렸다. 슈타라가 어이없는 표정으로 말했다.

"그러니까 이치로이(一礼比) 씨는 알겠어. 1(一)이지? 가마츠카(寸八寸) 씨는 8(八)이겠고. 일목요연하지. 그런데 나머지 두 사람은 뭐지?"

"어머, 그거 혹시…… 하사타니 씨의 이름인 코지로(耕次郎)에 '지(次)'가 있어서 2(二 : 일본식 한자 음독으로 '지'라고 읽기도 함)라고 말씀하시고 싶은 건가요?"

유미코가 피식 웃었다. 그래도 아리사의 자신감 넘치는 태도는 조금도 흔들리지 않았다.

"네, 그런 겁니다."

"그건 그렇다고 쳐도 야토쿠라 미사토는?"

아리사의 태도에 오히려 유미코가 머쓱한 표정이 되어 물었다.

"미사토(美鄕)의 '미(美)' 역시 3(三 : 일본식 한자 훈독으로 '미'라고 읽기도 함)이 되잖아요."

고즈에는 아연실색했다. 화를 내야 할지, 어이없어 해야 할지, 아니면 울어야 할지 감이 안 잡혔다. 너무나도 시답잖은 소리라 현기증이 날 것 같았다. 도대체 어떤 대담한 가설이 나올지 기대했건만 설마 이렇게 유치한 얘기가 튀어나올 줄은 예상도 못 했었다.

다른 사람들도 곤혹스러운 표정을 숨기지 않았다. 그러나 아리사가 이런 억지스러운 주장을 근거로 이 정도 자신만만한 태도를 취할 리 없다고 생각했는지 야유와 비판은 일단 보류하자는 분위기였다. 슈타라 역시 아리사가 당연히 뭔가 근거를 준비했을 거라고 생각했는지 조심스럽게 말했다.

"하지만 아무리 그래도 그건 너무 억지가 심해."

그래도 아리사는 전혀 동요하지 않았다.

"응, 그렇게 말할 줄 알았어. 덧붙여 억지를 부려 보면, 가마츠카(寸八寸) 씨의 숫자는 8(八)이라고 생각하지 않아. 숫자는 성이 아닌 이름, 즉 요시부미(義文)의 '요' 쪽이라고 생각해. 즉, 그는 4(四 : 일본식 한자 훈독으로 '요'라고 읽기도 함)야."

슈타라가 어색한 미소를 지었다.

"그러니까 뭐야, 혹시 피해자들은 이치로이(一礼比)씨의 1(一)부터 시작해서 2(二), 3(三), 4(四) 순으로 되어 있다고 말하고 싶은 거야?"

"그렇지."

슈타라에게 대답한 아리사가 사람들에게 시선을 돌리며 말했다.

"분명히 해 두겠습니다만, 이건 억지입니다. 네, 단순한 억지에 지나지 않습니다."

호기나 술주정으로 얘기하는 게 아니라는 것을 강조하고 싶었는지 아리사의 목소리가 갑자기 낮고 묵직하게 바뀌었다.

"숫자를 나타내는 글자가 이름에 들어 있는 사람을 희생자로 선택한다면, 좀 더 분명하게 3(三)과 4(四)의 한자가 그대로 들어간 성은 다른 사람들 중에 얼마든지 있었겠죠. 하지만 구츠와 기미히코는 그것을 억지로 끼워 맞췄습니다. 저는 그렇게 생각합니다. 3(三)이나 4(四)의 한자가 들어간 이름을 가진 사람 대신에 야토쿠라 미사토(矢頭倉美郷)나 가마츠카 요시부미(寸八寸義文)를 일부러 고른 것이라고. 왜 그랬을까요? 그건 피해자 후보로 고를 대상이 한정돼 있었기 때문입니다."

아무래도 아리사가 농담을 하는 것 같지는 않았다. 오히려 아주 진지한 느낌이었다. 그렇다면 뭔가 확고한 생각이 있겠지, 하고 생각을 고쳐먹은 고즈에는 자세를 바로 했다. 하지만 도저히 그녀가 말하고 싶은 요점이 무언지 감이 잡히지 않았다. 그것은 다른 사람들도 마찬가지인지 오츠카와가 당황한 표정으로 물었다.

"야츠메 씨, 말씀을 정리하자면 어떤 얘기인가요? 구츠와 기미히코의 희생자 선택 기준이 이름에 숫자를 나타내는 글자가 들어 있는 사람이란 건가요, 아니란 건가요? 어느 쪽이죠?"

"자세히 설명하기 전에."

아리사가 말을 멈추고 옆에 있는 테이블 위에 놓여 있던 커다란 봉투에서 뭔가를 꺼냈다.

"여러분, 이것을 살펴봐 주시기 바랍니다."

이번에도 무언가 복사되어 있는 종이였다. 아리사는 네 장씩 스테이플러로 찍은 것을 한 사람 앞에 한 부씩 나눠 주었다.

"아!"

나눠 준 복사본을 본 고즈에는 무심코 탄성을 터뜨렸다. 거기에는 그녀의 이름이 찍혀 있었다. 그것은 '길거리에서 반성하게 된 일'이라는 제목의, 지역 신문의 독자 코너에 처음이자 마지막으로 채택된 고즈에의 작문이었다.

얼마 전 저는 상점가를 걷고 있었습니다. 당시 출근하는 중이었기 때문에 정신없이 서두르고 있었습니다.

그런 저의 바로 눈앞을 허리가 굽은 할머니가 지팡이를 짚고 걷고 있었습니다. 무척 느리게 걷고 있어서 서두르던 저는 그분을 추월해 가려다가 그만 할머니와 부딪칠 뻔했습니다. 하지만 인파 속을 수영하듯 헤쳐 나가며 간신히 피할 수 있었습니다.

겨우 안심하고 '자, 이제 서둘러야지.'라고 생각한 순간, 등 뒤에서 무슨 소리가 들렸습니다. 뭘까 하고 뒤를 돌아봤더니 조금 전의 그 할머니가 넘어져서 땅에 손을 짚고 있었습니다. 바닥에는 들고 있던 짐 속의 내용물이 나와서 흩어져 있었습니다.

그 옆을 중학생인가 고등학생의 무리가 지나가고 있었습니다. 그들은 할머니 쪽을 슬쩍 보긴 했지만 아무런 말도 행동도 하지 않았습니다. 확실히 듣지는 못했지만, 할머니는 그 학생들에게 뭐라고 하며 화를 내는 것 같았습니다. 아무래도 그 학생들 중 누군가가 저처럼 피하지 못하고 할머니와 부딪쳐서 넘어뜨린 것 같았습니다.

그런데 그 학생들은 아무도 사과하려고 하지 않았으며, 쓰러진 할머니를 일으켜 드리려고도 하지 않았습니다. 게다가 저처럼 지각할까 봐 서두르는 모습조차 보이지 않았습니다. 한심해 보일 정도로 느긋하게 꾸물거리더니 그 자리를 떴습니다.

솔직히 화가 났습니다만, 저 역시 서두르고 있었기 때문에 그 자리를 바로 뜨려고 했습니다. 그런데 바로 그때, 가방을 멘 초등학생 여자아이가 그 할머니에게 다가갔습니다. 어른들은 무시하고 스쳐 지나갔지만 그 여자아이는 할머니를 부축한 다음 짐을 정리해 주었습니다.

그러는 동안에도 다른 사람들은 마치 할머니와 여자아이가 그곳에 있다는 것 자체도 의식하지 못하는 듯 모른 체하고 지나가 버렸습니다. 저도 그 어른들 중 한 사람이라고 생각하니 갑자기 창피해졌습니다. 저에게는 모르는 척하는 조금 전 학생들과 다른 사람들에게 화를 낼 자격 같은 건 없습니다. 아니, 다른 사람이 이런 저의 모습을 보고 화를 낼지도 모릅니다. 보고도 못 본 척하고 있던 건 어른인 당신 그리고 저입니다.

문장 밑에는 '이치로이 고즈에'라는 이름과 주소가 기재되어 있고, 직업은 '회사원'으로 되어 있었다. 자신의 글이 채택되어 기뻤던 고즈에는 이것을 몇 번이고 반복해서 읽어 보았었다. 아직까지도 내용을 줄줄 외울 수 있을 정도로 말이다. 이 글이 개재된 것은 5년 전, 1996년 9월 8일. 따라서 주소 부분만은…….

"아!"

갑작스러운 외침에 사람들이 글을 읽다가 고개를 들었다. 하지만 이번에는 고즈에가 아니었다. 소리를 지른 건 요보로베였다. 글에서 무언가를 보고 놀란 듯했다.

"왜 그러세요?"

요보로베는 황급히 아리사를 향해 고개를 저어 보였다.

"아무것도 아닙니다. 갑자기 소리를 질러 죄송합니다. 자, 다음을 계속해 주세요, 야츠메 선생님."

"정말 괜찮으시겠어요? 그러시다면……."

마음을 다잡으려는 의도에서인지 아리사는 다시 한번 주위를 둘러보았다.

"여러분, 보셨다시피 이것은 지방 신문에 실린 독자 투고입니다. 가장 처음에 있는 것이 이치로이 씨의 투고 내용이고, 그다음에 나머지 세 명의 글이 있습니다. 게재된 날짜는 각각 다릅니다만, 전부 5년 전인 1996년에 집중되어 있습니다. 이 네 사람의 투고자 이름을 본 현명하신 여러분이라면 제가 무슨 말을 하고 싶었던 건지 금방 아셨을 거라고 생각합니다."

그녀의 말대로 고즈에의 글에 이어서 두 번째 장의 복사지에 있는 투고자의 이름은 하사타니 코지로, 투고의 타이틀은 '서서 읽는 행위는 절도죄와 마찬가지'라고 되어 있었다. 서점에서 잡지나 서적을 서서 읽는 행위에 대한 불쾌감을 표명한 내용이었다.

오래전부터 그랬지만, 서점에 가면 불쾌한 것이 있다. 남녀노소 할 것 없이 잡지나 서적을 서서 읽고 있는 것이다. 게다가 자신의 행위에 아무런 죄책감이나 이래도 되는 건가 하는 의문도 없다.

어떤 내용인지를 확인하고 싶어서라면 물론 이해한다. 그러나 여기서 내가 말하는 '서서 읽기'란 그런 간단한 문제가 아니다. 만나기로 한 지인을 기다리면서, 아니면 단순히 심심풀이로 살 생각도 없으면서 잡지를 전부 읽어 버리고 중간에 페이지가 접히거나 구겨져도 아무렇지 않게 그것을 원래 있던 책꽂이에 당당하게 되돌려 놓는다. 그렇게 상품을 훼손하면서 변상도 하지 않는 것이다.

이것이 다른 상점에서 벌어진 일이라면 분명히 용서받을 수 있는 것이 아니다. 아니, 서점에서조차도 본래 용서받을 수 있는 행위는 아니다. 그런데 지금은 아무도 이런 상식적인 의식이 없는 것인지 그런 행위에 대해 주의를 주어야 할 입장인 점원조차 아무런 말도 하지 않고 그냥 내버려 두는 것 같다.

손님에게 뭐라고 했다가 자칫 일이 번거로워질까 봐 포기하고 그러는 걸까? 아니면 원래부터 서서 읽는 것은 죄악이라는 것을 인식하지 못하는 걸까? 아무래도 나는 후자일 것 같다는 생각이 든다. 책이란, 그리고 그 책에 적혀 있는 내용이란 원래 돈을 주고 사야 하는 상품이라는 당연한 상식이 결여되어 있다.

게다가 심심풀이로 잡지를 서서 읽는 것뿐만 아니라, 며칠씩 서점에 와서 소설책을 완독하는 습관을 가지고 있는 사람까지 있다. 참으로 개탄할 일이다. 그런 사람들은 '책값을 내는 사람이 바보 아닌가?' 하는 말도 안 되는 변명을 늘어놓는다.

그런 말도 안 되는 얘기가 어디 있단 말인가. 돈을 낼 수 없는 사람은 책을 읽으면 안 된다. 극단적인 생각이라고 할지 모르겠지만, 그것이 당연한 거 아닌가? 아무리 먹어야만 살 수 있는 인간이라고 해도 다 먹고 나서 '돈 내는 바보'가 아니라 못 주겠다고 하면 '무전취식죄'가 되는 거 아닌가? 그냥 용서받을 수 있는 건가? 당연히 용서받을 리가 없다. 이건 초등학생도 아는 것이다. 책 역시 마찬가지이다.

다시 한번 강조하고 싶다. 서서 읽는 행위는 분명한 절도죄라는 것을.

그리고 글의 밑에는 '하사타니 코지로'라는 이름과 '하임아사기' 808호라는 주소가 기재되어 있었다. 직업은 '의사'로 되어 있고 게재된 것은 1996년 4월 18일 지역 신문이었다.

세 번째 장은 야토쿠라 미사토의 투고로 타이틀은 '약한 자에게 친절한 것이 어른'이었다. 대중교통 안에서 노약자에게 자리를 양보하지 않는 승객이나 여성에 대해 차별적 태도를 취하는 남성 일반에 대해 비판하고 충고하는 내용을 담고 있었다.

얼마 전 학교에서 '강자에게 강하고 약자에게는 약해야 한다.'라는 말을 배웠습니다. 좋은 말이라고 생각하지만 과연 현실은 어떨까요? 약자에게 강하고 강자에게 약한 사람밖에 없지 않나요?

버스를 타면 젊은 남자가 두 사람이 앉을 자리를 점령해서 앉아 있기도 합니다. 게다가 다리가 불편한 노인분이 타셔도 모르는 척합니다. 보기 흉하게 다리를 쫙 벌린 채 말입니다. 그랬던 남자가 무서운 얼굴을 한 아저씨가 타면 황급히 벌렸던 다리를 딱 붙입니다. 자리를 양보하라고 부탁받지도 않았는데 벌떡 일어나는 경우도 있습니다. 물론 웃기는 광경입니다만, 웃을 일은 아닙니다. '약한 사람에게 친절한' 사회는 도대체 어디 있는 건가요?

저희 집 부모님은 맞벌이라 어머니도 회사에서 일하십니다만, 휴가계라도 내려고 하면 담당자가 꼭 기분 나쁜 말을 한다고 합니다. '이래서 여자는'이라면서 말입니다. 법률로 보장되어 있는 권리를 사용하는데 어째서 그런 불쾌한 소리를 들어야만 하는 겁니까? 남성 사원이 휴가계를 낸다고 해서 '이래서 남자는'이라고 하는 사람은 없을 것입니다. 어른인데도 그런 식으로 말하는 건 잘못된 것 아닌가요?

학교 선생님과 주위의 어른들은 '타인에게 배려심이 있는 인간이 되어야 한다.'고 저희들에게 말합니다. 밝은 미래를 만드는 것이 우리들이 할 일이며, 그래야 할 책임이 있다고 합니다. 하지만 정말 그렇다면 우리들에게 제대로 '좋은 어른'으로서 모범을 보여 주었으면 합니다. 본인은 '타인에게 친절하지 않은 어른'이면서 아이들에게는 '친절한 인간이 되자.'라니, 아무리 말해 봤자 소용없는 거 아닌가요?

글 밑에는 '야토쿠라 미사토'란 이름과 그녀가 사는 주소가 기재되어 있었다. 직업 대신 '에키나가 초등학교 5학년'이라고 적혀 있었고, 게재된 것은 1996년 10월 1일의 지역 신문이었다.

나이에 비해 꽤 뛰어난 문장력이었다. 고즈에는 자신보다 더 잘 쓴 것 같다고 느꼈다. 살해되었을 당시 아직 열두 살밖에 안 되었다는 것을 생각하면 부자연스러울 정도였다. 가끔 초등학생이라고 해도 놀랄 정도로 뛰어난 작문 실력을 가진 아이가 있으니 함부로 말할 수는 없지만 혹시 부모가 첨삭 같은 걸 하면서 도와준 것이 아닐까 하는 생각마저 들었다. 만약 자신이 엄마라도 신문에 투고하려는 딸에게 '여기는 이런 식으로 써 봐.'라는 조언을 했을 것 같았다.

고즈에는 문득 오물이라도 본 것 같은 불쾌감이 들었다. 야토쿠라 미사토는 어머니가 다니는 직장의 남성 사원을 비판하고 있는데, 이 투고가 동료들의 눈에 띄는 것을 염두에 둔 어머니의 의도가 느껴졌다. 투고는 익명으로도 할 수 있는데 일부러 본명과 주소를 기재한 것이 그 증거였다. 자신의 딸을 미끼로 해서 직장에서의 불만을 앙갚음하는 어머니의 뻔뻔함과 교활함이 읽는 사람에게 생리적 혐오감을 느끼게 한 것이다. 초등학생으로서 똑바른 의견을 가지고 있다는 점은 평가받을 만하지만, 고즈에는 이런 것도 간파 못 하고 투고를 채택한 신문사의 수준이 의심스러웠다.

그리고 네 번째로 가마츠카 요시부미의 투고가 있었다. 투고의 타이틀은 '눈에 거슬리는 남녀 커플'로, 공공장소에서 타인의 시선을 신경 쓰지 않고 애정 행각을 벌이는 젊은 남녀에 대한 쓴소리가 담겨 있었다.

내 취미는 산책이다. 조용한 공원이나 하천의 정경을 좋아해서 이런저런 몽상에 빠지며 천천히 산책하는 것이 나이 든 내겐 더없는 즐거움이다. 하지만 최근에는 외출하는 것 자체가 참으로 고통스러워졌다. 왜냐하면 볼썽사나운 젊은 애들이 너무 많기 때문이다.

칠칠치 못한 복장이나 매너가 거슬리는 것이 아니다. 그 정도라면 무시하면 그만이다. 나는 그들의 부모도 아니고 선생님도 아니니 꼴사나운 젊은 애들을 훈계할 의무 같은 건 없다. 그러나 때로는 아무리 무시하려고 해도 눈 뜨고 보기에 힘든 경우가 있다. 마치 자기 방에 있는 것처럼 사람들 앞에서 서로 몸을 더듬고 있는 남녀들이 그렇다. 부끄러운 줄도 모르는 그런 행동은 적당히 좀 했으면 좋겠다.

물론 서로 사랑하는 것은 좋은 것이고, 아직 어리니까 그러면 안 된다는 것도 아니다. 그 정도로 편협한 생각을 하는 건 아니다. 하지만 남들 앞에서 애정 행각을 하는 것은 좋지 않다. 그런 것에는 어울리는 장소와 시간이라는 것이 있다.

그런 행동은 타인을 불쾌하게 할 뿐만 아니라 자신들에게 비난의 화살이 오게 한다. 결국 신중함을 잊은 행위로 손해를 보는 것은 타인이 아니다. 바로 당사자들인 것이다. 다른 사람의 눈을 생각하는 것이 어떤 것인지 젊은 사람들은 좀 더 잘 생각해 보길 바란다.

글 바로 밑에 이름은 '가마츠카 요시부미', 주소는 '히메고토부키소우 2호'라고 되어 있었다. 직업은 '무직'으로, 게재 시기는 다른 사람과 같이 1996년에 날짜는 12월 20일이었다.

모든 투고들은 좋게 말하면 정론을 피력한, 나쁘게 말하면 약도 독도 되지 않는, 아무런 도움이 안 되는 생산성 제로의 시시한 글들이었다. 물론 문장력은 뛰어나다고 할 수 있지만 격조가 있거나 수려한 문장이라고 하기는 어려웠다. 고즈에는 그들 중에 끼어 있는 자신의 글은 제쳐 놓고라도 일단 그렇게 신랄한 평가를 했다.

스스로 글을 쓰는 것은 좋아하지만 신문의 독자 코너를 포함해 지금까지 다른 아마추어들이 쓴 글을 읽은 적이 별로 없기 때문에 어떤 의미로는 신선한 경험이긴 했다. 그리고 감상을 한마디 덧붙인다면 '다들 할 일이 없구나.'라는 느낌이었다.

모두가 복사본의 내용을 대충 훑어보고 있는 틈을 타서 아리사가 자랑스럽게 말했다.

"아시겠습니까? 그렇습니다. 이것이야말로 진정한 피해자들의 공통점인 것입니다."

새로운 사실의 발견에 압도되었는지 슈타라는 한동안 벌리고 있던 입을 그때서야 닫았다.

"그러니까 사실은…… 구츠와 기미히코는 이 독자 코너에서 피해자들을 선택했다는 얘기야?"

“그렇지, 무작위로 말이야. 이 점에 관해서는 슈타라 씨의 의견과 닮았지만, 구츠와 기미히코는 결국 네 명의 피해자들 중에 특정한 누구를 노렸던 건 아니야. 이런 식으로 지역 신문의 독자 코너에 투고가 게재된 적이 있는 사람이라면 누구라도 상관없었던 거지.”

“하지만 왜? 하필이면 왜 투고한 사람들을 고른 거지?”

“그건 그의 질투심에서 비롯된 것이 아닐까 생각해.”

“뭐? 질투심?”

“이것 또한 당신의 의견과 겹치는 것일지도 모르지만, 구츠와 기미히코는 일찍부터 글과 친하고 조숙하며 머리가 좋은 소년이었어. 아까 받았던 대학 노트에 쓴 글을 봐도 그렇지만, 자신의 생각을 문장으로 정리하는 습관을 가지고 있어. 그래서 신문과 잡지 등의 독자 코너에도 투고했었을 거라고 짐작할 수 있겠지. 아까 그 불행이 어쩌고 하는 글도 혹시 어딘가에 투고하려고 쓴 것일 가능성이 있고.”

‘그랬구나. 이제 보니 구츠와 기미히코는 나와 닮은 면이 있었구나.’

고즈에는 문득 그렇게 생각했다. 그리고 그런 생각이 든 순간, 뭐라고 할 수 없는 불쾌감이 온몸에 독처럼 퍼졌다. 사소한 일들을 일일이 문장화한다. 그리고 그런 문장을 쓸 수 있는 자신에게 아무런 근거도 없는 특권 의식을 느끼며 기뻐한다. 그런 인간은 객관적으로 보면 그냥 '기분 나쁜 인간'이다. 고즈에는 그런 구츠와 기미히코와 자신이 많이 닮아 있다는 것을 자각하게 된 것이다. 그녀는 그것을 부정하고 싶어도 할 수 없는 현실이 역겨웠다.

"그런데 이 네 사람과는 달리 구츠와 기미히코는 아무리 투고를 해 봐도 자신의 글이 좀처럼 채택되지 않았던 거야. 그 증거로, 1996년을 중심으로 해서 전후 수년간 지역 신문의 독자 코너를 조사해 봤지만 구츠와 기미히코의 이름으로 채택된 독자 투고는 한 개도 발견되지 않았어."

누가 낸 소리인지는 알 수 없었지만 짧은 신음 소리가 들렸다. 고즈에도 역시 신음 소리를 내고 싶은 기분이었다. 아리사의 가설은 처음엔 엉뚱했지만 이렇게 실제로 네 명의 피해자들의 공통점인 '현물'을 제시한 이상, 그녀가 한 말의 설득력과 무게는 전혀 다른 것이 되어 버렸다. 시작하기 전부터 그녀가 저렇게 자신만만했던 것도 다 이유가 있었던 것이다.

"그런데 이런 걸 잘도 찾아냈네. 도대체 어디에서 이런 발상이 나온 거야? 뭔가 힌트라도 있었어?"

크게 감탄했는지 슈타라가 마치 마술의 비밀을 알려 달라고 조르는 아이같이 물었다.

"그건 비밀……이라고 말하고 싶지만, 실은 극히 단순한 거야. 들으면 분명히 실망할 걸."

"그게 뭔데? 어쨌든 궁금해 죽겠으니까 어서 알려 줘, 재지 말고."

"그 답은 말이야, 나 자신이 이런 투고란의 마니아이기 때문이야."

"네?! 야츠메 선생님도 투고하시나요, 이런 매체에?"

고즈에는 아까와 전혀 다른 의미로 놀라고 말았다.

"아니요, 전 투고하진 않지만 읽는 걸 좋아하거든요. 잡지나 신문에서 이런 독자 코너를 발견하면 반드시 구석구석 훑어본답니다."

"그렇군요. 어떤 목적이 있어서인가요? 작품의 소재로 쓴다든가 하는 그런 목적?"

"음…… 전혀 참고하지 않는다고 하면 거짓말일지도 모르지만, 소재를 찾기 위해 보는 건 아니에요. 그냥 읽는 것 자체를 좋아해요. 다양한 인생을 엿볼 수 있는 듯해서요. 특히 지역 신문의 이 독자 코너는 아침밥을 먹고 나서 꼭 읽는 것이 습관이라. 그렇군요, 이제 보니 한 10년 정도 계속 그래 왔네요."

"그렇다면 이 투고들도 게재된 당일 신문에서 리얼타임으로 읽으신 거군요. 그래서 기억하고 계시는 건가요?"

"하지만 투고한 사람의 이름을 전부 기억하는 건 아닙니다. 나루토모 씨로부터 오늘 밤 모임의 의뢰를 받고 나서 주신 자료를 훑어보다가 낯익은 이름들이라고 느꼈거든요. 하사타니라든가, 가마츠카라든가. '어라, 어디선가 본 적이 있는 거 같은데.' 싶어서 곰곰이 생각해 보니 독자 코너에서 자주 본 이름이었던 거죠."

그 말은 하사타니 코지로와 가마츠카 요시부미는 한 번밖에 채택되지 않은 고즈에와 달리 과거에 몇 번이고 그들의 투고가 게재되었다는 얘기다.

"생각이 나긴 했지만 처음에는 설마 했습니다. 그런데 막상 과거의 독자 코너를 조사해 봤더니 야토쿠라 미사토와 이치로이 고즈에 씨의 이름도 있는 게 아니겠어요. '아, 이거다!' 싶었죠. 어때요? 듣고 보니 별거 아니죠?"

"아니아니, 그 역시 대단한 능력이야. 정말 중요한 발견이었어."

슈타라가 어깨를 움츠리며 말했다.

"아, 그럼……."

아직 질문이 더 있는지 확인할 겸, 아리사는 한 박자 쉬었다가 다시 말을 이었다.

"이야기의 원점으로 돌아가 보겠습니다. 구츠와 기미히코 말씀인데요. 앞에 언급된 '불행 소재'의 글을 읽어 봐도 알 수 있듯이 그는 몹시 비뚤어진 소년이라고 생각됩니다. 자의식 과잉에, 자신에게 불리한 것은 전부 그 책임을 사회나 타인에게 떠넘기는 경향이 있는, 한마디로 미숙한 성격인 거죠. 그런 그가 이렇게 채택된 투고들을 보고 도대체 무슨 생각을 했을까요? 아마 '전부 수준 낮은 글들뿐이잖아.'라며 비뚤어진 생각을 했을 겁니다. 그리고 '어째서 이 따위 글들이 채택되는 거야. 아무리 봐도 내용이 내 게 훨씬 나은데. 뭐가 잘못된 거지?' 하고 답답함과 불만이 점점 더 커졌을 것입니다."

구츠와 기미히코의 그 괴로운 심정을 고즈에는 충분히 상상할 수 있었다. 왜냐하면 그녀 자신도 투고를 아무리 보내도 채택되지 않는 것에 똑같은 불만을 느끼고 세상을 원망했던 시기가 있었기 때문이었다. 역시 이 소년과 자신은 닮아 있다는 생각이 들자 고즈에는 속으로 비명을 질렀다.

'싫어……. 싫어. 싫어. 싫어. 싫어. 저런 놈하고, 이런 놈하고 내가 닮았다니. 너무 싫어. 싫어. 정말 싫어.'

"물론 그런 불만이 그대로 연쇄 살인의 동기로 이어졌다고 결론짓는 건 조금 이른 생각이 아니냐는 의견도 있으시겠죠. 그러나 그는 그 나이에 있을 법한 열등의식, 그리고 사회에 대한 뿌리 깊은 불만을 오랫동안 품고 있었을 겁니다. 그것이 어느 날 결정적인 어떤 계기로, 자신은 갖고 싶어도 도저히 손에 넣을 수 없는 것을 다른 사람은 너무 쉽게 얻어 낸다는 것에 분노를 느끼다가 결국 살의로 폭발해 버렸다. 그런 식으로 생각할 수 있습니다."

"결정적인 어떤 계기라는 건 구체적으로 어떤 것을 말하는 거지? 소년에게 무슨 일이 있었단 얘기야?"

아리사의 얘기에 빠져들어서인지 슈타라의 목소리는 톤이 높아지면서 경박한 느낌이었다.

"흠, 그건 상상에 맡길 수밖에 없겠지. 아무튼, 제 생각에는 구츠와 기미히코가 행방불명된 것이 4년 전 2월 15일인 것은 상당히 주목할 만한 사실인 것 같습니다. 그 전날이 다들 아시는 것처럼 밸런타인데이잖아요. 어른의 눈으로 보면 별거 아닐 수 있지만 사춘기의 남자에게 있어서는 무척 중요한 이벤트니까요."

"그러니까 뭔가요. 좋아하는 여자로부터 초콜릿을 받지 못한 것에 화가 나서 집을 나갔다. 설마 그런 생각을 하고 계시는 건가요?"

유미코가 아까처럼 웃음을 참는 듯한 표정으로 물었다.

"특정된 누구라기보다는 그는 단 한 개도 초콜릿을 받지 못한 것이 아닌가, 저는 그렇게 생각합니다. 약간 지나친 상상일지도 모르지만 이런 자의식 과잉의 타입은 대체로 여자한테 인기가 없으니까요. 같은 반의 다른 남학생들이 그와는 대조적으로 초콜릿을 많이 받는 것을 봤다면 그에게 상당한 상처를 줬을 거라고 생각하거든요."

세대차 때문일지 모르겠지만 오츠카와는 좀처럼 이해가 되지 않는 듯 곤혹스러운 표정이었다.

"초콜릿이라……. 여학생들한테 초콜릿을 받는 것이 그렇게 중요한 건가요? 그야 뭐, 받는다면 기쁘기는 하겠지만 그걸 못 받는다고 해서……."

"하지만 선생님, 그게 그냥 가볍게 넘길 수 있는 게 아닌 거 같습니다. 제가 아는 사람 중에 사립 남녀 공학 고등학교 교직원이 있어서 얘기를 들은 적이 있는데요. '진심 초콜릿'과 '의리 초콜릿' 아세요?"

"글쎄요, '진심'이라면 사랑의 고백에 가깝겠고, '의리'라는 건 인사라고 할까 예의 표시 같은 거겠죠?"

"네. 사회인의 경우는 직장에서, 예를 들어 여사원들이 돈을 모아서 동료 남성 사원에게 '의리 초콜릿'을 나눠 줍니다. 순수하게 의례적인 의미로 말이죠. 그렇지만 여학생들은 돈이 없다는 사정도 있지만 '의리 초콜릿' 같은 건 나눠 주지 않는답니다. 만약 준다고 해도 그건 뇌물이라고 할까, 그냥 잘 보이기 위해서 남자 선생님에게 주는 정도로 한정되어 있다고 합니다. 적어도 제가 아는 교직원이 다니는 학교에서는 그런 식이라더군요."

"그건 좀 야박하다고 할까 가혹하다고 할까, 너무 매정하게 들리네요."

"물론 순수하게 남자 선생님을 동경해서 주는 경우도 없지는 않겠지만, 그 경우는 '진심'에 가까운 거니까요. 어쨌든 여학생은 금전적으로나 정신적으로나 '의리 초콜릿'을 줄 여유는 없다고 봐야 합니다. 물론 애당초 밸런타인데이 같은 이벤트에 흥미가 없는 애들은 제외한 상태에서 말씀드리는 거지만, 아무튼 여학생들은 '진심' 한 개에 모든 정열과 노력을 쏟아붓습니다. 그것을 받게 되는 남학생들도 그 사실을 충분히 알고 있습니다. 그 정도로 진지한 것이기 때문에 하나도 받지 못했을 때의 충격도 클 겁니다."

"저는 그 부분이 잘 이해가 안 됩니다. 아무리 미성년이라 해도 고등학생 정도 되면 모든 여학생들이 자신에게 호감을 가지고 있는 건 아니라는 것 정도는 알 텐데 말입니다. 게다가 의례적인 '의리 초콜릿'은 그렇다 쳐도 '진심 초콜릿'을 받는다고 꼭 기쁘다고 할 수는 없잖아요. 이쪽에서 상대방 여자애에게 '호감'이 없는 상태라면 그건 큰 부담이 될 수밖에 없으니까 받았다고 해서 기쁘기만 할 순 없을 것 같습니다."

"사춘기의 남학생이라 그렇게 딱 잘라 생각할 수도 없는 듯합니다. 아는 사람의 말에 따르면 어떤 남자애들에겐 몇십 개의 초콜릿이 집중되기도 한답니다. 하지만 못 받는 애들은 정말 한 개도 받지 못한다고 하네요. 학교에서는 그 낙차가 동급생들 앞에 싫어도 공개될 수밖에 없는 이벤트가 되는 거죠. 어른의 시각으로 보면 웃기는 얘기지만, 한 개도 받지 못했다는 패배감에 심각한 상처를 받는 경우도 있다고 합니다. 그래서 어떤 학교에선 교내에서 초콜릿을 주고받는 것이 금지돼 있다고 들었습니다."

"흐음, 야츠메 씨의 얘기를 듣고 있으니 인기 있는 타입의 남자애에게만 '진심' 혹은 그에 가까운 초콜릿이 집중되는 것 같군요. 그러니까 결과적으로는 한 개도 받지 못하는 남자애들 쪽이 다수라는 결론이 나오는 거 아닌가요? 그렇다면……."

"물론 그렇습니다. 하지만 받지 못한 남자애한테는 같은 입장인 동급생의 모습 같은 건 보이지도 않을 겁니다. 그래서 '한 개도 못 받은 건 나만이 아니니까 괜찮아.'가 되지 않는 것입니다.

왜냐하면 그 애의 눈에는 많이 받은 남학생의 모습밖에 보이지 않아서 그쪽과 자신을 비교하기 때문입니다. 그래서 괴로운 겁니다."

슈타라는 마치 자신도 같은 경험을 한 사람처럼 비통한 표정을 지었다.

"그건 그래요. 그건 너무 괴로운 경험이었을 겁니다. 그 기분을 이해 못 하는 어른들로부터 '고작 초콜릿 때문에'란 말도 듣기 싫었을 거구요."

아리사가 말을 이었다.

"'다른 놈들은 모두 신났는데 왜 나만 이런 비참한 꼴을 당해야 하는 거야.'라며 구츠와 기미히코는 좁은 시야의 비뚤어진 사고와 비이성적인 분노를 주체할 수 없어서 괴로워했을 겁니다. 그리고 그것은 소년의 내면에서 평소에 아무리 투고해도 독자 코너에 채택되지 않는 것에 대한 불만과 섞이면서 폭발했겠죠. 그렇게 된 것이 아니었을까요?"

'자, 잠깐만, 만약 이 생각이 맞는다면 나는 밸런타인데이 초콜릿을 받지 못한 남자애의 원통함이 폭발해서 죽을 뻔했다는 얘기가 되는데? 도대체 그런 일이 있을 수 있는 거야?'

고즈에는 머리를 감싸 쥐었다.

슈타라가 말한 것처럼 '고작 초콜릿 때문에'라고 생각하는 건 어른의 감각이다. 사춘기의 남자아이에게 있어서 밸런타인데이는 동년배 소년소녀들의 커뮤니티라는 한정된 폐쇄 사회에서 자신의 평가가 결정되는 중요한 이벤트다. 초콜릿을 하나도 받지 못했다는 것은 당사자에게 그 커뮤니티 속에서 매력이 없는, 즉 아무런 가치도 없는 존재라는 낙인이 찍히는 것을 의미한다.

그것이 '괴롭다'는 것은 그녀도 잘 알았다. 게다가 평소에 자신이 세상 사람들로부터 부당하게 과소평가당하는 것에 불만을 품고 있었다면 그 상승효과로 인해 자포자기한 심정에서 극단적인 행동으로 옮길 가능성이 있다는 것 역시 충분히 이해할 수 있었다. 하지만 아무리 그렇다고 해도 역시 고즈에는 모종의 허탈감을 느낄 수밖에 없었다.

'아무리 그래도 초콜릿 때문에 그러는 건 심했잖아. 아무리 그래도…….'

"하지만 그렇다면 그의 살의는 초콜릿을 주지 않는 학교의 여학생들에게 향할 법도 한데 말입니다."

아리사는 당연한 지적을 한 오츠카와 쪽을 향해 두 팔을 펼쳤다.

"그건 그 나름대로 머리를 쓴 것입니다. 예를 들면, 같은 반의 여학생이 살해당하는 경우 어떻게든 자신에게 혐의를 둘 가능성이 있습니다. 때문에 그것을 염두에 둔 그는 자신과 전혀 관계가 없는, 아무리 봐도 자신에게 살해 동기 같은 건 없어 보이는 사람들을 죽여서 울분을 풀자는 생각을 한 것입니다. 그래서 피해자 후보를 고르기 위해 세운 기준이, 아무리 시도해도 자신의 투고를 채택해 주지 않는 지역 신문의 독자 코너가 된 것입니다."

"그렇다면 정말로 투고가 채택된 적이 있는 사람이라면 누구라도 상관없었던 거군요?"

오츠카와는 충분히 이해했다는 듯 자신의 턱을 쓰다듬었다. 아리사는 그의 생각에 대한 전면 부정을 전제로 가설을 펼치고 있었지만, 그는 그녀가 나이 든 대가의 자존심을 상하게 했다고 기분 나빠 하지는 않았다. 오츠카와는 자신의 가설에 자신감이 있기 때문에 그녀의 말에 동요하지 않은 것이 아니라, 순수하게 이런 자리, 그러니까 넓은 의미로 그냥 이런 대화 자체를 즐기고 있는 듯했다.

남의 말을 계속 걸고넘어지는 한심한 노인이라고 생각했던 오츠카와에 대한 부정적 이미지는 이미 고즈에 속에서 완전히 사라져 있었다. 솔직히 그녀는 처음에 유미코의 의견을 일일이 부정하고 마치 그녀에게 시비를 거는 듯한 인상밖에 없었던 게 사실이었다. 하지만 약간 다른 각도에서 보면 그것은 오츠카와 나름대로의 배려였던 것 같았다. 좀처럼 불붙지 않는 대화의 분위기를 살리기 위해 일부러 논쟁상의 악역을 자처한 것이다.

그렇게 생각하니 모임의 분위기가 완전한 궤도에 오른 지금, 오츠카와가 비교적 솔직하게 다른 사람의 얘기를 듣는 태도로 바뀐 것도 이해가 갔다. 이렇게 오츠카와의 인상이 호의적으로 변한 것에는 반대로 유미코에 대한 이미지가 하락한 것이 다소 영향을 준 것도 사실이었다. 아무튼 고즈에는 인간적으로 혹은 사상적으로 대상에 대한 시각이 바뀌면 그 대상의 이미지도 완전히 달라진다는 것을 새삼 느꼈다.

"바로 그겁니다, 선생님."

이번에도 역시 슈타라를 흉내 내는 건지 아리사는 연극 무대 위의 배우 같은 몸짓으로 오츠카와를 손가락으로 가리키며 말했다.

"단, '익명이 아닌 투고자에 한정된다'는 조건이 붙습니다."

"그건 당연하겠죠. 익명의 투고가 누구의 것인지는 알아낼 수 없었을 테니까요."

"어쨌든 이름과 주소에 대한 정보가 공개된 투고자라면 타깃으로 누구라도 상관없었겠죠."

이 말을 들은 고즈에는 다시 괴로워졌다. 초콜릿 때문이었다는 것도 싫었지만 만약 지역 신문의 독자 코너 투고가 원인이었다고 한다면 이번에야말로 심정적으로 견디기 힘들 것 같았다. 만약 그것이 맞는다면 도대체 어떤 식으로 그 진실을 마주해야 할지 갈피가 잡히지 않았다.

*

아리사가 상반신을 굽힌 자세로 고즈에의 얼굴을 들여다보며 말했다.

"그런데 제 생각에 이치로이 씨는 처음부터 구츠와 기미히코의 타깃 리스트에 들어 있지는 않았던 것 같습니다."

이런저런 번민에 빠져 있던 고즈에는 깜짝 놀라 정신을 차렸다.

"네? 제가 리스트에 들어 있지 않았다……고요? 그게 무슨 소리죠?"

"구츠와 기미히코의 학생 수첩 앞 페이지가 찢겨 나간 흔적이 있었죠? 그건 왜냐하면 처음에는 전혀 다른 사람의 이름이 타깃으로 적혀 있었기 때문이라고 생각합니다. 그것이 남자인지 여자인지는 모르겠지만, 아무튼 구츠와 기미히코는 당초 그 인물을 죽일 생각으로 그렇게 메모를 썼을 겁니다. 그러다가 도중에 생각이 바뀌었던 겁니다."

'생각이 바뀌었다고?'

고즈에는 만약 정말 그런 경위로 자신이 타깃이 된 거라면 이 또한 어떻게 받아들여야 할지 감을 잡을 수 없었다. 운이 나빴다는 말도 왠지 바보 같은 소리로 들렸다. 자신을 비참함에 빠뜨린 이 사건을 고찰하게 된 이상 어차피 듣기 좋은 가설 같은 건 나올 리가 없겠지, 라는 체념 섞인 생각을 하며 고즈에가 질문을 던졌다.

"그건 도대체 무슨 이유 때문이죠?"

"어차피 타깃을 무작위로 고르는 거라면 자신만 알 수 있는 어떤 법칙을 적용하고 싶었을 겁니다. 일종의 장난기가 발동했겠죠. 그런데 맨 처음 페이지에 적혀 있던 이름이 그 법칙에 맞지 않았기 때문에 나중에 급하게 바꾼 것입니다."

고즈에도 아리사가 말하려는 것의 요점을 대충 알 것 같았다.

"법칙이라면…… 혹시 아까 말씀하신 이름 속의 숫자 어쩌고 하는 건가요?"

"그렇습니다. 하사타니 코지로의 이름에 있는 '지'는 2(二)', 야토쿠라 미사토의 '미'는 '3(三)', 가마츠카 요시부미의 '요'는 '4(四)'로 해석할 수 있다는 것을 깨닫게 된 것입니다. 가능하면 좀 더 확실하게 수를 나타내는 한자가 있는 이름이 좋았겠지만 딱 그 조건에 맞는 사람이 없었나 봅니다. 아니면 누가 봐도 알 수 있는 것이 아닌 자신만 알아볼 수 있는 방식이 재밌을 것 같다고 생각했을지도 모르고요. 어차피 누구라도 상관없었으니까요. 단, 한 사람 정도는 분명하게 숫자를 뜻하는 한자가 들어 있는 이름을 넣고 싶다는 생각에 찾다가 성에 '1(一)'자가 포함되어 있는 투고자를 발견한 것입니다. 이렇게 해서 선택된 사람이 이치로이 씨, 당신이었던 겁니다."

"그래서 이치로이 씨의 이름만 펼친 면 왼쪽 페이지에 적는 변칙적인 기록 방법을 선택했다는 건가요?"

오츠카와의 질문에 아리사는 고개를 끄덕여 보였다.

"네, 나중에 갑자기 생각난 법칙에 따라 덧붙인 이름이기 때문입니다. 결국 다른 리스트가 완성되어 있었기 때문에 살해 방법에 관한 내용도 그 위치로 변경되었던 겁니다. 그처럼 무리한 수정의 결과, 오츠카와 선생님이 말씀하신 것처럼 이치로이 씨의 이름만 '거북한 필기 방식'이 되어 버린 겁니다."

아리사의 추리에 고즈에는 놀라움과 허탈함을 동시에 느꼈다. 아리사의 상상력도 슈타라나 오츠카와에 비해 전혀 뒤떨어지지 않는 것이었다. 설마 고즈에의 이름 기재 방법만 변칙적이라는 사실에 그런 해석을 붙이다니……. 고즈에는 억지로 가져다 붙이려면 뭐든지 가능하다는 것을 실감할 수 있었다.

"하지만 이상하지 않나요? 그 정도로 자신만 알 수 있는 법칙에 집착하고 싶었다면 어째서 구츠와 기미히코는 이치로이 씨부터 먼저 죽이지 않은 거죠? 1번부터 순서대로 2번, 3번, 4번으로 말이죠. 아, 제 말투는 양해 부탁드립니다."

불쾌감이 자신도 모르게 얼굴 표정에 드러났는지 질문을 한 유미코가 고즈에를 향해 고개를 숙이며 양해를 구했다.

'내가 이러면 안 되는데.'

당황한 고즈에는 브랜디를 잔에 따르고 있던 손을 멈췄다. 기분 내키는 대로 마셨다가는 취해서 실수를 할지도 모른다는 생각이 들었기 때문이었다. 그녀는 '나루토모 앞이니까 조심해야 하는데.'라고 생각하는 자신을 발견하고 왠지 가슴이 덜컥했다.

"야츠메 씨의 가설대로라면 그렇게 하는 것이 자연스러운 거 아닐까요? 실제로 이치로이 씨 외에는 2번 다음으로 3번, 4번순이었는데 왜 1번만 맨 마지막이 되어 있는 거죠?"

유미코가 다시 정리해서 질문하자 아리사는 그 지적을 기다리고 있었다는 듯 환한 표정으로 말했다.

"그 이유는요 아마도 슈타라 씨의 생각이 맞았기 때문이라고 봅니다."

"어? 내 생각? 그렇다면…… 그러니까 내 생각의 어느 부분?"

갑자기 자기 얘기가 나오자 슈타라는 당황한 얼굴이었다.

"하사타니 코지로가 구츠와 기미히코에게 '우게나플래츠'를 아지트로 제공했다는 생각 말입니다. 즉, 이렇게 된 것 같습니다. 밸런타인데이의 충격이 원인일지는 모르겠지만, 구츠와 기미히코는 더 이상 우울함을 주체하지 못하고 충동적으로 가출을 했습니다. 그러나 역시 그건 대책 없이 저지른 일이었기 때문에 어디로 가야 할지 알 수 없었죠. 그냥 막연하게 번화가를 배회하고 있는데, 원래 그쪽에 흥미가 있는 것은 아니었지만 그런 취미를 가진 사람이 그를 발견했고, 그가 바로 하사타니 코지로였던 겁니다."

"뭐? 그렇다면 두 사람이 서로 알게 된 것은 단순한 우연이었다는 말이야?"

아리사는 슈타라의 질문을 듣고 모두를 향해 말했다.

"그랬다고 생각합니다. 어쩌면 구츠와 기미히코는 하사타니 코지로로부터 억지로 육체관계를 강요당했을 수도 있습니다. 싫었지만 원래의 생활로도 돌아가지 못한 채 가출 중인 소년은 우연한 기회에 자신과 관계하고 있는 하사타니라는 남자가 지역 신문의 독자 코너에 투고가 실린 적이 있는 사람이라는 것을 알게 되었을 겁니다."

"그걸 어떻게 알게 된 거죠?"

"물론 하사타니 씨가 게재된 신문을 가지고 있었겠죠. 스크랩해서요. 자신의 글이 채택되면 보통 그렇게 해서 기념으로 보관하지 않나요?"

질문을 했던 고즈에는 아리사의 말에 고개를 끄덕였다. 그녀 역시 자신이 투고한 글이 게재된 날의 신문은 잘 보관하고 있었다. 현재는 이사할 때 본가에 두고 온 상태이긴 하지만.

"그것을 계기로 구츠와 기미히코가 하사타니 씨를 보는 눈이 일변했을 겁니다. 세상이 불공평하다는 것에 대한 분노가 폭발했겠죠. 그리고 결심했을 겁니다. 이 남색을 밝히는 의사도 포함해서 신문의 독자 코너에 채택된 적이 있는 사람들을 죽이자고 말입니다. 그런 극단적인 계획을 생각해 낼 정도로 그의 불만이 쌓여 있었다고 봐야 합니다. 그리고 도서관 등에서 과거의 지역 신문을 뒤져 독자 코너를 조사한 다음 적당한 타깃을 골라냈겠죠. 그러던 중 조금 전에 말씀드린 것처럼 당초 예정하고 있던 타깃들 중 한 사람을 이치로이 씨와 바꾼 것입니다. 이렇게 해서 자신이 만들어 낸 법칙에 따라 당초에는 이치로이 씨로부터 순서대로 한 사람씩 죽일 생각이었을 겁니다. 그런데 어떤 돌발적인 사태가 발생해서 그 예정을 변경할 수밖에 없었던 것 같습니다.”

“그 돌발적인 사태란 게 뭐죠?”

“구체적인 원인은 알 수 없습니다만, 물주였던 하사타니와의 사이에 뭔가 결정적인 충돌이 발생한 것 같습니다. 애당초 구츠와 기미히코 쪽에 얼마만큼 동성애 경향이 있었는지는 의문입니다. 만일 밸런타인데이의 충격으로 가출을 했다면 오히려 이성애자 쪽에 가까웠을 텐데 말이죠. 따라서 하사타니 씨와의 관계는 의식주를 지원받기 위해 견디어야 하는 것이라고 생각했을지도 모릅니다.”

“즉, 동성애적인 관계는 어쩔 수 없이 맺을 수밖에 없었다는 말이군. 그러고 보니…… 소년의 아지트였던 ‘우게나플래츠’ 505호의 입주민들에 따르면 가끔 폭행 사건이 발생한 것이 아닐까 의심될 정도의 소리가 들렸다지. 정말 억지로 그런 거였구나.”

슈타라가 팔짱을 끼고 천장을 올려다보며 말했다.

“맞아. 평소부터 소년은 하사타니 씨를 향한 증오심을 품고 있었던 거야. 그것이 결국 폭발하게 된 무언가가 있었을 거야. 치욕적인 성행위라도 요구했든지 아니면 단순한 말다툼이 격해져서인지 원인은 분명치 않지만 말이야. 아무튼 더 이상 하사타니의 존재를 참을 수 없었던 구츠와 기미히코는 이치로이 씨부터 순서대로 죽인다는 당초의 계획을 지키지 못하고 하사타니 씨를 가장 먼저 살해하고 만 거야. 아마 그게 맞을 거야."

*

나루토모가 어딘가 꺼림칙하다는 느낌으로 끼어들었다.

"죄송합니다만, 질문이 있습니다. 야츠메 선생님 말씀에 따르면 구츠와 기미히코는 네 사람의 피해자를 투고가 게재된 신문의 정보만을 근거로 무작위로 고른 것이 되는데, 맞나요?"

"물론 그렇습니다. 그렇기 때문에 그는 가마츠카 요시부미 씨가 대머리인지 아닌지 같은 기본적인 것조차 몰랐던 겁니다."

나루토모가 철이 된 네 장짜리 복사본의 첫째 장을 가리키며 말했다.

"하지만 말입니다, 그렇다고 한다면 좀 이상한 부분이 있습니다. 이곳을 한번 봐 주세요."

"이치로이 씨의 투고 말씀인가요? 이게 어때서요?"

아리사는 미심쩍은 표정으로 눈썹을 찡그렸다.

"내용이 문제가 아닙니다. 문장 끝에 이치로이 씨의 이름과 주소가 나와 있지 않습니까. 그 주소를 한번 보세요."

"네. 음…… 어?! 주소가?"

갑자기 놀라며 언성이 높아지는 것을 보니 아리사는 알아차리지 못하고 있었던 것 같았다. 그 주소는 사건 현장인 '메종포르테'가 아니었다. '이치로이 고즈에'라는 이름 다음에 나온 주소는 '코포라스케이야키' 405호였다.

"그렇습니다. 제 글이 게재된 건 1996년 9월입니다. 저는 그 당시 다른 맨션에 살고 있었죠."

모른 척하고 넘어가려고 했지만 이렇게 된 이상 고즈에는 어쩔 수 없이 털어놓을 수밖에 없었다.

"다른 맨션이라면…… 여기에 나온?"

"네, '코포라스케이야키'라는 곳입니다. 저는 대학교 졸업 후 한동안 본가에서 통근하다가 독립해 살아 보고 싶어서 그곳으로 이사했습니다. 하지만 그 맨션에서는 뭐라고 할까 그…… 여러 가지 문제가 있어서 다시 '메종포르테'로 이사했습니다."

이 사실로 인해 자신의 가설이 근본부터 뒤집힐 수밖에 없다는 예감이 들어서인지 아리사는 따지는 느낌으로 물었다.

"그렇다면 이사를 하신 게 언제죠?"

"그러니까…… 그다음 해의…… 2월경이었나 그럴 겁니다."

자세히 말하기 싫었던 고즈에는 얼버무리는 말투였다.

"하지만 '메종포르테'에 입주한 건 그 해 6월 아니었나요?"

그런 것까지 알려진 건가 하는 생각에 고즈에는 진저리를 쳤지만 이렇게 된 이상 숨겨도 소용없었다.

"네. '코포라스케이야키'를 나온 다음 적당한 곳을 찾지 못한 데다 여러 가지 일이 있어서 2월부터 6월까지는 본가에서 살았습니다."

하지만 사실 이것은 거짓이었다. 원래 '코포라스케이야키'에서 혼자 살려고 했을 때도 본가의 부모님들은 별로 좋아하지 않았다. 그런데도 강행했던 부담감이 있었기 때문에 고즈에는 '코포라스케이야키'에서 나온 사실도 한동안 본가에는 비밀로 하고 있었다. '메종포르테'라는 새로운 곳을 찾기 전까지는 말이다.

그럼 '메종포르테'로 옮기기까지 몇 달 동안 고즈에는 어디에 살고 있었던 걸까? 그녀는 어떤 남자에게 몸을 맡기고 있었다. 그러나 그녀는 그 사실을 여기서 솔직하게 밝히긴 싫었다. 만약 고즈에가 문제의 남자에게 호의나 애정을 품어서 그런 관계가 되었던 거라면 그다지 떳떳하지 못할 것은 없었다. 하지만 실제로는 그런 관계가 아니었다. 그 남자와는 이해타산적인 관계, 그 이상은 아니었던 것이다. 그것은 떠올리고 싶지 않은 인생의 오점이었다.

그런 과거를 자신의 입으로 밝히고 싶진 않았다. 적어도 나루토모가 동석하고 있는 곳에서는 절대로. 그리고 그렇게 생각하고 있는 자신이 고즈에는 너무나도 한심하고 우스웠다.

'숨길 수만 있다면 꼭 숨기고 싶은데……. 아니야, 이번 기회에 말해 버리는 게 낫지 않을까? 어설프게 비밀로 하지 않는 편이 좋을지도 몰라. 말하면 최소한 마음은 편해지겠지.'

'코포라스케이야키'를 나왔을 때, 그 사실을 도저히 부모님에게 말할 수 없었다. 자신이 겪은 것을 부모님이 알게 되면 그럴 줄 알았다며 본가로 데려가서 다시는 못 나오게 될 것이 불 보듯 뻔했기 때문이었다. 그렇게 바라던 독립을 한 지 얼마 안 된 고즈에에게 있어서 그것만은 어떻게든 피하고 싶은 사태였지만 비밀이 생긴 그 이후 인생이 완전히 꼬여 버린 것은 분명했다.

'차라리 모든 걸 솔직하게 말해 버릴까? 지금 여기서? 나루토모 앞에서?'

고즈에는 그런 충동에 빠졌다. '코포라스케이야키'에서 '메종 포르테'로 이사 가기 전에 사실은 어떤 남자에게 몸을 맡기고 있었다고 고백하는 자신을 나루토모가 천박하고 부도덕한 여자라고 경멸해도 어쩔 수 없다고 생각했다. 그녀는 차라리 단호한 태도를 보여 그가 자신으로부터 멀어지는 편이 오히려 마음 편할지도 모른다는, 그런 자학적인 격정에 빠졌다.

결국 고즈에가 자포자기의 심정으로 모든 것을 털어놓으려고 입을 열려는 바로 그 순간, 절묘한 타이밍에 나루토모가 질문했다.

"이치로이 씨에게 묻고 싶은 게 있습니다. 신문의 독자 코너에 자주 투고하셨습니까?"

겨우 털어놓으려던 말들을 삼켜 버린 고즈에는 두근거리는 가슴을 누르며 숨을 가다듬었다.

"네, 그러니까 저는…… 스스로 이렇게 말하기는 뭐합니다만, 이른바 투고 마니아입니다. 아, 정확히 말씀드리면 투고 마니아였다고 과거형으로 해야겠네요. 아무래도 이제 그런 열의는 없어졌으니."

"실제로 잡지나 신문에 채택된 적이 몇 번이나 있으신가요?"

"부끄러운 얘기지만, 제 글이 실린 건…… 이때뿐이었습니다."

그녀는 자신의 투고가 실린 신문의 복사본을 가리켰다.

"바꾸어 말하면 구츠와 기미히코의 눈에 띄게 된 고즈에 씨의 개인 데이터는 이 지역 신문 투고가 유일하다, 그런 얘기가 되는 거네요?"

나루토모의 질문에 고즈에는 잠깐 생각에 잠겼지만 사실 생각해 볼 필요도 없었다. 자신이 쓴 글이 실린 것은 물론이고 이치로이 고즈에라는 이름이 공적인 매체에 게재된 것은 이 지역 신문의 독자 코너 딱 하나였다.

"네, 맞습니다."

그녀의 대답에 아리사가 아쉬운 듯 열을 올리며 말했다.

"그래도 그가 이치로이 씨가 이사한 곳을 조사해서 쫓아다녔을지도 모르잖아요."

"야츠메 선생님, 그건 좀 앞뒤가 안 맞습니다. 선생님의 가설에 따르면 구츠와 기미히코는 특정 피해자에 집착하지 않는 사람입니다. 이치로이 씨가 이 주소에는 살지 않는다는 것을 알게 된 시점에서 그녀는 포기하고 다른 타깃을 찾으면 그만이니까요."

나루토모의 지적에 반론의 여지가 없었던 아리사는 "그건 그런데…….” 하며 중얼거릴 수밖에 없었다.

“그러니까 만약 구츠와 기미히코가 어떤 기준에 의해 피해자를 골랐다고 해도 그것은 신문 독자 코너가 아닌 뭔가 다른 것이었다, 그런 얘기가 됩니다.”

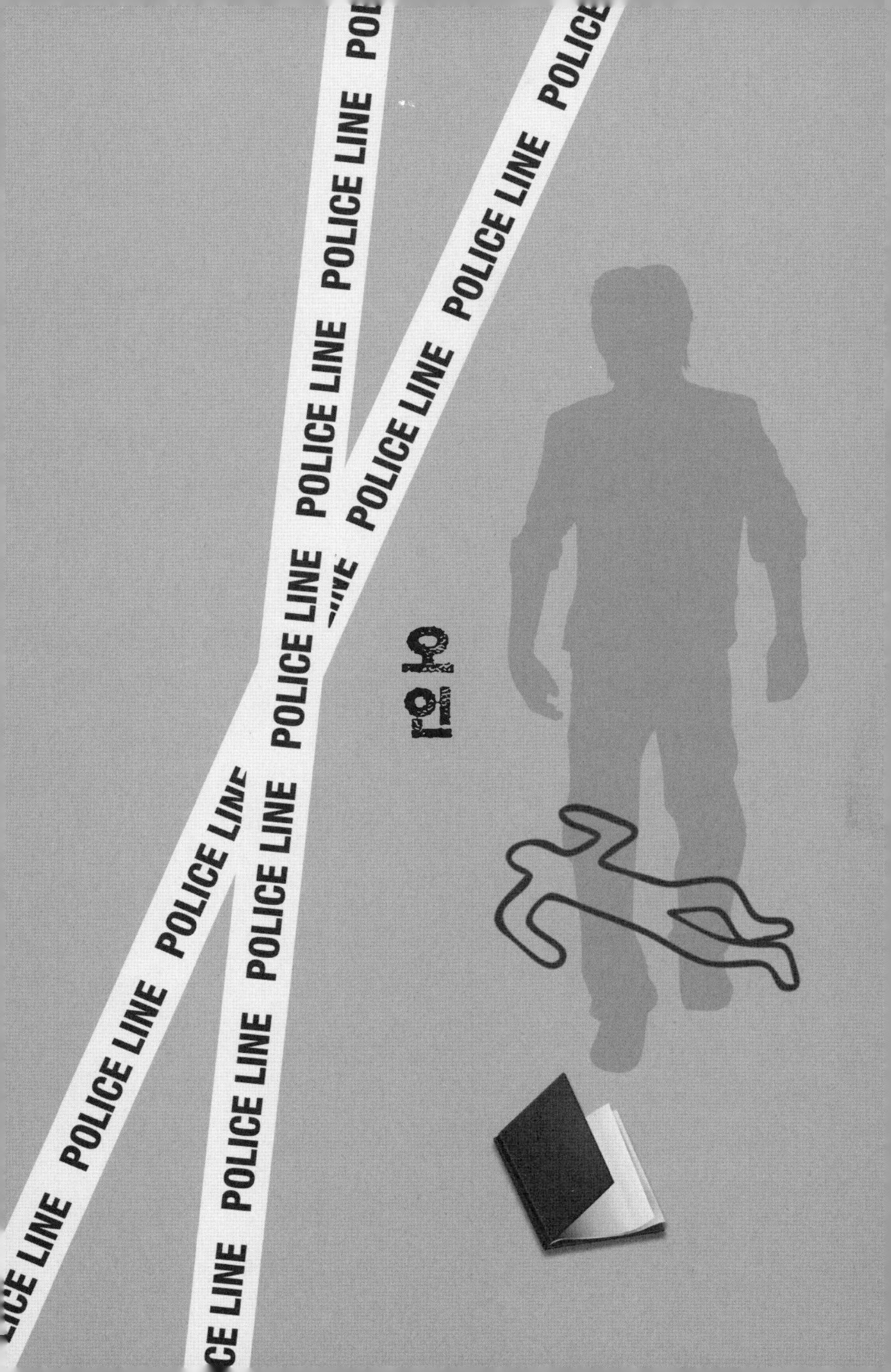
POLICE LINE
오답

誤

"아, 나루토모, 잠깐만."

갑자기 큰 소리가 나서 고즈에는 깜짝 놀랐다. 그 소리의 주인공은 요보로베 야스노리였다. 그가 네 장의 복사지를 손바닥으로 두드리며 말했다.

"물론 자네 얘기가 일리 있다는 건 알겠어. 하지만 네 사람의 피해자들에게 이렇게 신문 독자 코너라는 공통점이 있었다는 것은 틀림없는 사실이잖아. 그리고 이 사실은 결코 무시할 수 없는 것이고."

'그래, 맞아.'

고즈에는 생각했다. 구츠와 기미히코의 살인 계획 리스트에 이름이 올라간 네 사람이 전원 지역 신문의 독자 코너에 투고가 게재된 적이 있다는 것은 단순한 우연이라고 생각하기 어려웠다. 물론 그런 우연이 절대로 일어날 리 없다고는 할 수 없지만, 확률적으로도 상당히 낮은 수치가 될 것이 틀림없었다. 역시 이것은 어떤 형태로든 사건과 관계되어 있다고 봐야 했다.

"그건……."

나루토모도 그 사실은 부정할 수 없었는지 일단 말을 끊었다.

"그렇긴 합니다. 하지만……."

"아무튼 그렇게 결론을 서두르지 않는 게 좋을 것 같아. 만약 독자 코너가 피해자들의 공통점이라고 한다면 그것이 사건 전체에 어떤 형태로 관계되어 있는지 그쪽 방향부터 다시 검증해 보는 편이 나을 것 같다고 생각해. 어때?"

"그건 전적으로 동감합니다만, 선배님은 뭔가 구체적인 생각이 있으신가요?"

"음…… 한 가지가 있긴 한데, 이런 식으로 가정해 보면 어떨까? 구츠와 기미히코의 진정한 타깃은 이치로이 씨뿐이었다고."

"네?!"

무심코 소리친 고즈에는 속으로 생각했다.

'어째서 나만? 우선 그 가설이라면 아까도 이즈미다테 유미코의 입에서 나온 얘기였고, 완전히 부정되었잖아?'

요보로베가 모두에게 시선을 돌리며 말했다.

"하지만 구츠와 기미히코는 어떠한 이유 때문에 이치로이 씨 한 사람만 죽이면 자신에게 불이익이 생길 거라고 판단해서 처음에는 주저했을 겁니다. 그러던 중 이치로이 씨의 투고가 신문의 독자 코너에 게재된 적이 있다는 것을 알게 되면서 한 가지 계획을 생각해 낸 거죠. 그녀처럼 투고가 채택된 적이 있는 사람들만 선택해서 동일범에 의한 범행이라는 것을 강조하며 죽이면 그것이 피해자들의 공통점이라는 것을 수사진도 알아차릴 거라고 말입니다. 결과적으로 무차별 연쇄 살인 사건 속에 섞이는 형태로 자신의 진정한 목적을 덮어 버릴 수 있는 거죠. 그러니까 결국 슈타라 씨가 말씀하신 '미싱링크'의 '진짜 타깃을 숨기기 위한 살인'이라고 할 수 있습니다."

"요보로베 씨, 말씀하신 것은 알겠습니다만 그건……."

그런 생각은 이미 아까 유미코가 얘기한 것처럼 논리적으로 부정되었다고, 슈타라는 그렇게 말하려는 것 같았다. 그 의도를 눈치챘는지 요보로베는 손을 들어 그의 말을 가로막았다.

"아, 잠깐. 물론 이 가설은 아까 일단 부정되었습니다. 하지만 제가 말씀드리고 싶은 것은 그 의견과는 약간 다릅니다. 그래서 정리해서 처음부터 설명드려도 괜찮겠습니까?"

"물론입니다. 말씀해 보세요."

나루토모가 고개를 끄덕이자 발표자였던 아리사는 바로 의자로 돌아가 앉았다. 그러고는 자신이 하고 싶은 말은 끝냈다고 생각했는지 조금 전까지 자중하고 있던 새 와인을 열어 자신의 잔에 따랐다. 하지만 역시 그녀는 개운하지 못한 표정을 짓고 있었다. 자신의 추리가 완전히 부정된 것은 아니지만 도대체 어디까지 유효한 것인지 판단이 서지 않아 어중간한 상태의 불편함을 주체하지 못하는 것 같았다. 그래서인지 그녀는 화이트 와인이 담긴 잔을 빠르게 비웠다.

자리에서 헛기침을 한 번 한 요보로베가 말을 시작했다. 그는 슈타라나 아리사처럼 벌떡 일어나서 돌아다니며 얘기할 생각은 없어 보였다.

“제가…… 구츠와 기미히코가 이치로이 씨라는 특정의 개인을 노리고 있었다고 생각하는 데는 확실한 근거가 있습니다.”

“네?”

놀란 한마디에 모두는 약속이라도 한 듯 동시에 시선을 고즈에에게 집중시켰다. 그 근거로 생각될 만한 것은 아무리 기억을 더듬어 보아도 짐작할 수 없었던 그녀는 요보로베가 도대체 무슨 말을 하려는 건지 궁금했다. 슈타라도 역시 그랬는지 침착하지 못한 태도로 질문을 던졌다.

“그 근거란 게 뭔가요?”

“그것은 다름 아닌 고즈에 씨의 이사입니다.”

“네? 이사요?”

요보로베가 어떤 식으로 자신의 가설을 전개할 생각인지 전혀 예상할 수 없었던 모두는 여우한테 홀린 듯한 얼굴을 하고 있었다. 물론 고즈에도 자신이 이사했던 사실에서 어떤 추리가 나올지 도무지 짐작이 가지 않았다. 요보로베는 고즈에를 보며 또 한 번 헛기침을 했다.

"이치로이 씨, 당신은 아까 '메종포르테'로 이사하기 전에 살던 '코포라스케이야키'를 나온 것이 1997년 2월경이라고 하셨죠? 이사한 이유에 대해서는 여러 가지 문제가 있었다는 식으로 애매하게 말씀하셨습니다. 물론 굳이 밝히고 싶지 않은 부분도 있으시겠죠. 그럼에도 불구하고 제가 억지로 사생활을 파헤치려는 것 같아서 정말 죄송합니다만, 그 이유가 혹시 시가타 아키라 씨의 죽음 때문은 아닌가요?"

'알고 있었구나.'

고즈에는 또다시 체념할 수밖에 없었다. 그녀는 부디 시가타라는 이름이 이 자리에서 나오지 않길 바랐다. 특히 나루토모의 앞에서는. 하지만 이렇게 된 이상 계속 숨기고 있을 수는 없다는 것을 깨달았다. 4년 전 경찰에게 시가타의 사망 사건에 관해 좀 더 철저하게 수사해 달라고 호소했던 사람은 고즈에 본인이었다. 게다가 전직 경찰인 요보로베가 그 사건을 알고 있었다고 해도 전혀 이상할 것은 없었다.

그렇다고 해도 처음에는 오늘 밤은 듣는 역할만 열심히 하겠다더니, 이런 카드를 아끼다가 꺼내기 위해서였나 보다는 생각이 들었다. 역시 그는 방심하면 안 되는 능구렁이 같은 남자였다. 그렇게 씁쓸한 기분을 느끼고 있던 고즈에는 문득 생각했다.

'잠깐, 어쩌면 요보로베는 처음에 선언했던 것처럼 원래 오늘 밤은 아무것도 말할 생각이 없었는지도 몰라. 시가타 아키라의 사건을 알고 있다고 해도 처음에는 거기서 전개해야 할 가설이 정리되지 않았는데 조금 전에 갑자기 떠오른 것일 수도 있어. 아마 피해자들의 공통점이 지역 신문 독자 코너라는 아리사의 말에서 뭔가 힌트를 얻었겠지.'

요보로베가 아리사의 가설을 어떤 식으로 발전시킬지 고즈에는 갑자기 흥미를 느꼈지만, 그것을 알아내기 위해서는 먼저 시가타 아키라의 이야기를 그녀 자신의 입으로 해야 했다. 무의식적으로 나루토모로부터 눈을 돌리는 자신을 발견한 고즈에는 비참한 기분이 들었다.

"네, 그렇다고 할 수도 있을 것 같습니다. 그럼 먼저 제가 이사하게 된 경위에 관해서 말씀드릴까요?"

고즈에는 나약해진 마음을 감추며, 적어도 본인이 느끼기에 의연한 태도로 나루토모 쪽으로 시선을 돌리지 않고 물었다.

"네, 그러시는 편이 모든 분들이 이해하기 좋을 것 같습니다."

요보로베는 그렇게 말하며 의자에 기대어 그 자리에 있는 사람들을 둘러보았다.

"아까 말씀드린 것처럼 이 독자 코너의 투고가 게재되었던

1996년 당시 저는 '코포라스케이야키'라는 맨션에 살고 있었습니다. 그런데 언제부터인지, 아마도 그 해 말부터였던 것 같습니다만, 제 방에 무언의 이상한 전화가 걸려오고 수상한 우편물이 배달되었습니다."

"수상한 우편물이라면…… 편지 같은 건가요?"

슈타라가 눈에 힘을 주고 고즈에와 요보로베를 번갈아 보며 물었다.

"네, 맞습니다. 서툰 글씨로 '너의 비밀을 알고 있어. 세상에 그 비밀을 폭로해 버릴 거야.'라나 뭐라나. 한마디로 협박하는 내용이었습니다. 하지만 구체적으로 그 비밀이 무엇인지는 쓰여 있지 않았습니다."

고즈에는 다시 생각해도 분노가 치밀었다. 발신인의 정체는 아직까지도 모르지만 목소리만 큰 패배자 같은 태도가 꼴사나웠다. 구체적인 문구를 하나하나 기억할 순 없으나 매번 비슷한 얘기를 바보처럼 반복할 뿐, 협박 편지로서의 수준도 극히 낮은 것이었다. 이런 형편없는 큰소리밖에 칠 줄 모르는 놈일수록 정작 아무런 해도 입히지 못할 거라고 판단한 고즈에는 짜증이 나긴 했지만 전혀 무섭지는 않았다. 적어도 그 당시에는 그랬다.

무언의 전화 역시 협박 편지를 보낸 사람과 동일 인물의 짓일 거라고 생각했다. 고즈에가 전화를 받으면 아무 말 없이 낮은 숨소리만 들렸다. 그 '하아하아' 하는 맥 빠진 리듬의 숨소리는 상대가 어지간히도 비굴한 성격의 소유자임을 여실히 드러내고 있는 것 같아서 무언은 무언으로 대응하다가 비웃으며 끊어 버렸다. 이 또한 이제는 '적어도 그 당시는'이라고 단서를 붙여서 설명해야 하는 것이지만 말이다.

"저는 그 편지에 쓰여 있는 비밀 같은 건 없었기 때문에 그냥 넘겨짚은 것이 틀림없다는 생각에 계속 무시하고 있었습니다. 이후로는 무언의 전화가 와도 잘 때는 아예 코드를 뽑아 놓았습니다. 그 단계에서는 저러다가 말겠지, 하며 경찰에 따로 신고도 하지 않았죠."

"그 단계요? 그건 어떤……."

몸을 앞으로 내밀며 질문을 하려던 슈타라는 아리사의 눈빛에 제압당해 입을 다물었다.

"다만, 조금 전 이름이 나왔던 시가타 아키라에게는 상담이라고 할 정도는 아니지만 최근에 이런 이상한 전화와 편지가 와서 곤란한 상황이라는 얘기는 했습니다."

'그러고 보니 시가타가 더 그 무언의 전화나 협박 편지에 대해 민감하게 생각했었나?'

고즈에는 감정 섞인 기분으로 그때를 떠올렸다. 시가타는 전화번호를 바꾸든지 과감하게 이사하는 것도 생각해 봐야 한다고 했다. 하지만 그렇게 대처해 봤자 다람쥐 쳇바퀴 돌듯 반복되기만 할 거라고 생각한 고즈에는 아무것도 실행에 옮기지 않았다.

"그러다가 새해가 되었을 즈음에는 그런 무언의 전화나 이상한 편지가 끊겼습니다. 계속 무시하길 잘했다고 생각했죠. 그렇게 불쾌했던 일들도 금방 잊게 되었습니다만……."

그때 조금 전에 슈타라의 발언을 막았던 아리사가 눈빛을 반짝이며 물었다.

"갑자기 끼어들어서 죄송합니다만, 그 시가타 씨라는 분은…… 이치로이 씨와 어떤 관계였죠? 남자 친구였나요?"

"아, 네……. 그렇다고 할 수 있습니다."

고즈에는 잠깐 생각에 잠겼다. 새삼스럽게 그런 질문을 받게 되니 시가타의 존재는 자신에게 있어서 어떤 것이었는지 다시 생각해 보게 된 것이다. 당시 그와 그리 깊은 관계는 아니었지만 적어도 정신적으로 의지하고 있었던 건 확실했다. 그렇지 않았다면 무언의 전화나 협박 편지에 대한 얘기도 털어놓지 않았을 것이고, 그리고…… 그날 밤, 그에게 전화를 걸지도 않았을 테니까.

"그렇군요, 역시 남자 친구였군요."

잠시 동안 아무 말 없이 생각에 잠겨 있던 고즈에가 정신을 차리며 대답했다.

"아, 네, 그렇습니다."

"사귀신 지는 오래되었습니까?"

"아닙니다. 그 해, 그러니까 1996년에 알게 된 지 얼마 안 되었습니다. 연휴 동안 친구들 여러 명과 대만에 여행을 갔었는데요. 그곳에서 젊은 남성들끼리 온 일본인 여행자들과 의기투합을 했습니다. 시가타는 그들 중 한 사람이었죠. 그는 저보다 세 살 정도 연상으로 당시 서른이 될까 말까 한 나이였습니다. 현지에서는 모두 함께 관광을 즐기기만 했을 뿐 특별히 개인적 교제는 없었습니다만, 헤어질 때 그와 연락처를 교환하게 되어서……."

돌이켜 보면 그녀가 생각해도 대담한 접근이었다. 평상시라면 함부로 자신의 개인 정보를 다른 사람에게 알려 주지 않는데 독립생활을 시작한 지 얼마 안 된 시기라 해방감에 들떠서 그랬던 것 같았다.

"그래서 각자 귀국한 후 본격적으로 만나기 시작한 건가요?"

"네, 시가타 쪽에서 먼저 연락을 했습니다. 그는 평범한 영업사원이었고 저 역시 평범한 회사원이라 비슷한 처지로 마음이 맞았나 봅니다. 서로 시간이 맞을 때는 둘이서 영화나 연극을 보러 가거나 같이 한잔하는 정도로 친한 사이가 되었습니다."

"연애 감정은 있었나요?"

"그의 감정이 어땠는지는 모르겠습니다만, 적어도 제 쪽에서는 뭐랄까요, 호감 이상의 감정이 싹트기 시작했습니다. 그랬는데 그날 밤……."

고즈에는 문득 자기도 모르게 목이 메어서 말을 멈췄다. 그리고 어떻게 설명해야 좋을지 잠시 고민했다. 그런 그녀를 '연미회'

의 멤버들은 조용히 바라보고 있었다. 그들 중에는 호기심을 숨기지 않은 이도 있었지만 그다지 불쾌한 느낌은 없었다. 다만, 자신이 냉정하게 끝까지 말할 수 있을지, 그것이 고즈에를 불안하게 했다. 특히 나루토모의 눈앞에서.

"그러던 어느 밤이었습니다. 저녁 여덟 시경이었나. 그날은 토요일이었지만 급한 업무가 생겨서 예정에 없던 잔업을 하고 '코포라스케이야키'로 돌아온 저는 아직 저녁도 먹지 못한 상태라 시가타에게 전화를 걸었습니다. 그리고 괜찮다면 와서 같이 한잔하지 않겠냐고 물어봤습니다. 그런데 그것이 설마 그렇게 될 줄이야……."

다시 뭔가 말하려고 몸을 내밀던 슈타라였지만 이번에는 아리사가 제지하기도 전에 포기하고 다시 고쳐 앉았다.

"그랬더니 그는 가벼운 말투로 '좋아. 지금 데리러 갈게.'라고 했고, 제가 사는 맨션으로 찾아왔습니다. 그때가 여덟 시 반 정도 되었을까요. 그리고 근처에 있는 작은 음식점으로 가려고 걸어서 같이 외출을 했는데 건널목의 바로 앞에 왔을 때 신호등이 빨간색으로 바뀌어 저희는 발길을 멈추었습니다. 그런데 그가…… 시가타가, 갑자기……."

그때 달려오던 차에 치인 시가타 아키라가 튕겨서 날아가는 장면이 머릿속에 떠오른 고즈에는 온몸에 전율이 올라 입을 꾹 다물었다.

"도저히 인간의 소리라고 생각할 수 없는 비명이 들렸습니다. 그것이 그가 낸 소리였는지, 아니면 저의 소리였는지는 모르겠습니다. 아무튼 정신이 들자 차에 치인 시가타가 찻길에 쓰러져 있는 것이 보였습니다. 그때 저는 뭐가 어떻게 된 건지 몰라서 그냥 망연자실해 있었는데 차를 운전하던 사람이 급히 내려서 구급차를 부르더군요. 하지만 유감스럽게도……."

긴 한숨이 나왔다. 그것은 고즈에 자신의 것이라고 생각할 수 없을 정도로 길고 무거운 한숨이었다.

"그는 이송된 병원에서 숨을 거두고 말았습니다."

"아니, 도대체…… 그때 무슨 일이 벌어졌던 겁니까?"

조심스럽게 슈타라가 물었다.

"그것을 전혀 알 수가 없었습니다. 시가타는 워낙 착실한 성격이라 빨간색 신호등을 무시하고 건너는 짓은 절대 했을 리가 없습니다. 물론 신호를 잘못 봤을 리도 없어요. 정말 이해할 수 없는 사건이었는데요. 혹시 누군가 그를 뒤에서 떠밀어 버린 것은 아닐까 하는, 그런 무서운 생각까지 들게 되었습니다. 왜냐하면 문득 앞에 말씀드린 무언의 전화나 수상한 편지가 떠올랐기 때문입니다."

"그에 관해 경찰에서는 뭐라던가요?"

"경찰에서는 처음부터 사고 아니면 자살로 간주하고 있는 듯했습니다. 저는 그것이 도저히 납득이 되지 않았습니다. 왜냐하면 사고라고 해도 현장에는, 예를 들어 무심코 걸려서 넘어질 만한 장애물 같은 것도 전혀 보이지 않았습니다. 그가 갑자기 스스로 차도로 뛰어들 리도 만무했고요. 저는 필사적으로 경찰에 호소했습니다. 시가타는 누군가에게 떠밀린 것일지도 모른다고 말입니다. 그것도 이전에 저에게 끈질기게 무언의 전화나 협박 편지를 했던 사람의 짓일 가능성이 있다고요."

"경찰의 반응은요?"

"사실대로 말씀드리면 제대로 상대해 주지 않았습니다."

그 당시 쌀쌀맞았던 경찰관들의 대응이 떠오르자 고즈에는 화가 난다기보다는 허무한 기분이 들었다. 하지만…….

"아니, 솔직히 말씀드리면 경찰이 그러는 것도 무리가 아니라고 할 수 있습니다. 저도 이미 오래전에 그 수상한 편지를 전부 없애 버렸으니 증거라고 할 만한 것이 아무것도 없었거든요. 게다가 무엇보다 결정적이었던 것은 시가타의 사체에서 상당한 양의 알코올이 검출되었다는 사실입니다."

"네? 그게 무슨 말씀이시죠? 당시 그는 고즈에 씨하고 같이 한잔하러 가는 길 아니었나요?"

꽤 민감한 화제인 탓에 모두 소극적이 되었는지 질문하는 사람은 슈타라뿐이었다.

"사실 시가타는 그날 밤 제가 전화했을 때 이미 식사를 끝낸 상태였습니다. 나중에 알게 된 거지만, 그날 거래처 사람들을 접대했다고 하더군요. 제가 전화했을 때는 때마침 접대를 끝내고 집에 돌아와 있었고요."

고즈에가 뭔가 또 생각났다는 듯이 말을 이었다.

"이것 역시 나중에 알게 된 사실입니다만, 시가타는 그 전날 업무가 너무 많아서 잠도 거의 자지 못했나 봅니다. 다행히도 거래처의 급한 사정으로 접대를 일찍 마무리하게 되어 바로 집에 가서 쉬려고 하던 차에 제가 전화를 한 것 같습니다. 그래서 지금 생각해 보면 당시 그가 저를 만나러 다시 외출하는 것은 상당한 무리가 따르는 일이었던 것 같습니다. 아니, 실제로 무척 힘든 일이었을 겁니다. 그런데도 그는 그런 사정을 내색하지 않았기 때문에 저는 전혀 알아차리지 못하고……."

이것은 거짓말이다. 고즈에는 쉽사리 진실을 토로하지 못하는 죄책감으로 가슴이 아팠다. 전화로 시가타의 목소리를 들었을 때, 그리고 맨션으로 찾아온 그와 얼굴을 마주했을 때, 고즈에는 알 수 있었다. 시가타는 식사를 끝내고 귀가해서 취침 모드에 들어가 있었다는 것을. 그에게서 술 냄새도 났었고 많이 피곤한 상태라는 것도 알 수 있었다.

하지만 도저히 말할 수 없었다. '모처럼 와 줬지만 오늘 밤은 당신도 피곤해 보이니까 이제 가서 쉬어.'라고 말이다. 그렇게 말할 수 없었고 말하고 싶지도 않았다. 밤의 어둠이 무서웠기 때문에. 그리고 그가 같이 있어 주기를 바랐기 때문에.

'그를 부르지 말았어야 했어.'

고즈에는 마음속 깊이 그렇게 후회했다. 그 밤, 혼자서는 무섭다는 생각에 시가타에게 연락하는 게 아니었다. 고즈에가 그를 부르지 않았다면 그가 목숨을 잃는 사태까지 벌어지진 않았을 것이다. 하지만 이제 와서 후회해도 이미 늦은 일이었다. 아무리 후회해도 그때로는 되돌릴 수 없었다. 시가타가 다시 살아 돌아올 방법은 없는 것이다.

문득 고즈에는 어느새 자신이 사망 당시 세 살 연상이었던 그의 나이를 넘기고 있다는 사실이 떠올라 허무함을 느꼈다. 기억 속의 시가타는 언제까지나 서른 살 그대로인데 자신은 앞으로 점점 더 나이를 먹을 것이다. 그런 당연한 현실에 그녀는 공포감마저 느꼈다.

"그때 시가타는 꽤 취해 있어서 평형 감각을 잃었었나 봅니다."

몸이 잘게 부서지는 것 같은 격한 감정이 끓어오르는 것을 겨우겨우 참아 가며 고즈에는 담담하게 말을 이었다.

"취해서 비틀거리다가 결국 그대로 도로 위로 쓰러지고 말았다는 것이 경찰이 내린 결론이었습니다."

"이치로이 씨는 그런 결론은 받아들일 수 없으셨던 거죠?"

"네, 도저히 받아들일 수 없었죠. 그래도 좀 더 철저하게 조사해 달라고 경찰에게 말했지만 더 이상 제 말을 들어 주려 하지 않았습니다."

요보로베가 팔걸이에 체중을 싣자 의자에서 삐걱하는 소리가 났고, 그는 그 상태로 상반신을 비틀며 말했다.

"그랬을 겁니다. 피해자가 누군가에게 떠밀렸을지도 모른다고 호소하셔도 경찰로서는 어쩔 수 없었을 겁니다. 현장에서 수상한 일이나 인물을 목격한 사람은 없었으니까요. 이치로이 씨, 아시다시피 당신까지 포함해서요."

그의 말대로였다. 당시 사정 청취를 하던 경관도 그렇게 물었다. '그 정도로 의심이 된다면 현장에서 누군가 수상한 사람이라도 직접 목격하셨나요?'라고 말이다. 그러나 고즈에는 아니라고 말할 수밖에 없었다. 실제로 아무도 보지 못했으니 어쩔 수 없었지만, 차라리 적당한 가공인물을 만들어 낼까 하는 생각까지 했었다. 물론 그것이 그녀에게 있어서, 그리고 시가타에게 있어서도 좋은 결과를 가져다주지 못할 것이라는 생각에 포기했지만 말이다. 당시의 자신에게 그 정도의 이성은 있어서 다행이라고, 고즈에는 지금에 와서 절실하게 실감했다.

"경찰이 시가타를 친 차의 운전자와도 얘기를 해 봤지만, 현장이 가로등도 별로 없어서 어두운 장소였던 데다가 피해자가 어두운 옷을 입고 있어서 차에 부딪치기 직전까지 그의 모습을 알아차리지 못했다고 합니다. 다만 순간적인 인상으로는, 피해자가 누군가에게 떠밀린 것 같아 보이지는 않았다고 합니다. 얼떨결에 도로 위로 고꾸라진 느낌으로, 무엇인가에 걸려 넘어진 것 같았다고 증언했습니다."

하지만 그렇다고 해서 그가 떠밀려서 넘어진 것이 아니라는 증명은 될 수 없었다. 고즈에는 이렇게 생각했다. 당시 시가타가 워낙 취해 있어서 다리가 불안한 상태였고, 아주 조금 등을 미는 정도만으로 균형을 잃고 앞으로 고꾸라지는 모습이 운전자의 눈에는 뭔가에 걸려 넘어지는 것처럼 보였을 수도 있다고. 그러나 뒷받침할 증거나 증인이 없는 이상 그 부분에 집착해 봤자 소용없었다.

"결국 그렇게 해서 시가타의 사건은 사고사로 처리되었습니다. 하지만……."

고즈에는 적당한 말을 고르기 위해 일단 말을 끊었다. 심정적으로 미묘한 줄타기를 하는 곳에 접어든 것이다.

"저는 너무 무서웠습니다. 그를 죽였을지도 모르는 인물이 언제 다시 '코포라스케이야키'로 들이닥칠지 모르잖아요. 그래서 '한시라도 빨리 이곳을 떠나자.'고 결심했습니다. 제가 생각해도 너무 냉정한 표현이 될지 모르겠지만 죽은 사람은 이제 돌아오지 않으니까요. 시가타를 가능하면 빨리 잊기 위해서라도 살던 맨션을 나와서 다른 맨션…… 아니, 본가로 일단 돌아간 것입니다."

거짓말을 반복하는 것이 괴롭지 않았다고 한다면 거짓말이지만, 어쨌든 시가타에 관련된 사건 설명을 끝낸 고즈에는 "휴우~." 하고 한숨을 쉬었다. 그리고 조심스럽게 나루토모의 표정을 살폈다. 나루토모는 가만히 그녀를 응시하고 있었다. 그의 눈에서 이제까지와 다름없는 평온함과 온기를 느낄 수 있었던 고즈에는 안도했다. 다소 픽션이 섞이긴 했지만 대략적으로는 가슴속에 묻어 두었던 것을 털어놓을 수 있어서 잘되었다는 생각이 들었다. 그렇게 마음속 짐을 내려놓음과 동시에 고즈에는 다른 것이 신경 쓰였다.

"하지만…… 요보로베 씨, 목격자는 없었지만 역시 시가타는 누군가에게 떠밀렸을지도 모른다고 생각하시는 거죠? 그렇죠?"

그렇지 않으면 지금 여기서 일부러 시가타에 대한 얘기는 꺼낼 필요도 없었을 것이다. 요보로베는 아무 말 없이 고개를 끄덕였다. 오츠카와가 굳은 표정으로 요보로베를 보았다.

"잠깐만요, 혹시 그게 문제의 그 소년 짓이라는 건가요? 5년 전, 아니 새해가 되었을 때라고 했으니까 4년 전인가. 이치로이 씨의 남자 친구를 떠밀어서 죽인 것은 구츠와 기미히코의 짓이었을 가능성이 있다는 얘긴가요?"

"혹시 그러지 않았을까 하는 생각이 문득 들었거든요."

요보로베는 침착하게 그 자리에 있는 한 사람 한 사람의 얼굴을 보았다. 온순한 생김새의 얼굴에서 왠지 자랑스러워하는 기색이 느껴졌다.

"다만 구츠와 기미히코는 처음부터 시가타 아키라 씨를 죽일 생각은 없었다고, 저는 그렇게 생각합니다. 왜냐하면 실은 그가 원래 죽이려고 했던 사람은 이치로이 씨였기 때문입니다. 그런데 두 사람이 눈치채지 못하게 하려고 너무 긴장한 나머지 실수로 그녀 옆에 있던 일행인 시가타 씨 쪽을 떠밀어 버린 것입니다."

"그런데 어째서 갑자기 그런 생각을 하게 되신 건가요?"

의외의 각도에서 본 요보로베의 의견에 아리사는 적지 않게 놀란 표정이었다.

"게다가 오늘 밤은 철저하게 관찰만 하겠다고 말씀하셨는데. 그렇다고 절대로 비꼬려는 의도로 말씀드린 건 아닙니다. 아, 말하고 보니 제가 봐도 비꼬는 것 같긴 하네요."

아리사가 웃으며 그렇게 말하는데 요보로베의 표정이 갑자기 바뀌었다.

"참, 완전히 까먹고 있었던 사실이 있었네요. 여러분들의 이야기를 듣고 있던 중에 문득 떠오른 것입니다만."

"그게 뭔가요?"

"시가타 아키라 씨가 의문의 사고사를 당한 날짜입니다."

"날짜?"

요보로베는 천천히 눈을 치켜뜨고 고즈에 쪽으로 몸을 내밀며 물었다.

"이치로이 씨는 물론 기억하고 계시겠죠, 그 날짜를?"

"네? 아…… 그렇습니다."

설마, 하는 생각에 고즈에는 갑자기 당황스러워졌다. '설마 이런 식으로 연결될 줄이야.' 하는 심정의 말이 그대로 입에서 흘러나왔다.

"하지만 설마…… 설마 그럴 수가."

"그 설마가 아닐까 생각합니다."

"도대체 무슨 말씀들을 하시는 겁니까? 시가타 씨라는 분이 돌아가신 게 언제죠? 그 날짜에 어떤 의미가 있다는 말씀이십니까?"

슈타라가 궁금해서 못 견디겠다는 듯 다리를 달달 떨며 물었다.

"그게 말입니다."

'제가 말씀드려도 괜찮겠죠?' 하고 양해를 구하듯이 고즈에에게 잠깐 눈길을 준 요보로베가 한마디씩 정중하고 뚜렷하게 말했다.

"시가타 씨가 차에 치여서 사망한 날은 1997년 2월 15일이었습니다."

*

"2월 15일이라……."

"그렇습니다. 이렇게 말씀드리면 그 의미는 자연스럽게 분명해지겠죠?"

점잔 빼고 침착한 척하고 있지만 어딘가 우쭐한 몸짓으로 요보로베는 사람들의 얼굴을 천천히 둘러보았다. 그의 질문에 대한 답을 모르는 사람은 한 사람도 없을 텐데 반응이 즉각 나오지는 않았다. 겨우 중얼거리듯 말을 꺼낸 사람은 유미코였다.

"그거 혹시…… 구츠와 기미히코가 실종된 날인 건가요?"

요보로베는 표정엔 별 변화가 없었지만 흥분했는지 눈을 크게 부릅떴다.

"바로 그거죠. 바로 그겁니다. 이것이 단순한 우연일까요? 아니, 그럴 리가 없습니다. 단순한 우연일 리가 없단 말입니다."

"하지만 우연이 아니라고 한다면 도대체 어떤 의미가 있는 건가요?"

"그거야 물론 소년의 실종과 시가타 아키라 씨의 사망 사고가 중대한 관련이 있다는 얘기입니다. 아까 말씀드린 것처럼, 사실은 이치로이 씨를 죽이려고 했던 구츠와 기미히코는 실수로 시가타 씨 쪽을 죽음에 이르게 하고 말았습니다."

"그걸 어떻게 알 수 있죠?"

눈을 깜박이는 요보로베에게 잘 이해가 안 간다는 듯이 유미코는 끈질기게 질문을 거듭했다.

"그러니까 1997년 2월 15일에 이치로이 씨를 노렸다가 실수로 같이 있던 시가타 씨를 살해한 인물이 만약에 실제로 존재한다고 해도, 그것이 구츠와 기미히코라고 생각하시게 된 근거가 무엇인가요?"

"이치로이 씨가 살고 있던 '코포라스케이야키'에 무언의 전화나 협박 편지를 보낸 것도 사실은 구츠와 기미히코였기 때문입니다."

"뭐라고요?"

고즈에는 놀라며 속으로 생각했다. '어째서 지금까지 그 가능성을 생각하지 못했지?' 하고. 확실히 시기적으로 볼 때 문제의 전화나 협박 편지가 구츠와 기미히코의 짓이었다는 건 충분히 있을 수 있는 일이었다. 맨 먼저 그런 것을 알아차렸어야 했는데. 그녀는 자신이 너무나도 바보같이 생각되었다.

'아니야, 잠깐만 기다려. 하지만…… 그 편지의 필적, 그것이 구츠와 기미히코의 것이었나?'

이미 5년도 전의 일이라 고즈에는 기억도 애매했지만 왠지 달랐던 것 같았다. 예를 들어, 아까 슈타라가 나눠 준 대학 노트의 복사본, 거기에 있는 글씨는 금방 알아봤다. 구츠와 기미히코가 쓴 것이 틀림없다고 말이다. 학생 수첩에 적혀 있던 것과 같은 필적이라는 것은 비전문가의 눈으로도 알아볼 수 있었다. 즉, 소년의 필적에는 나름대로의 특징이 있다. 물론 그건 결코 보기에 좋은 것은 아닌, 일종의 불쾌감을 느끼게 하는 것이었다.

'코포라스케이야키'에 배달된 여러 통의 편지도 결코 잘 썼다고는 할 수 없는 필적이었지만 구츠와 기미히코의 학생 수첩 정도로 인상적인 특징은 아무래도 없었던 것 같은 기분이 들었다. 물론 고즈에가 받았던 협박 편지가 한 통도 남아 있지 않은 이상

비교는 불가능하기 때문에 그 판단은 보류할 수밖에 없지만 말이다.

"당시 이치로이 씨 쪽은 소년에 대해서 전혀 알지 못했겠죠."

고즈에가 곤혹스러워하는 것을 곁눈질로 보면서 요보로베는 득의양양하게 말을 이었다.

"하지만 구츠와 기미히코는 전부터 이치로이 씨를 지켜보면서 위해를 가할 기회를 엿보고 있었을 겁니다. 물론 죽이려고 마음먹고 말입니다."

고즈에가 원래부터 범인의 유일한 목표였다는 전제가 자신의 가설과 겹치기 때문인지 아니면 마시고 있던 브랜디 때문인지 유미코는 더욱 활기찬 표정으로 질문을 던졌다.

"그건 그렇다고 쳐도, 도대체 무엇 때문이죠?"

"동기에 관해서는 좀 이따가 말씀드리겠습니다만, 그는 이치로이 씨를 무척 증오하고 있었던 것 같습니다. 그렇다고 해도 그것은 소년의 일방적인 증오이며, 이치로이 씨 본인에게는 그럴 만한 기억이 전혀 없었을 겁니다. 아무튼, 그의 주체할 수 없는 증오심 때문에 구츠와 기미히코는 그녀를 단숨에 죽이는 것으로는 부족하다고 생각했을 것입니다. 그래서 먼저 무언의 전화나 협박 편지 등으로 실컷 겁을 주고 나서 숨통을 끊어 버리기로 마음먹은 거죠."

자신만만한 요보로베의 주장을 들으니 고즈에도 왠지 그 말이 맞는 것 같았다. 적어도 그녀에게 있어서는 협박 편지의 내용이나 무언의 전화에서 들었던 숨소리 등을 통해 엿보이는 소심한 인간 특유의 비열함이 구츠와 기미히코라는 소년의 이미지와 비교적 위화감 없이 맞아떨어진다고 느꼈기 때문이었다.

"하지만 어쩌다 보니 소년의 뜻대로 되지 않았습니다. 아까 나왔던 이야기에서처럼, 그의 괴롭힘에도 불구하고──물론 시가타 아키라 씨의 사망 사고가 일어나기 전에 말입니다.──이치로이 씨는 그다지 정신적인 동요나 타격은 받지 않았던 것 같으니 말입니다. 구츠와 기미히코는 그것을 알게 되자 더욱 화가 나서 어떻게 해야 좋을지 몰라 하고 있었을 겁니다. 그리고 마침내 어느 날, 소년은 별로 효과 없는 전초전은 때려치우고 단숨에 이치로이 씨를 살해하기로 결심했습니다. 그리고 그 실행일이 4년 전의 2월 15일이었습니다. 아아, 그런데……."

말이 많아지면 긴장이 풀리는 체질인지, 요보로베는 다리를 크게 벌리고 상체를 굽혀 무릎을 팔걸이 대신 기대는, 보기에 따라서는 단정하지 못한 자세로, 하지만 날카로운 눈빛으로 모두를 둘러보았다.

"살인을 실행하는 데 있어서 왜 꼭 이날이어야만 했는가? 거기에는 제대로 된 이유가 있었습니다. 게다가 소년의 동기와 밀접한 관계를 가진 형태로 말입니다."

"그건 도대체 어떤 관계인 거죠?"

유미코도 자신의 페이스를 되찾았는지 의자에 유연하게 기대어 검은색 정장 바지의 다리를 높게 꼬고 있었다.

"그것도 후에 자세히 말씀드리겠습니다만, 하나 말씀드릴 수 있는 건 아까 야츠메 선생님이 지적하신 것처럼 그 전날이 밸런타인데이라는 것이 중요한 포인트입니다. 제가 상상하기에 구츠와 기미히코는 전날인 2월 14일, 학교에서 아마도 여러 명의 여학생들과 어떤 감정적 트러블이 발생했을 것이며, 그것 역시 간접적인 원인이 되었을 겁니다."

유미코는 더욱 알 수 없다는 듯이 고개를 갸우뚱하며 아리사와 그를 번갈아 보았다. 요보로베는 그런 반응에도 신경 쓰지 않으며 같은 자세로 얘기를 이어 갔다.

"자세한 것은 차차 알게 되실 겁니다. 아무튼 2월 15일, 구츠와 기미히코는 드디어 이치로이 씨를 죽이기로 결심합니다. 바로 아래 동생에게 목격된 것을 마지막으로 집에서 나온 그는 '코포라스케이야키'로 향했습니다. 물론 이치로이 씨를 숨어서 기다리기 위해서 말입니다. 그녀의 귀가를 확인한 소년은 얼마 후에 맨션을 방문한 시가타 씨와 함께 외출하는 이치로이 씨를 미행했습니다. 틈을 노려 그녀를 죽일 기회를 조심스럽게 엿보면서 말이죠. 그리고 두 사람이 건널목의 신호를 기다리는 절호의 기회가 온 것입니다. 하지만 역시 너무 긴장을 하고 있었나 봅니다. 그녀를 죽일 생각이었던 소년은 실수로 동행인 시가타 씨를 떠밀어 버린 겁니다."

유미코는 팔짱을 끼고 요보로베를 응시하고 있었다. 숨을 죽이고 경청하는 느낌이었다.

"구츠와 기미히코는 엉뚱한 사람을 죽인 것에 가책을 느낀 것 같습니다. 실수로 전혀 엉뚱한 사람을 죽여 버렸다는 사실에 그는 충격을 받았고, 그것을 정신적으로 견딜 수 없었습니다. 이것이 소년이 그날 실종된 계기라고 저는 생각합니다."

유미코는 천천히 반복해서 턱을 당기는 동작을 했다. 고개를 끄덕이는 것 같았다. 그 말에 동의하는 것인지 아닌지는 둘째 치고, 요보로베가 펼친 논증에 감탄했다는 것은 알 수 있었다.

"자, 이제 중요한 동기에 관해서 언급해 볼까요? 다시 말씀드릴 필요는 없다고 생각합니다만, 구츠와 기미히코는 이치로이 씨를 전에 직접 만난 적이 없습니다. 멀리서 얼굴을 확인하는 정도는 있었겠지만, 기본적으로 전혀 모르는 사이입니다. 그런데 그런 상대를 어째서 죽이고 싶을 정도로 증오했을까요? 그 동기는 아마도……."

잠시 말을 멈춘 요보로베는 아까 아리사가 나누어 준 네 장짜리 복사본을 손에 들었다.

"이치로이 씨의 이 투고 때문일 겁니다."

"네?"

고즈에는 놀랐다기보다는 멍한 기분이었다.

'이 투고 때문이라고? 그게 무슨 말이지? 어째서 이런 독도 약도 되지 않는 문장이 살인 미수의 동기가 될 수 있다는 거지?'

그렇게 곤혹스러워하는 것은 고즈에뿐이 아니었다. 애당초 이 독자 코너의 복사본을 제공한 아리사 본인부터 놀란 표정을 감추려고 하지 않았다. 그러나 요보로베는 여전히 흔들림 없이 천천히 자리에서 일어나더니 고즈에의 투고를 자신의 눈높이까지 들어 보였다.

"어떻게 된 건지 좀 더 자세히 설명하겠습니다. 이치로이 씨의 투고 중에 등장하는 지팡이를 짚고 지나가던 할머니를 넘어지게 한 중학생 혹은 고등학생으로 보이는 무리, 이것이 포인트입니다."

"그렇다면?"

"사실은 이 그룹 안에 다름 아닌 구츠와 기미히코가 있었던 것입니다."

"자, 잠깐만요."

도저히 그 말을 인정할 수 없는 고즈에는 스스로도 깜짝 놀랄 만큼 큰 소리를 내고 말았다.

"아니, 도대체 어떻게 그런 생각을 할 수 있는 거죠? 저는 아무런 기억도 안 나……. 아니, 애당초 그런 글만으로는 그 무리 속에 어떤 인물이 있었는지는 파악할 수 없는 거 아닌가요? 게다가 저는 그들이 중학생인지 아니면 고등학생인지 구별조차 명확하게 하지 않았습니다. 특별히 교복에 대한 묘사도 하지 않았고요."

"그렇죠. 네, 그렇고말고요. 하지만 구츠와 기미히코 쪽에서는 알았던 겁니다. 이 투고의 내용은 자신을 말하는 것이라는 걸 말입니다."

요보로베는 전혀 기죽지 않았고, 오히려 고즈에의 반응을 즐기는 것처럼 보이기까지 했다. 너무나도 자신감에 찬 요보로베의 태도에 압도된 고즈에는 그런 얘기는 있을 수 없다는 것을 알면서도 무심코 질문을 던졌다.

"그, 그걸 어떻게 알 수 있는 거죠?"

"사실은 말입니다. 지난주 일입니다만, 저는 오늘 밤의 모임을 위해 구츠와 기미히코가 다니던 에키나가 고등학교의 졸업생들을 만나서 여러 가지 얘기를 듣고 왔습니다."

요보로베도 일어선 김에 앞에 발표했던 사람들처럼 응접실을 누비며 얘기를 시작했다.

"여러 가지 정보를 얻었습니다만, 그중에서도 특히 흥미로운 얘기가 있었습니다. 그건 4년 전 사건 당시, 구츠와 기미히코가 동급생 여학생들과 크게 다투었다는 것입니다."

"여학생들과 크게 다투었다고요? 그가 뭔가 여성이 싫어할 만한 말이나 행동을 했었나요?"

유미코는 아리사를 보고, 다시 고즈에를 봤다.

"구체적인 원인은 사실 알아낼 수 없었습니다. 아무래도 4년도 전의 일이니까요. 그러고 보니 그런 일이 있었지 정도의 느낌으로 나온 얘기거든요."

"도대체 구츠와 기미히코는 어떤 식으로 여학생들로부터 비난받은 것일까요?"

"잘은 모르겠지만, 그는 인정머리 없는 성격이라 '여성의 적'이랄까, 그런 식으로 대부분의 여학생들로부터 미움을 받았던 것 같습니다."

"'여성의 적'이라고요? 구츠와 기미히코 쪽은 그런 비난에 어떤 식으로 대응했다던가요?"

자신의 전문 분야라고 생각했는지 유미코는 이건 한마디 해야겠다는 느낌으로 열의에 찬 눈빛을 번득였다.

"그게, 한 남자 졸업생의 말에 따르면 한 발짝도 물러서지 않겠다는 태세로, 보고 있으면 유치할 정도였다더군요."

"양쪽이 격하게 대립했다는 거군요. 그 원인은 알 수 없었나요?"

"자세한 건 듣지 못했습니다. 다만, 다투게 된 직접적인 계기가 된 일이 꽤 흥미로운 것이었습니다. 그 계기라는 것이 지역신문의 독자 코너에 게재된 어떤 투고였다고 하더라고요."

유미코는 동시에 아리사와 얼굴을 마주 보았다.

"다만 워낙 옛날 일이라 구체적으로 어떤 내용의 투고였는지는 아무도 기억하지 못했습니다. 적어도 제가 탐문했던 범위에서는요. 게다가 저 역시 그 얘기를 들었을 때 흥미로운 얘기라고 생각은 했지만 중요한 무차별 연쇄 살인 사건 자체와는 그다지 관계가 없을 거라고 가볍게 생각해 버렸습니다. 예를 들어 피해자 중에 구츠와 기미히코의 동급생 여학생이 있다든가 했었다면 또 다른 얘기지만 말입니다. 그 정도로 중요한 것은 아닐 거라는 판단에, 투고와 관련된 여학생들과의 대립에 관해서는 그 이상 캐내지 않았습니다. 그런데 이게 무슨 일인가요? 오늘 밤 이 자리에 왔더니 야츠메 선생님이 이 투고 자료를 보여 주시는 게 아닙니까. 저는 정말 놀라지 않을 수 없었습니다."

다들 그제야 수긍이 간 듯했다. 그래서 요보로베가 아까 아리사가 나눠 준 복사본을 보고 그렇게 놀랐던 거구나 하고 말이다.

"이제 아시겠죠? 그러니까 구츠와 기미히코와 여학생들의 대립의 원인이 되었던 건 다름 아닌, 이 이치로이 씨의 투고였던 겁니다. 이것을 신문에서 읽은 동급생 중 누군가가 몸이 불편한 할머니와 부딪쳐서 넘어지게 해 놓고 모른 척한 사람이 구츠와 기미히코라고 한 것입니다. 그리고 눈 깜짝할 사이에 반 전체에 소문이 퍼져 버린 거죠. 물론 투고에서는 여러 명의 학생으로 되어 있었지만, 얘기가 전달되는 과정에서 중심적 존재는 구츠와 기미히코였다든가, 사실은 그 혼자였다든가 그런 식으로 이야기가 바뀌기도 했을 겁니다. 그도 그럴 것이, 그는 꽤 키가 커서 눈에 띄는 존재였을 테니까요."

"그런데 왠지 '여성의 적'이라는 표현에서 통상적으로 연상되는 뉘앙스와는 미묘하게 의미가 어긋난 느낌이 듭니다. 넘어진 할머니가 여성인 것은 틀림이 없습니다만, 이런 경우에 그렇게 비난할 수 있는 걸까요? 그것도 여고생이?"

유미코가 고개를 갸우뚱하며 말했다.

"'여성의 적'이라는 표현은 이 투고의 내용 그 자체를 가리키는 것이 아니라, 양측의 대립이 격화되는 과정에서 나온 거겠죠. 아까도 얘기가 나왔지만, 구츠와 기미히코는 그를 비판하는 여학생들에게 한 발자국도 물러서지 않는 기세였으니까요. 도의적인 비판과 입에 발린 소리를 무기 삼아 공격해 오는 여학생들을 향해 언쟁 중에 뭔가 심한 폭언이라도 내뱉었으리라 생각됩니다. 그것도 상당히 성차별적인 내용으로 말입니다."

"아, 과연 그렇군요. 그 결과 소년은 단순히 비호감의 남자에서 '여성의 적'으로 승격한 건가요? 아니, 승격이라기보다는 강등이 맞을지 모르겠네요. 아무튼 그렇다면 납득이 갑니다."

"구츠와 기미히코는 여학생들과 대립하면서, 그 원인을 만든 이치로이 씨를 원망했습니다. 그래서 문제의 신문을 발견해서 해당 투고자의 이름과 주소를 조사했겠죠. 그리고 무언의 전화나 협박 편지 등 일련의 괴롭힘을 시작한 겁니다."

고즈에는 망연자실한 기분이었다.

'설마, 정말로…… 정말로 이 투고가 원인이었단 말야? 이런 별거 아닌 글 때문에? 이것을 읽은 구츠와 기미히코가 나를 죽일 생각을 했다는 건가? 정말로…… 정말로 이것을 읽고?'

"그런데 아까도 말씀드렸듯이 이치로이 씨는 좀처럼 그가 기대했던 대로 무서워하지 않았죠. 결과적으로 점점 증오가 격화된 구츠와 기미히코는 4년 전 2월 15일, 드디어 그녀를 죽이려고 시도한 것입니다. 그리고 실수로 전혀 다른 사람을 죽이게 된 그는 너무나도 충격을 받고 정신적으로 심각한 위기를 맞게 되어 그대로 가출해 버렸습니다. 한때는 죄책감으로 자살도 진지하게 고민하지 않았을까 합니다. 그러나 결국 단념하고 말았습니다. 왜냐하면 소년의 운명을 바꾸게 해 준 만남이 있었기 때문입니다."

"만남요? 누구와의 만남을 말씀하시는 거죠?"

"여러분의 가설에 편승하는 것 같아서 송구스럽습니다만, 구츠와 기미히코가 자살을 단념하게 된 것은 우연히 하사타니 코지로라는 남자를 만나게 돼서일 겁니다."

"그렇다면 요보로베 씨도 '하사타니 물주설'을 지지하시는 건가요?"

"소년이 남기고 간 물품인 청바지나 농구화가 하사타니 씨의 은신처에서 발견되었다는 것은 역시 그냥 넘어갈 수 없는 팩트니까요. 당연히 그것이 위장 공작이었다고 생각할 수도 있겠지만, 있는 그대로 해석해도 문제없다고 봅니다. '우게나플래츠'에서 구츠와 기미히코는 하사타니 씨의 도움으로 은신하고 있었다고 말입니다. 그렇게 은둔 생활을 하던 어느 날 소년은 하사타니 씨도 역시 투고 마니아였다는 것을 알게 됩니다. 그것이 원인이 되어 자신의 '물주'에 대한 감정이 일변해서 살의를 느끼게 되었죠. 이 역시 아까 야츠메 선생님의 가설에 그대로 편승한 것입니다."

"그러니까 살해 동기가 투고가 채택된 적이 있는 사람에 대한 '시기심' 때문이란 말인가요? 증오와 열등감 때문에 때로는 무서울 정도로 과격한 말과 행동이 나올 수 있다는 것은 인정합니다만, 그렇다고 해도 살인을 저지를 생각까지 한다는 것은 왠지 의심스럽습니다. 아무리 그가 충동적인 성격이었다고 해도 말입니다."

유미코는 그 점에 대해선 별로 납득이 안 가는 얼굴이었다.

"평소라면 그 정도로 지나친 행동은 하지 않았을지도 모릅니다. 하지만 잊으면 안 됩니다. 소년은 이치로이 씨를 노렸다가 실수로 시가타 아키라 씨라는, 그야말로 완전히 관계없는 사람을 죽여 버려서 자포자기한 상태였습니다. 그렇게 된 이상, 한 사람 죽이나 두 사람 죽이나 같은 것이 아닐까요?"

'한 사람 죽이나 두 사람 죽이나 같다라…….'

요보로베의 그 말에 고즈에는 오싹한 한기를 느꼈다. 공포나 생리적 혐오가 한꺼번에 심한 구토감을 자극하면서 머리가 한순간 하얘졌다. 그리고 정신이 돌아오자 아까부터 참고 있던 브랜디를 벌컥하고 한입에 털어 넣었다. 그랬더니 안구 속까지 저리는 느낌이었다.

"구츠와 기미히코는 하사타니 씨도 언젠가 죽이자고 결심, 학생 수첩에 그의 이름을 적어 넣었습니다. 그리고 이렇게 된 거 지역 신문의 독자 코너에 채택된 적이 있는 사람을 이 손으로 한 사람이라도 더 많이 죽이자고 생각한 거죠. 그런 사악한 마음이 급속도로 소년 속에서 팽창한 겁니다. 그렇게 과거의 독자 코너를 조사해서 타깃을 골라 학생 수첩 속의 명단을 늘린 것입니다."

눈이 저릴 정도로 무리하게 대량의 브랜디를 단숨에 마신 고즈에를 나루토모는 걱정스러운 눈빛으로 힐끗 보았다.

"그렇다면 요보로베 씨는 그의 학생 수첩에서 찢겨 나간 앞의 몇 페이지에는 역시 이치로이 씨의 이름이 적혀 있었다고 생각하시는 건가요?"

"그렇겠군요. 아무래도 무차별 연속 살인을 시작하는 계기를 제공한 최초의 타깃이었으니까요. 수첩의 맨 앞에는 그녀의 이름이 적혀 있었을 게 당연하겠죠. 단, 찢어진 페이지에 적혀 있던 이치로이 씨의 데이터에는 남아 있는 내용과 다른 점이 하나 있었을 겁니다. 그게 뭔지 알겠습니까?"

"주소……인가요?"

"바로 그렇습니다. 구츠와 기미히코가 이치로이 씨에 관한 개인 데이터를 신문의 독자 코너에서 찾아냈을 것이기 때문에 그녀의 주소는 '코포라스케이야키'로 되어 있었습니다. 그리고 이치로이 씨가 이사하면서 오래된 데이터는 쓸모없어졌겠죠. 그래서 소년은 그 페이지를 찢어 버렸겠지만, 어쩌면 이 역시 구츠와 기미히코가 무차별 연속 살인이라는 흉악한 범죄를 저지르게 된 원인이었을지도 모릅니다."

"네? 그건 무슨 뜻입니까?"

"소년이 정말로 죽이고 싶었던 건 어디까지나 이치로이 씨였습니다. 하사타니 씨의 보호를 받고 있던 사이에 본인도 그 충동을 재확인했겠죠. 하사타니 씨를 살해한다면 그녀도 죽이는 것이 당연하다고 말입니다. 그런데 그때쯤에는 이미 이치로이 씨는 '코포라스케이야키'를 나왔습니다. 이사한 곳을 찾아봤지만 좀처럼 알아낼 수 없었죠. 이대로는 가장 중요한 목적을 달성할 수 없다고 절망한 구츠와 기미히코는 그녀처럼 독자 코너에 투고가 채택된 적이 있는 사람들을 더 많이 죽이는 것으로 이른바 '대리 만족'으로 한을 풀려고 했습니다."

"하지만 그건 좀 이해가 안 되는……."

"그렇지 않습니다. 투고가 채택된 적이 있는 사람들 전반에 대한 시기심과 증오가 원래부터 소년의 마음속에 있었다면 이건 그렇게 무리한 생각이 아닙니다. 투고라는 촉매를 축으로 해서 살의가 이치로이 씨 개인에서 좀 더 넓은 범위의 대상으로 확장된 것입니다. 충분히 있을 수 있는 일입니다. 게다가 이렇게 생각하면 아까 이즈미다테 선생님이 말씀하셨다가 부정된 가설의 결점도 보완될 수 있습니다."

유미코는 요보로베와 나루토모를 번갈아 보았다.

"그게 어떤 식으로 가능한 거죠?"

"진짜 목표를 무차별 살인 속에 섞는다는 발상의 약점은 역시 탁상공론에 가깝다는 것입니다. 이론상으로는 그 나름의 장점도 생각할 수 있겠죠. 하지만 실행의 문제로 보면 그런 것이 과연 인간으로서 가능한 것일까요? 이번 사건의 경우, 단 한 사람의 목표를 숨기기 위해 관계없는 사람을 세 명이나 죽여야만 합니다. 설령 그런 식의 위장을 생각해 냈다고 해도 어지간해선 실행에 옮길 수 있는 게 아닙니다. 그리고 무엇보다 애당초 구츠와 기미히코에게 이치로이 씨 살해를 다른 사건들 속에 섞어야 할 만큼 대외적으로 확실한 동기가 있느냐는 것——대체로 이런 것이 이즈미다테 선생님의 가설이 부정된 주요 근거였죠. 그러나 저의 추리라면 본래의 목표는 분명히 이치로이 씨 한 사람이지만 나머지 세 사람에 대해서도 구츠와 기미히코는 일종의 동기를 갖고 있었다고 할 수 있습니다. 그에게 있어서 네 사람 모두 나름대로 증오를 품을 수 있는 대상이었으니까 말입니다."

요보로베의 얘기는 나름 설득력이 있었다. 이것이 사건의 진상일지도 모르겠다, 고즈에는 그렇게 생각했다. 아니, 이런 가설을 아무런 예비지식도 없이 듣게 된다면 그런 바보 같은 얘기가 어디 있냐고 일축했을 것이다. 그러나 지금 그녀의 손엔 아리사가 나누어 준 복사본이 있었다. 지역 신문의 독자 코너 투고, 이 움직일 수 없는 공통점이야말로 요보로베의 주장을 부정하기 어려운 현실감을 부여하고 있었다.

"구츠와 기미히코는 한때 이치로이 씨를 죽이는 것을 완전히 포기했었습니다. 그렇게 생각할 수 있는 근거는 학생 수첩의 기재가 하사타니, 야토쿠라 그리고 가마츠카 세 명의 데이터가 살해 방법에 관한 내용과 함께 일단 완성돼 있었기 때문입니다. 그런데 어떤 계기로 이치로이 씨가 이사한 곳이 '메종포르테'라는 맨션임을 알아낸 소년은 급히 오츠카와 선생님이 말씀하신 '거북한 필기 방식'으로 진정한 타깃이라고 할 수 있는 그녀의 이름을 수첩의 말미에 첨가한 것입니다. 이번에는 새로운 주소로 말이죠. 아, 맞다. 하나 더……."

그때 뭔가 말하려는 유미코를 요보로베는 마저 들으라는 듯 가로막았다.

"구츠와 기미히코가 사실은 맨 처음에 이치로이 씨를 노렸지만 실패하고 그 대신에 무차별 연쇄 살인을 계획했다는 가설을 더욱 보강해 주는 방증이 있습니다. 그것은 각 범행의 날짜입니다."

"날짜요?"

"맨 처음 하사타니 씨는 1997년 8월 7일, 두 번째 야토쿠라 미사토는 같은 해 9월 4일, 세 번째 가마츠카 요시부미 씨는 같은 해 10월 2일, 그리고 맨 마지막으로 이치로이 고즈에 씨가 같은 해 11월 6일. 이들 범행 일에 어떤 공통점이 있는데, 아시겠습니까?"

"혹시 전부 각 달의 첫 번째 목요일이라는 건가요?"

"역시 선생님. 말씀대로입니다. 정말 대단하시군요."

요보로베가 오츠카와 쪽을 향해 놀라서 뒤로 넘어가는 시늉을 했다. 오츠카와는 치켜세움을 받으면서도 그저 당혹스러워했다.

"아니, 그렇지만요. 그것은 나루토모 씨로부터 자료를 받았을 때부터 알아차리고 있었습니다. 확실히 신경 쓰이는 점입니다만, 특별한 의미가 있는 걸까요? 저는 아무런 짐작도 가지 않습니다만."

"합리적인 의미가 있을 것 같지는 않네요. 그러나 구츠와 기미히코 본인에게는 있었습니다. 연쇄 살인을 실행하기에 앞서 이런 일종의 질서를 스스로 부여했다고 생각됩니다."

"그건 왜일까요?"

"제 생각에는 말입니다. 그는 4년 전 2월 15일, 맨 처음 이치로이 씨를 노렸다가 실패한 것은 자신이 너무 충동적이고 무계획적이었기 때문이라고 반성했던 것 같습니다."

"반성이라고요?"

오츠카와는 아무래도 감이 잡히지 않는 느낌이었다. 고즈에도 마찬가지였다.

"그렇습니다. 반성입니다. 그랬기 때문에 같은 해 8월, 다시 하사타니 씨를 시작으로 무차별 연쇄 살인을 개시하면서 소년은 이번이야말로 치밀한 계획에 따라 모두 완수하기로 결심한 것입니다. 모든 범행 일을 각 달의 첫 번째 목요일로 통일한 것은 그런 의도가 숨겨져 있었기 때문입니다.”

설마 각 범행 일까지 그렇게 깊게 읽어 낼 수 있을 줄은 생각 못 했던 고즈에는 약간 놀라면서 구츠와 기미히코의 동기에 관해서도 요보로베의 가설이 맞을 것 같다는 생각을 했다. 주위엔 차분한 분위기가 감돌았다. 그 분위기에 몸을 맡기고 있던 고즈에는 가까스로 정신을 차렸다. 그리고 생각했다.

‘아냐, 그럴 리가 없어.’

*

구츠와 기미히코의 본래 타깃이 자신 한 사람이었다는 가설이 과연 맞는 것인지 그녀는 판단할 수 없었다. 그러나 요보로베가 그 논증을 위해 제시한 근거는 분명히 잘못된 것이었다. 그것을 아는 입장에 있는 사람은 고즈에뿐이지만…….

‘어떻게 하지? 그 사실을 여기서 고백해야만 하는 걸까?’

고즈에는 일단 잠자코 있을까 생각했다. 하지만 그대로 둘 수도 없었다. 왜냐하면 사실 관계의 오류를 정정하지 않고 그대로 둘 경우 그것이 전체적인 논의에 어떤 영향을 미치게 될지는 좀처럼 상상할 수 없기 때문이었다. 만약 여기서 그 사실을 숨겨 둔 결과 자신이 정말로 알고 싶었던 것을 밝히는 데 방해가 된다면 곤란했다.

'곤란하긴 하지만 그래도…….'

고민하고 있는 고즈에 옆에서 유미코가 손을 들었다.

"잠깐 말씀 좀 드려도 될까요? 요보로베 씨의 설명 중에서 아무래도 이해가 안 되는 점이 있는데요."

"아아, 그러세요? 그게 뭔지 말씀해 보세요."

"1997년 2월 15일의 일에 관해서입니다. 요보로베 씨의 말씀에 따르면 구츠와 기미히코는 그날 벼르고 별러 왔던 이치로이 씨에 대한 살의를 행동에 옮기기 위해 자신의 집을 나와 그녀가 사는 '코포라스케이야키'로 향했다, 그런 거죠?"

"그렇습니다. 네, 말씀대로입니다만, 그게 어떻다는 건가요?"

"한 가지 확인하고 싶은데요. 구츠와 기미히코의 집에서 '코포라스케이야키'까지 어느 정도 거리인가요?"

"네? 아, 그러니까 그게 어느 정도더라……."

요보로베가 눈짓을 주자 나루토모는 고즈에의 투고 복사본에 적혀 있는 주소를 확인하고 대신 대답했다.

"그러니까 그 거리는…… 흐음, 생각했던 것보다 가깝네요. 도보로 20분 정도 될까요. 천천히 걸어가도 아마 30분은 걸리지 않을 것 같습니다."

그러자 지금까지와는 다른 성대를 사용해서 말하는 것이 아닐까 착각할 정도로 유미코가 낮은 목소리로 말했다.

"그런데 말입니다. 2월 15일 오후 일곱 시경, 그의 동생이 구츠와 기미히코의 부재를 확인했다는 얘기가 있었죠? 이야기의 전후 관계로 미루어 봐서 그가 자기 집을 나온 것은 좀 더 이른 시간대였을 가능성도 있습니다만, 어쨌든 소년은 늦어도 일곱 시에는 이미 이치로이 씨가 당시 살고 있던 '코포라스케이야키'를 향하고 있었을 겁니다. 그렇죠?"

"그렇게 되겠네요."

"이치로이 씨가 그날 예정에 없던 잔업을 끝내고 '코포라스케이야키'로 돌아온 것이 오후 여덟 시경, 분명히 그렇게 말씀하셨죠?"

"네, 맞습니다."

마치 화가 난 것 같은 심각한 표정으로 대답한 고즈에는 부랴부랴 기억을 더듬어 보았다. 다시 떠올려 봤지만 잊을 수 없는 밤의 일이라 기억이 또렷했다.

"확실히 그때가 여덟 시경이었습니다."

"이 사실이 무엇을 의미하는지 아시겠습니까? 구츠와 기미히코의 집에서 '코포라스케이야키'까지의 거리를 생각하면 이치로이 씨가 귀가하기 전에 그는 이미 맨션에 도착해서 상황을 살피고 있었을 거라는 겁니다. 그런데 요보로베 씨의 추리가 맞는다고 한다면 소년은 그로부터 약 30분, 그녀를 데리러 온 시가타 씨가 나타날 때까지 아무런 행동도 하지 않았다는 것이 됩니다. 도대체 왜 그랬을까요? 이치로이 씨를 살해할 목적으로 그 주변에 숨어 있었다면 어째서 그녀가 귀가했을 때 습격하지 않았을까요?"

"그건 그러니까……."

다시 나루토모에게 도움을 청하려던 요보로베는 포기한 듯 자기 생각을 말했다.

"그때 우연히 지나가는 사람이 있었다거나 그런 것이 아니었을까요? 가장 사람 눈이 적을 때 그녀가 나오길 기다리려고……."

"그건 말이 안 됩니다. 그날 밤, 이치로이 씨가 다시 외출할 걸 구츠와 기미히코가 어떻게 예측할 수 있겠습니까?"

아, 하는 감탄사가 일제히 나왔다. 유미코는 만족스러운 표정으로 미소를 지으며 말했다.

"이치로이 씨, 당신이 문제의 날 밤 시가타 씨에게 전화해서 식사를 같이할 예정이라는 것을 미리 알고 있었던 사람이 따로 있었을까요?"

"그건 당치도 않습니다."

물론 그럴 리가 없었다. 그날 밤 시가타에게 전화한 것은 문득 생각난 것이라 고즈에 자신조차 수화기를 들기 직전까지 예상하지 못했던 것이기 때문이다.

"그렇죠? 만약 구츠와 기미히코가 이치로이 씨를 살해할 생각으로 맨션 부근에서 대기하고 있었다면 그녀가 귀가할 때를 노렸을 겁니다. 적어도 이치로이 씨가 집에 들어가는 것을 빤히 보면서 그냥 두었을 거라고는 생각되지 않습니다. 따라서 시가타 씨의 죽음이 사고가 아니고 뒤에서 떠민 범인이 있었다고 해도 그것은 구츠와 기미히코가 아니라는 결론에 이르게 된다고 저는 생각합니다."

왠지 앞에 말한 자신의 가설이 부정된 것에 대한 울분을 풀 듯 유미코의 말솜씨는 청산유수였다. 고즈에에게 있어서 그녀의 이런 지적은 감사한 것이었다. 말할까 말까 고민하는 것을 격려하듯 뒤에서 밀어 준 기분이었다. 고즈에는 솟아오르는 수치심을 참으며 말을 꺼냈다.

"요보로베 씨, 죄송합니다. 저, 솔직하게 말씀드려야 할 것이 있습니다."

"네? 무슨 말씀을?"

"구츠와 기미히코가 저의 투고를 보고 그 내용이 자신을 가리키는 것이라고 생각했을 리가 없습니다, 절대로요."

"네? 그건 어째서죠?"

"그게 왜냐하면……."

모두의 시선이 집중되자 고즈에는 얼굴이 화끈거리며 방금 냈던 용기가 꺾이는 것 같았다. 과장하는 것이 아니라, 정말 울고 싶어졌다.

'아아, 그런 바보 같은 짓은 하지 말았어야 했는데. 순간의 유혹에 넘어간 내가 어리석었어. 설마 이런 식으로 까발려지게 될 줄이야. 정말 인생이란 무슨 일이 벌어질지 알 수 없구나. 아무래도 이건 솔직하게 고백할 수밖에 없겠지?'

"그건 그러니까…… 이 투고의 내용은 전혀 사실이 아니기 때문입니다."

"사실이 아니라니요?"

"그러니까 말입니다. 그……."

고즈에는 나루토모 쪽을 힐끗 보았다. 그리고 그의 시선에 떠밀려서 겨우 말을 이었다.

"저는 아까 말씀드린 것처럼 이른바 투고 마니아였습니다. 하지만 좀처럼 채택이 되지 않아서 여러 가지 경향과 대책 같은 것을 고려해 가며 글을 썼는데요. 예를 들어, 사실을 있는 그대로 쓰면 재미없을지도 모른다든가, 말하자면 그런 일시적 변통을……."

"그러니까 뭡니까, 이 글은 각색된 거라는 말입니까?"

고즈에는 눈을 질끈 감고 말했다.

"각색이라기보다는…… 전부 거짓입니다."

"거짓?"

요보로베는 아연실색한 표정이었다. 다른 사람들도 넋 나간 얼굴로 서로를 마주 보았다.

"거짓……이었습니까, 이 투고 내용이?"

"네. 전부, 전부 거짓입니다. 이런 일 저는 본 적도 없고, 일어난 적도 없습니다. 할머니를 밀어 넘어뜨린 애들 같은 건 없었어요. 애초에 이런 할머니조차 존재하지 않습니다. 초등학교 여자애도 적당히 만들어 낸 캐릭터에 지나지 않습니다. 전부…… 전부 픽션이었습니다. 제가 제 머릿속에서 만들어 낸 상상에 지나지 않습니다."

해설

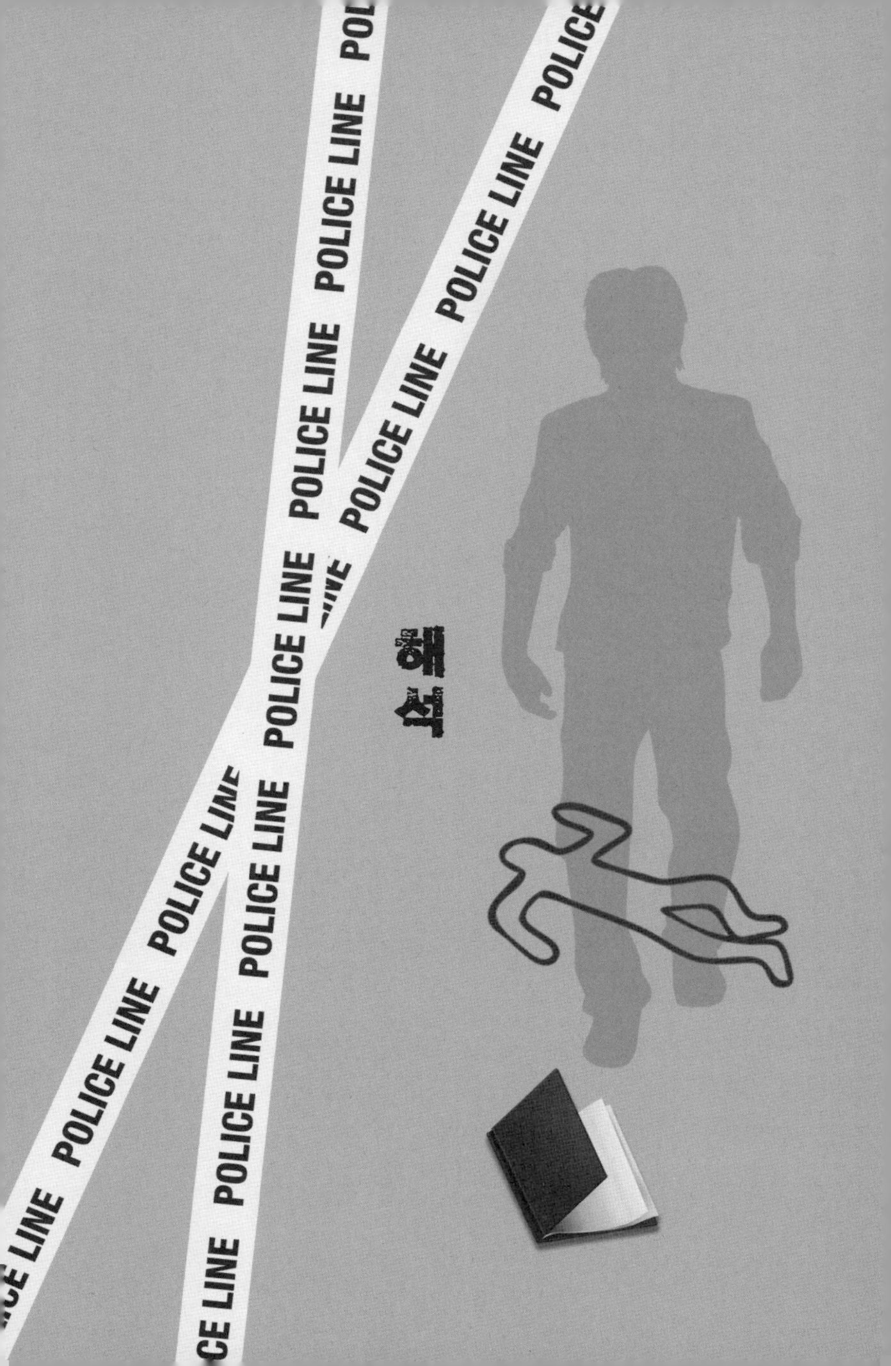

解

긴 침묵이 흐른 뒤, 오츠카와가 상황을 수습하려는 듯 입을 열었다.

"아니, 그렇다고 해도 말입니다. 정말 이 투고의 내용이 전부 이치로이 씨가 지어낸 픽션이었다 해도 이 내용과 같은 혹은 흡사한 일이 당시 그 지역의 어딘가에서 실제로 발생했을 가능성도 있지 않을까요? 제 생각엔 충분히 그럴 수 있을 것 같습니다. 이건 단순한 우연이라기보다 오히려 이런 종류의 일화는 일상적으로 익숙한 풍경 중 하나라고 할 수 있으니까요. 그다지 보기 드문 우연도 아니니 실제로 일어났던 일로 이해하면 되지 않을까요?"

“아, 일리 있는 말씀이십니다.”

고즈에의 고백이 어지간히 충격적이었는지 의자에 털썩 앉아서 멍한 표정을 짓고 있던 요보로베는 오츠카와의 말을 듣고 정신을 되찾은 듯 눈을 크게 뜨며 말했다.

“그럴 수 있겠네요. 정말 선생님 말씀대로 그럴 수도 있는 일이네요. 그런 예의를 모르는 젊은이들의 행태는 세상에 얼마든지 있을 수 있는 일이죠. 그런 내용이라면 아무리 지어낸 이야기라도 실제로 발생한 일과 일치할 가능성이 높다고 봐야 할 것 같습니다. 맞습니다, 맞아요. 그렇게 된 거예요. 이 경우에는 이치로이 씨가 쓴 글과 구츠와 기미히코가 실제로 취한 행동이 우연히 딱 맞아떨어지고 만 것입니다. 그런 거였어요. 분명히 그랬을 겁니다.”

자신의 추리가 ‘패자 부활’된 것이 어지간히 기뻤는지, 요보로베는 천진스럽게 떠벌렸다. 우연의 일치라는 주장이 억지스럽긴 했지만 고즈에의 투고 내용은 그다지 보기 드문 이야기가 아니었다. 그야말로 매일, 매분, 매초 지금도 도시의 어딘가에서 같은 상황이 벌어지고 있다고 해도 전혀 이상하지 않은 것이었다. 그런 의미로 보자면 단순한 우연이라기보다 ‘필연’이라고 하는 편이 오히려 정확한 표현일지 모르겠다. 그렇다는 것은 그녀도 충분히 이해할 수 있었다.

그러나 그것은 고즈에에게 있어선 가장 생각하고 싶지 않은 가설이었다. 가능하면, 아니 절대로 진실이 아니었으면 하는 가능성이었다. 생각해 보면 그렇지 않은가. 자신이 스스로 적당히 지어낸 새빨간 거짓말 때문에 거의 죽을 뻔했다니. 희극이지만 결코 웃을 수 없는 부조리한 희극이며, 동시에 울고 싶어도 울 수 없는 비극이기도 했다. 그것은 당사자로서 정신적으로 도저히 견딜 수 없는 것이었다.

와인을 잔에 따르려다 생각을 바꾼 듯 슈타라가 팔짱을 끼면서 말했다.

"정말 그런 걸까요? 요보로베 씨의 추리가 대략적으로 맞는다고 가정해 봅시다. 하지만 그렇다고 해도 구츠와 기미히코가 한 행동이 꼭 이치로이 씨의 투고 내용에 해당한다고 할 수는 없습니다."

"네? 어째서요?"

"구츠와 기미히코가 여학생들과 크게 다투었던 진짜 원인이 무엇이었는지 구체적으로 밝혀지지 않았습니다. 그저 지역 신문의 독자 코너가 발단인 것 같다는 것뿐이었죠. 그렇다면 구츠와 기미히코가 도대체 무슨 짓을 한 건지 모르는 거 아닌가요?"

"그건 그렇습니다만……. 그래서 어쨌다는 거죠?"

요보로베는 다시 자신이 없어진 듯 그때까지 크게 벌리고 있던 다리를 오므렸다.

"그러니까 예를 들면 구츠와 기미히코가 여학생들과 다툰 원인이 된 독자 코너가 야토쿠라 미사토의 투고일 수도 있다는 얘깁니다."

"뭐라고요?"

"잘 생각해 보세요. 그녀의 투고 내용 중에 버스 안에서 노인에게 자리를 양보하지 않다가 무서운 아저씨에게는 위축되어 알아서 자리까지 내주는 태도를 취한 한심한 젊은이의 이야기가 있죠? 그 젊은이가 사실은 구츠와 기미히코였을지도 모릅니다."

뭔가 반론하려는 요보로베에게 틈을 주지 않고, 슈타라가 바로 이어서 말했다.

"따라서 소년의 본래 목적은 이치로이 씨가 아니고 사실은 야토쿠라 미사토였을 가능성도……."

"자, 잠깐, 잠깐만요. 그건……."

이때 아리사가 요보로베의 말을 앞지르며 반론했다.

"하지만 그렇게 말하면 만약 구츠와 기미히코의 행동에 해당되는 투고가 하사타니 코지로의 것 혹은 가마츠카 요시부미의 것이라고 해도 별로 다를 게 없이 범행 동기로 이어지는 결론은 같다는 얘기가 돼 버리잖아."

"응, 그렇겠지. 맞아."

요보로베는 당황했는지 뒤집힌 목소리로 겨우 대화에 끼어들었다.

"그건 말이 안 됩니다. 이렇다 할 근거도 없이 그렇게 무작정이야기를 확장시키면 곤란합니다. 일단 야토쿠라 미사토의 얘기는 그렇다 치고, 하사타니 코지로 씨나 가마츠카 요시부미 씨의 투고 내용은 일반적인 비판 아닙니까. 하사타니 씨의 투고는 구입은 안 하면서 서서 책을 읽는 못된 젊은이로 한정했나요? 그건 남녀노소 누구라도 해당되는 것 아닙니까. 또 가마츠카 씨의 쓴소리도 그렇습니다. 그런 젊은 커플은 그야말로 일일이 열거할 수 없을 정도로 많습니다. 이 투고들을 읽고 '이 인간이 내 욕을 하고 있잖아.'라고 생각하는 사람이 있다면 그건 피해망상 정신병자입니다."

"구츠와 기미히코는 비정상적이고 흉악한 연쇄 살인 사건을 저질렀습니다. 그런 부류의 인간에게 정신적 문제가 있다는 건 오히려 있을 법한 얘기 아닌가요?"

"그건…… 그런 식으로 생각하면 뭐든지 가능한 거 아닙니까?"

"아, 요보로베 씨, 저는 무조건 꼬투리를 잡으려는 게 아닙니다. 진지하게 '과연 이치로이 씨의 투고를 주요 범행 동기로 생각해도 괜찮은 걸까?'라는 의문을 제기하는 것입니다. 비판하는 대상이 중학생인지 고등학생인지도 파악되지 않은 이치로이 씨의 투고로 보면 그 대상이 애매하다는 점에서 다른 세 명의 것과 크게 다르지 않다고 할 수 있지 않을까요? 그렇다면……."

"투고만의 문제가 아닙니다. 이치로이 씨가 본래의 타깃이었다고 해석하지 않으면 설명이 되지 않는 것이 그밖에도 있습니다. 예를 들어, 구츠와 기미히코가 실종된 같은 날에 그녀의 남자 친구인 시가타 아키라 씨가 의문의 사고사를 당했다는 사실이라든가."

"그 건에 관해서는 조금 전에 이즈미다테 선생님이 극히 논리적으로 단순한 사고라는 것을 증명하셨습니다. 문제의 그날 밤, 이치로이 씨가 다시 외출할 예정이라는 것을 예상할 수 없는 상황에서, 구츠와 기미히코든 누구든 그녀를 죽일 생각이었다면 귀가했을 때를 노렸어야 한다는 것 말입니다."

"아니, 그렇게만 단정할 순 없습니다. 그렇게 단순하게 결론 내릴 수 있는 것이 아닙니다. 예를 들어 이런 경우도 생각할 수 있습니다. 소년은 당초 이치로이 씨가 귀가하는 것을 노렸다가 문 밖에서 살해할 생각이었지만 보는 눈이 있어서 혹은 태어나 처음으로 사람을 죽이려니 긴장감 때문에 주눅이 들어서 기회를 잡지 못하고 눈앞에서 그녀가 들어가는 것을 보고만 있어야 했던 것입니다. 그래서 구츠와 기미히코는 '이제 어쩌지?' 하며 고민에 빠졌습니다. 이렇게 된 이상 택배원이든 뭐든 가장해서 억지로 쳐들어갈까, 아니면 다른 날 다시 기회를 노릴까 등 이런저런 생각에 우물쭈물하고 있는데 시가타 씨가 와서 이치로이 씨를 데리고 나가는 것을 보게 된 것입니다. '이것 참 좋은 기회다.' 라고 생각한 소년은 두 사람의 뒤를 미행했는데 실수로 시가타 씨를 떠밀어 버린 거죠. 이렇게 생각해 보면 어떻습니까? 특별히 모순이라고 할 만한 것이 없지 않나요?"

마치 조금 전의 의기소침했던 모습이 거짓말이었던 것처럼 요보로베는 단숨에 쏟아내듯 말했다. 말을 거듭할수록 자신의 생각에 설득력이 더해지면서 점점 더 자신감을 갖게 되었다.

"뭐, 그런 경우도 절대 없었다고 할 수는 없겠네요. 그렇지만……."

슈타라가 밀리는 것을 느꼈는지 요보로베는 침을 튀기고 팔을 휘두르며 밀어붙였다.

"그리고 학생 수첩이 있습니다. 그 변칙적인 기재 방법을 어떻게 설명하시겠습니까? 처음 몇 페이지가 찢겨져 있는 것, 그리고 이치로이 씨의 이름과 데이터만 타깃 리스트와 살해 방법의 내용 사이에 억지로 밀어 넣은 듯 부자연스러운 형태로 적혀 있었던 것 등등, 이런 학생 수첩 속의 의문에 관해 뭔가 합리적인 설명을 할 수 있습니까? 다시 말씀드리지만 구츠와 기미히코가 이치로이 씨를 노렸다가 실패한 후 그녀가 이사하여 포기했다가 다시 찾아내면서 타깃으로 추가했다고 생각하는 것이 가장 설득력 있다고 봅니다. 그렇게 생각하면 비로소 모든 것이 설명됩니다."

"아뇨, 요보로베 씨. 학생 수첩에 적힌 게 변칙적인 것에 관해서는 다른 해석도 가능합니다. 아까도 얘기가 나왔던 것처럼 타깃 후보를 도중에 변경했다든가……."

"그건 그 부분에 관해서만 논한다면 그렇겠죠. 여러 가지 해석이 가능할 겁니다. 그러나 한 가지 의문에 관해서 아무리 그럴듯한 설명을 붙여도 사건의 다른 요소, 특히 구츠와 기미히코의 동기와 적절하게 유기적으로 엮어서 논할 수 없다면 단순한 발상이나 억측이라고 해도 할 말이 없는 것 아닌가요?"

"그건 뭐, 그럴 수도 있겠지만……."

"그렇죠? 그 점에서 저의 추리는 소년의 동기를 중심으로 여러 가지 의문을 깔끔하게 해명할 수 있는 것입니다."

지나칠 정도의 자신감에 대한 시비는 차치하더라도, 최소한 구츠와 기미히코의 동기에 관해서는 요보로베 쪽이 설득력 있는 게 사실이었다. 그것은 고즈에도 인정하지 않을 수 없었다.

그렇다면 역시 이 투고가 모든 것의 원인이었다고 결론이 나는 것일까? 물론 고즈에는 투고의 내용처럼 지팡이를 짚은 할머니를 둘러싼 광경 같은 건 실제로 본 적이 없다. 이미 고백했지만, 어떻게든 독자 코너에 채택되고 싶어서 그럴듯한 이야기를 지어낸 것뿐이었다.

그런데 우연하게도 이 투고의 내용과 똑같은 일이 실제로 일어난 것이다. 그리고 노인을 밀어 넘어뜨리고 무시한 고등학생이 정말로 구츠와 기미히코였는지는 모르겠지만, 고즈에의 투고를 계기로 적어도 학교에서는 그 소문이 기정사실이 되어 버렸고, 도덕 정신이 투철한 여학생들이 입을 모아 소년을 배려심 없는 인간이라고 비난했다. 그리고 구츠와 기미히코 역시 꺾이지 않고 대응했다. 그 대립 과정에서 그는 여성을 멸시하는 발언이라도 했는지 여학생들 전원으로부터 '여성의 적'으로서 인간 이하의 취급을 받으며 혐오의 대상이 돼 버렸다.

완전히 반에서 고립된 구츠와 기미히코는 그 원인이 된 투고를 신문에 게재한 고즈에를 원망했다. 당시 '코포라스케이야키'에 살던 그녀에게 무언의 전화를 걸거나 협박 편지를 보낸 것도 소년의 짓이라고 단언할 순 없지만, 독자 코너에서 고즈에의 주소를 확인할 수 있었을 테니 적어도 그랬을 가능성은 부정할 수 없다. 결국 그녀 자신도 정말 그랬을 수도 있겠다는 생각을 하게 되었다.

일단 무언의 전화나 협박 편지가 구츠와 기미히코의 짓이었다고 가정해 보자. 그는 그런 비열한 장난을 침으로써 어느 정도는 울분을 풀지 않았을까? 다만 그 어느 정도에서 그치지 않았다는 것이 문제였을 것이다. 그대로 특별한 변화가 없었다면 어쩌면 소년도 자신의 행동을 그 이상 확대시키지 않았을지도 모른다. 하지만 2월 14일, 밸런타인데이에 구츠와 기미히코에게 사태를 격변시킨 어떤 결정적인 일이 발생한 것이다.

구체적으로 그것이 무슨 일이었는지 상상할 수밖에 없지만, 예를 들어 앞에 말한 대립이 심각해져서 같은 반의 여학생 전원이 일치단결해서 일부러 밸런타인데이라는 사춘기 남학생에게 있어서 특별한 날을 골라 구츠와 기미히코를 단체로 골려 주었을 수도 있다. 아마 그 일이 그에겐 극도로 굴욕적이었던 것 같다. 그렇다고 해서 선불리 여학생들에게 보복을 하면 반에서, 아니 학교 내에서 그의 입장이 더욱 악화되는 상황에 몰릴 것이다. 그 결과 소년의 정신은 만신창이가 되었다. 그리고 모든 것은 자신을 이 지경으로 만든 원인을 제공한 글을 쓴 이치로이 고즈에라는 여자에 대한 살의로 바뀌어 폭주하게 된 것이다.

'이제 어쩌면 좋지?'

고즈에는 생각하면 생각할수록 점점 더 절망의 늪으로 빠져드는 것 같았다.

'정말로…… 이것이 사건의 진상일까?'

서서히 그런 체념에 밀려 떠내려가는 기분이었다. 아무리 머리를 쥐어짜 봐도 이 가설을 부정할 수 있는 적당한 반론이 떠오르지 않았다.

'달리 뭔가 생각해 볼 수 있는 건 없을까?'

스스로는 아무것도 생각이 나지 않았던 고즈에는 '연미회' 멤버들의 두뇌에 기댈 수밖에 없었지만 누구도 요보로베가 열변한 내용을 뒤집을 수 있을 것 같지 않았다. 모든 것은 한 편의 투고에서 시작되었다는 것, 그렇게 결론을 내릴 수밖에 없었고 아마도 그것이 사건의 진상일 거라는 분위기가 점점 굳어져 갔다.

애당초 추론에 추론을 거듭해 사건을 재고한다는 취지 자체가 한계가 있을 수밖에 없는 것이었다. 엄밀하게 말하면 진정한 범행 동기 같은 건 본인에게 물어보지 않는 한 제대로 알 수 없는 것이다. 그것을 알면서도 고즈에는 굳이 나루토모에게 오늘 밤의 모임을 의뢰했고, 그 결과 구츠와 기미히코의 마음속 어둠의 단초를 찾아낼 수 있었던 건 큰 수확이라고 할 수 있었다. 그 점은 '연미회'의 공적으로 평가해야 할 것이다. 고즈에 역시 그 점은 아주 잘 이해하고 있었다.

하지만 그것을 그냥 인정해 버리기엔 너무나도 비참한 심정이었다. 고즈에는 앞으로 어떻게 살아가야 할지 막막한 기분이었다. 이미 끝난 일이라고 잊고 살기에는 너무 무거운 짐이었다. 그저 후회할 수밖에 없었다. 별 내용 아니라고 딱 잘라 버리기에는 너무나도 심각한 결과를 불러온 투고를 쓴 자신의 소행을 후회하고, 채택되었을 때는 그 내용이 전부 거짓이라는 사실도 무시하고 기뻐서 어쩔 줄 몰랐던 어리석은 자신을 저주하게 되었다.

그저 후회하고 저주하면서 살아갈 수밖에 없는 것이다. 그녀의 인생은 더 이상 아무것도 남아 있지 않았다. 그녀는 이 따위 글 때문에, 이런 철없는 투고 때문에 자신의 인생이 망가졌다는 생각을 하니 혐오스럽기만 했다.

'이런 거지같은 글 때문에 누군가 나의 생명을 노렸다니. 게다가 시가타마저 목숨을 잃어야 했다니.'

너무나도 어이없고 끔찍해서 몸이 떨렸고 미쳐 버릴 것 같은 기분이 들었다. 고즈에는 운명의 가혹함이 자아내는 공포를 느끼며 속으로 마구 울부짖었다.

'이것이 정말 내가 여생을 바쳐서 짊어져야 할 십자가라면…… 너무나 잔혹해. 말도 안 될 정도로 너무 어리석어. 이건 도저히 참을 수 없어. 참을 수가 없어.'

그녀는 울고 싶었다. 그런데도 이상하게 눈물샘이 터지지 않았다. 인간은 진정한 절망의 나락으로 떨어지면 우는 것조차 허용되지 않는 것 같다고 생각하니 더욱 깊은 절망에 빠졌다. 고즈에의 속에서 뭔가 부글부글 끓어올랐다. 머릿속에서 작은 돌 같은 것이 여기저기 구르는 느낌이었다.

아주 작은 자극만으로도 즉시 정신줄을 놓칠 것 같은 그녀의 내면을 알아차리기라도 한 듯 오츠카와 저택의 응접실은 무거운 침묵에 휩싸였다.

*

"저…… 잠깐 말씀 좀 드려도 괜찮을까요?"

아슬아슬한 긴장감으로 가득 찬 공백을 갑자기 깬 사람은 유미코였다. 고즈에를 걱정스럽게 바라보던 나루토모는 정신이 번쩍 들었는지 어색한 미소를 지었다.

"네? 아…… 어서 말씀해 보세요, 이즈미다테 선생님. 혹시 뭔가 다른 의견이라도 있으신가요?"

"네, 금방 생각난 것이 있는데요. 다만 그다지 깊이 생각해 본 것이 아니라 어떨지 모르겠는데……. 엉뚱한 얘기가 될지도 모르겠습니다만."

유미코는 마치 귓가에 벌레 소리라도 들리는 사람처럼 눈썹을 찌푸리며 허공을 노려보았다.

"그렇게 조심스러워하지 않으셔도 괜찮습니다."

무거운 분위기를 완화시키려는 듯 슈타라가 유미코의 잔에 브랜디를 따랐다.

"새로운 의견이라면 대환영입니다. 어서 말씀해 주세요, 선생님."

'그러고 보니 여기에 모여 있는 건 선생님들뿐이네.'

고즈에는 그런 쓸데없는 생각을 잠깐 했다. 전직 경찰인 요보로베는 '선생님'이라고 부르는 게 맞지 않을 것 같았지만, 저서를 집필했으니 경우에 따라 그렇게 불러도 이상하지 않은 것 같았다. 따라서 '선생님'이라고 불릴 수 없는 사람은 고즈에와 나루토모 둘뿐이었다.

"이치로이 씨가 구츠와 기미히코에게 습격을 당했던 '메종포르테'에 관한 이야기입니다만."

브랜디를 한 모금 마시면서 유미코는 일단 말을 끊었다. 그 틈을 타서 조리 있게 설명하기 위해 생각을 정리하는 듯했다.

"그러니까 당시 이치로이 씨가 살던 곳은 106호였죠? 그리고 그녀의 비명을 듣고 놀라서 복도로 뛰쳐나왔다고 하는 모미야마 케이이치의 방은 102호였다. 이게 틀림없죠?"

"네, 틀림없습니다."

유미코가 무슨 얘기를 하려는 건지 궁금했는지 나루토모의 진지한 표정에서 긴장감이 느껴졌다.

"그 말은 즉, 현장과 모미야마 씨의 방 사이에 방이 세 개 있다는 얘기죠? 105호, 104호, 103호 이렇게요?"

"네, 아까 말씀드렸던 것처럼 그 방들은 당시 전부 비어 있었습니다."

유미코는 관자놀이에 손가락을 대고 눈을 감았다.

"제가 궁금했던 건 말이죠, 방 사이가 너무 멀리 떨어져 있는 건 아니었나 하는 것입니다."

"네?"

"106호에서 이치로이 씨가 비명을 질렀습니다. 그것이 방 세 개를 사이에 둔 102호에 있던 모미야마 씨의 귀에까지 들렸다는 건 뭔가 이상하다는 생각이 들었거든요."

유미코의 지적을 음미하는 듯 응접실에는 잠시 정적이 흘렀다. 조금 전까지와는 또 다른 종류의 전혀 다른 긴장감이 감돌았다.

"모미야마 씨의 방이 현장의 바로 옆이었다면 그다지 이상한 건 아니겠죠. 옆방의 옆방이라고 해도 뭐 그럭저럭 허용 범위라고 할 수 있을 테고요. 하지만 사이에 방이 세 개나 있었다면 좀 그렇지 않나요?"

"음, 그렇게 말씀하시니 이상하네요. 확실히…… 아니, 생각할수록 정말 이상한 것 같네요."

오츠카와도 이번에는 유미코의 지적을 무턱대고 부정하지 않았다. 오츠카와의 말에 힘을 얻었는지 유미코는 눈을 크게 뜨면서 목소리에도 힘이 들어갔다.

"실제로 모미야마 본인조차 처음에는 비명이 옆방에서 들린 줄 착각했다고 했잖아요. 그 말은 적어도 105호나 106호같이 먼 곳에서 난 소리일 리가 없다고 생각했었다는 얘기죠. 상식적으로 판단하면 지극히 당연한 얘기입니다. 이 경우 모미야마 케이이치가 거짓말을 한 것이 아니라고 한다면 정말 이상한 일이 아닌가 합니다."

"혹시 해서 말씀드리는 겁니다만 '메종포르테'의 벽이 그 정도로 얇다든가 그런 건 아니겠죠?"

슈타라는 자신이 먼저 그것을 알아차리지 못한 것이 분한 눈치였다. 나루토모가 당황한 표정으로 조심스럽게 입을 열었다.

"그 부분은 제가 설명드리겠습니다. 제가 말씀드리는 것을 깜박한 것이 있습니다. 모미야마 케이이치는 그 당시 자기 방 창문을 열어 놓고 있었다고 합니다."

"네?! 창문을 열어 놨다고요?"

일제히 놀라며 모두가 합창하듯 외쳤다.

"그렇습니다. 사실 당시 저희들 중에서도 102호에 있었던 모미야마 케이이치가 이치로이 씨의 비명을 들은 것이 이상하다는 의문을 제기한 사람이 있었습니다. 그래서 모미야마 씨 본인에게 물었더니 아마도 방의 창문을 열어 두었기 때문인 것 같다고 했습니다."

"102호의 방 창문을 열어 두었다고요? 하지만 그렇다면 더 이상하지 않나요? 이치로이 씨가 습격을 당한 건 11월입니다. 당시 코트를 입고 있었다고 들었습니다만. 그렇죠?"

슈타라는 당장이라도 벌떡 일어나서 다시 그 주위를 빠른 걸음으로 누빌 것 같은 기세였다. 고즈에가 고개를 끄덕이기를 기다리는 것조차 답답했는지 슈타라는 바로 말을 이었다.

"즉, 상당히 추운 밤이었을 겁니다. 그런 상황에서 왜 일부러 창문을 열어 놓았던 걸까요?"

"본인의 말에 따르면 때마침 환기하고 있었다고 합니다."

"환기라면 방 안 공기를 신선한 공기로 바꾸는 거죠? 그렇다면 더 이상합니다. 사건이 발생했을 때 그는 분명히 출근하려고 했었죠? 패밀리레스토랑의 밤 근무가 있어서요. 그렇죠? 그런데 귀가 직후였던 것도 아니고 외출하기 전에 환기를 한다는 게 말이 됩니까?"

고즈에는 꼭 그렇다고 단언할 순 없다고 생각했다. 일상적인 버릇이나 습관은 사람마다 다르니까 그럴 수도 있는 것이라고 말이다. 하지만 그녀 자신을 포함해서 그런 식으로 하는 사람은 아무도 없었다.

"죄송합니다. 또 하나 여러분께 전해 드리는 것을 깜빡한 것이 있었습니다."

'그 정도로 조심스럽게 말할 필요 없는데.'

고즈에가 화가 날 정도로 나루토모는 일동을 향해 정중하게 머리를 숙였다.

"모미야마 케이이치는 당시 '메종포르테'의 102호에 혼자 살고 있지 않았습니다. 같이 사는 사람이 있었던 것 같습니다."

"같이 사는 사람이라고요? 그게 누구죠? 남자입니까, 아니면 여자?"

그런 중요한 데이터를 누락시키다니 곤란한데, 라고 불평하는 듯했지만 슈타라는 일단 나루토모의 이야기를 전부 듣는 것이 우선이라고 판단한 듯 물었다.

"여성분이었다고 했습니다. 하지만 여자 친구와 동거를 하고 있었다거나 그런 건 아니었습니다. 모미야마 케이이치도 그 여성도 둘 다 그다지 경제적 여유가 없었기 때문에 집세를 반씩만 부담하기 위해서 룸메이트로 셰어를 하고 있었다는군요. 따라서 특별한 남녀 관계는 아니라고, 적어도 본인은 그렇게 주장했습니다. 그, 같이 살던 여성이 담배 연기를 싫어한다고 합니다."

슈타라뿐 아니라 모두가 뭔가 한마디 하고 싶어 하는 듯한 분위기가 팽배했지만 우선은 나루토모의 얘기를 다 들어 보자고 생각했는지 아무도 나서지 않았다.

"담배라……."

"그런데 모미야마 케이이치는 흡연자라 문제의 11월 6일 밤도 나가기 전에 한 대 피웠다고 합니다. 당시 그 여자분은 집에 없었지만 나중에 방에서 담배 냄새가 나면 화낼 것 같아서 환기를 시켜 놓기 위해 창문을 열었고, 때마침 이치로이 씨의 비명을 듣게 된 것이라고 모미야마 케이이치는 증언했습니다."

"잠깐 묻겠습니다. 같이 살던 여성의 신원은 파악되었습니까?"

슈타라가 물었다. 이번엔 그가 불만스러운 표정을 드러내지 않았지만 나루토모는 곤란한 표정으로 고개를 숙이며 말했다.

"그게 사실은…… 잘 알 수 없었습니다. 성이 시로지리라는 것 정도밖에……."

"잘 알 수 없다니요. 어째서 모미야마로부터 그런 내용을 들을 수 없었던 거죠?"

"성은 시로지리인 듯하고 이름은 잘 모른다. 그것이 그의 대답이었습니다."

"설마, 모미야마 본인도 모른단 말씀이십니까? 같이 살고 있던 여성에 대해서 아무것도?"

"그녀와 모미야마는 그가 일하던 패밀리 레스토랑에서 알게 되었다고 합니다만, 같이 살기로 정했을 때 서로에 대해서는 필요 이상으로 알려고 하지 말자는 약속을 했다고 들었습니다."

"정말인가요? 그 여성 쪽은 도대체 뭐라고 하던가요?"

"모르겠습니다."

"네? 모르다니요. 그게 무슨 소리입니까?"

"102호까지 이치로이 씨의 비명이 들렸다는 것에 의문을 갖게 된 것은 사건 후 시간이 조금 지나서였습니다. 당연히 동거인이라는 여성에게도 사정 청취를 해야 한다는 얘기가 나오긴 했지만 그땐 이미 그녀가 사라진 상태였습니다."

"아니, 잠깐만요, 사라지다니요. 그게 도대체 무슨 소리인가요?"

어이없음의 정도를 넘어선 것인지 슈타라는 쓴웃음을 지으며 조금 전에 했던 것과 비슷한 말을 되풀이했다.

"자신이 없는 동안 맨션에서 살인 미수 사건이 발생했다고 모미야마에게서 들은 그녀는 이렇게 무서운 곳에서는 더 이상 살 수 없다며 바로 짐을 챙겨서 나가 버렸다더군요. 이전부터 1층에 있는 방은 보안이 허술해서 싫다는 둥 불평을 했다고 합니다. 게다가 세탁물 중에서 속옷을 도난당한 적도 있었고……."

"그러니까 결국 그 동거인이라는 여성의 신분은 전혀 알아내지 못했고, 행방도 알 수 없었다는 건가요? 현재까지도?"

"그렇습니다."

일일이 코멘트해 봤자 소용없다고 생각했는지 슈타라는 머리를 긁적이며 말했다.

"아무래도 이건 좀 수상하네요."

"확실히, 지금 생각하면 그렇습니다. 변명할 생각은 없습니다만, 이치로이 씨의 증언 등으로 그녀를 살해하려 했던 사람이 구츠와 기미히코라는 것은 확실했기 때문에 모미야마 케이이치의 동거인의 존재가 수상하긴 했지만 사건과는 관계없을 것이라고 판단하고 그만……."

"이렇게 말씀드리긴 좀 그렇지만, 마치 미스터리 소설 같은 설정이네요. '환상의 여자' 같은 느낌이네요. 애당초 그런 동거인 같은 건 존재하지 않았을지도 모르고."

아리사의 두 눈이 호기심으로 빛났다. 슈타라는 더 이상 참을 수 없었는지 또다시 의자에서 벌떡 일어났다.

"과연 여자……일까? 만약 동거인이 실제로 있었다고 해도, 그것이 여성이라고 주장하는 사람은 모미야마 케이이치뿐입니다. 그렇지 않나요? 그렇지 않으면 다른 누군가가 그 시로지리라는 여자를 본 사람이 있나요?"

나루토모는 고개를 가로저었다. 그러다가 고즈에와 문득 눈이 맞았는데 그의 얼굴에 살짝 비쳤던 미안한 표정을 그녀는 이해할 수 없었다. 확실히 모미야마 케이이치의 동거인인 여성에 관해서는 고즈에도 처음 듣는 것이었다. 그러나 그것을 지금까지 알려 주지 않았던 나루토모를 탓하고 싶은 마음은 전혀 없었다. '연미회'의 멤버에게도 알리지 않았을 정도니까 그다지 중요한 데이터가 아니라고 생각했던 것 같았다. 그런데 어째서 잠깐이지만 그런 표정을 보였던 건지 나루토모에게 직접 물어보고 싶은 기분이었다.

그건 그렇다 치고, 모미야마 케이이치에게 동거인이 있었는지 없었는지 따위는 고즈에에겐 전혀 상관없는 문제였다. 그런 여성이 실제로 있었든 말든, 모미야마와 남녀 관계가 있었든 말든 상관도 없고 흥미도 없었다. 하지만 '연미회'의 사람들은 그렇게 생각하지 않는 듯했다.

"이것은 상당히 의외의 전개네요. 오츠카와 선생님, 그렇게 생각하지 않으십니까?"

슈타라가 자리를 왔다 갔다 하면서 입맛을 다셨다.

"음, 뭔가 냄새가 나는데. 모미야마 케이이치라는, 지금까지 부외자라고 생각했던 인물이 사건에 관련되었을 가능성을 신중하게 검토해 봐야 할지도 모르겠군."

"그렇고말고요. 그는 사건 발생 당시 현장 바로 근처에 있었으니까요."

"그러게 말이야."

"조건만 갖춰진다면 그가 모종의 위장 공작을 하는 것도 가능한 위치에 있었다는 것을 의미할 것 같습니다."

"그렇군. 또다시 자신의 가설을 되풀이하는 것 같아서 그렇지만, 현장에 소년의 학생 수첩이 놓여 있었다는 점하고도 관련이 있지 않을까?"

맞장구 칠 때마다 슈타라의 흥분도가 증가하는 것 같았다.

"그것도 그렇군요. 이치로이 씨가 구츠와 기미히코의 주머니에서 수첩을 빼낸 것은 분명히 우연히 벌어진 일이겠죠. 하지만 그것이 경찰에 의해 발견된 문제의 학생 수첩과는 다른 것일 가능성도 다시 생각해 봐야겠군요."

"아까 얘기했던, 경찰이 도착하기 전에 누군가 바꿔치기했을 가능성 말이지?"

'그런 말도 안 되는 소리를. 만약 그런 일이 있었다면 내가 모를 리 없잖아.'

고즈에는 어이가 없었다. 하지만 현장에 있지도 않았으면서 슈타라는 무척 자신 있는 목소리였다.

"네, 맞습니다. 생각해 보니 충분히 가능할 것 같습니다. 구츠와 기미히코는 서둘러 현장에서 달아나느라 주머니에서 빠진 수첩을 그대로 두고 가 버렸지만 그 수첩에는 별 내용이 없었을지도 모르죠. 혹은 그가 다시 가져갔을 가능성도 있습니다만, 어느 쪽이든 현장에 남아 있던 것은 이치로이 씨가 빼낸 수첩과 다른 것이겠죠. 경찰이 발견한 학생 수첩은 다른 누군가가 미리 준비했다가 사건 발생 후에 몰래 현장에 놓고 갔다고 생각해 보면 어떨까요?"

슈타라는 고즈에의 반응을 살폈지만 그녀로서는 어떻게 반응해야 할지 전혀 감이 잡히지 않았다.

"물론 그 다른 누군가란 모미야마 케이이치가 아닐까, 라는 전제로 말씀드린 것입니다."

오츠카와는 만족스럽게 고개를 끄덕이며 천천히 주위를 둘러봤다.

"그러니까 그가 구츠와 기미히코를 무차별 연쇄 살인 사건의 범인으로 만들기 위한 위장 공작을 했다? 슈타라 군이 하고 싶은 말은 그거지?"

"바로 그렇습니다. 분명히 이치로이 씨를 습격한 것은 구츠와 기미히코였습니다. 하지만 그 범행도 소년이 그렇게 하도록 모미야마 케이이치가 술책을 부려서 꾸민 것이라고 생각합니다."

'그런 말도 안 되는 일, 있을 리가 없어.'

속으로 반론하는 것도 지겨워진 고즈에는 일단 슈타라가 추리를 하도록 내버려 두기로 했다.

"그렇다면 구체적으로 어떤 계획이었을까?"

오츠카와가 흥미진진한 표정으로 슈타라에게 물었다.

"그것은…… 아니, 자세한 건 뒤로 미루는 게 낫겠네요. 죄송합니다. 이런저런 것들이 오츠카와 선생님이 펼치셨던 '하사타니 코지로 진범설'의 재탕이 돼 버립니다만, 괜찮겠습니까?"

"괜찮고말고."

자신의 가설에 힘을 실어 주는 새로운 전개에 오츠카와는 기분이 좋았다. 하지만 슈타라의 말에 열의 있게 반응하는 사람은 그뿐이었다.

"아까 선생님의 가설은 살해당한 '하사타니 코지로'는 사실 진짜 하사타니 씨가 아닌 그와 많이 닮은 다른 사람이라는 것이었습니다. 그리고 그는 '우게나플래츠'에 구츠와 기미히코를 몰래 감춰 두고 자기 대신 연쇄 살인 사건의 범인으로 만들려고 했다는 것이었죠. 하지만 역시 맨 처음 살해당한 사람은 하사타니 코지로 본인이었을 거라고 생각합니다. 그리고 그가 '우게나플래츠'의 방을 대신 빌린 것은 가출한 남자 고등학생 때문이 아니라 진짜로 자신의 내연녀 때문이었던 겁니다."

'조금 전 그곳에 드나들었던 사람은 단순히 하사타니 코지로의 내연녀가 아니라는 가정을 논리적으로——상당한 궤변처럼 들리긴 했지만——설명했던 사람이 다름 아닌 슈타라 자신이었던 것 같은데.'

고즈에는 그렇게 생각했지만 굳이 그 얘기를 꺼내지는 않았다.

"하지만 말입니다. '우게나플래츠' 505호에서 구츠와 기미히코의 물건이 발견되었습니다. 그 사실은 어떻게 설명할 수 있는 거죠?"

"그것도 역시 모미야마 케이이치가 계획했던 위장 공작의 일환에 지나지 않았을 겁니다. 그는 하사타니 코지로를 살해할 때 시체의 주머니에서 '우게나플래츠'의 열쇠를 빼내 가지고 있었던 것입니다. 언젠가 써먹을 수 있겠다고 생각했겠죠."

'하지만 그런 발상 자체가 이상하잖아.'

고즈에는 그렇게 생각하지 않을 수 없었다. 아까도 얘기가 나왔지만 하사타니가 살해된 후 그의 은행 계좌는 동결되어 수도나 전기 요금 등을 납부할 수 없어서 결국 끊기고 말았다. 그런데도 불구하고 그 후에도 임대 계약이 유효했던 것은 하사타니가 505호의 1년분 월세를 선불로 냈기 때문이었다.

하지만 그것을 모미야마가 어떻게 알고 있었단 말인가. 고즈에는 그 부분은 도대체 어떻게 대답할지 궁금해서 물어볼까 했지만 역시 그만두기로 했다. 살해하기 직전에 그런 정보를 하사타니 본인의 입을 통해 들었다고 하면 그만이니까. 어차피 물어봐도 그 정도 답변밖에 들을 수 없을 것 같았다.

"그렇다면 뭐야. 가출한 구츠와 기미히코의 아지트를 제공했던 건 하사타니 씨가 아닌 모미야마 케이이치였다는 말이야?"

여전히 슈타라의 얘기에 동의하는 듯한 사람은 오츠카와 정도였고, 아리사는 거리를 두고 있는 분위기로 질문을 던졌다.

"분명 그랬을 거야. 시로지리인가 하는 그런 여자는 존재하지도 않았겠지. '메종포르테' 102호에서 모미야마 케이이치와 같이 살고 있던 건 구츠와 기미히코였어. 따라서 '우게나플래츠'는 소년의 물건을 가져다 놓는 것으로 마치 그곳에서 살았던 것처럼 꾸민 것뿐이야. 진짜 아지트였던 '메종포르테'로부터 수사진의 눈을 돌리기 위해서 말이야."

"그럼 하사타니 씨와 소년의 관계는?"

"물론 아무런 관계도 아니겠지. 서로 접촉조차 한 적도 없을 것이고. 전부 모미야마 케이이치가 꾸민 것일 테니."

'잠깐만, 그렇다면 '우게나플래츠' 505호를 임대 계약한 사람의 이름이 어째서 토네리 히로미로 되어 있는지 설명을 할 수 없잖아. 아니면 보증인이었던 하사타니 코지로가 적당히 지어낸 이름이 우연히 구츠와 기미히코의 반 남학생이랑 똑같은 이름이었다는 말이야? 그냥 단순한 우연이었다고?'

한동안 마음을 비우고 경청이나 하자고 결심했던 고즈에였지만 이 얘기를 들으니 너무 어이없었다. 진짜 토네리 히로미는 여성이 아닌 남성이었던 데다가, 구츠와 기미히코의 같은 반 학생이었다는 데이터를 자랑스럽게 제공한 사람이 다름 아닌 슈타라 본인이었다. 그런데 기껏 찾아낸 그 증거를 부정하는 것을 전제로 추리를 전개하고 있는 자신에 대해서 스스로 아무런 저항감도 느끼지 않는 것인가 싶었다.

"아마도 모미야마는 그가 일하던 패밀리레스토랑에서 구츠와 기미히코를 알게 되었을 것 같습니다. 상상해 보면 가출을 해서 돈이 없었던 그는 그 가게에서 무전취식을 했을지도 모릅니다. 그것을 모미야마가 대신 갚아 줬든가 하여 소년이 그를 의지하게 된 것이 아닐까 합니다. 자, 그럼 이제 처음부터 경과를 정리해 보겠습니다."

멈춰 서서 잠시 생각에 잠긴 슈타라는 다른 누군가가 발언을 해 이 자리의 주도권을 잡기 전에 설명을 재개하고 싶어서 마음이 급해진 건지 다시 주위를 왔다 갔다 하기 시작했다.

"우선 모든 것의 발단은 1997년 2월 15일 구츠와 기미히코가 실종된 것으로부터 시작합니다. 그리고 아까 요보로베 씨가 말씀하셨듯이 이치로이 씨를 살해하려던 소년은 실패하고 맙니다. 실수로 그녀의 남자 친구 시가타 씨를 떠밀어서 죽게 했죠. 그 충격에 구츠와 기미히코는 자살까지 생각하면서 그대로 가출을 했고, 그런 소년을 거둔 사람이 모미야마 케이이치였던 겁니다."

요보로베의 반격에 힘없이 백기를 들었기 때문인지, 슈타라는 이번에도 역시 아까까지 자신이 주장하던 것과 완전히 반대의 추론을 펼쳤다. 고즈에는 입 다물고 있기로 결심했었지만 더 이상 참을 수 없어서 그만 한마디 하고 말았다.

"모미야마 케이이치는 어째서 그런 쓸데없는 짓을 한 거죠?"

"소년에게 흥미가 있었기 때문이겠죠. 그렇다고 해서 성적인 의미를 말씀드리는 것은 아닙니다. 이것 역시 자세한 경위는 상상할 수밖에 없지만, 구츠와 기미히코는 이치로이 씨를 살해하려다 실패한 것을 모미야마에게 고백했던 게 아닐까요? 아무래도 어린아이이니까 자신이 저지른 죄의 무게를 혼자서 감당하는 것이 괴로워 누군가에게 말하고 싶어 한 것도 무리는 아니라고 생각합니다. 일단 조금 전에 상상해 본 것을 적용한다면 이렇습니다. 소년의 마음속에서 무전취식을 한 자신을 도와준 모미야마에 대한 의존심이 급속하게 커졌고, 모미야마는 그런 심리를 이용해 구츠와 기미히코가 모든 것을 털어놓게 한 것입니다. 이치로이 씨를 살해하기로 마음먹었던 동기에서부터 실수로 그녀의 남자 친구를 떠밀어 죽게 한 것까지 전부 말입니다."

불만이 폭발한 고즈에가 얼굴을 붉히며 말했다.

"그런 게 있을 수 있는 일인가요?"

"구츠와 기미히코가 절망의 구렁텅이에 있었다면 결코 있을 수 없는 일은 아닙니다. 그리고 그가 그렇게 고백했기 때문에 모미야마는 소년에게 흥미를 가졌던 거구요."

"흥미를 가질 수 있다는 건 알겠습니다. 하지만 애한테 그런 고백을 들었다면 보통 경찰에 자수하라고 권유하지 않나요?"

"보통 사람이라면 그랬겠죠. 그러나 모미야마 케이이치는 보통 사람이 아니었습니다. 그 역시 지역 신문의 독자 코너에 투고한 사람들을 탐탁지 않게 여긴 이상 성격의 소유자였던 것입니다. '너희들 말이야, 자기들은 그 정도로 훌륭한 인격자도 아니면서 뭐 그렇게 잘난 척하고 있는 거야.'라는 생각에 적개심을 불태워……. 아, 그렇다고 해서 제가 그렇게 생각한다는 것은 아닙니다."

슈타라는 그 투고자들 중 한 사람인 고즈에를 향해 어색한 미소를 짓곤 얘기를 계속했다.

"세 사람의 피해자들 중 모미야마가 정말로 죽이고 싶었던 것이 누구인지는 알 수 없지만, 혹은 하사타니, 야토쿠라, 가마츠카 세 명 전부 죽이고 싶었던 것인지도 모르겠습니다만, 그들이 독자 코너에서 비판하고 있는 내용이 모미야마의 신경을 건드렸겠죠. 그 자신이 그 비판 내용에 전부 해당하는 사람일 수도 있고, 단지 도덕주의자인 척하는 위선자들을 혐오했던 것일 수도……."

"잠깐만요, 설마 모미야마가 그런 이유 때문에 전혀 모르는 사람들을 살해할 생각을 했다는 건 아니겠죠?"

모미야마 케이이치에게 의혹의 눈이 쏠리게 된 계기를 제공해 버린 것을 후회라도 하는 듯 유미코가 얼굴을 찡그리며 말했다.

"아마도 구츠와 기미히코라는 소년과 만난 것을 계기로 영향을 받아 모미야마가 그렇게 된 것일지도 모르겠습니다. 전부터 사람을 죽이고 싶었던 그가 '아하, 독자 코너에는 익명 제보를 제외하면 투고자의 이름과 주소가 제대로 적혀 있군. 이 인간들을 타깃으로 하면 괜찮을 것 같은데? 서로 면식조차 없으니까 잘만 하면 용의자로 경찰에 의심받을 걱정도 없네.' 하고 말입니다."

슈타라의 말에 고즈에는 소름이 돋았다. 그런 발상으로 무차별 살인을 하는 인간이 이 세상에 존재한다는 건 생각하고 싶지도 않았다. 하지만 실제로 그런 사람의 존재를 부정할 수 없다는 것도 알고 있었다. 수많은 사건 사고의 보도를 통해서도 알고 있고, 그녀 역시…….

"마치 '동기 같은 건 나중에 생각하자.'라는 느낌이네요. 평소에도 사람을 죽이고 싶었지만 실행에 옮길 계기를 찾지 못해서 근질근질하던 사람이 이른바 '살인을 위한 살인'이라는 행위가 가능한 구실을 발견해서 기쁜 마음으로 뛰어들었다는 식으로 말이죠."

유미코는 마치 고즈에의 생각을 대변하듯이 말했지만 그녀의 말투는 결코 그 내용을 부정하고 있지 않았다. 그보다는 부정할 수 없는 자신을 부끄러워하는 것처럼 느껴졌다.

"그러니까 결국 반복된 질문 같아서 죄송합니다만, 구츠와 기미히코가 이치로이 씨를 살해하려고 했던 애초의 동기도 역시 투고에 있다, 그런 전제인가요?"

"그렇습니다. 이치로이 씨의 투고가 자신을 반에서 따돌림 당하게 된 원인을 제공한 것이 사실이라고 하지만, 구츠와 기미히코는 그녀를 만난 적도 없습니다. 그런데 그 만난 적도 없는 여성을 실제로 죽이려고 했습니다. 그런 무서운 발상을 실행에 옮기는 인간을 만나게 된 것으로 모미야마는 깨닫게 된 것입니다. '그렇구나. 그럴 수도 있는 거구나.'라고 말입니다."

듣고 있던 고즈에는 갑자기 토할 것 같았다. 직업상 슈타라가 자유분방한 상상력을 구사한다는 것은 이해할 수 있었고, 그 능력을 인정받았기 때문에 그가 지금 이곳에 동석하고 있는 것이었다. 그러나 그는 고즈에처럼 실제로 죽거나 죽이거나 하는 장면을 조우한 경험이 없다. 물론 없다고 확신한 건 아니지만 만약 있다고 한다면 이런 끔찍한 얘기를 태연하게 입에 담을 수 없을 거라고 고즈에는 생각했다.

하지만 그런 슈타라에 대한 고즈에의 반발이나 비난 섞인 감정은 결코 그가 한 말에 대한 부정으로 이어지는 것은 아니었다. 부정하기는커녕 오히려 긍정에 가깝다고 할 수 있었다. 그런 인간이 실제로 존재한다는 것에 대해서 말이다. 누가 봐도 시시하고 말도 안 되는 이유로 타인의 목숨을 빼앗는 짓을 마다하지 않는 그런 인간이…….

"모미야마 케이이치는 전부터 특히 마음에 들지 않았던 투고자들 중 하사타니 코지로, 야토쿠라 미사토, 가마츠카 요시부미 세 명을 골라서 죽여 버리자고 결심했을 겁니다. 그리고 그들을 살해한 후 그 죄를 전부 구츠와 기미히코에게 뒤집어씌우는 계획을 세웠습니다. 그러기 위해서는 소년이 범인이라는 증거를 조작해야만 했죠. 예를 들어 앞에 말한 학생 수첩 같은 것을요. 그런 위장 공작을 준비하려면 필연적으로 시간이 걸립니다. 그래서 모미야마는 구츠와 기미히코가 자신을 믿게 만들려고 가출과 이치로이 씨 살해 실패로 물리적으로나 정신적으로 갈 곳이 없어진 구츠와 기미히코와 같이 살게 된 것입니다."

"아무리 그래도 그건 말이 안 되는 거 아닌가요? 이치로이 씨는 시가타 씨가 사고사를 당한 다음 무서워서 이사를 했습니다.

'코포라스케이야키'에서 '메종포르테'로 말입니다. 그렇게 이치로이 씨를 노렸다가 실패한 구츠와 기미히코에게 흥미를 갖고 도움의 손길을 내밀었던 모미야마 케이이치가 우연히 그녀가 이사한 곳인 '메종포르테'에 살고 있었다는 건가요? 처음부터?"

마치 슈타라의 그 말을 기다리고 있었다는 듯 유미코는 단호하게 일축했다.

"아, 아뇨, 그, 그건……."

갑자기 슈타라의 목소리가 힘을 잃었다. 그리고 머리를 쥐어뜯는 자세로 한동안 생각에 잠겼다.

"그건 아니겠죠. 구츠와 기미히코와 만났을 때 모미야마는 아마 다른 곳에 살고 있었을 것 같은데…… 어떤가요? 모미야마 케이이치가 '메종포르테'에 살기 시작한 건 언제인가요?"

슈타라가 애원하는 눈빛으로 나루토모를 바라보며 물었다. 하지만 나루토모 역시 곤란한 표정이었다.

"글쎄요……. 거기까지는 잘 모르겠는데요."

"그렇군요. 저는 음…… 구츠와 기미히코를 만난 후였을 거라고 생각합니다. 즉, 1997년 2월 15일 이후. 덧붙여 말하면 이치로이 씨가 '메종포르테'에 살게 된 후 그녀를 쫓아 그들도 같은 맨션으로 옮겼겠죠. 언젠가 다시 소년이 이치로이 씨의 목숨을 노릴 수 있게 하도록 그녀가 이사한 곳을 조사한 다음 그들 역시 같은 층의 방으로 옮겼을 겁니다."

"어째서 일부러 그런 번거로운 짓을 했던 거지?"

질문하는 아리사는 웃음 섞인 표정이었다. 때문에 그녀가 슈타라의 추론을 야유하는 건지 지지하는 건지 알 수 없었다.

"물론 그건 구츠와 기미히코를 계략에 빠뜨리려는 위장 공작의 일환이기 때문이지. 자, 잠깐 들어 봐. 순서대로 설명해 줄게. 일단 그렇게 해서 '메종포르테'에 소년과 같이 거점을 만든 모미야마 케이이치는 전부터 적개심을 품고 있었던 하사타니, 야토쿠라, 가마츠카 세 명의 투고자를 타깃으로 삼아 차례차례 살해했어. 물론 범행을 할 땐 항상 구츠와 기미히코의 농구화를 신고 말이야. 그리고 일련의 사건이 동일 인물의 범행이라는 것을 강조하기 위해 피해자들의 머리카락과 함께 범행 성명문을 매스컴에 보내는 등, 소년에게 모든 것을 뒤집어씌울 용의주도한 준비를 진행한 거야."

"그럼 구츠와 기미히코의 학생 수첩에 적힌 것들은 어떻게 위조한 거야?"

"그것에 관해서는 오츠카와 선생님의 가설을 그대로 옮긴 거지만, 교묘한 말솜씨로 구츠와 기미히코에게 지금 세상을 떠들썩하게 하고 있는 세 건의 무차별 연쇄 살인 사건에 관해 같이 생각해 보자는 식으로 제안했을 거야. 소년에게 생각이 정리될 때마다 메모를 하는 습관이 있다는 것을 이용한 거지."

"그럼 역시 아까 오츠카와 선생님의 가설처럼 구츠와 기미히코는 자신을 거둬 준 모미야마 케이이치가 연쇄 살인 사건의 범인인 것을 몰랐다는 전제인 거야?"

"물론이지. 아마도 모미야마는 구츠와 기미히코에게 이런 식으로 말했을 것 같아. '이봐, 아무래도 너와 같은 생각을 하고 있는 놈이 있는 것 같아.'라고. 사건의 자세한 내용이 기재되어 있는 잡지나 신문 기사와 함께 피해자들의 투고가 게재되어 있는 독자 코너를 이런 식으로 준비해서 말이야."

슈타라는 아리사가 나누어 준 복사본을 팔락팔락 흔들어 보였다.

"그것을 보여 주자 그것이 함정이라는 것도 모르고 구츠와 기미히코는 깜짝 놀랐겠지. 세상 사람들은 아직 피해자들의 공통점을 알아차리지 못한 것 같지만, 이 수수께끼의 연쇄 살인마는 바로 자신과 마찬가지로 신문의 독자 코너에 투고가 게재된 적이 있는 인간을 노리고 있으니 말이야. 생각도 못 했던 우연의 일치라는 사실에 경악했겠지. 물론 실제로는 우연이 아니지만 말이야. 이미 구츠와 기미히코 본인으로부터 이치로이 씨 살해 계획의 동기를 들은 모미야마가 그것을 모방해 다른 범행을 계속 저질렀던 것뿐이니까 피해자의 선택 방법이 같았던 건 당연한 거였어. 그러나 그런 것을 몰랐던 소년은 그런 우연에 운명적인 것을 느꼈을지도 몰라. 그런 그의 마음속 틈을 파고드는 절묘한 타이밍에 모미야마는 구츠와 기미히코의 귓가에 악마처럼 속삭였을 거야."

일단 말을 끊고 크게 한숨을 돌린 슈타라는 시선을 허공으로 향했다. 그는 자신이 자아내듯 만든 이야기에 몰두하고 있는 듯했다.

"모미야마는 소년의 귀에 대고 이렇게 말했을 거야. '여기서 다음 희생자를 같은 방법으로 살해하면 모든 죄는 이 연쇄 살인마가 뒤집어써 주는 게 될 거야.'라고."

"구츠와 기미히코에게 살인을 부추겼다는 거야? 그렇게 해서 그가 또다시 이치로이 씨의 목숨을 노리게 만들었다? 그런 얘기네?"

아리사의 목소리에선 야유하는 듯한 느낌이 사라져 있었다.

"그래. 그리고 모미야마는 소년에게 세 건의 범행에서 자신이 사용했던 덤벨을 건네 줬을 거야. 살해 방법 등도 전부 소년 자신이 손으로 직접 메모하도록 유도했겠지. 다만 타깃 리스트의 맨 마지막, 그러니까 이치로이 씨의 이름만은 모미야마가 구츠와 기미히코의 필적을 흉내 내서 써 넣었었을 것 같아. 그것까지 본인이 쓰도록 하면 소년이 의심을 품을지 모른다고 생각했을 테니 말이야. 그래서 이치로이 씨의 이름만 그렇게 변칙적인 위치에 있었던 거지."

"범행 일이 전부 그 달의 첫 번째 목요일로 통일되어 있는 것도 모미야마의 계획이었다는 거야?"

"당연히 그랬겠지. 모미야마는 범행을 저지를 때마다 의식적으로 실행 일에 법칙을 부여해 두었어. 그것 역시 무차별 연쇄 살인 사건의 특징이라고 구츠와 기미히코에게 은근슬쩍 얘기해 두었기 때문에 같은 범인의 범행으로 보이게 하려고 그것 역시 따라할 거라고 예측했을 거야. 모미야마가 꾸민 함정이라는 것을 모른 채 구츠와 기미히코는 그렇게 날짜를 정했겠지. 이렇게 해서 구츠와 기미히코는 감쪽같이 모미야마 케이이치의 계략에 빠지게 되고, 그 결과 첫 번째부터 네 번째 사건은 전부 동일 인물에 의한 범행이라는 상황이 완성되는 거지."

"하지만 말입니다, 그렇게 있는 대로 위장 공작을 해 봤자 만약 구츠와 기미히코가 이치로이 씨를 살해하는 데 실패하지 않았다면 아무런 의미도 없습니다. 그렇지 않나요? 만약에 그녀를 살해하는 데 성공해서 그의 범행이라고 증언할 일도 없이 무사히 달아나 버렸다면 어떻게 됐을까요? 모미야마 케이이치의 노력은 물거품이 되는 것 아닌가요? 설마 범행 실패까지도 모미야마가 꾸민 거라고 하는 건 아니겠죠?"

자신의 무릎 위에 팔꿈치를 대고 손으로 턱을 괸 유미코가 못마땅한 표정으로 물었다.

"아, 물론 그가 실패한 것은 우연입니다. 단지 모미야마는 자신의 생각대로 소년이 어떤 실수를 저지르도록 준비했을 겁니다. 그것 때문에 일부러 '메종포르테'로 이사했을 테니까요. 구츠와 기미히코의 범행 현장 바로 옆에서 그가 대기하고 있는 것을 만약에 누군가 목격해도 의심받지 않기 위해서 말입니다."

"그렇다면 모미야마가 이치로이 씨의 비명을 증언한 것은?"

"그건 거짓말이 아니었겠죠. 실제로 들은 것일 테니까요. 다만 모미야마는 그때 102호에 없었을 겁니다. 아마 복도로 나와 있었겠죠. 그것도 106호의 문에 딱 붙어서 실내의 상황을 살피고 있었을 것 같습니다."

"구츠와 기미히코가 어떤 실수를 저지르도록 손을 쓰기 위해서 말입니까? 구체적으로 어떤 식으로 실수하도록 했다는 건가요?"

슈타라의 추리에서 허점을 찾아내기 위해서인지 유미코의 시선은 빠르고 바쁘게 움직였다.

"그건 모르겠습니다. 밑도 끝도 없는 얘기를 해서 죄송합니다만, 모미야마의 입장에서 보자면 이치로이 씨의 살해 여부와는 별도로 준비했기 때문에 크게 상관없었을 것 같습니다. 다만 구츠와 기미히코를 함정에 빠뜨릴 마지막 마무리를 하기 위해 현장 상황을 살피고 있었을 겁니다. 그 결과 사태는 모미야마에게 있어 이상적 형태로 진행되었습니다. 구츠와 기미히코는 이치로이 씨로부터 생각지도 못한 반격을 받고 멋지게 실패했습니다. 게다가 그녀에게 얼굴을 들켰고 수첩까지 빼앗길 뻔했습니다."

"'빼앗길 뻔했다'는 얘기는, 구츠와 기미히코는 그녀가 주머니에서 끄집어 낸 수첩을 다시 회수해 갔다고 생각하시는 겁니까?"

"그런 것 같습니다. 아무리 생각해 봐도 그렇게 해석하는 편이 가장 자연스러울 것 같습니다."

'아이고 맙소사.'

고즈에는 살며시 어깨를 움츠렸다. 아까는 구츠와 기미히코가 수첩을 회수할 여유는 없었을 거라며 전혀 다른 추리를 펼쳤던 사람이 어떻게 손바닥 뒤집는 발언을 할 수 있는지 신기할 정도였다. 그러나 슈타라 본인은 그런 자각이 없는지 전혀 개의치 않고 얘기를 계속했다.

"그것을 들은 모미야마는 속으로 잘되었다고 쾌재를 불렀을 겁니다. 하지만 전혀 내색하지 않고 일단 구츠와 기미히코를 102호에 숨겼겠죠."

"역시 현장의 현관문으로 달아났다는 얘긴가요? 그럼 베란다 쪽 유리문이 열려 있었던 건 왜일까요?"

유미코는 서서히 슈타라의 가설에 관심을 갖는 듯한 표정이었다.

"구츠와 기미히코에 의한 의도적 위장이거나 아니면 일단은 정말 베란다 쪽으로 도망가려 했었거나 둘 중 하나겠죠. 하지만 결국 그는 현관문으로 나왔을 겁니다. 102호에 그를 숨긴 모미야마는 '밖의 상황을 보고 올 테니 너는 여기서 움직이지 마.'라는 식으로 구실을 붙여서 자기 혼자 다시 106호로 향했습니다. 손에는 몰래 구츠와 기미히코의 주머니에서 슬쩍한 학생 수첩을 들고요."

"잠깐만요! 설마 그 수첩은 구츠와 기미히코가 현장을 떠난 후에 모미야마가 와서 놓고 간 것이라는 말씀이십니까? 그건 말도 안 되는 얘기입니다. 아무리 그래도…….”

도저히 참을 수 없었던 고즈에가 목소리를 높였다.

“그렇지도 않습니다. 이치로이 씨가 말씀하고 싶은 건 잘 알겠습니다. 만약 그렇다고 한다면 이치로이 씨가 몰랐을 리 없다는 말씀을 하고 싶으신 거죠? 하지만 잘 기억해 보세요. 당신은 소년에게 구타를 당해 의식이 몽롱한 상태였습니다. 구츠와 기미히코가 어느 쪽으로 달아났는지도 알 수 없을 정도였으니 당연히 모미야마가 몰래 방에 들어왔었던 것도 알아차리지 못하셨을 겁니다.”

“문제는 이치로이 씨가 알아차렸냐가 아니라 모미야마의 심리입니다. 슈타라 선생님의 생각에 따르면 그 시점에서 모미야마는 이치로이 씨가 죽지 않았다는 것을 구츠와 기미히코로부터 들어서 알고 있었을 겁니다. 게다가 고즈에 씨의 의식이 어느 정도인지도 판단할 수 없는 상황이었고요. 그가 그런 위태로운 상황임을 뻔히 알고도 정말 현장에 들어갔을까요?”

나루토모가 고즈에가 하고 싶은 말을 대신해 줬다. 하지만 슈타라는 자신만만하게 단언했다.

“들어갔고말고요. 왜냐하면 만약에 이치로이 씨의 의식이 돌아와서 모미야마가 안으로 들어오는 것을 알아차렸다고 해도 그는 조금도 곤란하지 않기 때문입니다. 이치로이 씨에게 들켰을 경우 그는 그냥 이렇게 말하면 됩니다. '저는 102호에 사는 사람인데 비명 소리가 들려서 어떻게 된 건지 보러 왔습니다. 괜찮으세요?'라고 말입니다. 같은 맨션에 살고 있는 사람이니까 그렇게 당당하게 자신을 밝혀도 아무런 문제가 없었을 겁니다. 이것이야말로 일부러 이치로이 씨를 따라서 같은 곳으로 이사한 이유이기도 하며, 그의 치밀한 계획에 기초한 준비의 일환이었던 겁니다."

'대단하군.'

슈타라의 그럴듯한 반론에 고즈에는 감탄하고 말았다. 그녀는 결코 '모미야마 케이이치 진범설'에 동의하는 건 아니었지만 '이렇게 짧은 시간에 잘도 여러 가지 생각을 해내는구나.' 하고 슈타라의 재능을 높게 평가했고, 비꼬고 싶은 생각은 전혀 없었다.

"그렇게 해서 모미야마는 구츠와 기미히코가 일련의 사건의 진범이라는 것을 나타내는 중요한 증거인 학생 수첩을 현장에 감쪽같이 가져다 놓은 것입니다. 그리고 다시 102호로 돌아가고 있는데 이치로이 씨의 신고를 받고 출동한 경찰들이 도착한 겁니다. 그래서 그는 어쩔 수 없이 비명 소리가 들려서 나와 봤다고 변명을 한 거죠."

"그렇다면 모미야마가 처음부터 스스로 경찰에게 증언할 생각은 없었다는 거군요."

나루토모의 물음에 슈타라는 아주 당연하다는 얼굴로 그를 보았다.

"그렇죠. 경찰들이 주변 탐문을 하면서 자신을 포함한 입주민들에게도 물어볼지 모르지만 그냥 자신은 아무것도 모르고 있었다고 답하면 그만일 테니까요. 106호와 102호는 아까 이즈미다테 선생님이 지적하셨던 것처럼 중간에 방이 세 개나 있을 정도로 떨어져 있습니다. 비명이나 소음 등은 전혀 듣지 못했다고 해도 문제될 게 없었겠죠. 그러나 102호로 돌아가는 도중에 경찰들과 마주치게 된 그는 비명 소리가 들려서 복도로 나와 본 거라고 변명할 수밖에 없었던 겁니다. 그 결과, 그 정도로 현장과 떨어져 있는 곳에서 어떻게 비명을 들을 수 있었냐는 질문에 '환기를 위해 창문을 열어 두었다'는 참으로 구차한 변명을 해야 하는 지경에 이르게 된 것입니다."

"그 후 모미야마는 어떻게 한 걸까요? 구츠와 기미히코를 102호에 계속 숨겨 둔 것일까요?"

나루토모가 왠지 낙담한 것 같은 표정으로 물었다.

"당분간 그랬겠죠. 그리고 상황이 진정되기를 기다렸다가 살해했을 겁니다. 모미야마의 계획대로 구츠와 기미히코가 범인이라는 것을 나타내는 증거는 이미 갖춰졌지만 그가 경찰에 잡히면 곤란했을 테니까요. 소년의 입에서 여러 가지 증언이 튀어나오면 모미야마 본인까지 위험해질 것은 뻔하잖아요. 그렇게 되기 전에 입막음을 해야 했던 그는 구츠와 기미히코를 살해하고 나서 실종 상태를 유지하기 위해 시체를 아무도 찾을 수 없는 곳에 처분한 것입니다. 아마 산속에 묻어 버렸거나 그랬겠죠."

슈타라의 말이 끝나자 그의 열변을 듣고 난 후유증인지 응접실은 기분 나쁠 정도로 침묵에 싸였다. 고즈에는 반론이 나오지 않을까 초조한 기분으로 기다렸지만 아무도 입을 열려는 기색이 없었다. 슈타라의 가설이 오늘 밤 모임의 최종적 결론이 된 듯한 분위기가 점점 조성되어 갔다.

슈타라는 지금까지 각자가 제출했던 추리의 장점을 잘도 이어 붙였다고 할 수 있었다. 그랬기 때문에 나름 설득력이 있다는 것은 부정할 수 없었다. 그 자리의 사람들 모두 똑같이 느꼈을 것이다. 하지만 고즈에는 여전히 불만스러웠으며, 자신의 관심 밖이라 모미야마 케이이치라는 사람이 무엇을 어떻게 했든 상관없었다.

고즈에의 최대 불만은 어째서 구츠와 기미히코가 자신을 죽이려고 했는지 그 명확한 답을 아직 얻지 못했다는 것이었다. 앞에 얘기한 투고 때문이라고 한다면 납득되는 부분도 있지만 그것은 어디까지나 유추에 지나지 않았다. 그녀가 바라는 것은 무엇보다 '실체'를 수반한 이유였다. 슈타라는 이 정도로 분방한 상상력을 구사하면서 결국 그 중요한 의문은 파헤치지 못하고 지나갔다. 그렇다고 해서 그를 무능하다고 몰아세우는 것도 맞지 않다는 것을 알기에 고즈에는 무슨 얘기가 나와도 어정쩡한 상태로 있을 수밖에 없었다.

'결국 무리였구나.'

그런 체념이 그녀를 밀어내고 있었다. 쉽게 말하면 동기 같은 건 결국 구츠와 기미히코 본인에게 물어볼 수밖에 없었다. 아니, 아무리 이곳에 그 소년이 나타난다고 해도 그 역시 제대로 설명할 수 없는 문제일지도 몰랐다. 즉, 영원한 수수께끼인 것이다. 자신은 그것을 십자가로 짊어지고 살 수밖에 없다는 것을 그녀는 새삼 깨닫게 되었다. 고즈에가 너무나 절망스러운 나머지 어이없는 미소를 지으려는 순간, "저……." 하고 미안한 말투로 나루토모가 입을 열었다.

*

"정말로, 그…… 말씀드리기가 좀 그렇습니다만, 슈타라 선생님."

"뭔가요? 네? 호, 혹시? 또 뭔가 앞뒤가 안 맞는 부분이라도?"

앞에서도 이런 분위기로 자신의 가설이 부정당한 것이 기억났는지 슈타라가 몸을 움츠렸다.

"유감스럽게도 몇 군데 있습니다. 먼저 일련의 사건에 흉기로 사용되었던 덤벨은 선생님의 말씀에 따르면 모미야마 케이이치가 준비한 것이라는 얘기가 되지만 그건 구츠와 기미히코 본인이…….”

“아, 그렇군요. 소년이 자기 집에서 들고 나온 것으로 확인되었다고 했죠?”

사전에 전달된 데이터를 완전히 까먹고 있었는지 혀를 찬 슈타라가 바로 정정하듯 말했다.

“그렇지만 그건 제대로 설명할 수 있습니다. 원래 구츠와 기미히코는 이치로이 씨를 살해하기 위해 뭔가 흉기가 필요하다고 판단, 덤벨을 들고 가출했습니다. 그 후 모미야마 케이이치의 보호를 받게 되면서도 계속 가지고 있었던 거죠. 모미야마는 그것을 알고 소년이 눈치채지 못하게 범행을 할 때마다 들고 나가서 흉기로 사용했을 겁니다. 이러면 말이 되겠죠?”

“그럴지도 모르겠군요. 하지만 더 결정적인 문제점이 하나…….”

“네? 또? 또 있나요?”

“이것도 역시 제가 전해 드리는 것을 잊고 깜박한 사항이라 정말 죄송스럽습니다만.”

지나치게 위축된 나루토모의 태도에 고즈에는 또다시 화가 났다. 사건에 조금이라도 관계된 데이터를 전부 전달하는 것은 어차피 무리니 그렇게 위축될 필요 없을 텐데 하고 말이다.

“슈타라 선생님의 추리를 정리하면 모미야마는 범행 당시 ‘메종포르테’의 복도에 나와서 현장 상황을 엿보다가 106호의 문으로 도망 나온 구츠와 기미히코를 바로 102호에 숨겼다, 그런 말씀이시죠?"

"그렇습니다만."

"그렇다면 말입니다, 이치로이 씨의 신고를 받은 경찰들이 '메종포르테'에 도착했을 때 구츠와 기미히코는 아직 모미야마의 방에 있어야 맞는 거죠?"

나루토모가 무엇을 말하려는 건지 짐작이 간 듯 슈타라는 우는 건지 웃는 건지 알 수 없는 표정을 지었다.

"그런데요. 설마…… 경찰이 그날 102호 내부를 조사했다는 얘긴 아니겠죠?"

"사실은 그렇습니다. 그럴 수밖에 없었습니다. 모미야마 케이이치의 증언이 사실이라고 가정하면 소년은 베란다로 도주한 것이 됩니다. 그러나 이웃 사람의 증언에 의하면 아무도 106호의 베란다 쪽 유리문에서 나오지 않았다고 했습니다. 물론 그녀가 어쩌다 보지 못하고 놓쳤다고 해석할 수도 있지만 모미야마가 거짓말을 했을 가능성도 무시할 수 없었습니다. 그런 저희들의 의혹을 눈치챘는지 모르겠습니다만, 모미야마는 의심받는 게 기분 나쁘니까 자기 방도 조사해 달라고 말했습니다."

"그래서…… 그 조사 결과는?"

"구츠와 기미히코는커녕 102호에는 아무도 없었습니다."

"그랬을 수도 있겠죠. 모미야마는 구츠와 기미히코를 자기 방에 숨기지 않고 그대로 맨션 밖으로 도망치게 했을 가능성도 있잖아요. 그렇게 생각하면 그만인 거 아닌가요?"

"하지만 모미야마는 소년의 입을 막기 위해 그의 신병을 확보할 필요가 있지 않았나요?"

"그래서 그때는 밖으로 도망치게 했지만 나중에 어딘가에서 다시 만났겠죠. 그런 약속을 했을 겁니다. 맨션에 있으면 위험하니까 어쩌고 하면서 교묘하게 구실을 붙여서 소년을 어딘가 밖에서 숨어 있게 한 다음……."

"102호를 조사한 결과, 모미야마가 누군가와 같이 살고 있었던 건 아무래도 사실인 것으로 판명되었습니다."

"그렇죠? 그것이 구츠와 기미히코……."

"아, 그렇게는 생각되지 않았습니다."

"네? 어째서요?"

"모미야마와 같이 사는 사람의 용모나 신원 등은 파악하지 못했습니다만, 일단 틀림없는 여성이었다고 여겨집니다. 그럴 수밖에 없는 것이, 102호 바닥에 이런저런 물건들이 어수선하게 널려 있었는데 그중에 여성의 속옷이나 생리 용품 등이 있었기 때문입니다."

"그건……."

구츠와 기미히코가 여장을 하고 있었기 때문은 아닌가, 하고 슈타라는 말하려고 했을 것이다. 하지만 그렇다면 생리 용품까지 준비할 필요는 없었다는 것을 생각했는지 다시 입을 다물고 말았다.

“만약을 위해 말씀드리는 것이지만, 그러한 소품이 같이 사는 사람의 성별을 속이기 위한 위장이었다는 생각은 성립되지 않습니다. ‘우게나플래츠’의 경우와는 달리 ‘메종포르테’ 102호의 임대 계약은 모미야마 케이이치의 명의로 되어 있습니다. 따라서 본인을 포함해 입주민의 성별을 위장하는 것이 아무런 의미가 없기 때문입니다. 아, 그리고…….”

나루토모가 여전히 미안한 듯한 표정으로 덧붙였다.

“저희들이 실내를 조사했을 때 102호의 창문은 확실히 열려 있었습니다. 모미야마 케이이치의 증언대로 말입니다.”

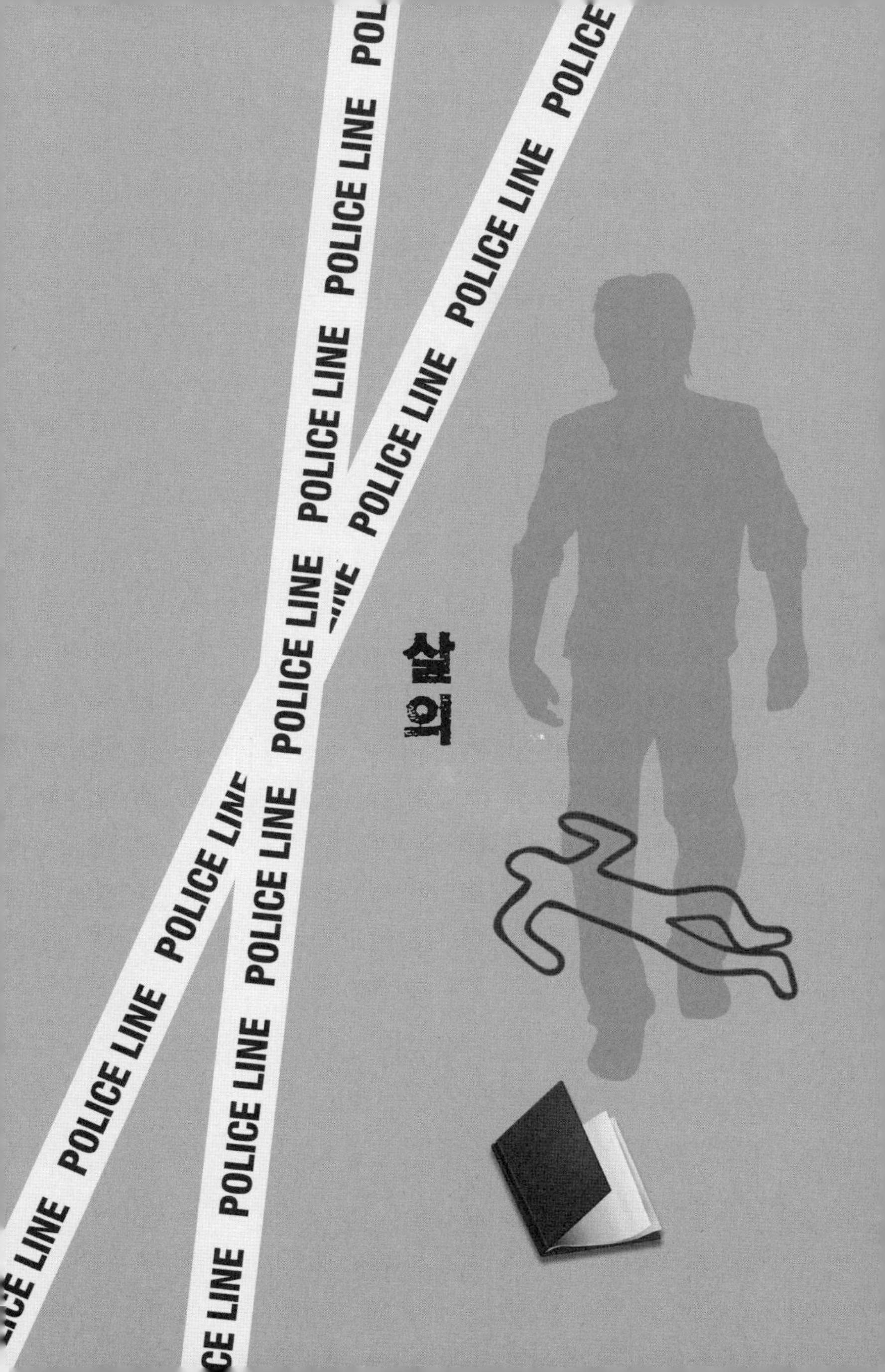
살인
POLICE LINE

殺

나루토모는 고즈에를 따라 오츠카와 저택 현관을 나왔다.

"이치로이 씨, 차로 오셨나요?"

"아니요."

희미한 가로등의 불빛 속에 멈춰 선 그녀의 하얀 입김이 머플러에 엉겨 붙듯이 허공에서 춤을 췄다.

"저는 택시 타고 왔습니다."

"그러면 제 차로 데려다 드릴게요. 이 근처에서는 좀처럼 택시가 잡히지 않습니다."

나루토모는 넌지시 고즈에의 팔을 잡고 주차장 쪽으로 안내했다.

"그래도 괜찮으시겠어요? 아까 브랜디를 드시지 않았나요?"

"저는 거의 안 마셨습니다."

그의 권유로 세단의 조수석에 타게 된 고즈에는 차가 출발한 뒤에도 한동안 아무 말이 없었으며, 나루토모 쪽도 묵묵히 핸들을 잡고 있었다. 날짜는 이미 바뀌어서 새해인 2002년이 되었다. 시각은 새벽 네 시를 넘기고 있었다. 전조등이 비추고 있는 도로에 다른 차들은 없고 주위는 고요했다.

고즈에와 나루토모가 나오기 전에 이즈미다테 유미코와 요보로베 야스노리는 먼저 각자의 차로 돌아갔고, 야츠메 아리사와 슈타라 아츠시는 오츠카와 저택에 남아서 같이 새해 아침을 맞이하기로 했다.

'그 세 사람은 무슨 얘기를 하고 있을까? 역시 미스터리 이야기일까? 아니면 단순한 세상 얘기일까?'

고즈에는 이런저런 생각을 하고 있었다.

"왠지 쓸데없는 짓을 한 것 같아서 죄송합니다."

"네? 무슨 말씀이시죠?"

그러고 보니 요보로베도 그렇지만 유미코는 제대로 술을 깨고 운전하는 건가, 하고 뒤늦은 걱정을 하고 있던 고즈에는 나루토모의 낮은 중얼거림에 다시 정신을 차리고 물었다.

"이치로이 씨의 고민을 해결해 드리려고 했는데 도움이 안 돼서……. 오히려 혼란스럽게 만들기만 한 건가 해서요."

슈타라의 추리가 완전히 부정된 후 새로운 가설다운 가설이 나오지 않았기 때문에 한동안 별 도움 안 되는 잡담만 하다가 헤어지게 되었다. 결국 섣달그믐의 '연미회' 모임에서 유일한 수확은 야츠메 아리사가 지적했던 지역 신문 독자 코너 투고자라는 피해자들의 공통점이었을 것이다. 오늘 밤 모임이 없었다면 고즈에로선 평생 알 수 없었던 사실인 건 확실했다. 그런 의미로 이번 모임은 고즈에에게 있어서 결코 무익한 것은 아니었다. 하지만 정말 알고 싶었던 것은 영원히 수수께끼인 채라는 절망을 동시에 느끼게 되었다고 할 수 있었다.

"당치도 않습니다. 모두들 여러 가지 지혜를 짜 주셔서 정말로 감사한 마음입니다."

고즈에는 고개를 가로저으며 가까스로 미소를 지었다. 이 말은 고즈에의 거짓 없는 진심이었다.

"다른 누구에게 부탁한다고 해도 그 이상의 성과는 기대할 수 없을 겁니다. 나머지는 구츠와 기미히코 본인에게 물어볼 수밖에 없겠지만 그것이 이루어지지 않는 이상 죽을 때까지 이 수수께끼를 안고 갈 수밖에……. 아, 아닙니다."

그녀는 황급히 손을 저으며 말을 이었다.

"죄송합니다. 이건 결코 불평이 아닙니다. 다만 이제부터는 현실을 받아들여야만 한다는 것을 스스로 다짐하는……."

고즈에는 문득 말을 끊고 입을 다물었다. 자신이 한 말을 되새겨 보면 뭔가 부적절한 말만 하는 것 같은 기분이 들었기 때문이었다. 그러나 그것을 수습하려고 하면 할수록 실언이 늘어날 것 같은 생각에 일부러 밝은 목소리를 내며 말했다.

"나루토모 씨, 오늘 밤의 일은 정말로 감사드립니다. 진심으로요. 어떻게 감사를 드려야 할지 모르겠습니다. 정말 감사합니다."

마음속 깊이 상대에게 전하고 싶은 것을 말로 표현할수록 왠지 거짓말처럼 들리는 것 같았다. 그래서인지 지금의 고즈에는 말을 하면 할수록 헛도는 기분이었다.

"아닙니다. 저로서는 감사받을 정도의 일을 하지 못한 것이 마음에 걸립니다."

"그렇지 않습니다. 저는 즐거워서 시간 가는 줄 몰랐습니다. 물론 이야기 내용이 다소 살벌하긴 했지만 흥미진진했습니다. 모두들 무척 개성이 강한 분들이셨고요."

고즈에는 아리사와 유미코 등의 여성들은 물론이고 오츠카와, 슈타라, 요보로베의 남성들 역시 아무래도 자신과는 맞지 않는 성격이란 인상이 강했지만, 지금 돌이켜보면 때로는 성숙하지 못했던 그들의 태도조차 좋은 의미로 보면 어린애들 같아서 귀엽게 느껴졌다. 아마 그들과는 두 번 다시 만날 일이 없을 거라고 생각해서인지는 모르겠지만 말이다. 고즈에는 줄곧 궁금했던 것을 물어보았다.

"오츠카와 선생님은 그 저택에서 혼자 사시는 건가요?"

"그런 듯합니다."

"가족분들은요?"

"자세한 건 저도 잘 모르겠습니다만, 젊었을 때 사모님께서 돌아가신 후 재혼도 안 하고 계속 혼자 살고 계시는 것으로 압니다. 자녀분도 없으신 듯해요."

"그렇군요. 외롭지는 않으실까요?"

"글쎄요, 듣기로는 둘 사이를 이어 준 인연 때문에 야츠메 선생님과 슈타라 선생님은 자주 그곳에 놀러 가시는 듯합니다만."

"이어 준 인연이라면?"

"아, 모르셨던가요? 두 분은 부부세요."

나루토모가 보기 드물게 장난기 어린 미소를 지으며 말하자 고즈에가 놀라며 되물었다.

"네? 야츠메 선생님과 슈타라 선생님이 부부세요? 하지만 나이가……."

"약간 나이 차이가 있죠. 일부러 비밀로 하고 있는 것 같지는 않습니다만, 일반인에게는 그다지 알려지지 않은 관계일지 모르겠네요."

그러고 보니 야츠메가 재혼한 것이 미디어를 통해 알려져 있긴 하지만 고즈에도 그 상대가 누구인지까지는 알지 못했다. 서로 말을 놓고 얘기하는 것을 보면 그다지 인습에 얽매이지 않는 요즘 시대의 부부라는 느낌이랄까. 자신들의 관계를 특별히 숨기는 건 아니지만 굳이 화제 삼을 필요도 없었을 것이다. 아무튼 고즈에는 그제야 둘 사이가 그렇게 친밀한 느낌이었던 이유를 알게 되었다. 혹시 둘이 불륜 관계가 아닐까 의심했던 자신이 웃겨서 고즈에가 미소를 지으며 말했다.

"아, 그래서인지 뭔가 잘 어울린다고 할까, 좋은 분위기 같다고는 생각했어요."

"그러셨군요."

"오츠카와 선생님이 이어 준 인연이라는 건 어떤 식이었나요?"

"야츠메 선생님이 맨날 '집사람'이 있었으면 좋겠다고 업계분들에게 말하고 다녔었나 봐요."

"여자분께서 '집사람'이라뇨. 아, 그렇구나. 자기 대신 집안일을 해 줄 남성이 있으면 결혼하고 싶다는 의미군요."

"그렇습니다. 아무튼 그 말을 들은 오츠카와 선생님이 '자네에게 딱 맞는 남자가 있네.' 하고 슈타라 선생님을 소개시켜 줬다고 합니다. 하지만 처음에는 망설였다더군요. 특히 야츠메 선생님 쪽이."

"나이 차가 꽤 있으니까요. 게다가 야츠메 선생님께는 이미 큰 자제분도 있고."

"그래도 오츠카와 선생님 정도로 연배가 되신 분이 보면 그다지 큰 차이도 아니라서 두 분께 '나이를 더 먹으면 어느 쪽이 연상이었는지 자신들조차 구별을 못 할 거야.'라고 우스갯소리를 했더니 겨우 마음을 바꾸게 되었다고 합니다."

"좋은 이야기네요."

문득 어깨에서 힘이 빠진 고즈에는 자기도 모르게 중얼거렸다.

"좋겠다. 부러워요, 저도 집안일 잘 못하는데."

"저는 꽤 잘하는 편입니다."

고즈에는 이런 나루토모의 말에 깜짝 놀라야 맞을 텐데 이상하게 아무런 동요도 느껴지지 않았다. 오히려 자연스러운 형태로 가슴에 스며들었다. 그가 이런 식으로 말해 줄 것을 미리 알고 있었다는 듯 은근히 마음이 통하는 것도 같았다. 하지만 그 때문인지 그다음에 이어지는 공백의 시간이 필요 이상으로 길고 어색하게 느껴졌다. 한동안 담담하게 운전을 하고 있던 나루토모가 말을 꺼냈다.

"역시 구츠와 기미히코는 죽었을까요?"

고즈에는 잠시 생각에 잠겼다.

"그러게요. 아마 그렇겠죠. 다들 여러 가지 의견을 내 주셨지만 그 점에 관해서 부정하는 분은 없었으니."

"누군가에게 살해당했는지 아니면 자살했는지 몰라도 그는 이미 죽었을 것이라고요?"

"아마도요."

"그가 어딘가에서 아무도 모르게 살고 있을 가능성은 없을까요?"

"없겠죠. 가족에게도 아무런 연락이 없는 그의 부재 기간의 길이를 감안해 보면 그건 너무 비현실적인 얘기 같아요."

"이치로이 씨, '연미회' 여러분의 의견을 주욱 듣고 저도 문득 생각난 것이 있습니다."

"그게 뭔가요?"

"범인의 동기입니다. 그것이 뭐였는지 알 것 같습니다."

너무나도 솔직하게 단언하는 나루토모의 모습에 고즈에는 어떻게 반응해야 할지 몰랐다. 그리고 뇌리의 중심이 싸늘해지는 감각과 함께 일순 눈앞이 하얘지는 듯했다.

"엉뚱한 생각일지도 모릅니다만, 한번 들어 보시겠습니까?"

"아, 말씀해 보세요."

문득 그녀는 목구멍 속 점막이 아플 정도로 말라 있다는 것을 깨달았다.

"운전을 하면서는 좀 그러니까 어딘가에 자리를 잡고 말씀드려도 괜찮을까요? 어딘가 열려 있는 가게라도 있으면……."

"혹시 괜찮으시다면 이대로 저희 집으로 가 주세요."

고즈에는 겨우 제대로 목소리가 나올 수 있게 되었다. 망설이는 듯한 분위기가 있었지만 나루토모는 고개를 끄덕이며 침착한 목소리로 말했다.

"사시는 곳이 '락트하우스' 맞죠?"

사건 후 '메종포르테'를 나와 한동안 본의 아니게 본가 생활을 했던 고즈에는 최근에 겨우 다시 독립하게 되었다. 원래 이번 연말연시는 부모님이 계신 곳에서 보낼 예정이었지만 모임도 있고 해서 흐지부지되고 말았다.

"그래도 괜찮으시겠어요?"

나루토모 쪽을 향한 고즈에의 입가에는 마치 어린 여자애처럼 천진하고 자연스러운 미소가 새겨져 있었다.

"물론이죠."

나루토모는 그녀를 향해 크게 고개를 끄덕였다.

*

잠시 후 '락트하우스'에 도착했다. 건물 앞에 차를 세운 나루토모는 고즈에를 따라 엘리베이터를 타고 맨션의 10층으로 올라갔다. 그녀의 방은 1010호였다. 안으로 들어간 두 사람은 코트를 벗고 작은 간이 키친 테이블에 앉았다. 고즈에가 커피를 따른 컵 두 개를 테이블 위에 올려놓자 나루토모가 얘기를 시작했다.

"지금까지 전혀 깨닫지 못하고 있었다는 것이 바보 같은 소리로 들린다는 건 압니다. 어째서 이 사실에 의문을 갖지 않았는지 부끄럽기도 합니다만, 이상한 것은 남성인 저는 물론이고 야츠메 선생님이나 이즈미다테 선생님 등 여성분들조차 전혀 이 점을 언급하지 않았다는 것입니다."

고즈에는 커피 컵에 손을 대지 않고 아무 말 없이 나루토모를 바라보고 있었다.

"4년 전 2월 15일, 당시 고즈에 씨와 가까웠던 시가타 아키라 씨가 의문의 사고사를 당했습니다. 그것이 직접적인 계기가 되어 당신은 '코포라스케이야키'에서 '메종포르테'로 이사했습니다. 그렇죠?"

"그렇습니다만, 그게 왜요?"

"그게 좀 이상하다고 생각되지 않으십니까?"

고즈에는 아무런 대답 없이 눈이 부신 듯한 표정으로 나루토모를 바라보았다.

"시가타 씨가 죽기 전 당신은 무언의 전화와 협박 편지에 시달리고 있었습니다. 그리고 시가타 씨의 죽음이 누군가에 의한 살인으로 의심되는 상황에서 견딜 수 없어 이사를 결심했죠. 물론 그 자체는 전혀 문제없습니다만, 이해가 안 되는 것이 하나 있습니다."

"그게 뭔가요?"

"이사 간 곳이 '메종포르테'라는 사실입니다. 아니……."

나루토모가 고즈에로부터 눈을 돌렸다.

"좀 더 정확하게 말씀드리면 '메종포르테'라는 것이 문제가 아니라 이치로이 씨가 이사한 곳이 1층이라는 사실입니다. 그게 이해가 안 됩니다."

두 사람의 눈이 다시 마주쳤다. 고즈에는 무표정한 채로 미동도 하지 않고 나루토모를 바라봤다.

"아까 모미야마 케이이치와 같이 사는 여성에 관한 얘기에서도 나왔지만 1층은 여성에게 안전하지 않은 조건의 위치입니다. 그런데 생각해 보세요. 혹시 모를 외부의 침입 등이 두려워서 살던 곳을 나온 여성이 어째서 다른 맨션의 1층으로 이사한 것일까요? 그전까지 살고 있던 '코포라스케이야키'의 방은 4층에 있었음에도 불구하고 말입니다."

고즈에는 나루토모를 지그시 바라보고 있었다. 나른한 느낌의 그녀의 눈매가 서서히 이완되었고 동시에 입술이 살짝 열렸다.

"물론 '메종포르테' 이외에 적당한 곳을 발견하지 못해서 어쩔 수 없었다고 생각할 수도 있겠지만, 여전히 해명할 수 없는 것이 있습니다. '메종포르테'는 입지 조건 때문에 입주 희망자가 별로 없어서 다른 층에도 빈방이 많이 있었습니다. 그럼에도 불구하고 어째서 위층 방을 선택하지 않으셨죠? 원했다면 맨 위층에라도 살 수 있었는데 말이죠. 위험을 피해 이사를 한 여성의 심리로는 정말 이해가 안 되는 부분입니다."

커피를 한 모금 마신 고즈에가 쓸쓸한 미소를 지으며 말했다.

"그러고 보니…… 정말 이상하네요. 그것을 야츠메 선생님도 이즈미다테 선생님도 지적하지 않았다니. 알아차리지 못한 걸까요?"

"이상하다고 생각했을지도 모르겠습니다만, 그 이상 깊게 생각하지 않았겠죠. 저 역시 다른 분들의 무신경을 지적할 처지가 아닙니다. 오랫동안 이 사건을 조사해 왔으면서 오늘 밤 처음으로 그 부분에 의문을 품게 되었거든요.”

나루토모가 언제 그것을 알아차렸는지 고즈에는 알 것 같았다. ‘메종포르테’의 현장 옆에 105호가 빈방이었다는 것에서 마치 밀실 살인 같은 상황이 만들어졌다고 슈타라가 추론을 전개했을 때였을 것이다. 그때 슈타라의 질문에 답하는 나루토모의 표정이 뭔가 꺼림칙한 듯 일그러져 있었다. 고즈에는 그때부터 예감했다.

“그래서 하시고 싶은 말이 뭔가요?”

“이치로이 씨, 당신이 왜 일부러 1층 방을 선택했는지 그 이유를 생각하기 전에 하나 중요한 것을 확인하고 싶습니다. 당신은 구츠와 기미히코에게 살해당할 뻔했습니다. 이것은 틀림없는 사실이겠죠. 문제는 그것이 언제 일어난 일이었냐, 라는 것입니다.”

고즈에는 고개를 끄덕였다. 그녀는 테이블에 손을 올려 턱을 괴고 나루토모 쪽으로 몸을 내밀고 있었다.

“지금까지 저희들이 알고 있었던 1997년 11월 6일의 일이 아니었던 것입니다. 그렇죠?”

고즈에는 또 고개를 끄덕였다. 표정은 별로 바뀌지 않았지만 눈꼬리가 경련을 일으키며 속눈썹이 떨렸다.

“그럼 언제였을까요? 그건 하나밖에 생각할 수 없습니다. 그 해 2월 15일…… 맞죠?”

*

"그렇습니다. 2월 15일, 무척 추운 날이었어요."

고즈에는 숨을 크게 들이쉬면서 눈을 감았다.

"당신이 습격당한 건 구츠와 기미히코가 실종된 날이었습니다. 소년은 당신을 살해할 생각으로 집 안으로 침입했던 거죠? 단, 그 장소는 '메종포르테' 106호가 아니고 당시 당신이 살고 있던 '코포라스케이야키' 405호였어요. 그랬던 거죠?"

고즈에가 감았던 눈을 뜨며 말했다.

"그때는 정말이지 너무 놀랐어요. 아니, 경악과 공포라고 해야 맞을 거 같군요. 집에 들어가는데 갑자기 누가 달려들어서…… 상황을 파악할 겨를도 없었어요. 이게 도대체 무슨 일인가 했었죠."

"필사적으로 저항한 당신은 겨우 큰 위기는 모면했죠. 하지만 지금까지 굳게 믿고 있었던 것처럼 구츠와 기미히코는 현장에서 도주하지 않았습니다. 아마 그곳에서 사망하고 말았을 것 같은데…… 그렇죠? 이치로이 씨, 당신의 반격으로."

"그때 그 덤벨이었어요. 솔직히 말해서 확실하게는 기억나지 않습니다. 충격으로 정신이 나간 상태였거든요. 비닐 끈으로 목을 졸려 죽을 뻔했던 저는 일단 그를 덤벨로 쳐서 넘어뜨렸어요. 그리고 전화를 찾아 경찰에 신고하려고 했죠. 하지만 그럴 수 없었습니다. 그때 다시 일어선 소년이 공격을 해 왔기 때문이죠.

그래서 전화번호도 끝까지 누르지 못했어요. 이번이야말로 죽겠구나 하는 생각에 패닉에 빠졌습니다. 그 상태로 무작정 덤벨을 휘두르다가 문득 정신을 차렸더니 그가 죽어 있었습니다. 내가 사람을 죽였다고 생각했을 때는 정말 무서웠어요."

힘없이 고개를 가로저으며 말하는 그녀의 목소리가 처음으로 갈라졌다.

"그랬군요. 구츠와 기미히코의 시체 앞에서 어찌할 바를 몰랐던 당신은 시가타 아키라 씨에게 도움을 요청한 거죠?"

"그렇습니다. 당시에는 가장 의지가 되었던 사람이었으니까요."

"네, 그것도 잘 알고 있습니다. 이건 제 생각입니다만, 당신은 어떻게든 구츠와 기미히코를 살해했다는 것 자체를 은폐하고 싶었겠죠."

"나중에 냉정하게 생각해 봤는데, 정당방위니까 경찰에 출두해서 솔직하게 말하는 게 좋을 뻔했어요. 정말로요."

"하지만 그때는 패닉 상태였겠죠. 자신이 살인을 저지르고 말았다는 사실에 겁에 질려서 모든 것을 없던 것으로 하고 싶었죠?"

"그렇습니다. 그 일이 세상에 알려지면 어떻게 될지 상상이 되더라고요. 부모님을 포함한 주변 사람이 저를 어떻게 대할지도. 게다가 저를 죽이려 했던 구츠와 기미히코는 생전 본 적도 없는 아이였습니다. 정말 어처구니가 없었어요. 알지도 못하는 그 아이한테 죽을 뻔한 것도 그런데, 아무리 정당방위라지만 살인자라는 오명을 쓰고 이 사건의 여파로 겪게 될 상황을 생각하니 도저히 엄두가 나지 않더군요. 그래서 시체만 어딘가에 버리고 와서 모르는 척하면 어떻게 되지 않을까 하는 생각을 하게 되었습니다. 하지만 워낙 체격이 큰 남자의 몸이라 마음대로 옮길 수가 없었죠. 혼자서는 도저히 해낼 수 없겠다는 생각에 결국 전화로 시가타에게 도움을 요청한 것입니다."

"그런데 당신의 기대에 반해 시가타 씨는 도와주려고 하지 않았던 거군요?"

"그는 연락을 받고 급히 달려와 주긴 했습니다. 하지만 일단 경찰에 신고하는 편이 좋겠다고 하더군요. 제가 그의 제안을 계속해서 거부하자 이러다 결말이 나지 않겠다고 생각했는지 자기가 신고하겠다고 했어요. 그는 바로 경찰서로 가겠다고 방을 뛰쳐나갔습니다. 저는 급히 그를 쫓아갔죠. 그리고……."

"비극이 발생한 거군요."

고개를 끄덕이는 순간, 고즈에의 뺨으로 눈물이 흘러내렸다. 그녀는 그 눈물을 닦으려고도 하지 않았다.

"당신은 시가타 씨와 말다툼을 하게 되었고, 그러던 중 그를 도로 쪽으로 떠밀어 버렸군요."

"설마 그렇게 될 줄은 생각도 못 했습니다. 아까도 설명했습니다만, 그날 밤 시가타는 이미 술을 상당히 마신 데다 잠도 부족한 상태였습니다. 그 역시 설마 저한테 떠밀려 균형을 잃고 쓰러지게 되리라곤 생각도 못 했겠죠. 그 정도로 힘을 줄 생각은 없었는데 어이없이 도로로 굴러떨어진 그는 운 나쁘게도 달리는 차에 치이고 말았습니다. 정말…… 한순간의 일이었어요.”

“그런데 이치로이 씨가 시가타 씨가 누군가에게 떠밀렸다고 경찰에 주장한 건 왜인가요?”

“사실 처음엔 모르는 척하고 그 자리에서 달아나려고 했습니다. 하지만 혹시라도 주위 사람이 저를 봤을지도 모른다는 생각에 마음을 바꿨습니다. 시가타와 제가 말다툼하는 것을 누군가 목격했을 가능성도 있으니까요. 결국 아무도 못 봤던 것 같습니다만, 아무튼 시가타의 죽음에 관해서 만에 하나 경찰이 저를 의심하게 되면 곤란하니 어쩔 수 없었습니다. 만약 제 방을 조사라도 한다면…….”

“당시 ‘코포라스케이야키’ 405호에는 아직 구츠와 기미히코의 시체가 있었기 때문이겠죠.”

“그런 상황에서 실제로 저의 방을 조사받게 될지 어떨지는 몰랐지만, 그때의 저는 시한폭탄을 안고 있는 심정이었습니다. 아무리 그럴 의도가 전혀 없었다고 해도 하룻밤에 두 명의 남자를 죽이고 말았습니다. 게다가 그중 하나는 아직 저의 방에 방치되어 있습니다. 아무리 생각해도 그게 현실로 느껴지지 않았습니다. 저는 그때 확실히 제정신이 아니었다고 생각합니다. 어떻게든 그 현실로부터 달아나고 싶은 생각뿐이었어요. 지금 생각하면 맞은 상처가 그다지 심하지 않았다는 것도 상황이 그렇게 되는 데 일조했던 것 같습니다. 입원을 해야 하는 상태였다면 다른 생각은 할 수 없었을 테니까요."

"그 일이 있고 나서는 어떻게 하셨습니까?"

"시가타에게도 도움을 받지 못하게 된 저는 고민하던 중에 구츠와 기미히코의 주머니에서 꺼낸 학생 수첩을 열어 봤습니다. 결국 그 소년이 저를 죽이려 했기 때문에 이런 비극이 일어난 거잖아요. 도대체 왜 저를 죽이려고 했는지 그 이유를 수첩을 통해서 알 수 있을지도 모른다고 생각했습니다. 하지만 유감스럽게도 그 수첩에서 범행 동기에 관해 알 수 있는 것은 아무것도 없었습니다. 게다가 신원을 알 수 있는 이름이나 연락처도 남겨 두지 않았더군요."

"소년이 사건 전에 자신의 이름이 기재된 페이지를 찢어 없앴다는 얘기군요?"

"그렇습니다. 저는 정말로 구츠와 기미히코라는 이름을 이번 모임에서 처음 알게 되었습니다. 4년 동안 줄곧 이름조차 모른 채 지내 왔던 거죠. 아무튼 학생 수첩에서 저를 죽이려 했던 남자에 대해서는 아무것도 알 수 없었습니다만, 그 안에 적혀 있던 저의 이름과 그 뒤에 있던 몇 사람의 이름과 살해 방법 등을 보고 연쇄 살인을 계획한 거라고 막연하게 짐작할 수 있었습니다."

"이치로이 씨의 이름 뒤에 이어서 있었다면 원래는 당신의 이름이 가장 앞에 적혀 있었던 건가요?"

"맞습니다. 그리고 저는 수첩에 적혀 있는 사람들 중에 가장 말이 통할 것 같은 하사타니 코지로라는 사람에게 연락했습니다. 혹시라도 그로부터 소년의 범행 동기와 관련된 뭔가를 알 수 있지 않을까 해서요."

"하사타니 씨에게 연락을 했다면…… 혹시 토네리 히로미의 이름으로 '우게나플래츠' 505호에 출입했던 키 큰 여성이?"

나루토모는 놀란 표정으로 숨을 크게 들이마셨다. 고즈에는 또다시 눈물을 흘리며 고개를 끄덕였다.

"그렇습니다. 그건 저였습니다."

'그곳에서 하사타니 코지로의 노리개가 되었던 여자는 바로 저였어요.'라는 말이 입 밖으로 나오려는 것을 고즈에는 겨우 참았다. 뭔가 걸리는 것이 있는지 나루토모는 잠시 말이 없었다.

"그런데 어떻게 구츠와 기미히코도 모르는 상태에서 토네리 히로미라는 이름을 알고 계셨죠? 설마 우연의 일치였을 리는 없을 테고."

"네, 아닙니다. 토네리 히로미란 이름은 구츠와 기미히코의 학생 수첩에 적혀 있었습니다."

"네?"

"네, 그것도 저의 바로 다음, 그러니까 하사타니 앞에 있는 '타깃 리스트'였죠."

*

“애초에 구츠와 기미히코의 타깃 리스트에는 다섯 명의 남녀 이름이 적혀 있었습니다. 가장 처음이 저, 두 번째가 토네리 히로미, 그다음에 하사타니 코지로, 야토쿠라 미사토 그리고 가마츠카 요시부미 순이었습니다.”

구츠와 기미히코 본인을 제외하면 아마도 이것은 고즈에밖에 모르는 사실일 것이다. 그것을 나루토모에게 고백함으로써 그녀는 온몸이 가벼워지는 느낌이었다.

“그것이 경찰의 손에 넘겨졌을 때는 이치로이 씨의 이름이 가장 뒤로 돌아갔고 토네리 히로미의 이름이 없어졌다? 그건 당신이 수첩의 앞부분 몇 페이지를 찢어 버렸기 때문이겠죠?”

“그렇습니다. 그리고 구츠와 기미히코의 필적을 흉내 내서 제 이름을 가마츠카 요시부미 다음에 덧붙였습니다.”

“하지만 왜 그러셨죠? 자신의 이름을 맨 마지막으로 옮긴 건 위장 공작이 필요해서라는 건 알겠습니다만, 어째서 토네리 히로미의 이름까지 없애 버린 건가요?”

“그럼 순서대로 설명드릴게요. 아까도 말씀드렸듯이 시가타에게 의지할 수 없었던 저는 구츠와 기미히코의 학생 수첩을 가지고 하사타니 코지로를 만나러 갔습니다. 그때 본명이 아닌 토네리 히로미라는 이름을 썼습니다.”

고즈에는 뭐든지 털어놓음으로써 '내추럴하이' 상태라도 된 건지 목소리가 점점 가벼워졌다.

"왜 가명을 쓰신 거죠?"

나루토모는 물어보면서도 이미 뭔가 감을 잡은 듯했다.

"하사타니 코지로가 도대체 어떤 인간인지 알 수 없었기 때문입니다. 물론 가명을 사용했다가 문제가 생기지 않을까 걱정도 했습니다만, 왠지 본명은 사용하지 않는 편이 좋을 것 같았습니다. 참고로 말씀드리자면 이 단계에서 저는 학생 수첩의 제 이름 부분은 찢어 냈지만 토네리 히로미의 페이지는 남겨 두었습니다. 물론 아직 맨 끝에 저의 이름을 덧붙이진 않은 상태였죠."

"그렇다면 하사타니 코지로는 줄곧 당신을 토네리 히로미라고 생각하고 있었겠군요."

"그렇습니다. 처음에는 구츠와 기미히코를 죽인 것을 밝히지 않은 상태에서 하사타니에게 학생 수첩을 보였습니다. 그리고 뭔가 집히는 게 없는지 물어봤죠. 그때 토네리 히로미의 페이지는 이름만 남겨 두고 주소 등의 내용은 검게 칠해서 지워 두었습니다. 진짜 신분을 들키지 않도록 말이죠."

"혹시라도 진짜 토네리 히로미를 뒷조사라도 할까 봐 그러셨군요. 그런데 왜 두 사람은 '우게나플래츠'에 방까지 빌려 가며 남몰래 만난 거죠?"

고즈에는 잠시 침묵했다. 방금 전까지 생기를 띠던 그녀의 얼굴이 괴로움으로 일그러졌다. 고즈에가 다시 말을 시작한 것은 몇 분이 지나서였다.

"가명까지 사용하며 최대한 조심할 생각이었습니다. 하지만 역시 저는 무방비 상태였습니다. 그 학생 수첩을 하사타니에게 보여 주지 말았어야 했어요. 그는 눈치가 빠른 사람이었습니다. 수첩을 본 하사타니는 그런 살인 계획의 메모를 제가 가지고 있는 것을 의심했습니다. 그리고 범인이 계획을 실행에 옮기다가 첫 번째 타깃인 저에게 역공을 당해서 죽었기 때문이 아니냐고 추궁하더군요."

"그 정도로 눈치가 빨랐습니까?"

"어쩌면 그냥 넘겨짚은 거였는지도 모릅니다. 하지만 아직 구츠와 기미히코의 시체가 제 방에 있었고, 그것을 빨리 처분하고 싶은 저의 초조한 마음을 그가 간파했나 봅니다. 결국 저는 사실을 털어놓았고 시체를 어떻게 하고 싶다는 일념 때문에 하사타니를 '코포라스케이야키'의 제 방에 불러들이고 말았습니다."

"그에게 구츠와 기미히코의 시체를 보여 줬나요?"

"어쩔 수가 없었습니다. 그에게 제가 소년을 죽이게 된 경위를 설명했는데, 하사타니는 걱정하지 말라고 일단 자신에게 맡기라고 하더군요. 유일하게 의지했던 시가타를 잃은 지 얼마 안 돼 지푸라기라도 잡고 싶은 심정인 저에게는 무척 의지가 되는 말이었습니다."

"그럼 하사타니가 구츠와 기미히코의 시체를 처분했다는 말인가요? 어떻게 한 거죠?"

"근무처인 병원에서 몰래 도구를 가지고 나와서 시체를 절단한 모양입니다. 제 집이었던 '코포라스케이야키' 405호의 욕실에서 말입니다. 제가 실제로 보지는 못했지만 그가 그렇게 했다고 말해 주었습니다. 그렇게 토막을 낸 시체를 조금씩 쓰레기에 섞어서 버렸다더군요."

"그것이 정말이라면 구츠와 기미히코의 시체는 이미 옛날에 소각되었겠군요."

"그렇게 됐겠죠. 하사타니는 구츠와 기미히코의 옷과 농구화는 태우지 못하는 쓰레기로 분류돼 있으니 저더러 처분하라고 했습니다. 그런 물건을 만지는 건 싫었지만 그를 거역하지 못했고 며칠 후 만났을 때 잘 처분했다고 말했습니다. 하지만 사실은 옷도 농구화도 비닐 주머니에 담아서 그대로 보관하고 있었죠. 물론 그 단계에선 그것들을 위장 공작에 쓰자는 생각 같은 건 안 했습니다. 단지 몰래 버리다가 누군가에게 들키면 어쩌지 하는 생각에 그냥 가지고 있었던 건데 나중에 중요한 용도로 쓰게 된 겁니다."

나루토모는 고개를 끄덕이며 말없이 그다음 이야기를 재촉했다.

"아무튼, 그렇게 하사타니가 소년의 시체를 처리해 준 덕분에 일단 악몽은 사라진 듯했습니다. 하지만 사실은 끝난 게 아니었습니다. 새로운 악몽이 시작된 겁니다. 일단 저는 제 집에 있는 욕실을 사용할 수 없게 되었습니다. 물론 피나 살덩어리 등은 완전하게 씻겨 있었지만 여기서 그 소년의 시체를 토막 냈다고 생각하니 구토와 현기증이 나서 도저히…….”

“그래서 당신은 ‘코포라스케이야키’를 나오기로 결심한 거군요.”

“하지만 바로 ‘메종포르테’에서 살 수 있었던 것은 아닙니다. 당분간은 ‘우게나플래츠’ 505호로 옮겼습니다. 제가 이사하고 싶다고 했더니 하사타니가 찾아 주더군요.”

“아, 그래서 ‘우게나플래츠’를 임대한 거였군요.”

“하사타니는 그곳에 빈번이 찾아왔습니다. 처음에는 신사적으로 행동했습니다만, 점점 본성을 드러내더니…… 결국 저에게 육체관계를 강요했습니다.”

“구츠와 기미히코의 일로 협박을 당한 거군요.”

고즈에는 입술을 깨물었다.

“그나마 가명을 사용하길 잘했다는 생각은 들었습니다만, 결국 그 역시 큰 도움이 되지 않는다는 것을 깨달았습니다. 아무리 제가 시체가 없으니 문제없다고 시치미를 떼어도 아직 커다란 증거가 남아 있다면서 협박하더군요. 그 증거는 ‘코포라스케이야키’ 405호 그 자체라고 했습니다. 그 방의 욕실을 조사해 보라고 자신이 경찰에 밀고라도 하면 혈흔을 검사하는 루미놀 반응에 의해 바로 저의 범죄가 밝혀질 거라고 협박했습니다. 그리고 저는 그 협박 때문에 능욕을 당하면서도 아무런 저항을 할 수 없었습니다. 크큭."

고즈에는 참고 있던 웃음을 터뜨렸다. 천진할 정도로 환한 그녀의 표정이 정신의 균형이 무너져 가는 것을 보여 주고 있었다. 나루토모는 아무런 말 없이 웃고 있는 고즈에를 심각한 표정으로 바라보았다.

"만약 그것이 평범한 성행위였다면 체념하고 참을 수 있었을지도 모릅니다. 하지만 하사타니는 만날 때마다 입에 담기조차 어려운 굴욕적인 변태 행위를 강요했습니다. 치욕적인 대우를 당할 때마다 저는 부조리에 빠진 자신의 처지 때문에 괴로웠습니다. 어째서 제가 이런 비참한 운명에 시달려야만 하는 건가 하고 말입니다. 그리고 매번 떠오른 것이 그 소년이었습니다. 전 생각했습니다. '도대체 그는 왜 나를 죽이려고 한 걸까? 그 소년은 어디의 누구인가? 그가 그런 짓을 하지 않았다면 나는 계속 평범한 생활을 하고 있었을 텐데.'라고 말입니다. 그런 생각을 할 때마다 이미 죽어 버린 소년에 대한 증오는 점점 더 커졌습니다. 그리고 그것은 동시에 하사타니 코지로에 대한 증오, 아니 살의로써 팽창해 갔습니다. 더 이상 견딜 수 없을 정도로……."

웃고 있던 고즈에는 문득 온몸에 허무를 뒤집어쓴 듯 갑자기 무표정이 되었다.

"그리고 문득 무서운 생각이 저의 머리에 떠올랐습니다. 어차피 죽일 거라면…… 어차피 하사타니를 죽일 거라면 차라리 그 소년이 만든 계획대로 실행하면 어떨까 하고 말입니다. 때마침 그의 농구화도 버리지 않고 가지고 있으니 이것을 이용하면 더욱 교묘하게 그의 짓으로 위장할 수 있을 것 같았습니다. 그리고 그렇게 하면 경찰은 피해자들을 수사하면서 소년의 신원과 그 동기를 밝혀 줄지도 모른다는 생각을 하게 되었죠."

나루토모는 깊은 한숨을 내쉬었다.

"그것이…… 당신이 연쇄 살인을 저지른 동기였던 거군요, 이치로이 씨."

"하사타니, 야토쿠라, 가마츠카 세 명을 살해한 후 저는 학생 수첩의 토네리 히로미 페이지를 찢어 버리고 소년의 필적을 흉내 내서 제 이름을 가장 뒤쪽에 옮겨 적었습니다. 그리고 살해 방법의 페이지에서 가마츠카 요시부미에 관해 쓴 부분이 검게 칠해서 지워져 있었죠? '아저씨가 대머리면 어떻게 하지?' 하는 부분 말입니다. 그곳에서 제가 지운 세 글자는 '끝으로'라는 말이었습니다."

"끝으로, 즉 '끝으로 노릴 예정인 아저씨가 대머리면 어떻게 하지?'라고 구츠와 기미히코 본인은 그렇게 썼던 거군요. 만약 맨 마지막 타깃만 머리카락을 손에 넣지 못하면 범행 성명문의 통일성을 잃어버리게 되는 것을 걱정했기 때문이겠죠."

"네, 그 '끝으로'라는 말을 남겨 두었다면 제가 기재 순서를 바꾼 것이 들켜 버리니까요. 아무튼, 저의 계획은 먼저 하사타니 모르게 '메종포르테'의 방을 빌리는 것으로부터 시작했습니다."

"'메종포르테'에 임대 계약을 한 것이 6월이었습니다. 그러고 나서 맨 처음의 범행이 발생한 8월까지의 사이에 계속 준비를 하고 있었던 건가요?"

"타깃이 모르는 사람들뿐이었기 때문에 회사 일을 하면서 그들의 일상생활을 조사하는 것만으로도 보통 힘든 일이 아니었습니다. 그나마 토네리 히로미만은 이미 병사했다는 것을 알아서 제외시킬 수 있어서 수고를 덜긴 했죠."

고즈에는 쓴웃음을 지었다.

"수첩의 타깃 리스트에 있는 에키나가 고등학교 1학년이라는 데이터만 보고 틀림없이 여학생일 거라고만 생각하고 주소지 근처 주민으로부터 병사 소식만 들었는데, 토네리 히로미가 남학생이었다는 것은 이번에 처음 알게 되었습니다."

"하지만 어째서 학생 수첩에서 토네리 히로미의 이름이 적힌 페이지까지 찢어 버렸죠? 무차별 연쇄 살인 사건의 동기를 경찰이 찾아 주길 바랐다면 구츠와 기미히코가 계획했던 타깃 리스트 전원의 정보를 남겨 두는 것이 좋겠다는 생각은 하지 않으셨습니까?"

"네, 말씀대로 남겨 두는 편이 좋았겠죠. 하지만 그 당시 저는 이미 토네리 히로미의 이름으로 '우게나플래츠'의 방을 빌렸습니다. 게다가 보증인은 하사타니로 되어 있었어요. 하사타니가 죽은 다음 이 사실이 밝혀지면 경찰은 어떻게 해석할까요? 조사하면 진짜 토네리 히로미가 이미 병사한 것도 밝혀질 것이고, '우게나플래츠'를 들락거리던 여자가 쓴 가명이 죽은 하사타니와 같은 리스트에 있다는 것을 알면 자연스럽게 저까지 의심받을 것 같았습니다. 그래서 토네리 히로미 페이지는 찢어 버릴 수밖에 없었습니다."

"그렇군요. 그렇게 당신은 구츠와 기미히코의 유품인 농구화를 신고 하사타니 코지로, 야토쿠라 미사토, 가마츠카 요시부미를 차례차례 살해한 거군요. 그리고 마무리로 자신이 살해당할 뻔한 상황을 재현했고, 구츠와 기미히코가 현장에서 달아난 것처럼 만든 거구요. 물론 무차별 연쇄 살인 사건에서 맨 마지막 피해자가 되었을 여성이 살아남았다는 사실을 의심스럽게 느끼는 수사관이 나올 수 있다는 것도 예상했겠죠?"

"그렇습니다. 여기서 나루토모 씨가 아까 제시했던 의문에 대해서 말씀드리겠습니다. 제가 왜 일부러 1층으로 이사했나 하는 것 말입니다."

"그건 범인이 현관문뿐 아니라 베란다 쪽으로 달아났을지도 모른다는 가능성도 확보해 두고 싶어서였죠?"

"네. 저는 만전의 준비를 했습니다. 사람이 살해당해 죽을 뻔한 집에서 아무 소리도 안 나는 건 이상할 것 같다는 생각에 비명을 질렀습니다. 하지만 혹시 그 소리를 듣고 즉시 달려온 맨션의 입주민이 방에서 아무도 나오지 않은 것 같다고 증언하면 곤란할 것 같았습니다. 그처럼 현관 쪽에 목격자가 있을 경우를 대비해서 미리 베란다 쪽의 유리문도 열어 놓은 것입니다. 이웃집 증언까지는 생각 못 했습니다만, 아무튼 이것이 제가 이사한 곳이 1층이어야만 했던 이유입니다."

"102호에 있던 모미야마 케이이치에게 106호에 있는 당신의 비명 소리가 들렸던 이유도 거기에 있었던 거군요. 그때 창문을 열어놓고 있었던 건 모미야마 케이이치만이 아니라 이치로이 고즈에 씨 당신도 106호의 창문을 열어 놓았던 거죠? 그렇게 해야만 멀리 떨어져 있는 방까지 소리가 잘 들리니까요."

"다시 순서를 정리해서 설명드리면, 106호 안을 구츠와 기미히코의 농구화 발자국투성이로 만들어 놓은 저는 일단 그것을 '우게나플래츠'로 가져갔습니다. 그리고 돌아와서 창문을 열고 일단 비명을 질렀죠. 먼저 그렇게 해야 했던 건 그다음에 내 목을 비닐 끈으로 조르고 소년의 덤벨로 내 머리를 때리는 순서가 남아 있었기 때문입니다. 만에 하나 그러다가 기절해 버리면 비명을 지를 수 없잖아요. 그래서 비명을 먼저 지른 것입니다. 아, 맞다. 그러고 나서 경찰에 신고도 해 두었어요."

"무서운 정신력이네요. 너무 세게 쳐서 크게 다칠 수도, 아니 잘못하면 죽을지도 모른다는 불안감은 없었나요?"

"저는 이미 구츠와 기미히코, 시가타, 하사타니는 물론 야토쿠라 미사토와 가마츠카 요시부미까지 다섯 명의 목숨을 빼앗은 사람입니다. 난 여기서 죽어도 상관없다는 심경이었습니다."

"감쪽같이 저희들을 속이셨군요. 슈타라 선생님은 마치 범인이 연기처럼 사라져 버린 듯 밀실 상황이었다고 지적했지만, 처음부터 범인은 거기에 없었던 거였네요."

"하나 걱정이었던 건 과연 경찰이 저의 진술만으로 그 소년의 신원을 파악할 수 있을까 하는 것이었습니다. 학생 수첩에 본인의 이름과 주소가 기재되어 있었다면 쉬웠겠지만 아까도 말씀드렸듯이 그 부분은 이미 찢어져 있었으니까요. 솔직히 불안했습니다. 소년의 신분을 알아내지 못하면 그의 동기도 밝힐 수 없을 테니까요. 그렇게 되면 저는 도대체 무엇을 위해 세 사람이나 죽여야 했는지…… 알 수 없어지는 거죠."

고즈에는 나루토모를 향해 미소를 지었다. 그리고 이미 눈물이 말라 버린 뺨을 닦는 동작을 반복했다.

"하지만 경찰은 제가 기대했던 것보다 훨씬 빨리 구츠와 기미히코의 신원을 밝혀 주었습니다. 정말로 그때는 감사했습니다. 미성년자라 이름까지 듣지 못해서 아쉬웠지만 아무튼 그것으로 저는 희망을 느꼈습니다. 왜 전혀 모르는 소년에게 살해당할 뻔해야 했는지 그 이유도 머지않아 밝혀지겠지, 하고 4년 전 그때는 그렇게 기대했습니다. 하지만……."

"결국 이치로이 씨 당신의 소원은 이루어지지 못했군요. 그 점에 관해서는 저희의 힘이 부족했던 것을 진심으로 죄송하게 생각합니다."

"아니요, 나루토모 씨가 마음에 두실 필요는 없어요. 처음부터 알고 있던 거니까요. 구츠와 기미히코가 이미 죽어 버린 이상, 진상은 풀기 힘든 수수께끼가 될 것이라고 말입니다. 다른 사람들은 몰라도 저는 그것을 알고 있었습니다. 하지만 뭔가 단서가 있으면 좋겠다. 그렇게 생각했습니다. 어렴풋이 감을 잡을 수 있으면 그걸로 족하다고 말이에요. 그 소원은 이루어졌다고 생각합니다. 아마도 그 신문의 독자 코너 투고가 원인이었겠죠."

고즈에의 얼굴이 격하게 일그러졌다.

"역시 그렇게 생각하시는 건가요? 그러고 보니 '코포라스케이야키'에 살고 있을 때 이치로이 씨에게 무언의 전화를 걸거나 협박 편지를 보냈던 것도 구츠와 기미히코의 짓이었을까요?"

"글쎄요, 그건 모르겠습니다. 가능성은 부정할 수 없지만 의외로 다른 사람이었을지도……. 지금 와서는 확인할 방법도 없으니."

"그렇군요."

"아무튼, 그 투고 내용의 어디가 소년에게 그 정도로 극단적인 행동을 하게 만들었는지 구체적인 것은 알 수 없습니다. 혹시 오츠카와 선생님이 말씀하신 것처럼 제가 적당히 지어낸 이야기가 우연히 소년의 경험과 맞아떨어졌을지도 모르겠네요. 물론 그 역시 확실하게는 모르죠. 하지만 이제는 아무래도 상관없어요. 네, 그런 건 아무래도 상관없습니다. 하나 확실한 건 제가 너무도 어리석은 죄를 저질렀다는, 그런 사실입니다."

"이치로이 씨."

"말도 안 되는 이유로 있지도 않은 상황을 날조하고, 아무런 관계도 없는 사람들의 목숨을 빼앗고……. 나루토모 씨, 저는 지난 4년간의 세월을 통해 겨우 이런 생각을 할 수 있게 되었습니다. 죗값은 언젠가 치러야 한다고 말입니다."

깊은 한숨을 내쉰 고즈에는 천천히 자리에서 일어섰다.

"진상을 간파해 준 것이 다름 아닌 당신이었던 것을 지금의 저는 감사하고 있습니다. 경찰서까지 같이 가 주실 거죠?"

"그럼…… 자수하시는 거군요."

"다행히 바로 나갈 수 있는 상태이기도 하네요."

고즈에는 조금 전에 벗어 놓았던 코트를 다시 입었다. 나루토모는 그녀를 따라 방에서 나왔다. 밖은 이미 밝아 있었다. 엘리베이터 버튼을 누른 나루토모가 고개를 갸우뚱하며 물었다.

"……그런데 모든 범행을 각 달의 첫 번째 목요일로 통일했던 건 뭔가 의미가 있었나요?"

고즈에는 쓴웃음을 지었다.

"네? 아, 그거 말인가요? 아무런 의미도 없어요. 아니, 혹시 저 자신도 의식하지 못한 어떤 바이오리듬 같은 것에 조종당한 것인지 모르겠지만요. 예를 들어 그날은 일을 땡땡이치기 쉬워서라든가 말이죠. 하지만 적어도 의도적으로 통일시킨 것은 아닙니다."

"알겠습니다."

"그런데 오츠카와 선생님과 요보로베 씨는 뭔가 의미가 있지 않을까 하고 이런저런 지혜를 짜내 주셨죠. 여러 가지로 생각해낼 수 있구나 하고 감탄했습니다만, 웃으면 안 된다고 생각하면서도 왠지 웃겼어요."

"그러셨군요."

맨션 1층에서 엘리베이터를 내리며 고즈에가 말했다.

"……나루토모 씨, 4년 전 저는 무차별 연쇄 살인 사건의 피해자 중 한 사람인 척하기 위해 '메종포르테' 1층의 방으로 이사했습니다."

나루토모는 고개를 끄덕였다. 그녀가 무슨 말을 하려는지 알겠다는 표정으로.

"그다음으로 이사한 곳은 아시다시피 10층입니다. 언제나 내 목숨을 걸고 죗값을 치러야 하는 때가 올 것이다. 그런 생각을 하면서 항상 위에서 지상을 내려다보았습니다. 하지만……."

엘리베이터에서 나온 고즈에가 나루토모의 세단으로 걸어가면서 그에게 다가섰다.

"제가 죽는다고 해도 해결되는 것은 아무것도 없다……. 그렇게 생각하게 되었습니다."

"그렇고말고요."

운전석 문과 조수석의 문이 거의 동시에 닫혔다. 나루토모는 차키를 꽂았다.

"아, 맞다. 또 하나."

"네? 무슨……."

나루토모가 반문하는 소리와 자동차 엔진이 걸리는 소리가 겹쳤다.

"시시한 얘기지만 매스컴에 보낸 '범행 성명서' 있죠?"

"피해자들의 모발을 동봉한 것 말이군요, 워드프로세서로 성명서를 출력해서."

"이제 와서 설명할 필요도 없겠지만, 그것도 제가 만든 것입니다. 항상 투고용 글을 쓰던 워드프로세서로요."

그녀의 자조적인 목소리에 아무 말 없이 고개를 끄덕인 나루토모는 차를 출발시켰다. 후방으로 멀어져 가는 거리의 풍경을 보면서 고즈에가 오도카니 중얼거렸다.

"나루토모 씨는…… 지금 혼자 살고 계시죠?"

"네? 아, 그렇습니다."

"결혼은 하지 않으신 거죠?"

"네, 아직."

"여자 친구는 있으신가요?"

"저…… 도대체 무슨 말을 하시려는 거죠?"

"저의 마지막 소원, 들어 주셨으면 합니다."

고즈에는 조수석에서 몸을 살짝 움직여 운전을 하고 있는 나루토모의 어깨에 손을 올렸다.

"자수하기 전에 나루토모 씨 집에 들러도 될까요?"

*

2002년 1월 3일, 지역 신문의 한구석에 작은 기사가 실렸다.

일산화탄소 중독으로 경찰관 사망.

2일, 시내의 한 아파트에서 혼자 살고 있는 젊은 남성이 쓰러져 있는 것을 방문한 가족이 발견, 경찰에 신고했다. 남성은 현경에 근무하는 나루토모 스미키. 27세.

나루토모 씨는 즉시 응급실로 옮겼지만 사망. 외상은 없었고, 유서 등도 발견되지 않았다. 옷을 입은 채 바닥에 쓰러져 있는 것으로 봐서 난롯불의 부주의로 인한 일산화탄소 중독이 사망 원인으로 보인다. 또한 나루토모 씨와 같이 섣달그믐날을 보냈던 지인들에 의하면 나루토모 씨와 같이 술자리를 가졌지만 그는 거의 술을 마시지 않았다고 했다.

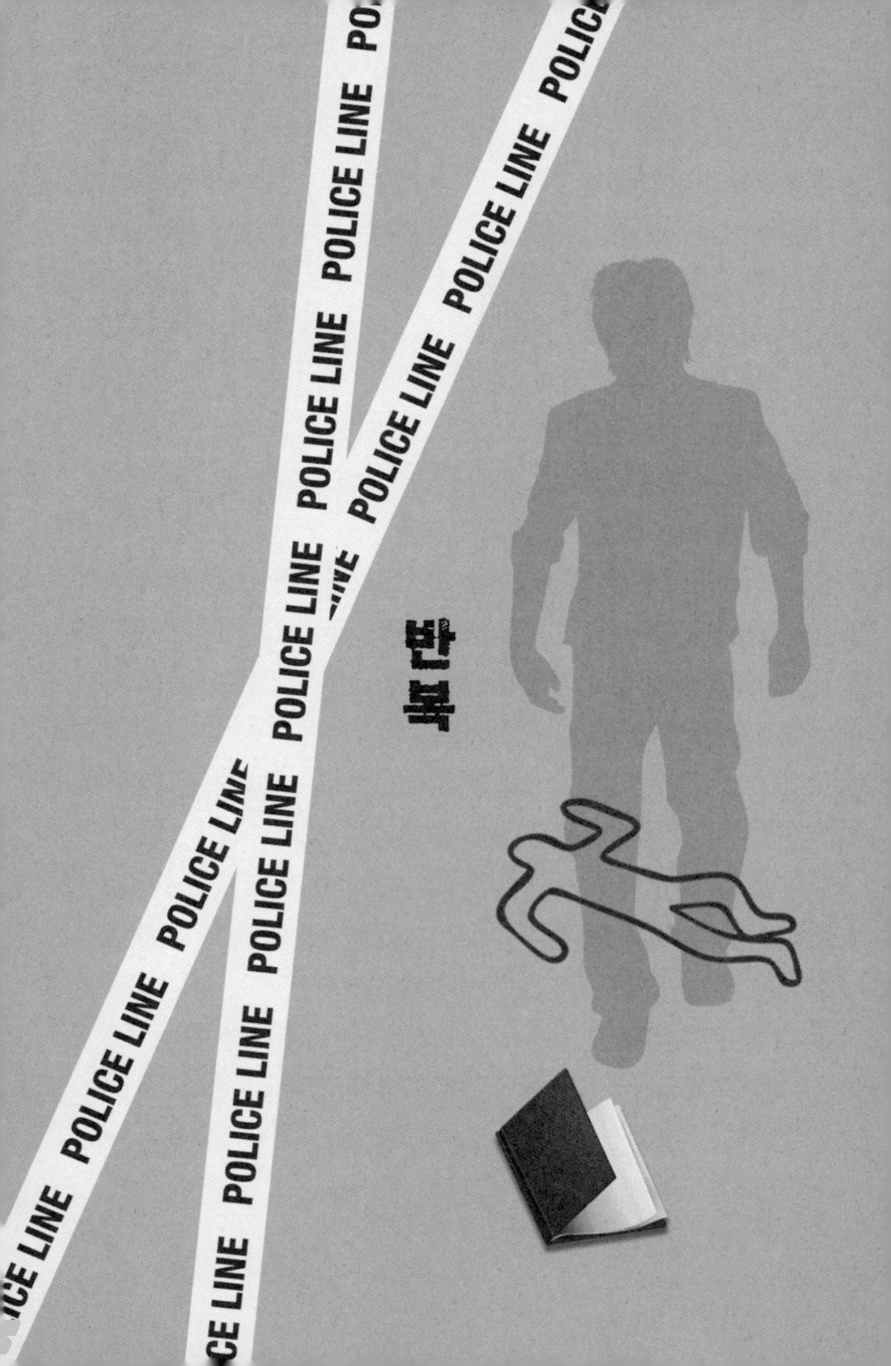
POLICE LINE

迴

이치로이 고즈에의 손에는 한 장의 복사 용지가 들려 있었다. 그 종이 위에 출력된 글의 맨 처음에 '지금 이 글을 쓸 수 있는 것이 기쁘다.'라는 제목이 보였다.

지금 나는 병원의 침대에서 이 글을 쓰고 있다. 입원은 어제 했다. 고등학교에 입학해서 겨우 2학기밖에 학교를 다닐 수 없었다.

전부터 심한 두통에 시달리거나 손에 경련이 생기는 징후는 있었지만 대수롭지 않게 생각하고 줄곧 내버려 두었다. 그런데 정밀 검사를 해 봤더니 서둘러 수술을 해야만 한다는 부모님과 의사 선생님의 말을 들었다.

부모님이 숨기지 않고 제대로 병명을 알려 줘서 기뻤다. 이 병은 양성과 악성이 있다고 하는데 나의 경우는 악성이라는 것, 그리고 뇌에는 항암제가 듣지 않는다는 것 등, 알면 알수록 충격이었지만 말이다.

하지만 병이 낫도록 열심히 노력하겠다고 모두에게 맹세했다. 그런 건 헛된 위안이라는 사람도 있겠지만 나는 그렇게 생각하지 않는다. 어떤 상황에서도 적극적인 자세를 취할 수 있는 나를 키워 주신 부모님께 감사하고 있다. 아무튼, 지금 이 글을 쓸 수 있어서 기쁘다. 남은 건 최선을 다하는 것뿐.

글의 밑에는 토네리 히로미라는 이름이 있었다. 1996년 12월 3일자 지역 신문의 독자 코너에 게재된 투고로 고즈에가 들고 있는 건 복사본이었다. 빈말이라도 잘 쓴 문장이라고 해 줄 순 없는 글이었다. 말하고 싶은 것은 알겠지만 정리가 되지 않은 산만한 문장이었다. 그런데도 불구하고 이렇게 게재된 것은 심사한 사람의 마음을 울리는 내용이었기 때문임이 틀림없었다.

아마 구츠와 기미히코도 이 글을 읽었을 것이다. 그 역시 독자 코너에 투고했는지는 확인되지 않았지만 적어도 구츠와 기미히코의 투고가 지역 신문에 게재된 적은 한 번도 없었다. 따라서 소년이 토네리 히로미의 투고가 채택된 것을 질투했으리라는 것은 대충 짐작할 수 있는 것이었다. 게다가 이 글이야말로 구츠와 기미히코가 가장 싫어했던 이른바 '불행 소재'의 '자랑질' 그 자체였다.

구츠와 기미히코는 투병 중인 토네리 히로미를 동정하는 학교의 아이들을 비웃고 부정적인 의견을 입에 담았을 것이다. 이런 투고는 자신의 불행을 소재로 해서 우월감에 빠지는 것뿐이라는 식으로 말이다. 물론 그런 구츠와 기미히코에게 같은 반 학생들은 반발했을 것이다. 특히 토네리 히로미는 중학생 시절부터 여학생들에게 인기가 많았다고 하니 여학생들의 분노가 상당히 컸을 것이라는 것은 고즈에도 상상할 수 있었다. 구츠와 기미히코가 집단으로 따돌림을 당했던 원인도 여기에 있었을 것이다.

전부터 세상이 불공평하다고 불만을 키워 왔던 구츠와 기미히코는 반에서 고립된 후로 토네리 히로미에 대한 증오가 더욱 심해지며 극에 달했을 것이다. 그래서 결국 토네리 히로미가 병사하기 전에 자신의 손으로 죽여 버리자는 생각까지 하게 된 것이다. 구츠와 기미히코의 진짜 목적은 단 하나, 토네리 히로미였다. 나머지 네 명의 타깃은 진짜 의도를 숨기기 위한 위장에 지나지 않았을 것이다.

야츠메 아리사가 간파했던 것처럼, 지역 신문의 독자 코너가 서로 전혀 모르는 피해자들을 연관 짓는 '잃어버린 고리'였던 건 분명했다. 그러나 각각의 투고 내용은 전혀 관계가 없다. 적어도 구츠와 기미히코에게는 아무런 의미도 없었다. 소년에게 있어서 중요한 것은 만약 입원해 있는 토네리 히로미가 살해당하면 자신이 의심받을 가능성뿐이었다. 그렇기 때문에 독자 코너라는 피해자들의 공통점을 수사진이 알아차리길 기대하고 같은 해 게재된 투고 중에서 고즈에를 포함한 네 명을 적당히 골랐을 것이다.

다만, 과연 구츠와 기미히코가 다섯 명 전원을 죽일 수 있었을지는 고즈에로서도 의문이었다. 기력적으로도 체력적으로도 도중에 포기했을 가능성도 있었다. 구츠와 기미히코 본인도 어렴풋이 그럴 가능성을 걱정하고 있었던 듯 그는 진짜 타깃인 토네리 히로미를 두 번째로 삼았다. 그건 목적만 달성하면 일찌감치 '전선 이탈'을 해도 상관없도록 해 두자는 속셈이 엿보이는 계획이었다.

하지만 진짜 타깃이기 때문에 토네리 히로미를 가장 처음 죽이는 건 역시 심리적 저항이 있었을 것이다. 그런데 예정대로 고즈에를 죽이고 진짜 타깃인 토네리 히로미를 죽인 다음에는 어떻게 되었을까? 구츠와 기미히코는 계속해서 자신의 계획을 이어 갈 수 있었을까? 어떻게든 세 번째 하사타니 코지로까지는 죽인 다음 최소한의 형태로 정리하자는 생각에 나머지는 포기했을 수도 있었다. 고즈에는 그런 생각이 들었다. 아니면 진짜 목표, 즉 두 번째까지만 살해하고 일찍 중지했을 가능성도 있다.

결국 구츠와 기미히코는 한 사람도 죽이지 못했다. 그리고 그의 진짜 목적은 이미 병사했다. 물론 그것은 구츠와 기미히코가 죽은 후였지만 토네리 히로미 한 사람을 위해서 나머지 네 사람은 들러리였다.

'나는 단순한 위장 수단이었어…….'

고즈에는 그런 사실에 미쳐 버릴 것 같았다. 그리고 도저히 용서할 수 없다고 생각했다.

'구츠와 기미히코, 단지 그것 때문에 나를 죽이려 했던 남자. 그리고 모든 것을, 내 인생의 모든 것을 빼앗아 버린 남자. 용서 못 해. 절대로 나는 너를 용서 못 해. 죽었다고 해서 아무것도 할 수 없다고 생각한다면 큰 오산이다. 어디 두고 봐. 어디 두고 보라고.'

고즈에는 손을 번쩍 들었다. 그녀가 집어던진 토네리 히로미의 투고 복사본이 펄럭펄럭 공중에서 날리더니 바닥에 쓰러져 있는 젊은 여자의 몸 위에 떨어졌다.

고즈에가 이 젊은 여자를 만난 것은 오늘이 처음이었다. 그녀에 관해서는 아무것도 모른다. 이름은 우루타 사유리이고 올해 스물한 살인 그녀가 에키나가 고등학교 1학년 때 구츠와 기미히코와 같은 반이었다는 것밖에는. 우루타 사유리는 죽어 있었다. 머리를 얻어맞고 목이 졸려서. 방금 고즈에가 죽인 것이다.

'우선 한 명.'

고등학교 1학년 때 구츠와 기미히코가 있었던 C반에 재학했던 여학생은 전부 스물네 명. 그들 중 대부분이 대학에 진학해서 현재는 현 밖에서 살고 있었다. 앞으로 취직하고 결혼해서 현지에 정착해 살던 곳으로 돌아오지 않을 사람도 있을 것이다. 하지만 고즈에에게 그런 건 상관없었다.

'상관없이 전원 죽인다. 다 죽여 버릴 거야. 마지막 한 사람까

지. 몇 년이 걸린다고 해도 한 사람, 한 사람, 지구 끝까지 쫓아가서 죽인다. 앞으로 스물세 명.'

고즈에는 낮은 웃음소리를 냈다.

당시의 에키나가 고등학교 1학년 C반 학생 명부, 이것은 토네리 히로미라는 가짜 이름의 출처를 알려 주기 위해 '연미회' 모임이 있던 밤, 슈타라가 그 자리에 있던 사람들에게 나눠 준 것이었다. 고즈에는 줄곧 그것을 보관하고 있었지만 설마 슈타라도 자신이 제공한 정보가 이런 형태로 이용되리라곤 꿈에도 생각 못 했을 것이다.

이 명부에 실려 있는 여학생은 앞으로 전원 살해당하게 될 것이다. 그리고 피해자의 시체 옆에는 항상 토네리 히로미가 쓴 '지금 이 글을 쓸 수 있는 것이 기쁘다.'라는 제목의 투고 복사본이 놓이게 될 것이다. 곧바로는 이 수수께끼를 풀 수 없을지 모르지만 몇 건인가 범행을 거듭해 가는 사이에 누군가 알아차릴 것이다. 그래, 구츠와 기미히코라고. 4년 전 행방불명이 되었던 무차별 연쇄 살인마가 돌아왔다고 말이다. 정확하게는 '구츠와 기미히코'의 망령이지만.

고즈에는 크게 웃었다. 이전에 그녀는 구츠와 기미히코와 자신이 많이 닮았다고 생각한 적이 있었다. 하지만 설마 자신이 이렇게 완전하게 그의 행세를 하게 될 줄은 상상도 못 했었다. 4년 전 구츠와 기미히코의 타깃이 되었다가 혼자만 살아남은 것으로 되어 있는 고즈에. 그런 그녀에게 의심의 시선을 보낼 사람이 언젠간 나올지도 모른다. 혹은 나루토모 스미키 변사 사건에 관해서도 사고사라는 견해가 뒤집히는 날이 올지도 모른다. 그러나 그녀는 상관없다고 생각했다. 그런 건 상관없었다. 고즈에는 그저 돌진할 뿐이다. 마지막 스물세 명을 목표로.

아직 스물세 명이나 남아 있는 타깃. 생각하면 웃음밖에 안 나왔다. 역시 상당한 수니까. 도저히 완수할 수 있을 것 같지 않았다. 보통 사람 같았으면 포기했을 것이다. 하지만 고즈에는 이미 제정신이 아니었다. 그래서 죽일 수 있을 만큼 죽이리라 다짐했다. 언젠가 좌절해도 괜찮았다. 그녀는 아무런 고통도 느끼지 않을 것이다. 무언가가 그녀를 멈출 때까지는 목숨이 붙어 있는 한 죽이고 죽이고 또 죽일 것이다. 그것뿐이다.

누군가가 그녀를 멈추게 하고 싶으면 하고 싶은 대로 하면 된다. 단, 고즈에는 절대 멈추지 않을 것이다. 혹시 언젠가 반대로 그녀가 당하는 날이 올지도 모른다.

'언젠가 한계가 올 수도 있겠지. 그래서? 그래서 어쨌다고? 나는 구츠와 기미히코를 절대로 용서할 수 없어. 그는 이미 죽었으니 그를 무차별 살인으로 내몰았던 인간들을 대신해서 몰살해 버릴 거야. 죽인다. 죽일 거야. 꼭. 최후의 한 사람까지.'

*

고즈에는 몸을 구부렸다. 장갑을 낀 손으로 죽은 우루타 사유리의 손을 펼치고 그 안에 토네리 히로미의 투고 복사본을 쥐게 했다. 그리고 만족스러운 표정으로 일어나 몸을 돌렸다. 천천히 자리를 뜨는 고즈에의 얼굴엔 미소가 떠올라 있었다. 그녀의 얼굴은 마치 자기 자신의 영혼을 어딘가에 내버려 두고 온 듯한 해방감에 기쁘고 생기 넘쳐 보였다.

옮긴이의 글

본 작품은 본격 미스터리 장르로 전형적인 '범인 찾기'를 주된 내용으로 하고 있습니다만, 진범을 찾는 과정과 반전의 결말 못지않게 주목을 끄는 요소가 있습니다. 그것은 바로 이 작품의 핵심 소재인 동시에 독자의 머릿속을 물음표로 가득 차게 만드는 단어인 '동기'라고 할 수 있습니다.

필자가 본 작품을 읽고 나서 느낀 것이기도 하지만, 일본 독자의 서평 중에서도 두드러지는 반응이 바로 '정말 저런 이유로 사람을 죽일 수 있는 건가?'였습니다. 이처럼 본 작품에서 밝혀진 범행의 동기는 일반 사람들의 사고와 가치관으로 쉽게 수긍할 수 있는 것이 아닙니다. 사회적 고립이나 피해망상에서 온 분노가 살인 같은 극단적인 행동까지 유도한다는 것 자체가 쉽게 이해되는 것은 아니니까요.

그럼 과연 현실 세계에서는 어떨까요? 필자는 정말 본 작품에 나온 사람들처럼 실제로 평범한 직장인이나 학생이 이 같은 극단적 행동을 할 수 있는지 궁금했습니다. 그래서 사회학 및 심리학을 다룬 책들과 국내외에서 발생된 범죄 관련 사례를 살펴봤습니다.

독자 여러분은 유명한 국내 사건 중 강서구 PC방 살인 사건, 진주 아파트 방화 살해 사건, 제주도 토막 살인 사건에서 밝혀진 범행 동기를 이해하실 수 있으신가요? 그 외에 미성년자를 포함한 평범한 사람에 의한 극단적 범죄 사례는 국내외에서 수없이 많이 발견되었고, 그런 범행 동기 역시 누구나 겪을 수 있는 과정에서 온 정신적 문제에서 기인하고 있다는 것을 알 수 있습니다. 그중에 앞에서 말씀드린 작품 속 '동기'를 이해하는 데 도움이 될 몇 가지 요소를 요약해서 말씀드리겠습니다.

우선 자신을 '초월적인 존재'로 인식하는 심리에 대해서는 컬트 집단 '구루'의 특징에서 유사점을 찾아볼 수 있습니다. '구루'가 되는 과정을 보면 취약한 정신 구조를 가지고 있는 사람이 고뇌나 질환을 겪으며 극한까지 내몰린 끝에 어느 날 계시를 얻게 되는 것에서 시작됩니다. 물론 이것은 비현실로의 도주이자 착각입니다. 과대한 자기애가 결국 스스로를 전능한 존재로 믿게 되는 것인데, 그동안 멸시받고 모욕당하던 존재가 자기애적 방위를 통해 자신감 결여에서 신과 같은 확신에 찬 전능감으로 전환되는 것을 의미합니다.

실례를 보자면 끔찍한 지하철 독가스 테러로 유명한 일본 '옴진리교'의 교주인 아사하라 쇼코가 있습니다. 이는 사회적 부적응 등의 원인으로 '비대해진 자아'를 가진 존재가 세상의 법과 윤리를 초월한 독선적이고 잔악한 태도를 보일 수 있음을 알게 한 대표적 예입니다.

다음으로, 한 사람의 '살의'가 타인에게 전염되는 현상은 '히스테리'의 발현으로 설명될 수 있습니다. '히스테리'는 더 이상 돌이킬 수 없다고 믿게 되면서 최악을 상상하는 것에서 비롯됩니다. 특히 '두려움'은 히스테리의 확고한 촉매제로 작용하는데, 이는 비정상적이고 극단적인 행동을 유도하고 때로는 본 작품에서처럼 모방 범죄의 동기가 될 가능성도 있습니다.

본 작품 속에서 발생되는 범행 동기는 인간의 '복수심'이 중심이라고 할 수 있습니다. 희극에서도 오래전부터 인간이 열광해 온 소재인 복수극이 있는 것을 보면 알 수 있듯이 복수는 인간의 가장 강력한 욕구 중 하나입니다. 복수심은 인간의 생물 사회적 기질에 섞여서 전수되어 왔고, 슬픔, 비탄, 굴욕감, 분노와 같은 격한 감정으로 촉발되는 원초적 본능입니다. 폭력에 의한 복수의 실현은 타인에게 지탄을 받지만 당사자가 복수를 꿈꾸는 것까지 막지는 못합니다. 특히 강력 범죄의 피해자는 장기적으로 복수의 환상에 빠지게 됩니다.

이 심리는 현대인의 각박하고 메마른 감성이 휘발유 역할을 하면서 끔찍한 범죄로 발화되는 경우가 많습니다. 실제로 국내외에서 복수가 동기인 끔찍한 범죄 사건이 종종 발생하는데, 그 원인을 단순한 '사이코패스'의 '기행'으로 치부하기에는 복잡하고 미묘한 점들이 많습니다.

그 사례로, 총기 사용이 비교적 자유로운 미국에서 벌어지는 복수심과 분노에 의한 강력 범죄들이 있는데, 2013년 버니지아주 방송국에서 생방송 중에 동료 기자에게 총을 쏜 베스터 리 플래니건 사건은 흑인이며 동성애자란 이유로 부당한 차별을 받은 것이 근본적 원인으로 판명되었으며, 콜럼바인 고등학교나 버지니아 공대에서 발생한 총기 난사 사건 등은 차별 대우나 집단 따돌림을 당하던 학생의 복수심에서 기인한 극단적 행동으로 알려져 있습니다.

현실 세계에서는 이처럼 픽션보다 더 이해하기 힘든 사건들이 발생하고 있습니다. 평범한 사람들이 사회적 윤리적 가치를 벗어난 행동을 하는 경우는 물론, 상상을 초월한 범죄를 저지르는 경우도 있습니다. 하지만 그들은 결코 우리와 다른 특별한 존재도 아니며, 우리의 주변에서 흔히 볼 수 있는 이웃과 같은 모습을 하고 있습니다.

물론 사람마다 다른 판단과 행동을 할 수도 있겠지만, 그것이 잘못된 선택에 의해서든 불운과 환경의 영향이든 평범한 인간이 '괴물'이 되는 건 누구에게나 있을 수 있는 일입니다. 이처럼 불행과 우울증에 잠식된 범죄자의 모습이 결코 비현실적인 것이 아님을 깨닫게 된다면 본 작품의 감상도 또 다른 느낌이 될 것이라고 생각합니다. 물론 그 사람이 우리들 자신이 아니라 다행이긴 합니다만…….

2019년 11월

주자덕

끝없는 살인

초판 1쇄 인쇄 2019년 11월 25일
초판 1쇄 발행 2019년 11월 25일

지은이 니시자와 야스히코
옮긴이 주자덕
윤문 및 교정 김미숙
마케팅 정인규
발행인 주자덕
인쇄 미래피엔피
펴낸 곳 아프로스미디어
출판등록 제 2016-000073호
주소 서울특별시 성동구 금호로 173, 101동 904호
전화 02-6352-5133
팩스 02-6455-5891
홈페이지 www.aphrosmedia.com
전자우편 spitz70@aphrosmedia.com
ISBN 979-11-89770-03-7 (03830)